主编 凌翔

当代作

英雄简史

舒中民 著

中国民族文化出版社
北京

图书在版编目（CIP）数据

英雄简史 / 舒中民著. —— 北京：中国民族文化出版社有限公司，2020.8
ISBN 978-7-5122-1084-4

Ⅰ.①英… Ⅱ.①舒… Ⅲ.①长篇小说—中国—当代 Ⅳ.①I247.5

中国版本图书馆CIP数据核字（2020）第116767号

英雄简史

作　　者：舒中民
责任编辑：张晓萍
责任校对：张嘉林
出 版 者：中国民族文化出版社　地址：北京东城区和平里北街14号
　　　　　邮编：100013　联系电话：010-84250639　64211754（传真）
印　　装：唐山楠萍印务有限公司
开　　本：710mm×1000mm　1/16
印　　张：30.5
字　　数：310千
版　　次：2020年8月第1版第1次印刷
标准书号：ISBN 978-7-5122-1084-4
定　　价：79.80元

版权所有　侵权必究

英雄,是平常日子鞠躬尽瘁

英雄,是危难时刻挺身而出

英雄,默默无闻

却让我们屹立世界

英雄,失去生命

却让我们生生不息

——题记

目 录

第一章　　浴火重生　　001

第二章　　破案扬威　　017

第三章　　扫黑帷幕　　045

第四章　　信息对等　　083

第五章　　首战告捷　　101

第六章　　顺利扶正　　133

第七章　　首起疑心　　157

第八章　　互生芥蒂　　177

第九章　　连环用计　　201

第十章　　另有文章　　231

第十一章　　抓捕乌龙　　255

第十二章　　停职审查　　267

第十三章　　冲气以为和　　287

第十四章　　学会熬鹰　　301

第十五章　　将计就计　　319

第十六章	追杀升级	345
第十七章	再议扫黑	365
第十八章	骨牌效应	391
第十九章	图穷匕见	429
第二十章	独木桥断	455

第一章

浴火重生

二〇一四年五月，秦枫由最边远的南麓派出所所长，变身为雁南省汉洲市公安局刑侦支队副支队长。此前，他只在刑侦支队实习过半年。参加公安工作后，便一直在雁麓区公安分局的几个派出所打转，曾是最年轻的派出所所长，后来是资历最老的派出所所长，在所长任上一干就是十五年。

雁麓区位于汉洲市西，辖区内有著名的道教圣地回雁峰，曾是离市区最近的宁城县。汉洲这些年，仿若稚鸭长成白天鹅，城市建设突飞猛进，市区面积的扩展也像天鹅突然张开优雅亮丽的宽大翅膀。秦枫当民警时走过的山林菜地全都耸起了高楼大厦，曾经的乡村化作了城区，宁城县也就划成了雁麓区。

城市的发展是包容性发展。汉洲是湖湘文化的发源之乡，近年来，既承继传统文化埋头苦干，又以文化搭台，经济唱戏，只要能削尖脑袋挤破头抓发展的，都可以大轰大嗡一番，彰显出人杰地灵的优势。这样一来，经济是发展了，却也滋生了乌七八糟的东西。公安机关是负责清除乌七八糟东西的主力军，刑警则是这支主力军中的排头兵。

为什么要把一个派出所所长拉进排头兵里来呢？这得问新任汉洲市公安局局长叶天佑。

叶天佑半年前调到省会汉洲市任公安局长，之前是戎州市公安局长，再之前是省公安厅治安总队长，识人用人自有一套。叶天佑长得人高马大，却不狂放，面目俊逸，心思缜密，工于谋略，时常干出惊世骇俗的事情，启用秦枫大约算得上之一。

按惯例，新官上任是要"放火"的。其实放不放在于为官者本人，但别人都放了，你不放就显得你另类。

但叶天佑上任半年，半点动静都没有，不是独自坐在办公室，就是喊了司机在辖区里溜达，像是调研，却心事重重，问出的问题没有主题。下面的人猜来猜去，没个答案，心里虚虚的——叶局长的葫芦里装的什么药呀？

叶天佑是春节前到任的。整个春天，汉洲没完没了地下着绵绵细雨，雨不大，却总没停歇的意思，让人心情沉郁。叶天佑像这雨似的总有个心结没解开，除了日常部署工作、开会，就是在基层走。这天，他决定到雁麓公安分局去。

"叶局，要不要通知分局准备准备？"警令部主任钱奋试探着问。

"不用。我就去一个派出所，暗访他们的日常备勤。"市局局长专程暗访派出所的值班备勤有牛刀杀鸡的意味。钱奋撇了撇嘴，没有吱声。

一路上，叶天佑没有说去哪里，只是沿途亲自指点司机，哪里该转弯了，哪里往东还是往西。钱奋会意，索性缄口不问。出了市公安局，他们便上环城高速，一路向西，进入雁麓地界，从第三个出口下了高速，是一条新城大道，足有六十多米宽，车不多，行驶了十几分钟，叶天佑突然叫停。

钱奋东张西望，猛地一怔，看见不远的拆迁楼前有个熟悉的身影——南麓派出所所长秦枫。是两人约好在此见面，还是叶天佑眼神如此敏锐，老远便看到了他呢？

果然，叶天佑下了车便朝拆迁楼走去。

此处地广人稀，陌生人出现格外醒目。叶天佑也太出众，即使他走进汉洲春天百货那种国际商场里也显得鹤立鸡群，何况是这偏僻乡镇。秦枫怔了一怔，却没有马上迎上来，继续与房前的村民聊了几句才转过身。

"真是感动，局长大人亲临鄙乡，雨都下得甜润了些。"秦枫油嘴滑舌道，"您有什么事，打个电话得了，何必鞍马劳顿呢？"

"不亲自来，怎么抓得住你偷懒耍滑的现场。"叶天佑故意拉着脸嗔骂。

"局长冤枉秦所长了，他这是帮我忙呢。"村民忙不迭地替秦枫开脱。一边说着，一边拿出破得掉渣的账本跟叶天佑解释秦枫的来意。

叶天佑细问了问情况，便客气地跟村民告辞，往派出所去。他不说话，也不让秦枫说话，就看：看人、看五小工程、看案卷、看档案。然后他表情严肃地坐进窄小的所长办公室。

秦枫见状，紧跟着进门，说："局长，您还想看些什么？我给你准备。"话不轻不重，有弦外之音。

"你怕我揪你毛病？"

"不是，不是。我这点小毛病，哪值得您亲自动手，这不有分局、市局纪委吗？"

叶天佑拢起手，蹙着眉，说："我今天算是一顾茅庐，算跟你打招呼也好，算征求你意见也罢，我决定把你调到市局去。"

话题有点突然。"市局？我这派出所老油子，连分局都没呆过，您这一下子让我进深水区，我要拿不下来，掉了链子，会不会算是丢您的人？"

"你不想去？"

"没有。只是领导您是不是再考虑考虑？"

"看你这皮球踢得多没水平，我没考虑好会找你谈话？"叶天佑虎着脸，"爽快点，我没时间跟你絮叨。"

秦枫点点头，说："我可不可以多句嘴，给我个什么位置呢？"

叶天佑笑笑，逗秦枫道："据我所知，你不是个讲价钱的人，莫不是给你根线便沿藤？这样吧，今天在你地盘看你怎么款待我，到了市局我再想怎么对待你。"

"小食堂您也看了，感觉您不太满意。"秦枫说，"不如我们去村里，跟驻村辅警吃环保食品。"

叶天佑盯着秦枫的眼睛，那里不仅盈满笑意，还蕴藏着狡黠，似乎看进了他的心里。民警包片、辅警包村，他在戎州就有谋划，没想到小小的南麓派出所已经在施行，虽然因为经费和人员的限制，暂时还做不到一村一辅警，但这个思路完全对。

"好，那就去村里。"他更加喜欢秦枫了。

秦枫是在一次办案能手选拔中进入叶天佑视野的。叶天佑抽调了他的案卷，觉得这个人善于做群众工作，办案是把好手。了解中，却有人说秦枫江湖气太重，常跟三教九流的人称兄道弟，在派出所如鱼得水，却未必适合到大机关工作。

后来，他来到南麓派出所，先是暗暗观察，发现所里所外都叫秦枫"疯子"，不仅内务事处理得风风火火，打架斗殴、邻里纠纷也处理得风快，对待社会上的流子混混也有些疯，兼打兼骂兼处罚，不给他们辩解的机会。

这性格叶天佑喜欢，虎实机灵，说话能随机应变，不失幽默，很讨人亲近。秦枫的个子不到一米七五，身材中等，皮肤黝黑，敛起那份虎气和机警，走在街头就像山坡上的石子一样不起眼，这更中叶天佑的下怀。

车往西开，离开大路沿乡道走了十几分钟，逢一叉路口，叶天佑让秦枫选择，去最近的辅警驻村站。秦枫往右指了指，不出五分钟，看到一个大村落。

村主任是个敦实的白胖子，带着一个穿制服的人跑步过来。见了领导，村主任握手，辅警立正敬礼，动作一点不含糊。听说领导要在村里吃饭，辅警有些惶恐，他原来在村主任家蹭饭，新村部落成后，辅警站有了一个小套间，派出所统一配发炊具，他才自给自足。秦枫却不顾辅警的神色，袖子一撸，亲自去村里买菜，自告奋勇当起大厨。

辅警第一次见市局局长这么大的官，还要单独作陪，面有怯色。不过，他知道自己该怎么做，如数家珍地将驻村站情况介绍了一遍，只是面对屋角落里的旧单车时有些惭愧："村里经济条件不好，三年了，都靠着它巡逻呢。"

叶天佑转头找秦枫，却发现秦枫正偷偷看着他，心里觉得不对劲，莫不是突然袭击也会中了他的套儿。

"秦大所长，你偷看着我干什么呢？"

秦枫从灶前直起身，笑嘻嘻地说："叶局长，我的心思其实你全知道。听说市局要处理一批警用摩托车，城里用不着，不正好放到我们乡下来吗？"

叶天佑抬手打住秦枫的话："我才发现，你时时处处都不忘露出自己的花花肠子来。把我带到这么偏的村里吃饭，我以为你为我的胃考虑，谁知是你的口袋阵？不过，这次就原谅你了，这样的辅警驻村站，真让人高兴呢！"

秦枫笑笑，说："下次带你多看几个。"

"多看几个地方可以，但不吃饭了。"

"怎么啦？"

叶天佑意味深长地说："饭太贵。"

在场的人哄的一声笑崩了。

叶天佑真正地了解秦枫、器重秦枫，不是因为他的口袋阵，而是源于一条以秦枫为主角、轰动汉洲的新闻。那天，叶天佑也在场，不过，他最多算一个配角、一个目击者，甚至小心眼里担心汉洲人民会给他一个下马威。

回雁峰是雁山七十二峰的最后一峰，属于城市山岳型风景名胜区，既蕴藏着融"儒佛道"于一体的古文化精华，又是近现代革命教育圣地。叶天佑到汉洲任职的第一个周末，便带着妻子爬了回雁峰，不仅深刻体味了一把汉洲的文化底蕴，更为漫山的杜鹃花惊叹不已。

没想到，下山还没一个月，雁麓公安分局向他报告说，有人挑了一担汽油上山，扬言要把回雁峰烧了。

这事儿太大了。他反复问分局长，真是汽油吗？具体有多少升？人到了哪个位置？情绪怎么样？有没有控制的可能？前三条分局长回答得十分具体，后两条却答不上来。

武警内卫、消防、公安民警、各级政府干部及民兵组织，全员出动，把回雁峰围了个水泄不通，但没人敢轻举妄动。

紧急会议在回雁峰下召开，上至省委领导、下至烧山嫌疑人所在村委会主任齐聚一堂，研究解决办法。按照通知要求，南麓派出所所长在参会人员之列，但点了几次名，就是不见秦枫应答。分局长脸上挂不住，恼怒地拨打他的手机，才知他已独自上山。

秦枫是徒步盘山而上的。接到分局长电话时，他正好跟烧山嫌疑人对上眼。这个人他很熟悉，叫胡小毛。去年他因违规修建住房受到处罚越级上访时，秦枫家访过很多次，跟他母亲还很有交情。

秦枫没有跟分局长多做解释，只说身上带了执法记录仪，现场视频已直接传送到分局指挥中心："领导们都在指挥中心看着吧，别担心。"

此时，胡小毛半躺在一块光滑的岩石上，汽油踩在脚下，嘴里叼着一根烟，一手捏着手机，似乎在等待手机响起。看到秦枫现身，惊悸般地坐起来，警惕地盯着。

秦枫无声地叹了口气，乖顺地举起双手，显示自己没带武器。他说："小毛，你想过没有？如果山烧起来，山里山外的村民会怎样？你的妻儿母亲会怎样？"

胡小毛瞪着眼，说："我什么都顾不上了，我死后哪管他洪水滔天。"

秦枫没再说话，更没有半点催促胡小毛放弃烧山的意思。他默默地在一旁坐下来，嘴里哼起一首流行歌曲。胡小毛听了半天，才知道他哼的是汪峰的《怒放的生命》。

秦枫见胡小毛心思转移到他身上，便也看着胡小毛，嘴里继续哼着歌，一脸戏谑的表情。胡小毛受不了他的眼神，眼珠子差点瞪出来，忍不住喊道："看什么看，要死的人很好看吗？"

四下里惊起一片飞鸟。秦枫笑呵呵地说："要死，我陪你一起死。"

胡小毛冷笑道："你？官太小了。不让市里、区里的领导倒大霉，我不姓胡！"

秦枫没有理会，嘴角的戏谑意味更深，头摇得拨浪鼓似的，说："唉……可惜……难怪李娭毑不让我上山呢。"

胡小毛的目光转眼间凝结，变得像冰一样寒冷而坚硬。李娭毑是他母亲。

"今天早上，娭毑跟我说，小毛这个没出息的要烧山呢。我说我上去劝他一下。她说，烂牛屎糊不上墙，劝什么？打小我就看不起他，他想当千古罪人让他当去，你没必要陪着当烈士。"秦枫不疾不缓地说，转头看着满目青山，"娭毑说，她早就预言你进不了祖坟。正好，明天她就带着孙子到派出所找我，让孙子改姓。"

胡小毛冷冷地说："秦所长来陪我死，就为了告诉我这个？"

秦枫又笑了，继续不看胡小毛，自言自语地说："可怜娭毑一辈子要强，丈夫死得早，望子成龙，最后是这样一个结局。唉，其实她一直牵挂着儿子呢,还拜托我招他当辅警。"

胡小毛静静地听着,似乎明白了秦枫对他的鄙夷。他自小失怙,母亲要求严,非骂即打,让他生出强烈的逆反心理,逃学、出走,母子反目,直至结婚生子都没有和解。但内心里,他是一个大孝子,他想发家致富,在母亲面前争脸,也为母亲争脸。在山上修房子其实也是出于这一目的,只是无知让他再次丢了脸,无地自容,从而走到如今绝望的境地。

胡小毛说:"谁稀罕当辅警。"

"当辅警至少可以让你走正道,争面皮。"秦枫说,"当辅警,你就要学法律,就知道到风景山上建房、偷油烧山都是违法的。"

胡小毛像是被他的话刺痛了,扔掉手里的烟,一下子站起身狠狠地说:"你们就是看不起我没文化,我就要让你们看看没文化的厉害……"

可是,正当他把手伸进兜里时,背后树丛里突然窜出两个派出所民警,瞬即将他扑倒,并迅速拖出十几米地。

秦枫看了一眼惊得目瞪口呆的胡小毛,温和地说:"你现在悔改还来得及。只要你拿出诚意,好好配合,为自己争取宽大处理。"

这是城下之盟。胡小毛眼里平添了一股冷傲之色:"既然走出这一步,我就不怕死。"

"我知道你不是一个十恶不赦的人,所以我要让你看到政府的宽大之心,让你懂得法律的威力。"秦枫说,"不怕死是好事,但一个男人死要死得其所,死得轰轰烈烈。"

太阳无遮无拦地照耀在回雁峰上,满山碧翠,祥和宁静,仿佛这天什么事都没有发生,到处是一片鸟鸣之音。

在步行走出密林的路上,秦枫嘱咐胡小毛要如实交代汽油是怎么来的,为什么挑上山,如实交代才有争取从宽的可能。接着,他详细地向他解说了相关的法律条款。

胡小毛一直低着头，跟随着秦枫的步伐。忽然，他站住了，抬起头说："秦所长，你就这么信得过一个要连你一起烧死的人吗？"

秦枫想了想说："我相信一个想为母亲脸上争光的孝子终有醒悟的时候。"

"你……你就是为这孤身爬上山来，差点陪我死掉？"胡小毛固执地问。

"不是。"秦枫摇了摇头说，"我是为了李娛驰，她跪着求我救她儿子，我不能辜负她。"

胡小毛一下子变得有些恍惚，默默地伸出手让民警把他铐上。他望着阳光下一览无余的青山，说："我不会再做傻事了，相信我，我不能再让母亲下跪。"

叶天佑离开雁麓区没多久，消息便开始在公安系统悄悄流传——当了十五年派出所所长的秦枫要鲤鱼跃龙门，到市公安局当刑侦支队支队长了！

这种消息甚嚣尘上，传得秦枫心里发毛，自己只是一个派出所所长，虽然解决括号正科级很多年，要跳上副处级的支队长台阶，不是那么容易的，何况支队长钟雁宁还在任，虽然病怏怏的。他想打电话问问叶天佑，却觉得有要官之嫌。没办法，只能自己琢磨这件事。

支队长当不上，副支队长去不去呢？进汉洲去，无论是平调还是提升，对他都是极大的诱惑。就位置来说，副支队长也相当于鲤鱼跃龙门了，这可是千载难逢的机会。问题是，顶着这么大的舆论压力过去，如果干不好，不仅仅是自己丢人。

以前从没为自己的升迁动过脑筋，这下被架在火上烤，滋味真不好受。无奈之下，他来到一位老领导处求经。

老领导官场圆滑，处事城府很深，这种节骨眼上的事情，他也把握不住方向，说也不是，不说也不是。拿不出干货，只得把手搭在能容天下事的大肚皮上，送给秦枫一句玄奥的话："天赐食于鸟，而不投食于巢。进汉洲这事，不在于铺路，而在于你如何走啊！"

老领导这句话看似玄妙，却也话里有话。秦枫既没法把心房填得踏实，也知道多想无益，只能见子打子，摸着石头过河，但又无法控制自己去想。毫无疑问，叶天佑跟自己毫无关系，如果不是东访西访，又亲自到南麓派出所走动，他一个派出所所长几乎没有机会跟市公安局局长相识。士为知己者死，女为悦己者容。叶天佑亲自找上门来，亲自点将要把他调到市局去。他能不去，能不掏心掏肺地做好本职工作吗？

就在秦枫下定决心时，情况又复杂起来。一个消息灵通的朋友跟他透露说，市局刑侦支队长钟雁宁正在办理病退，政治部决定从分局考察候选人，但人选里似乎没有秦枫。

难道叶天佑只是让他到市局去当一名普通刑警？朋友沉吟了半瞬，说："这种可能性极大啊，只是……"朋友摇摇头，不忍继续说下去。

秦枫知道"只是"后面的话。现实地说，他并不期望当上刑侦支队长，但当普通刑警又心有不甘，这不明摆着免职吗？刚刚下定的决心又沮丧起来。

"不过，你还可以抓紧时间做些工作。即使当不上支队长，还有副支队长、大队长、副大队长，挂个职务总比空肩膀好听。"朋友接着说。

"做工作"可不是秦枫的性格。他家祖上十八辈子都是农民，离开农村的他一直只会勤苦地干工作，而不会"做工作"，也不屑于"做工作"。如果他会"做工作"也不至于躺在派出所所长位置上十五年——这么多年，他可一直是响当当的优秀警察。

熬到这个份上，站着是露羞，卧着也是露羞。既然下定决心去，秦枫想想，还是要做些工作，争取能够站着。想通后，他试着做了些工作，结果碰到的净是些不软不硬的钉子，只得利索地缩了回去。

躺在南麓派出所值班室的硬床上，秦枫终于明白了，能不能体面地进汉洲只有一把锁，那锁的钥匙捏在叶天佑手里。

按常理，是叶天佑点将调他去，他有资格跟叶天佑提条件。但秦枫张不了口。他觉得作为下级，伸手向上级要官，张嘴让上司给甜的吃，非君子所为。一旦拉下脸皮，要的与给的不是同一回事，以后还怎么开展工作呢？秦枫很惆怅。

一天，秦枫正带人在工地调解纠纷，手机响了，陌生的号码传出熟悉的声音。不是说他熟悉说话的人，而是对方的石湖方言口音，跟他丝毫不差。

对方自称刘烈宏。秦枫心里骂了句"狗日的"，难怪口音这么熟，两人是穿开裆裤长大的发小、同学。刘烈宏的父亲是个毒鬼、赌棍，害得他出生时在医院特护病房里挣扎了几个月。最终，他弱小的身体摆脱了体内的毒素，活了下来。但父亲却没有逃过毒瘾的魔掌，在他不到十岁时就不知在哪里撒手死了。

读书时，刘烈宏只想着自己是一个孤儿，经常想出走，然后被别的人家领养。他家实在太穷，太苦，与他相依为命的母亲过于严苛。他的孩提时代及青少年时期都是在责打、饥饿和绝望中度过的。他总是一边眼睁睁地看着母亲为了让他变好而责打他，一边却想着自己要如何更加无可救药，让母亲更加伤心。

艰难生活和叛逆心理使他很快走上了犯罪道路。初中没读完，刘烈宏便跟着社会混混打架斗殴，被开除了。从那以后进出看守所成了家常便饭。

十六岁那年，他因为撞破一起杀人案，被凶手关进一个废弃的地下室，野蛮地毒打后，将他关在黑暗之中四天之久。在这次生死考验中，刘烈宏不止一次地以为自己死定了，但在那无尽的黑暗中，饥饿、流血，闻着自己的便臭，使他发现了自己。他发现自己的生活就建立在暴力之上，最坚强的人就是那些无所畏惧者，平常之辈则害怕自己最坏的噩梦。

四天后，刘烈宏像鬼一样走出了地下室。秦枫简直不相信他还活着。

凶手被关进了监狱，刘烈宏成了传奇人物，但是他变了。他变得让所有人都不认识，变得把所有人都当作了亲人和仇人。这种亲仇颠倒，贯穿他整个一生，他要在这种亲仇颠倒的赌博中战胜人生。

之后，秦枫便没有再看到他，直到他从警官学院毕业，在石湖派出所担任副所长。有一天，他约见一起伤害案件的当事人，走进他办公室的便是刘烈宏。那时，刘烈宏已是石湖施工工程有限公司的老板，是受害方。离开石湖，两人又失去了交集。

刘烈宏在电话里说，市委政法委弘沐寿书记在雁麓调研，要不要见一面，他可以介绍。听刘烈宏的口吻，他跟弘书记很熟。接着，刘烈宏说，知道他面临一个大好机遇，正是大展身手的时候，何不当匹黑马杀出来呢？

秦枫虽然骂刘烈宏"狗日的"，但多年不见，不明白他怎么如此了解自己的处境，内心便存了一份敬意。所以，刘烈宏提到弘沐寿，秦枫心里猛地一阵发热。如果弘沐寿能够说硬话，他的事十有八九能成。虽然钥匙在叶天佑手里，弘沐寿是更加强硬的开锁人。

马不停蹄地赶到雁麓区委，秦枫果然见到了前呼后拥的弘沐寿。刘烈宏见缝插针地介绍了他。弘书记和颜悦色地跟他握了握手，亲切地说："知道南麓派出所的工作十分出色，今天没时间去看了，改天来我办公室汇报汇报。"

这话说得秦枫心里甜滋滋的。

秦枫还没来得及向弘沐寿汇报，弘沐寿的话已传得纷纷扬扬，各种猜测比叶天佑视察南麓派出所更费人思量。在仕途上混最忌讳脚踩两只船。秦枫悟到这个道理，捶胸顿足，这一见面一定让叶天佑心存芥蒂。

幸亏煎熬时间不长。周五，市公安局的公安专网便挂出了公示消息。本次调整幅度很小，原刑侦支队长没有变动，秦枫的职务在意料之中：刑侦支队副支队长。网上公示的只有两人，除了秦枫，还有刑侦支队一大队大队长汪涛。

这样一来，进汉洲的事几乎就定了下来。秦枫有点小兴奋，几次点击叶天佑的电话号码又挂掉，怕领导工作忙没时间听。转而给叶天佑发信息："叶局长，谢谢您的信任和厚爱，从今往后，我就是您手里的金箍棒，脚下的风火轮，您点哪我就打哪，您想咋要就咋要……"这样的语言最能表达秦枫此时的心情，也很能体现他平日的语言习惯。可他编来编去，觉得西游记里的修辞手法不够严肃，有太重的江湖气息。或许叶天佑不喜欢这种风格，或许此时如此表决心纯属多余。

想来想去，秦枫把金箍棒、风火轮全部删掉，只留下一句话："叶局长，谢谢您的信任和厚爱，我一定清正廉洁，忠诚履职，不孚重望。"

这话中规中矩，既没有兴奋，又没有幽默。秦枫相信，叶天佑看到只会付之一笑，就算回复"好的"两字，已经把他高看到了南天门。

没想到，秦枫还没放下手机，铃声便响了起来。

"秦枫，感谢就不必了，关键是你由正职变成副职，恐怕心里还有些不满意吧？"叶天佑张嘴便调侃起来。

"哪里，哪里？谢谢首长。谢谢首长拉了我这一把。以后……以后我就是您胯下的坐骑，手里的武器，任您驱遣……"

"别别别！"叶天佑打断秦枫发挥，"别把封建的东西带进新社会。

秦枫，你就是你，组织上给你一个位置就是给你一个考场，试卷答得怎么样，全凭你的水平。"

秦枫说："请领导放心，我不敢说将试卷答满分，但争取超过八十分，让您不至于寻孩子敲锣——丢人打家伙。"

"踩了式样，就不是寻孩子的事，滚犊子去。"

"是，回去卖红薯。"

叶天佑在电话里笑了笑，接着严肃地说："汉洲是省会，不比雁麓区，更不比南麓派出所，如果说汉洲是一个大舞台，南麓可能还不如舞台上一块砖；工作性质也变了，派出所抓基层治安，刑侦支队抓的是重大疑难案件，案破了是你应该做的，破不了，全市八百多万人骂我也骂你。你掂量掂量？"

秦枫听出叶天佑语境里的叹息，心里沉甸甸的，看到公示时的兴奋被压了下去。他想，这时表任何决心都是多余，唯有应和着叶天佑："局长您辛苦。"

"你别只顾着拍马屁，先想想自己的处境。老钟身体不好，另外两个副支队长一个负责技术，一个负责警犬，真正在台前伸展拳脚的恐怕只有你一人。场子大，要求高，你别上场三招两式就栽个跟头。"

秦枫说："叶局长，我懂。我一定暗里练功，明里上台。"

"好。这几个月我就物色了你这一个人，别让我失望，也别怕我鞭策你。汉洲的治安形势不容乐观，特别是有组织犯罪，你要有心理准备。公示后，多久能过来？"叶天佑的话跟得很紧。

"我现在就准备，公示完的下一刻便挑担起程。"

叶天佑沉默了一会，亲切地问："有什么条件要提吗？"

秦枫沉默着，要搁以前，他肯定拿腔作调爆豆子般地提出八九条要求，但遇到叶天佑如此器重，如此诚恳，除了感激，似乎什么条件都不

015

该说了。

"快说，过期作废。"

"听你的口气，支队的大活儿都该我干，那我斗胆提一个条件。"

"什么条件？你说。"叶天佑回答。

"要驭重活儿，马儿很重要。我想，到任后，给我选几个人的权利。"

"行，我答应。现在局里正在试行探长制，我给你两至三个探长的职位，再给你留三个从支队外选人的编制数。"叶天佑说，"你心里有合适人选后，跟我说，我尽力满足你。"

叶天佑似乎早就把准了秦枫的脉，开着方子在等着秦枫呢。秦枫被叶天佑几句话一甜乎，就像喂饱的斗公鸡，恨不得立即披挂整齐，冲锋陷阵。

第二章

破案扬威

第一次见到汪涛,秦枫便喜欢上了这个搭档。

那天政治部主任送他们去赴任,但看上去更像是赴宴。本来下午送人任职的很少,偏偏政治部主任事多,拖到下午五点半才从政治部出发。钟雁宁从办公室等到楼下食堂,终于看到他带着秦枫和汪涛脚不沾地地走来。

秦枫大概有些累了,走进食堂,便任由钟雁宁拉着,在排档座位坐下。政治部主任严明用优雅的语调宣读了局党委的任命文件,并讲了三点希望。钟雁宁捅了捅秦枫的腰,他才如梦方醒般地站起来,抬眼盯着近在咫尺的刑警们说:"坚决服从党委安排。"说完,他收回目光,看着汪涛,露出一个"看你的了"的微笑。汪涛耸耸肩,摊摊手,说:"按秦副支队长的意见办。"

掌声陆续响成一片,期间夹杂着开启啤酒的砰然之声。

汪涛始终像个局外人一样站在人群中,直到秦枫和钟雁宁等支队领导酒过三巡后,拿着两杯啤酒走到秦枫跟前。他笑了笑,说:"今天是个好日子。"

"不论怎样,是个开始。"秦枫的眼里凝聚着一股深不可测的光芒。他把一杯酒全倒进嘴里,慢慢地吞下去,接着说:"很多人在看着我俩,一起迈好第一步。"

汪涛的脸上挂着微笑,就像在欣赏啤酒泛起的气泡。他晃了晃酒杯说:"我是个特警,特警得稳住阵脚,前进靠的是领导。"

"特警既要稳住阵脚,又要冲锋陷阵。"说完,秦枫想了想,调侃道,

"汪大队长莫不是舍不得离开特警队。"

汪涛没有回答，话锋一转，说："秦副支队长果然处处占上风。"

秦枫收敛起笑容，直视着汪涛那双机灵的眼睛，笃定地说："风向是会变的，只是我说话不太会转弯。"接着，他爽朗地笑起来，慷慨地伸出手，直抬到汪涛的胸前，"汪涛，希望你是我在支队交到的第一个朋友。"

"那就应该喊我涛子。"汪涛敛住笑，握住秦枫的手，认真地说，"但我要等到看你怎么疯之后，才会叫你疯子。"

说完，两人的手紧紧握在一起，相视大笑起来。

几句话交了个朋友，并不能说明秦枫多会交际，更不能说明他聚人缘。事实上，因他被看成是叶天佑的人，同事们争相对他献笑脸不假，有的差点把脸笑烂，即使是市局班子成员对他也是面上一团和气，但背后，绝大多数人都对他退避三舍。

为了淡化人们的疑虑和一些不利于工作的猜测，秦枫好长时间都低调做事，不张扬，也不敢张扬。遇上事了，就当哑巴祭祖——只磕头不说话。他想仔细观察，摸清汉洲的水有多深，再扎进去游泳。

对于朋友的请吃，秦枫基本上不去。当前有一块最好的挡箭牌——中央颁布的八项规定，你不能让我为一餐饭违规违法吧。但是，汉洲具有深厚的文化底蕴，屈原贾谊的流韵、程颢朱熹的理学、经世致用、师夷长技，偶尔遇上一块砖都有可能蕴含着文化精髓。所以，这里的饮食文化，特别是酒文化显得博大精深，有些请吃不去还真不行。

汪涛是第二块很好的挡箭牌。他是土生土长的汉洲人，但他对汉洲当下流行的文化嗤之以鼻，说自从金鸭电视艺术节落户这里，传统文化就变了味，什么娱乐至上，什么"脚都"，搅浑了汉洲的文化沉淀，败坏了汉洲文明。对此，秦枫虽然不尽认同，但对比前后二十年的社会风气，却又觉得不无道理。

汪涛是出了名的桀骜人，看不惯的脱口便出，从不顾忌别人的面子。领导和生意人都不太喜欢在饭桌上碰见他。

工作上，秦枫从容应对。叶天佑交给他和一大队的主要任务是侦破重大疑难案件和打击有组织犯罪。那段时间，汉洲恶性刑事案件不多，有组织犯罪是通过刑事案件呈现出来的，要查处，需通过一些个案收集证据，得慢慢来。但社会面太平静了，他很担心，所谓静水流深，说不定有什么大事在底下酝酿着。多年的从警经验告诉他，越是平静如水的日子，越是要瞪大眼睛。

叶天佑告诫过他，调他进汉洲是赶考的。这汉洲进了，考卷一直没出来，他哪里敢掉以轻心。轻浮飘然是初进北京的李自成留下的教训，注定要吃大亏。

这不，担心什么，就来什么。正当秦枫日夜谨慎，如履薄冰时，梅阳区公安分局报来警情：梅雁河雨溪入江口西岸发现一辆遗弃的轿车，车里有血迹。

到现场一看，情况清清楚楚。遗弃的黑色帕萨特车门紧闭，血迹在后排右座位，高度怀疑是一起典型的抢劫伤害案件。根据车身痕迹初步判断，停车地并不是第一现场。

秦枫朝四周放眼一看，脚下是一条防洪大堤，堤面不宽，两辆小车会车都有些困难。堤高五六米，傍河一面有条石磴小路，堤下长着丰茂的水草，俯视下去，河岸上也没发现明显的作案痕迹。

他首先想到的是尽快找到车主。不论座上的血迹是谁的，必然受到了伤害，如果遇害，就必须找到尸体。他俯身到汽车底盘下面，尾厢里似乎装了重物，比正常要低。他习惯性地嗅了嗅，又仔细看了看尾厢盖的锁头，内侧有一抹痕迹。那是一块已经干涸了的血印。据形状判断，像是有人戴着手套开关尾厢留下的。

"尾厢里可能藏着尸体。"随行的汪涛也看出了这一点。秦枫戴上勘查手套,试了试车门和尾厢按钮。汽车是锁上的,要想不留下破坏痕迹,必须有专用工具。

"天气热,已经放了一个晚上,再不把尸体弄出来,恐怕会加速腐烂,尸检都不好搞。"

但秦枫没有急于动手。以他的经验,外围的痕迹比尸检更重要,要撬车先要固定所有证据。而且,围观的群众越来越多,赶都赶不散。他很不愿意在这么多群众的围观之下搬尸体。

这时,交警支队车管所回复来汽车查证情况。帕萨特车主叫邹宏,原是汉洲矿灯厂下岗职工,现自谋职业。本人电话无人接听,但找到了他的家属王小慧。邹宏出差多,几天不归家是常事,王小慧根本不知道丈夫近况。警察上门,她才意识到不妙,紧张地找到备用车钥匙,跌跌撞撞地赶到现场。

从城区到雨溪需要一个多小时。王小慧赶到现场时,那里已经摆上了一具尸体。那是一具男尸,浑身一丝不挂,隔老远就闻到一股尸体腐烂的恶臭。她没什么经验,不懂得尸体腐烂程度与时间的关系,当即痛哭倒地。

那具尸体不是邹宏,是秦枫偶然感知到尸臭,从河堤下挖出来的。

在等待王小慧赶来时,秦枫信步从大堤上走下了河洲。那里空气清新,景色动人。河滩野花争奇斗艳,一阵风吹过,就像一匹锦缎飘飞。

只是在那阵风吹过时,秦枫忽然发现那锦缎似的花带在飘飞中有个间断。再一看,是倒伏了一长溜花草,那是有人走过的痕迹。草的倒伏有一定宽度,看样子有人走过几个来回。

秦枫立即警觉起来,沿着痕迹来到离河道不远的地方,发现一摊被拔出来的乱草,草已枯黄,被人均匀地撒开,似乎在遮掩什么。拨开乱草，下面是一堆松土。

他招了招手，叫两个民警找附近的农民从家里带着锄头帮忙。刨开松土，呈现出一个一米三长的坑。秦枫对这个坑的长度产生了疑虑。怎么只有这么一点长呢？如果用这个坑来埋尸，被埋的尸体就很小了。乡下人有在河滩上埋早夭子的习惯，这个坑里埋的会不会是个早夭子呢？至少不大像是埋帕萨特车主的坑。交警没介绍邹宏有多高，但曾当过矿灯厂工人，还开着帕萨特，总不至于是个侏儒吧？

挖了五十厘米，农民有些泄气了。

"别挖了。"农民直起腰说，"我看这里面恐怕是哪家埋的早夭子或瘟畜牲，再挖对你们没有用处。"

秦枫走近坑，俯身往里面看了看，想再判断一下。就在这个时候，他忽然闻到一股特别的臭气。多年从事公安工作的经验，让他立即判断出那是人的尸臭。

"不管那么多，再挖。"他说。

这一挖便出了成果。一锄下去几乎弹起来，细细地刨，露出一具腐败的肉身。弄出来一看，尸体并不短小，是被人折着窝进去的。看样子，埋尸体的人图快捷省事，来不及挖大坑。

由于尸身高度腐烂，加上身上没有任何能够表明身份的东西，死者的情况一时无法判断。但是，致死原因十分清楚，尸体上有枪弹的痕迹，而且被射击了数枪。致命枪伤大约在头部，而且是两枪。杀人者下手残忍。

秦枫的心情霎时间变得异常沉重。劫车伤害案的车主还没找到，却意外冒出另一具尸体。更严重的是枪杀，涉枪犯罪属于重案，需要上报公安部。

秦枫将情况向叶天佑做了汇报。叶天佑是搞刑侦出身的老侦查员，一听汇报就意识到情况严重，迅速赶到现场。

这回雨溪河岸热闹起来，堤上堤下都是刑警的身影。他们分成几组，十分认真地在周围勘查。远远在堤上围观的村民也被眼前的景象弄得紧张起来，叽叽喳喳地向派出所民警反映情况。说什么的都有，但就是没人听到枪声。

在这个过程中，秦枫专门安排一个组接待王小慧。他们先是将车弄到附近的交警中队，打开后尾厢一看，果然不出所料，邹宏的尸体就锁在里面。王小慧再一次哭得晕了过去。

经查验，邹宏的致死原因也是枪杀。不同的是，这次他是头部中弹，一枪致命，身体的其他部位没有伤痕。

侦察员向王小慧询问了她丈夫昨天的情况。据王小慧回忆，她丈夫昨天像往常一样早晨出门，近中午的时候她打电话问回不回家吃饭。邹宏说在外面办事，有应酬。下午五点多钟她又打了电话，却没有人接听。从那以后，邹宏的手机就再也没有打通过。昨晚，她一夜都在担着心，害怕发生不好的事情，没想到是真的。

经查，王小慧与邹宏属于患难夫妻，感情说不上多好，但她靠着邹宏养活，没有杀人或买凶杀人的动机。邹宏身上没有现金和值钱的东西，或许已被杀人者掠走。

"你的手机带来没有？"侦查员问。

王小慧把自己的手机交给侦查员。侦查员从手机内存里调出她跟丈夫的通话记录：第一次通话是十一点五十分，两人聊了三分多钟；第二次是十七点过两分，没有接听，接着重拨了两次，还是没有接听；晚上十点多钟，她又第三次拨打丈夫的手机，这次已经是无法接通。很显然，邹宏被枪杀的时间是在中午跟下午两次电话之间。

要说办案，秦枫和汪涛都是好手。这警察跟医生一样，是实践锻炼出来的，经历的案子越多，望闻问切，信息串并，经验越丰富，对案情的判断也就越准确。当晚召开专案会议，秦枫将痕迹勘查、现场访问及化验鉴定结论做了详细分析，发现了问题。

帕萨特尾厢里发现三个人的血迹，除了邹宏本人，其中一份血样的DNA竟然跟河洲所埋尸体暗合，也就是说河洲尸体跟帕萨特车主有密切关系。

"知道你丈夫平日里跟什么人来往吗？"汪涛亲自带人赶到邹宏家。

王小慧抽噎着，摇摇头。"他一天到晚在外面做什么我都不知道，哪里敢问他交往什么人？我……我每天只问他回不回家吃饭。"

汪涛看了看邹家简陋的客厅，问："家里有他的常用通讯录吗？带我们看一看邹宏的私人物品，行吗？"

"可以。"王小慧用袖子擦了擦鼻涕，弄得上面脏兮兮，"跟我来吧，除了衣服，他没有什么其他私人物品。"

王小慧提供不了信息，搜查没有收获。汪涛将邹家翻了底儿掉，也没有发现能透露联系对象的只言片语。也就是说邹宏下岗之后，做什么事、交什么人、在哪里活动，王小慧一概不知，邹宏也没往家里拿过任何能回答这三个问题的东西。但有一点，邹宏下岗比不下岗搞得更好，他往家里拿的钱更多了，还开上了帕萨特轿车。

邹宏每天早出晚归，跟厂里原来的哥们同事再没打过什么交道，偶尔碰上问他在做什么，他只是简单地回答"跟朋友搞事儿"，便什么都不肯说。他好像知道警察会做调查似的，以前的老关系没一个晓得他的现状。

对被埋尸体的调查也没有进展。他的指纹、DNA不在信息库里，认尸公告在省市电视台、报纸轮番刊播，一直没人认领。

已经是盛夏，知了的叫声愈发响亮，繁花似锦，满眼碧翠。关于双尸案的线索越来越少，社会对于警方无能的舆论甚嚣尘上。叶天佑焦头烂额，市委市政府做出限期破案的决定，他却不想过分催促秦枫。他知道，秦枫的团队已经尽力，工作还在夜以继日地做，各种办法想尽，就是没有找到突破口。

这天下班后，秦枫没有在办公室久呆，穿过半岛路，走上繁华的梅雁大道。他习惯于在热闹的地方考虑冷静的问题。一辆奥迪A8突然驶过来，急促地停在他面前。

刘烈宏落下车窗，大声喊道："疯子，你怎么在这？上车！"

秦枫没想到是他，犹豫了一下，说："宏宝，我有事，不用坐车。"

"下班溜达是什么事，路上热，我有正事跟你讲呢。"刘烈宏正经地说，"我听说一些有关雨溪案子的事情。"

"雨溪？双尸案？"秦枫有些犹疑，但他立即拉开了车门。

在明城大酒店的茶室里，两人开了个小包间坐下。"疯子，比起那天在雁麓，你更精神了，真是官大权大精神爽啊！"一落座，刘烈宏便开口调侃。

"哪像你大老板，我这事儿妈哪有什么精神爽。"

"唉……"刘烈宏苦笑着摇头，"人啊，还真是三十年河东，三十年河西。想我们小时候，多苦啊，只有你还正眼看看我，偶尔送我些吃的，陪我玩。现在终于熬出一点头来。疯子啊，我们是穿开裆裤的兄弟，永远是兄弟。你我可是时刻关注着。以前小弟我没能力，不敢来找你，现在稍微好点。你的事就是我的事，你放心。"

秦枫抚摸着红木茶具，滑爽的感觉浸入手心，让人心生奢逸的得意。要说小时，宏宝真是可怜，不但食不果腹，而且常常夏天被罚在太阳下暴晒，冬天在雪地里下跪。秦枫看见，总是偷偷地从家里拿些食物给他吃，陪着他。他妈妈见秦枫陪着，心生不忍，便提前结束处罚，让他们一起进屋写作业。但刘烈宏读书太浑,在学校经常打架斗殴,秦枫哪救得了他。初中没毕业,他便被学校开除。现如今……秦枫看着刘烈宏志得意满的满面红光,突然觉得社会真是个奇怪的东西。

刘烈宏亲自坐在泡茶的席位,从自己包里拿出一包精装茶叶。烧水、滤茶、倒茶汤,手法娴熟地泡过一轮,然后摁了摁座上的呼叫器。

"我俩兄弟就在这里随便吃点算了。"刘烈宏笑着,从包里掏出一瓶茅台说,"喝口儿吧?这是晚上不违规。"

"哎,宏宝,你是叫我来说事儿的。吃个煲仔饭就行,吃完我还得去办事。"

"别急,事儿这么久了,也不在乎这一时半刻。我说完了,你让人去办。今天就我们俩,你得让我充一次大,听我一回。"

"哎……"秦枫叹了口气,"宏宝,我这副职哪能像你当老板,很多事得自己去。"

"别急,正职很快就是你的。"

秦枫诧异地看着刘烈宏,说:"这话可不是随便说的,正职还在位呢。"

刘烈宏笑了笑,一脸轻松地说:"我知道你的忌讳,我不乱说。就这一回,我告诉你正职的事,你把心放在肚子里。"

秦枫表情冷了下来,没有接话。

"你说的双尸案可能是一个外地人做的。"刘烈宏说,"我公司对面楼里的保安小彪子跟那人相熟,他透露的消息。"

"这话我怎么听着怪怪的。你一个大老板,人家小保安怎么会跟你说这些事情?你这么平易近人,拐骗人家保安小美女?"他话里有话。

刘烈宏点点头。"疯子,蛇有蛇道,鼠有鼠洞。保安不是小美女,但拐骗也有用。说实在话,我不仅收买他,还准备把他挖过来给我当保安呢。"

"哦……说说看。"

"这个小彪子原来在黔地武警总队当兵，退役后进了朝歌物业公司，现在是星海地产 A 栋的保安队长。小伙子功夫不错，口风也紧，帮了我不少忙。"刘烈宏说，"上午，他到我办公室聊天，聊到黔地时，他说当兵时结识的两兄弟前不久也来了汉洲，结果一个被人杀了，一个为了报仇杀了人。"

刘烈宏几杯酒下肚，似乎不再像在生意场上那样装了，说话露出原来的模样。

"疯子，这个小彪子对我很忠心，我让他做啥就做啥，你不用担心。他说的事儿绝对是真的。我一听，便联想到雨溪的尸体，交代他再去仔细打听。"

"你怎么不打电话给我呢？"

"这种事怎么好打电话呢？我正想到公安局门口等你，结果看到你孤身一人走在街上。"刘烈宏打着嗝，好像有了醉意。

"好，你打电话给小彪子，让他到方便的地方等，我们这就去接他。我再详细问问。"

"呵呵……你不相信？没问题。我这就打电话。不过，我得跟你讲好，我不想卖乖，也不能卖乖。给你约好人我就走开，你让同事接你去。这个人是你查出来的，没有别人。"

小彪子叫贺彪，一上车便被两个警察夹在中间。尽管他是见过些世面的人，但没有见过如此阵势。面包车的后座上还有两名荷枪实弹的特警。他还站在台阶上等车时，两支枪便对准了他。

进了支队执法办案区域，贺彪便乖顺地坐下来，一五一十地回答警方提出的所有问题。

根据贺彪提供的线索，侦查员查到黔地来的两兄弟，被杀的是哥哥，叫马原，报仇杀人的是弟弟，叫马林。原来租住在梅阳区星子秤街道东条二巷的一栋民房里。东条二巷不算热闹，但四通八达，没有高楼深院，交通十分便利。

据邻居反映，他们来的时间不长，没有专门找工作，但昼伏夜出，行动十分神秘。他们对汉洲不太了解，曾经多次向人打听过哪个区哪条街怎么走等等。

"调集警力，秘密封锁东条二巷。"秦枫指示一大队。

"什么时候抓人？"汪涛有点耐不住了。

秦枫摇了摇头，显得十分镇定。"还要过细，不到万无一失，绝不能打草惊蛇。"

他把贺彪请到办公室，说："谢谢你，贺队长，这次你为我们立了大功，我得感谢你。"

"感谢就不用了，举报犯罪是公民的义务。"不愧是退役武警，说话挺得体。

"感谢肯定不能少，不过我还想请你帮个忙，看你有没有把握立一个更大的功？"

"秦副支队长想让我做什么，你指示，我照做就是。"

"你想一想，能不能把马林引出来。"

"你们想抓他？"

"这个你别管。"秦枫望着他的脸，"有把握吗？"

"只是叫他出来？"

"对，叫出来就行。"

"叫他出来是没问题，但手段可能不高明，不知你们允不允许？"

"没问题，随便你用什么手段，只要引他出来。"

"他没别的爱好，只是他一个人在这里有些寂寞，喜欢找女人。"贺彪难为情地说，"他就是因为这联系我的。"

秦枫皱了皱眉头，抬腕看了看表，晚上十一点整，正是夜场最热闹的时候。

"这个时候，他也没什么事，绝对会出来的。这个花花肠子，玩女人当得饭，一天到晚脑子里就动那一根筋。"

"好吧，给他打电话。"

当着秦枫的面，贺彪用自己的手机打通了马林的电话。

"小林子，我是彪哥。你在哪里做么子啰？"

"没做么子……"电话那头打了个哈欠，"对不起，彪哥，没来得及向你辞行，我买了票准备回家去。"

回家？秦枫心跳到了嗓子眼里，忙跟贺彪打眼色。

"回家？彪哥哪里对不住你么，话都没一句？"贺彪有意提高了语调，似乎十分生气，"你现在在哪里？哥给你送行。"

那边突然没了声音。贺彪有些沉不住气，看着秦枫。秦枫心急，却也束手无策，如果马林就此走了，他们要抓人，可是更加千难万难咧。但他立即稳住神，向贺彪打了个"别慌"的手势，让他别急着追问，沉住气。

贺彪还真沉住了气，手机贴在耳朵边等着。

"对不起……彪哥，你帮了我很多忙，我却无力报答，无颜见你，才没辞行的。"

"我们是兄弟不？"

"是。"

"是兄弟还用得着说这种屁话吗？是兄弟来日方长，难道就这一棍子买卖？"

"对不起……"

"别啰哩啰唆了，我现在春天里酒吧喝酒。你是几点钟的车，我就来接你，咱们喝一杯，权当为你送行。"

"车票倒是明天早上五点的。要不今天就算了，下次我再专程到汉洲看你。"

贺彪有点着急了。越是这种时候，他越是想要立功。至少想表现表现自己。既然只差一把火了，他便一不做二不休，竟然使出了激将法。

"你这个小林子，这么不够义气。还一门心思想着为哥报仇呢，我看你根本就不讲兄弟感情。"他几句话把秦枫说得紧张起来，但是他有自己的套路，"想当年在黔地，我们三兄弟吃喝逍遥，几时拖拖拉拉？现在哥哥不在了，你怎么变得女人样的。"

"没事咧，我不比哥哥差哪里。"马林竟然吃他这一套，"我自己过来吧，不用你辛苦。"

"别别别，还是我亲自来接你，你说个地，哥哥我立即喊滴滴。"

"好吧。"马林终于答应下来，"你到劳动路跟文艺路交叉口来吧，我在新华酒店门口等。"

文艺路口正是新华书店后门，的确有一家新华酒店。秦枫一声令下，特警与刑警互相配合，在酒店四周布下了一个严密的口袋阵。

汪涛亲自驾驶一辆民牌车冒充滴滴，直奔新华酒店。后面只坐着贺彪同行。

在汪涛车后约二十米，一大队几个民警同样坐在一辆民牌车里，不紧不慢地跟着，随时准备策应汪涛。

秦枫则带着几个刑警从另一条路穿插过去。按计划，他们要绕道从另一个方向开向新华酒店，迎头赶到酒店北侧，与前两辆车形成合围之势，把马林夹在中间，让他无处可逃。

晚十一点半，汪涛的"滴滴车"从新华酒店南侧驶入酒店停车坪。

夜已深，酒店门口少有行人，两名刑警蹲在酒店大堂，两名刑警坐在车里，两名刑警在停车坪东西入口，再就是偶尔有几名酒店保安和服务人员出现。

汪涛正要示意贺彪给马林打电话，转头一看，贺彪盯着酒店西头小巷里走出的一个青年。那人东张西望，一辆出租车从酒店东出口驶出，他还伸头往出租车看了一下。贺彪见状，忙从汪涛的车里钻出去，朝着马林喊道："小林子，我在这里。"

马林快步走过来，先朝车里看了看，除了司机没其他人，便头一低脚一抬，大大方方地钻进了车里。就在他准备随手关上车门时，酒店大堂里忽地追出两个壮实的青年，一双绞钳般强硬的手抓住了他的双肩，硬生生地将他拉出车来，按趴在地，锁上了手铐。力量之巨大，角度之准确，速度之快捷，任马林怎么挣扎都无济于事。

马林基本上没有明白是怎么回事，便被铐着拖进了另一辆商务车里。

突击审讯。马林明白是贺彪出卖了自己，万念俱灰。他们兄弟在黔地是孤儿，被人抚养长大，绝大部分时间在社会上混，认识贺彪后，把贺彪当成了亲兄弟。现在，亲哥已死，仇已报，却被另一个兄弟出卖，他也不想活了。

讯问没费什么事，马林很快就供认自己是杀害邹宏的凶手，所有的细节都跟勘查痕迹对上，动机是邹宏谋财害命杀死了他哥哥马原。

案件办到这个程度，就算破了。动机明显，脉络清晰，凶手落网。

但破得不算利落，还存在两个重大疑点。一是马原到底是怎么死的，因为邹宏已死，死无对证，马林对邹宏杀马原的细节，一问三不知。二是杀人凶器：枪。这是此案最重要的证据。马林说扔进了梅雁河里，他指认的河段水流又深又急，打捞难度非常大。警方出动四艘打捞船，三十多人。可任凭怎么搜索，就是不见枪的踪迹。

如果是以前，这么大的案件，移送起诉后应该有庆功宴、表彰会。中央出台八项规定后，只能一切从简。不过，叶天佑还是组织召开了一个庆功会。他极尽渲染之能事地对参与破案的指战员进行了表扬，同时对这两个疑点，提出了质询。

对秦枫来说，这个案件的侦破，算是交了一份答卷，也算给叶天佑长了脸。可两个疑点让他心头蒙着一层阴影，大大折损了破案的欣喜。

第二天，秦枫下班时，在楼道里被叶天佑截住了："怎么，没办庆功宴，对我有想法了？"

"岂敢，岂敢。要说有功，也是你的功，该我给你庆功才是。"秦枫半正半反地说。

"好了，我也不跟你一般闹情绪。"叶天佑说，"晚上弘书记家里有个饭局，我们一起去，权当大领导犒劳你。"

"我就不去了吧。你们大领导之间的宴席，我去了碍眼。"秦枫推辞道。

叶天佑一把拉住秦枫，说："你犟什么劲，人家可是特地点了你的名。"

弘书记就是市委政法委书记弘沐寿，刘烈宏介绍他见过，挺亲切，那时就让他去办公室汇报，可他不仅当时没抽出时间去，到市里几个月了，刘烈宏也打过电话催促，他就是没去。在别人眼里，干公安工作的天不怕地不怕，可他从骨子里害怕见大领导。

秦枫跟着叶天佑来到八一路蓉园小区弘沐寿的家里，见弘书记和几个人已经围坐着硕大的餐桌闲聊。见了叶天佑和秦枫，几个人谦卑地站起来，点头哈腰地微笑。弘书记坐着没动，大大咧咧地逐一介绍着几个人。其中有宏图山庄的乔总、卓嵩酒店的吴总、星海地产的梁总。实在是现在碰到谁都可以叫"总",秦枫也不知道他们的真实身份。

叶天佑随着弘书记的介绍,热情洋溢地和每个人握手。然后,他挨着弘书记坐下来,手指着秦枫说:"这一位,是我们刑侦支队副支队长。"

弘书记摆摆手,说:"小秦我在雁麓就见过,是回雁峰烧山案的大功臣。来来来,过来坐。今天是家宴,我虽然三高超过了警戒线,还是想喝好酒陪兄弟们尽兴。"

秦枫想找地方坐下,却见只有弘书记右侧还空着两个座位。左顾右盼之际,客厅内侧的一扇门开了,走出来的竟然是刘烈宏。他首先对着叶天佑鞠了一躬,道了声好,然后不由分说挽了秦枫的手,来到弘书记身边坐下。

"宏宝,你怎么在这里?"秦枫小声问。

刘烈宏却没藏掩着,大声答道:"我怎么不能在这里?弘书记为你们办庆功宴,我也得来蹭一蹭。叶副市长带着你们保境安民,是我等的福分啊。"

"呵呵,宏宝说得对。"弘书记竟然也称刘烈宏奶名。

"是我等的福分,福分……"几位老总一起附和。

酒桌上的气氛热烈亲切,酒很快就过了三巡,大部分人的脸被酒气熏成了关公。秦枫坐着,因为有叶天佑在前面挡着,他的酒几乎没动过,任谁敬,他都只是舔一舔。没事,眼睛就观察着几个老总。乔总肥头大耳,嘴唇外翻,面孔酷似南天门的哼哈二将;吴总神态矫情,小眼睛上套着大眼镜的脸庞上,露出哈巴狗似的讨好表情;梁总整个头顶一片荒芜,只有耳朵上方一丛杂草,此人大约平日颐指气使惯了,在这不得不恭顺的场合,目光里偶尔锋芒毕露,像狼一样咄咄逼人。

酒喝到酣畅时,哼哈将军乔总突然说:"要不我们一人说个笑话怎样?不逗笑不算数,还要奖三杯。"

秦枫看到，乔总说话时的样子，张着肥大的嘴巴，涎水都流了下来，色迷迷的，好像面前有个全裸的美女，恨不得立即扑上去。

吴总说："老乔，桌上都是文明人，下流的段子你自己回去想，别在这里出丑卖乖。"

吴总的话让乔总急了眼。乔总嘟着肥嘴，似乎要喷吴总一脸唾沫子。

弘沐寿倒显得有些超然，说："眼下有个最好的题材，又文明，又考诸位的文化，怎么样？"说着，他站起来指着阳台外面的一栋古建筑。"汉洲重修屈子祠，缅怀古贤，传承文明。我们何不以屈原为题，来个对联接龙？"

说完，他转向叶天佑，似乎征求叶天佑的意见。叶天佑正夹着一段笋片，瞅见弘书记的表情，忙放下筷子说："领导怎么说，我们就怎么做，文明的好。"秦枫心想，叶天佑平素刚正不阿，六亲不认，见到领导还不弥勒佛一个，只会嘻嘻笑？看来，见风使舵是每个闯海者必须练就的本事。

弘书记回到餐桌，身子端得笔直说："上月我去了一趟汨罗屈子祠，祠里的对联真多。我记得董必武赋得一联，很有高度，叫作'阶高辞远，同风雅并体；行廉志洁，与日月同光。'"

"汨罗屈子祠我也去过，我记得一联。"乔总抢着说，"'江山留胜迹，忠孝在人间'。是……是……谁写的不记得了。"

吴总借机又臭乔总："叫你别卖弄，总是不听告。大爷我再告你一次，你记着了，是张照，张照。"吴总说完，万分得意地将头转了一圈，把乔总气得吐血。

秦枫看不惯吴总趾高气扬的样子，有意灭灭他，温和地问道："不知这位张照是什么人？"

吴总哪里有这方面的知识，顿时哑口无言，忙问秦枫要答案。

秦枫却不正面回答，说："我这有一写屈原的对联，请吴总猜猜是哪位的手笔。'大节仰忠贞，气吐虹霓，天问九章歌浩荡；修能明治乱，志存社稷，泽遗万世颂离骚。'"

一圈人纷纷为秦枫喝彩，酒越发喝得热烈。叶天佑始终话都不多。刘烈宏则一直没出声，脸上的微笑就像蒙娜丽莎似的摆着。弘书记说："文的来了，武的也来了，酒足饭饱，大家不打不相识，彼此留下'万儿'，有事好照应。"

几位老总包括刘烈宏忙拿出名片递上。秦枫才知道，乔总大名乔德富，吴总大名吴广财，梁总大名梁震业。名如其人，秦枫似乎从名片上就可以探出他们嗜财如命的性格。

叶天佑接了名片，却没有回赠，歉然地说："对不起，诸位发财印名片显得财大气粗，我和小秦只是弘书记手下的兵，没资格弄这一套。不过，我们虽没名片，却比谁都好找，110，一拨就通，有事必应。"

叶天佑的话亦庄亦谐，几位老总听着别有一番滋味，却不得不笑出声。

饭后，秦枫跟叶天佑相携在街头散步。城市拥有着完全梦幻般的形态，随着霓虹闪烁，它的颜色不断变换着，由奶黄到淡粉、淡蓝，整座城市既像一只汪洋中的大船，又像某种飞翔的战车，像是火焰，又像是花朵。秦枫感到震撼，汉洲城的夜景完全出乎他的想象。街头有些什么呀，娱乐城、夜总会、电影院、歌厅、酒吧、茶座……这里形形色色的什么人都有，商人、政客、流氓、混混……有的嚣张，有的隐秘。

他有时没事，总爱揣摩这些。从乡村派出所到市公安局，他想咀嚼大城市的特色，触摸省城的脉搏。起初在他眼里，夜晚的汉洲呈现出来的就是某种纯粹的狂欢状态，纷纭杂乱，所有的人都醉生梦死，都无限地娱乐到底。但渐渐地，秦枫看出了门道，夜汉洲是一个复杂的、混合的，具有隐秘分层的地方，需要他辨别了解的还有很多很多。

叶天佑说："城市就像一个贵妇人，雍容华贵；乡村就是一个村姑，质朴单纯。"

秦枫说："叶局，这样的繁华真是让人匪夷所思。"

"所以需要你去体验，去适应。"叶天佑说，"哎，你觉得今晚那几个人咋样？"

"每个人都有欲望，都有所求；每个人都抱着某种目的接触我们。在他们眼里，任何美好的东西都可以交易，没有一种情感是无私的。"秦枫深有感慨地指着远远近近高楼上的霓虹说，"因为他们，这里成了一个戏剧的城市，特别是入夜之后，这个城市比戏剧还戏剧，比深渊还深渊，比梦幻还梦幻。"

叶天佑瞪着秦枫，好像不认识似的。"当年没有安排你在文职岗位，真是屈才了。不过，戏剧——你还真说对了，那几个人是汉洲商界的大腕，慢慢地你会看到他们演出的好戏。"

正说着，秦枫的手机响了。是刑侦支队值班室打来的，说有一伙人冲到支队报案，然后堵着大门不肯出去。

"为什么？"秦枫奇怪地问。

"一起很小的伤害案子，按照属地原则，应该由分局办理。我们受理了，也通知了分局，但当事人就是不肯走。"

叶天佑听了个大概，让秦枫先过去。

灯火通明的刑侦支队门口，黑压压的围了好几十号人。他们看见秦枫走过来，自动闪开一条道。秦枫见支队大厅除了值勤民警，汪涛黑着脸站在那里。

"怎么回事？"秦枫走上前去。

汪涛说："他们是聚众斗殴其中一方的当事人。说是晚餐时在荷花池大排档发生口角纠纷，随后双方都叫来几十人。110出了警，分局派出所、刑侦队都去了人。但他们就是不肯接受分局的处理，要来支队。"

"伤亡情况怎么样？"秦枫问。

值班的副大队长徐俊说："两个轻微伤。这方一个，对方有一个，都不肯接受治疗。搽了药水，包了纱布，活跃得很。呶，就是那个。"

随着徐俊示意的方向，秦枫看见一个额上包着白纱布的青年，愣头愣脑地站在一群人的最前面。他对汪涛说："你了解一下，将受伤的和领头的带进来。"说完，他先进了值班室后面的会议室。

不大一会儿，一个身体敦实、哭丧着脸的中年男人、一个敷着厚厚脂粉的中年女人带着受伤青年进来了。进了门，两个中年人扑通给秦枫跪下。俩人声嘶力竭地哭着要求秦枫给他们做主，快抓住凶手，给儿子报仇。

秦枫问："你儿子是谁？"

脂粉女人推了一把青年，说："他是我儿子。"

秦枫忍住笑，问："你是怎么受的伤？"

"被人打的。"青年畏畏缩缩地，边说边往女人身后躲。

"为什么挨打？"秦枫说，"你们喊了这么多人堵门、打群架还有理了？我告诉你们，利索点，打群架的事你们去分局接受处理，我不想插手，但堵门的事，你得给我说清楚。"

女人用肥嘟嘟的手揩了揩脸颊，顿时露出一片焦黄。她管不得那么多，委屈地哭道："天啦，没个说理的地方了吗？公安局、派出所我去了好多次了，哪一次得到过解决，哪一次不是偏向他们，反而把我们骂出来。难道平民百姓就这样任人欺侮，任人打死路边吗……"

秦枫听见话里有话，问："他们为什么经常找你们，打你们？"

女人捣了一下男人的腰，哭丧脸男人忙说："我知道我们喊人堵门不对，但我们也是没办法。实在是被逼得没出路了，才想着请你们重视我们的事。"

"什么事？详细说说。"秦枫说着，示意旁边的徐俊做记录。

"我……他……"男人想说却结结巴巴地，大概有难言之隐。

"勒索，对，勒索，他们想收我们的保护费。"女人鼓着双眼盯着男人说，"我们一个小排档哪里经得起他们勒索，政府一定要为我们做主啊！"

男人站在那，额头浸满了汗，他左右为难，想制止女人却又不敢。

秦枫不温不火，眼睛从猥琐的男人身上移开，逼视着嘴巴乱翻的女人。秦枫的样子不怒自威。那女人被秦枫盯了一会儿，腿和腰开始发软。她那因流汗流泪而糊花了的脸勉强挤出一丝笑容，因为不自然比哭还难看。她仿佛脚下踩着尖刀，身上却负着石头，清晰地预感到，自己这次可能陷进去了。

男人更加明白目前的处境，表情怅然若失。

秦枫说："真的是勒索吗？真的收了保护费吗？好，那你们的案子我们不会不重视。不过，我得说清楚，如果你诬陷或作伪证，你知道是什么后果吗？"

女人疑惑地盯着秦枫，缓了一会，仰起脸坚定地说："知道。只要你们查下去，把所有的违法犯罪都查出来，我愿意坐牢。"

"你呢？"秦枫盯着男人。

"愿……"男人猥猥琐琐，不敢说下去。

还没等秦枫追问，女人跳起来，冲男人就是一巴掌。"你个老畜生，就是你带坏了儿子，让老娘跟着受罪。我的一辈子啊……"女人打完一巴掌，自顾自地滚倒地上号啕大哭。

"到底是什么事？"秦枫虎起脸，问男人道，"你聚众斗殴，带人堵门，还不说真话，唆使女人作伪证，我看你不把牢底坐穿不会清醒。"

"抓起来,把他们都抓起来,老娘我清静,哎呀,我怎么就这么命苦啊……"

秦枫丢下三人,对徐俊说:"把他们三个分开,分别问笔录,不查清真相不能走。"

"我……我们都要被关在这里?"女人忽地从地上爬起来问。

秦枫摊了摊手,说:"看你们是不是交代清楚问题。"

荷花池是汉洲市特别规划出来的一片夜宵摊点,这里前面临河,后面是一大片娱乐区域,宾馆酒楼鳞次栉比,每栋楼里都藏着一家娱乐和洗脚中心,"脚都"之名因此而来。晚上十点的荷花池仍然车水马龙、人流熙攘,各种歌声在巷道里飞扬。秦枫一行下了车,扑面一股燥热的油腥气。几家排档老板以为他们吃夜宵,纷纷高喊着拉客。

秦枫绕巷道走了一圈。匆匆赶来的分局刑警大队副大队长曾旭指认了发生斗殴的那家排档,因为人都去了刑侦支队,已经关门歇业。曾副大队长试探着问这家老板是不是跟秦副支队长有关系,因为打架斗殴在这里太普遍,分局刑警大队都懒得管,今天怎么会惊动了副支队长亲自看现场呢?

汪涛白了他一眼,没有回答,曾副大队长有些战战兢兢。

访问了几家相邻的店,店主和服务员很忙,也可能对打架斗殴司空见惯,知道他们没有消夜的意思,懒得搭理。

秦枫始终只看只问,没有发表意见。汪涛当特警前在110处警,对这一带比较熟悉。他沉思了一会儿,说:"秦支,我们回去吧,这里问不出什么来,不如听听那一家三口怎么说。"

"你有什么想法?"秦枫知道汪涛可能有自己的见解。

"这种案子比较普遍,一般情况下派出所治安处理调解,加强监管,就化解了。但也可能有深层原因,以打群架作为试探,那事情就复杂了。"

"怎么个复杂法？"秦枫就喜欢见微知著、剥竹见笋。

汪涛笑笑，说："秦支这是考我呢？"他顿了顿，又说："若是试探，对方一定有重大目的，他们想知道店主是否强硬，是否有后台，下一步该采取什么办法。"

秦枫拍了拍汪涛的肩膀，说："有道理，这也许就是那一家三口往刑侦支队跑的原因。"

"可是，这事很麻烦，我们来办显得手伸得太长。"汪涛说。

"这正是我的顾虑。我们不妨先关注着，看事态的发展，并由此展开对欺行霸市、强抢勒索等案件的调查。"秦枫说，"这一家三口，特别是那个女人胆子挺大的，既然她自己闯到支队来了，不如为我所用，由我来当他们的后台，不知算不算硬？"

"我也算一个吧。"汪涛懂得秦枫的意思。

秦枫大笑起来。

"手机响了。"汪涛说。隔着裤袋，秦枫的大腿边绿灯忽闪忽闪的。

"静音了。"秦枫掏出手机，来电是陌生号码，里面传出女声。对方张口便埋怨秦枫来汉洲了，也不打个招呼，怕请吃饭吗？

秦枫立即醒悟过来，同学柳燕，又一个发小。他忙咧咧嘴说："哎呀，对不起，一到汉洲便忙晕了，还没来得及。"

汪涛做了鬼脸，大声逗趣道："有空满大街闲逛，怎么就没时间联系美女呢？"

秦枫支支吾吾地瞪了一眼汪涛，招手要在半路下车。

柳燕是个律师，其实失联也没多长时间。大约半年前，她还因一个案子到过南麓派出所。女人的嘴当不得真，却难以拒绝。她说，好长时间不见，十分想念，若秦枫没特别的事，想请他到明城大酒店咖啡厅坐坐。

前面已出现明城的霓虹灯，秦枫如约前去。

明城是一家五星级酒店，吃喝玩乐一条龙，咖啡厅算是最优雅的场所。秦枫赶到的时候，柳燕早已经到了，包厢里除了她没有别人。在学校时，柳燕就是校花，还担任校广播室的播音，几乎是学校所有少年的梦中人。

二十年过去，时间残忍，但柳燕仍然风韵犹存，只是浓妆艳抹，粉黛气过重，年少时的亭亭玉立、清纯雅致早没了踪影。

见秦枫进门，柳燕迎了上去，半开玩笑，半亲热地说："秦支队长，'日李万姬'，可要保重身体啊。"

这是个谐音梗，话虽带色，却不无关心。秦枫应道："李万姬算什么，还是某些人，当年单恋一场，至今都颇有韵味。"

"是吗？别说什么当年了，就现在吧。"柳燕说着，走到秦枫身边，拿过他的包，并顺手帮着他脱去外衣。

"廉颇老矣，想贪嘴也力不从心。"

柳燕却一点都不忸怩，站到秦枫身后，将一双玉手放在他的双肩上。"别的不行，按按摩总还可以吧？"说着，玉手落在秦枫的肩膀上。也许这一招常用，柳燕对于按摩很内行，让秦枫颇为受用。

可他哪里敢受用下去。从进汉洲的那一刻，他就曾暗暗告诫自己，这是人生的关键时刻，绝对不能因小失大，再不能像以前那样大大咧咧，遇到任何事，都必须小心谨慎，诚惶诚恐，如履薄冰。对待工作如此，对待女人和礼物礼金更应如此。

柳燕虽然早年是同学，中间也打过交道，但他并不了解她这几年的经历。这种人绝对不能让她挤进自己的生活，一不小心，那就是自己人生路上的地雷。

秦枫让她按了几下，意思到了，便侧身坐到一张独立沙发上，并顺势请她坐进另一张沙发。"最近好吗？"他坐下来问。

柳燕却并没有马上回答，而是细致优雅地煮咖啡。待递上一杯咖啡，才说："你知道的，律师累死。你呢？"

"我很好啊。"秦枫笑着说，"我全副身心地嫁给工作，忙是忙点，却并不感觉累。"

"你跟我一样单身？"

秦枫耸耸肩。"不是不是。你误会了，我是说工作忙，有家不能回。老婆原来就在市里，现在住得还近些。只是我以单位为家，以工作为乐趣。"

"哈哈，就你这境界，应该号召所有公务员向你学习。"不愧是名律师，抓观点就是抓得很准。

秦枫喝了一口咖啡，品着咖啡的涩香回味，说："你呢？前面见过几次，也没问你。"

"我？哈哈，你们男人都是吃腥的猫，我才不落你们的套呢！"柳燕口气轻巧，却满是叹息，"我只盼自己永远保持年轻，永远做别人的梦中情人。"

"好，祝福你永远年轻，干杯。"秦枫举杯与柳燕碰在一起。

少年同学，几十年后见面，往往是风华已逝的伤感和同情。但律师就是律师，柳燕是个场面上很讲究的人，虽然难免有些许伤感，但她很快掩饰过去。

"干杯。以后还请你多关照。"柳燕恢复进门时的乖巧。

秦枫觉得这话说得特别，又觉得是自己太敏感，自己的工作性质固然最怕别人求帮忙，但柳燕在汉洲经营这么多年，即便有事，需要别人关照，怎么着也轮不上自己。他说："能关照一定关照，只怕我想关照，却关照不上。"

柳燕立即顺着杆子上，说："还真有个事想请你帮忙。不过也不算什么事，只是亲戚求上门来了，亲戚又特别胆小怕事，所以开个口。"

"什么事？"秦枫问。

"其实没什么事。"柳燕表情活跃起来，她的嘴在说，脸似乎也在说。"我有个远房亲戚，在荷花池开了家小排档，脾气不好，总跟人发生冲突，这不今天又跟人打架，听人说还到刑侦支队闹事。我本不想管的，可她家老人求到我，我……"

"她家老人？"秦枫不明白这事怎么牵涉老人了，"跟你什么关系？"

"我管她妈叫姨妈，当然有点远。唉，亲不亲，家乡人，我妈那边你也知道，那是很顾面子的，说出去的话扔出去的石头，你看？"

秦枫觉得，柳燕也不容易，一个人在外面打拼，乡下那个家一定有不少麻烦事。她以前从没因这种小事找过他，第一次开口便拒绝似乎有些说不过去。况且，他已经明白她说的是谁，他们可能是受害者，没犯什么事，反正要放的。

"你那亲戚叫什么名字，我问问。"秦枫说。

柳燕说了个名字：丁良平。秦枫以为是那个哭丧脸的男人。柳燕接着说："萍水相逢的萍，远房表姐。不过，你不要跟她说是我求的情。她这人跟我不对付，个性强，知道我出面，一定不高兴。"

秦枫说："我还没答应呢！"说着，让柳燕不尴不尬地待着，自顾自地打起了电话。徐俊汇报说："确实是那边寻衅滋事，但店主女人丁良萍脾气暴躁，一点就燃，也是重要原因。不过，对方之所以找他们店的麻烦，可能……"

秦枫最不喜欢听人汇报"大概""可能""也许"，见女人就叫丁良萍，属于无责方，便在电话里大声地指示徐俊不要再留置了，赶快放人。其实，他是坚定了刚才跟汪涛讨论的想法，接下来他要亲自去找丁良萍，请她为公安帮忙，他相信这个人的胆识和能力。

柳燕见秦枫在电话里指示对方放人，欣喜万分。趁着秦枫打电话，忙站到秦枫身后，接着按摩起来，力度手法更加内行，让秦枫舒服得不行。秦枫见柳燕乖顺，对她多了一份好感，便让她继续按下去，说："要不是你老同学，任谁说情都不行。这样吧，他们回去后，你还是要她家老人好好说说她，别冒刺，老实本分做生意。"

"那是当然，我一定会说的。谢谢您。"柳燕显得喜出望外，说，"她家老人管不住，我以后也懒得再求情，你放心。"

"求情好啊，不然，我还享受不到这待遇呢。"秦枫说着推开柳燕的手，"不早了，你的目的也达到了，我们是不是早点散？"

"那怎么行呢？好像我是个过河拆桥的人似的。"柳燕娇憨地说，"再歇一会儿，让我好好报答报答你，怎么样？"

"下次吧，有的是机会。"秦枫说完，站起来，率先拉开了包厢门。

第三章

扫黑帷幕

离开咖啡厅的秦枫在刑侦值班室坐了个通宵,终于做出一个大手笔的决定。这个决定叶天佑一开始便提示过,只是秦枫求稳,不着急露脸,没有施行。

他怕点火,如果火点着了,无法救火扑火,咋收场?但他也没有退路,他不能前怕狼后怕虎,给人留下不良的口实。

在秦枫的眼里,做刑侦工作是大角色,需要脸黑心狠铁面无私,得是汴梁包拯的传人。他虽不是传人,但他是在公安工作中摸爬滚打过来的刑警,对自己的工作对象十分了解,那是一群高智商的精英和凶残暴戾的狂徒。

精英似兔子一样狡猾,兔死了,更狡黠的狐狸要悲的,狐狸悲的方式,是假惺惺的说情。若不是铁面无私,狐狸的伪装和眼泪你很难顶得住。凶残暴戾的狂徒甭说了,对付的办法,像黑脸老包一样,高举铡刀,惩恶除奸。

秦枫相信自己,铁面无私不用说,但他不能单打独斗。上有叶天佑顶着不错,还得有一班王朝马汉帮着冲锋陷阵——汪涛、徐俊、曾旭,都是天生刑侦的料。

早晨,钟雁宁刚出电梯,便看到秦枫红着眼睛站在他办公室门口。"打黑?"钟雁宁听完秦枫的汇报,愣了一会儿,嘟哝着说,"这你可要想清楚了。我们汉洲治安状况不好是现实,但你要弄清几个问题:汉洲有没有黑社会;汉洲的黑社会是个什么状况;黑社会的生存土壤是什么,为什么能够滋生;我们该拿出什么样的具体措施。"

不愧为刑侦支队长，钟雁宁的话字字珠玑，句句问到点子上。

秦枫首先讲了自己的决心和勇气，他把黑社会比喻为躲在城市暗处的蛇蝎和长在城市内脏里的毒瘤，必须切除。他说："刑警就是城市的清淤工、医生的手术刀，扫黑除恶，责无旁贷，义不容辞。"

秦枫讲得言语诤诤，扬斧裂石，令人感动。

最后，秦枫针对钟雁宁的问题逐一回答。钟雁宁听得很认真。秦枫说的内容他其实很清楚，负责全市刑侦工作多年，辖区内存在黑社会是毋庸置疑的，只是有多少，他无法统计。他手里有很多的悬案案卷。这些案子如果完全按照法律程序办理，早就破了。为什么悬在那里，有的甚至一悬很多年。案件事实早已经查清楚，涉及什么人也明明白白，可是无法执行。为什么无法执行，因为权力，腐败的权力，犯罪的权力。

黑恶势力正是权力毒蘑菇下面的阴影。大蘑菇下面有大阴影，小蘑菇下面有小阴影。权力的田野，就像庄稼地一样，长出几株毒蘑菇，不是什么稀奇的事情，所有的农民都知道这一点，不过农民很小心，他们会在第一时间，把这些毒蘑菇铲除。秦枫说："现在中央已经在着手清理权力的责任田，我们为什么不趁着这股东风，开展行动呢？"

钟雁宁当然支持秦枫的决定。叶天佑调秦枫过来时就跟他谈过心，他身体不好，需要敢打敢杀的秦枫来掠阵。但他有些不放心，说："黑恶势力不是单独存在的，它一定依附于权力，彼此结盟，形成利益团体。这些团体，一方面有权力对它们进行保护，另一方面，它们又以各种违法犯罪手段获取利益，并以此回报权力。所以，单纯扫黑，黑恶势力的根基还在，就会危及扫黑的人。"

道上有坎坷，路旁有荆棘，需要万分谨慎小心。

秦枫说："我想先组织专班，暗暗地开展调查摸底，待切实地回答了你提出的前三个问题，再向叶天佑局长，向市局党委汇报。不扫则已，下手就要雷霆万钧。"

"好,我全力支持。你尽快拿一个行动方案,争取用三个月时间摸清底数,在阴历年前开展行动,还汉洲人民一片光明的净土,过一个安宁祥和的春节。"

黑恶势力跟街头打架斗殴、强揽工程、强买强卖是联系在一起的。活跃街头的只是一些马蜂,不过是群蜂,群蜂受蜂王指挥,蜂王背后还有黑手,这是一个大概的组织体系。扫黑就如捅马蜂窝,既要扫除蜂群,斩断黑手,还不能被蜇了,得讲究办案艺术。

最关键的是罪证。

几天后的凌晨,梅岭公园园艺工在草地上发现一个满脸糊血、昏迷不醒的男人,立即报了警。男人的脸全被划花,身体多处伤痕,样子可怕得连园林工人都禁不住呕吐。

五分钟不到,梅平分局刑警分乘两辆车赶到现场。派出所民警封锁了这个地带,120救护车等候在草地不太远的地方,为的是不破坏现场。

分局法医迅速对现场及伤者从各个角度进行拍照。这时,又一辆车停在封锁线外。秦枫带着徐俊赶了过来。

"接到报案,我就想到你跟我说的事情,秦支队长。"分局刑警大队赵队长跟秦枫握过手,说,"正如我电话里跟你说的,又一起伤害抛弃案,可能涉及你感兴趣的领域。"

"知道伤者的身份吗?"

"不知道。初步搜过身,什么证件都没有。"

他们向伤者走去——医生正在进行现场紧急抢救。秦枫随便看了伤者一眼。在漫长的基层公安生涯中他变得很能忍受,但是他站在这样一个被毁容的伤者面前也禁不住打了个寒战。即使是最健全的神经,也几乎顶不住这种残忍的伤害。

"已经恢复清醒，但还不能说话。"法医说，"凶手用刀摧残他，先是在躯体上剜去五块皮肉，再将他的脸毁得无法辨认，豁去了鼻尖。因此，我想……这或许是为了逼他拿钱，或者说出什么秘密，却并没有直接杀害他。"

秦枫问："找到跟以前的伤害案件类似的手法吗？"

"这么残忍，只可能是某个收账团伙干的。"法医说。

"能不能通过伤痕或者刀法，固定罪证。"

法医摇了摇头，说："有点乱。"

"你们受理过多少起同类的伤害案件？"

"分局也不是我一个法医，恐怕得跟大队长说说，将近期案卷做一个清理。"

秦枫转而问痕迹勘查和现场调查情况。

赵队长说："问了公园里所有的人，问遍了周围的群众，全都沉默。我们无法强迫任何人开口。他们似乎都处于睡眠状态：没有人看到凶手，没有人看到他是什么时候，用什么方式送来的，没有人知道他的姓名，没有人知道他住在何处，周围也没有人下落不明。"

"还有，周围移动的痕迹不明显，伤者好像是从天上掉下来的。更奇怪的是，这一带的治安视频当晚都有一段黑屏，就像记忆断片。"

"派一组人跟救护车到医院去。"秦枫说，"知道他受了些什么伤的确没有什么意思，不会推动我们的侦破工作取得进展。但你们要尽快取得口供，尽快弄清身份及他的关系人。"

救护车开走了。

"真伤脑筋。"赵队长说，"这简直是在我们的眉心上跳舞。"

"别灰心，虽然踩中了我们的命门，但我们并非完全看不到他们。我们已经张开了网，只要池子里有鱼，我不相信逮不住他。这只是时间问题,还有时机。"

秦枫跟赵队长告别。"晚上把所有侦查资料复印一份给我,"他说,"我相信一定能从他身上挖出些蛛丝马迹。"

但是,秦枫刚回到办公室,手机响了。赵队长在电话里告诉他,伤者从救护车上逃走了。他是谁,叫什么名字,从哪里来,为什么被人砍伤,一切都没摸清。

伤者在现场得到止血和包扎,在救护车等红绿灯时,趁人不备从车尾跳下,直接逃进一条小巷。他对这一带巷道十分熟悉,转过两道弯,便在追赶民警和医生的视野里消失了。

后来,秦枫继续派人跟踪调查此案,找到可能跟伤害案有关的饭店和商铺进行询问。但一些人望着民警,就好像他们问的是别人听不懂的话。只有一个人很有礼貌地微笑着说,他实际上是代表所有的人说话。

"我们根本不知道。"

"难道消失了一个人你们不知道?"

"是这样,没有人消失吧?"他说。

"总是同样的话。"第二天,民警向秦枫汇报。但连续几天,报纸上都登出了受伤者血糊糊的镜头,质问公安机关何时破案。

几个月之后,那个受害者主动出现在秦枫面前。他满脸疤痕,跟当时的受伤情形十分相似,更重要的是,侦查员取了他的血样,跟受伤者留在救护车上的血型一致。秦枫随后做了大量工作,对他进行严密监视,希望从中找到线索,将这团乱麻解开。

不久,又一起严重的伤害案件吸引了秦枫的注意力。

凌晨六点多钟,一位晨跑者向梅阳公安分局报告,他邻居家传出哭声,好像死了人。七点钟,秦枫亲自赶到现场。门口停满了警车,通道已经封闭。警戒线前等着一些新闻记者和一个电视摄制组。

电视记者眼尖，拦住秦枫，要求随同进入现场采访。

"现场是破案的关键。"秦枫说，"这点你们是知道的。这么多人我怎么好放你一个进来？但所有记者一起进，非得把一切踩烂不可，那就意味着警察得不到有关线索了。在外面，你们总还可以摄像和拍照吧。谢谢配合。"

这是一家叫作雁厨的家庭式饭馆。夫妻俩主厨，两个乡下亲戚帮忙端菜服务，都住在饭店楼上。事情发生在早上五点左右，男主人张季东接了个电话，便下了楼。一个亲戚尿急，听到楼下传来异常的声音，下楼了解情况。妻子下楼时，发现两个人都受伤倒在地上。

此时，分局刑侦队在保护现场，痕检员在给两位受伤者及伤者原来卧倒的地方拍照，法医在给伤者检查并包扎伤口。妻子坐在张季东身边，紧紧地拉着他的左手。他则抓住妻子的右手轻轻抚摩，好像她比他更需要安慰。

毫无疑问，刑警们在餐厅里没有找到线索，唯一能说出某些具体细节的是法医，但法医要求掌握更丰富的资料之后再汇报。

"这是你辖管的案子，小旭子。"秦枫调笑似的对梅阳分局刑侦大队副大队长曾旭说，"我来帮你助助阵。"

说着，他不给曾旭说话的机会，弯腰俯在张季东身边，将一只手搭在他的肩胛上。

"我是刑侦支队副支队长秦枫，"他声音有些沙哑地说，"你好，张老板。"

张季东抬起头："他们已经问过我了。"

"我想再跟你聊聊。"

"我真的什么都不知道。"

秦枫心想，难道又是谁也没有看见什么，谁也没听见什么？那么，

051

店里的目击者总能透露些信息吧。他看着哭得像泪人一样的女主人。在这种情形下，她应该是警察有可能找到突破口的薄弱环节。

"你是老板娘吧？"秦枫问。

"是的。"她多次忍住哭才能继续说话，"我叫刘英。"

"出事时，你在哪里？"

"我在三楼睡觉。"

"你丈夫接电话时，你听到吗？"

"没有，我睡得很熟。"

"他起床下楼，你都不知道吗？"

她依然点点头。

"你是什么时候发现你丈夫和亲戚受伤的？"

"醒来后发现丈夫不在身边，我就下楼来找，发现两人倒在地上，还有血。"

技术员已经对血迹进行了拍照和取样。他们工作非常细致，力争不遗漏任何有助于破案的细节。

"你是什么时候下楼的？"秦枫问道，同时自己笔录。这本来没有必要，旁边的刑警提着摄像机，将一切都摄录在磁带上。

"大约六点钟。"

秦枫又将手放在张季东的肩头上。"那时你是清醒的，还是在昏迷中？"

"我不知道。"张季东垂着头，"我只知道小英抱着我。"

"给你打电话的人是谁，进门的人是谁？你都不知道吗？"

"开饭店，接触的人多，经常有陌生人打电话。接到电话我也没过多地考虑，便下楼来接洽，谁知道还没见到人就挨了打。该怎么说呢？仅凭我这样的性格，是不敢得罪什么人的。但是，做我们这样的生意，只要赚钱，就有竞争对手嫉恨，但我又怎么知道是谁在嫉恨呢？"

"你亲戚什么时候下楼的,他有没有呼救或自卫?他可不是在门口。"

"我不知道他走下了楼。或许,当时我应该已经被打晕了。"

秦枫翻看着自己的笔记本。"不对啊,张老板,你亲戚说听到你在下面跟人对话才下楼来。那你一定跟来人说过话。"

"小刘也许听错了,我没跟人说过话。"他亲戚叫刘琦。自从刑警询问过一次后,拒绝跟任何人对话,甚至不敢正眼看人。

这跟报案的说法对应。他看到老板娘刘英抱着张季东在门口哭,大约当时刘英也是刚发现丈夫受伤,只是抱住,没有移动。痕迹技术员根据当事人的描述在地上绘出了倒地图样。

"还有呢?"秦枫问。

张季东耸耸肩,说:"我什么也不知道,记不起来了。"

据查,当晚饭店的摄像视频缺失,店外的治安"天眼"坏了半个多月没有维修。像上次一样,周边饭店的人全体失声。究竟什么原因让他们不敢开口说话呢?

"有几个人?"秦枫耐着性子问。

"我没看见他们。"

"张老板,你接到电话打开门,放人进来,最关注的就是来人,你必然会看到一个或几个凶手!他们总不至于是隐身的吧?"

"仿佛是隐身的,至少对我来说是这样。"

秦枫深深吸了一口气,保持镇静!他命令自己,好家伙,要绝对保持镇静。发脾气没用,要始终客气、忍耐——设身处地地想想,店主一定是因为恐惧才保持沉默,他对自己的安危也许不放在心,但他还有妻子,有在外求学的儿子。受到威胁的,一定不仅是他们自己,而是他们的命根子。

威胁、恐惧!是什么样的犯罪者能如此神通广大,令群众认为公安机关也不足以保障他们的安全。

"那是你自己吓晕的？"

"我只看见一只手。这只手一挥，我就什么都不知道了。"张季东说，"请您相信我，对您我怎么会说假话？"

"那么还有呢？"

"别的什么我真不知道，我昏厥了。"

秦枫轻轻地按了按他的肩，说："你有仇人吗？"

"每个人都有仇人吧，只是看什么程度的。"

"举例说几个重要的。"

"该怎么说呢？我这样能有什么明显的敌人？只是像我们做生意的，只要赚钱，就有竞争对手，你不一定知道对方是谁，但他们一定存在。"

秦枫转向刘英。

"你发现丈夫和刘琦倒在餐厅里，为什么没报案？这期间你在做什么？"

"看到丈夫和亲戚受伤，我吓坏了。我一个妇道人家，什么都不懂，只会伤心地哭。"刘英停止哭泣，转而偶尔地抽噎，而张季东又紧紧地握住她的手，她身子在哆嗦。

"你为什么不立刻报警或叫医生呢？这可是妻子应该首先想到的，也是救助丈夫和亲戚的应有之举啊。"

"我吓蒙了，完全不知所措。"

"我的主意。"张季东说，"小英下楼后，我也就基本清醒了，我知道自己没多大的事。小英也去看过小刘，知道他死不了，便想先自己采取一些救助措施再说。"

"自己能采取什么措施？这种说辞完全不可信啊。"秦枫转向刘英。他决定拿出撒手锏来，希望能出其不意地突破她的心理防线。"是'讨账缉查局'的人，对不对？"

"什么'讨账缉查局'啊，我没听说过。"她显得十分平静地反问道。

"你呢，对不对？"秦枫转向张季东。

"不知道，它是什么意思？"张季东显得十分茫然。

"你是赌博欠下什么人的钱，还是没交你承诺的保护费？"

这时，张季东脸上倒是露出几丝激动。他说："你说什么呀？我可是从不打牌的，也从不欠别人的钱。"

"张老板，你别把警察当傻子。我是刑侦支队副支队长，跟罪犯打交道久了，很多事一眼便看得出来。你一直在欺骗我。可是，如果你现在和盘托出，我既往不咎，这不仅能帮助您自己，还能帮助您的许多同行……"

"我不知道您说的是什么？"

"到这种时候，您竟然还说不知道'讨账缉查局'是什么？"

"我从没听说过——你这说得像一个机构一样，但恐怕不是吧？"张季东侧过身，倒在刘英的怀里，显得十分虚弱，"我累了，我想躺会儿。"

"我理解，我们送您去医院。"

"不用了。"

"你不仅需要治疗，还需要接受我们的保护。从现在开始，你会时刻处于我们保护之下。"

"我也许只是被几个抢劫犯打了。"张季东的声音忽地提高，刘英将他的头抱在怀里，又哭了起来——也许是出于绝望，出于束手无策，出于恐惧。"我待在家里最安全。"

"你放心，我们会保证你们的安全。"秦枫向门口示意，两个抬着担架的医生走进来。"我答应，我一定会抓住那些伤害你们的人。"

"我不信。"张季东没有反抗就让两个医生从沙发上抬起来，"你还是先想法保住自己的饭碗吧。"

秦枫很高兴手里终于有了一个明确的受害者。但是，张季东的话让

055

他有些发憷。

"这跟我的饭碗有关系吗？"

"你会吃亏的，动过他们的人都没有好下场！"

医生将躺在担架上的张季东抬了出去，刘英紧紧跟着，仍然抓着他的手。

秦枫一个人站在空空荡荡的餐厅里，真想大声地、用尽力气地大喊，但待要出口时，却化做一声沉重的叹息。

短短一个月，秘密成立的扫黑办公室里侦查材料和检验鉴定堆满了一张办公桌。但正如秦枫所说，这真是令人沮丧丢脸，徒费人力。

他认为是"链条最薄弱环节"的刘英比预想的硬挺得多。她一直跟丈夫手拉着手，听从丈夫的暗示。她说自己只是一个家庭妇女，从不关心门外的事，也不管钱管账——听起来完全可信——从未听说过"讨账缉查局"这个名称。如果不是他们已在汉洲开了四年饭店，或许可以相信她。"她家饭店的吵架纠纷一直有人管着。"邻居这样表述。

"在汉洲有一个非常活跃但非常隐蔽，几乎无人谈论的地下犯罪团伙。"秦枫在形势讨论会上说道，"有人叫它'地下处警队'，有人叫它'讨账缉查局'。后者是它的正名的可能性比较大，也有可能这是汉洲的两个地下犯罪组织。这次张季东一定是得罪了这个组织，或者没有完成团伙的定额，所以给他们一个小小的教训。"秦枫拳头顶在桌子上，狠狠地说，"跟梅岭伤害案一样，受害者不愿合作，我们无能为力。可有一点始终是肯定的，这个团伙一定存在，而且很猖獗，很残忍。"

第二天，各报纸和电视都发表了关于此案的报道，他们如实援引警方的话，告诉公众受害者不愿意配合警方说出打人者是谁。警方号召广大民众积极检举揭发，凡提供有效线索者，给予奖励，并公布了报警电话。

报道短时间内便让市民产生了恐慌情绪，成了街谈巷议的重要话题。一些胆大的市民打来检举电话，汪涛逐个做了笔录。

"我叫黄莹，52岁，退休工人，家距雁厨一百多米的样子，我每天在窗户里看着饭店客来客往。老板人不错，环境好，生意挺好的，但老板总是唉声叹气。出事那天，我起得很早。事实上，我每天都起得早，有时出去散散步，有时就坐在阳台上。那天，我就坐在阳台上，看到三个男人沿着墙角走到雁厨门口。隔得太远，看不清年纪，看不清手里拿着什么东西。过了一会，卷闸门开了，应该才拉到半开时，三个人钻了进去。我听力不太好，没听见什么声音。他们在里面大约待了十几分钟……"

"我叫张革，40岁，在环卫处上班……没错，是三个年轻人，高的一米七五多，相当单瘦，两个矮的一米六五的样子，很壮实，一个矮个子手里拿着把锄头似的东西，应该有两尺长，衣服里藏不了。没看到正面相。不过，似乎戴着口罩。现在雾霾重，女的戴口罩多，男的却不多见。他们行迹鬼祟，有意躲着路人。衣服嘛，好像都是灰色的长袖T恤，高个子的T恤带红色条纹……"

"我叫马成强，50岁，失业，住在梅岭公园东侧。半个月前，大约深夜两点钟，我从朋友家打牌回家，看到一个一米七五左右的年轻人扛着根很长的竹竿，竹竿的顶端装着铁钩。他在用铁钩钩治安监控的电线。我想制止的，但不远的角落里还有两个年轻人，是他一伙。我怕报复，便躲着走了。"

"我叫周斌，47岁，在新梅桥开防盗门店。社会上有一伙专门破坏监控的青年人，朋友店门口监控被破坏的不少，我店的监控被破坏过两次，后来不得不移到二楼，但距离太远，清晰度又不够……"

秦枫将检举者的笔录给同事们看，大家面面相觑。

"我们仍然没有证据，没有用得上的线索，张季东、刘琦、刘英依然守口如瓶。但是综合来看，我们还是掌握了一些重要情况：一共有三个年轻人进了饭店，是通过打电话给张季东后，由张季东亲自开门请进去的。不过，他们是一进门便打倒张季东，还是进去跟他聊了些什么后再打倒他？他们在店里呆的十几分钟干了些什么呢？仍是个谜。"

"破坏监控视频的似乎是同一伙人。"徐俊插话说。

"好想法。"秦枫说，"我们的监控视频和店主的私人视频为什么总是坏？应该就是他们干的。联系张季东的电话已经查清楚了，那是一张网络卡，没有登记，无法查清来源。这些情况反映出他们具有一定的反侦查手段。"

威胁、胁迫受害人不敢开口，加上具备反侦查意识，使侦查员只能在主观臆想中开展工作，公安部门将如何靠近真相。

晚上，秦枫再次前往医院探望张季东。病房前有两名警察在值勤。

张季东不是单独一人。他妻子坐在病床边。当秦枫进去时，她立即抓住丈夫的手。秦枫明白地微笑着。这是夫妻之间的默契：什么可以说，什么必须隐瞒，全由握手来调节。

"作案人是六点前进入饭店的，"秦枫开门见山地说道，"我们已找到见证人，他看到了作案人进去和出来。他们在里面待了十多分钟。"

沉默。张季东静静地躺在床上。

"他们给你打电话，你便去开门，你一定认识他们。"

沉默。不过，就在秦枫说他们互相认识时，张季东的嘴角撇了撇，竟然露出讥讽的笑。

"摆开八仙桌，招待十六方，来的都是客，全凭嘴一张。警察同志不会不知道开饭店的规矩吧。"

"他们来得那么早，你做早餐吗？"

"可以订座位啊。"张季东好笑地说，"我根本不知道什么'讨账缉查局'，打我的也许只是认错了人，你们不用太费心了。"

秦枫有些愤然。明摆着的事情都不愿承认，难道你宁愿一辈子受人盘剥、要挟，却不愿做一回勇敢的人？

从医院驱车返回，秦枫带着加班的侦查员们来到丁良萍的大排档，要了几碟卤菜和几大杯扎啤。他深信"讨账缉查局"的受害者，不会都跟张季东一样。

过了几天，秦枫决定再次询问张季东。重伤初愈，没有得到及时恢复，张季东显得虚弱而疲惫。秦枫对于从他身上得到某些新情况并不抱有希望，但还想试一试。有时，有的人受到内心矛盾的折磨会打破沉默。他在这方面是有经验的。只要功夫深，铁杵磨成针，这种办法常会取得惊人的效果。

可是，张季东对秦枫提出的问题，他的回答都是老一套："我不知道。我没看见。不，我们没交谈。是的，一开门便被打晕了。"

刘琦的不配合比张季东更加粗鲁。他直接拒绝谈论挨打的过程。

"你害怕，是吗？"

"哪个乡下进城打工的不害怕呢。"

"你害怕什么呢？"

"我只想平平安安地度过余生，对一个乡下人来说，平安是最大的愿望。"

"不把打你的人抓住，哪能保证你的平安呢？"

"抓凶手是您的事。如果您找到了他们，那么国家会惩罚他们。我只求安宁。"

由此可见，这次讯问没有任何结果。秦枫结束了这种不愉快的谈话，让张季东和刘琦分别走了。这毫无意义，他焦虑地想到。他们肯定知道的多得多，可是他们什么都不说。跟以往受到威胁的案件一样，恐惧使舌头丧失了功能。而警察只能用头撞墙，头开裂了，砖头却并不会破碎。越是这样，犯罪会越发嚣张。

用什么办法来解决呢？

秦枫想起丁良萍跟他说过的话："汉洲有两种人最怕'讨账缉查局'。一是钱多得没地儿放，参与聚众赌博的大老板；二是赚个钱不容易，经常受到流氓地痞骚扰的小老板。前者被人出老千，输了钱还欠高利贷，被'讨账缉查局'追着讨债；后者必须向'讨账缉查局'交纳保护费。可是，这两种人都不敢报警，使得警察无法立案。这也让'讨账缉查局'引人注目，遍地都有，警方却无可奈何。现在，单独活动的流氓地痞越来越少，'讨账缉查局'的活动却愈演愈烈。"

"讨账缉查局"就是丁良萍打探出来的，她老公因为赌博惹上这些人，幸好他欠账不多，那次寻衅斗殴后，忍痛连本带利还清，终于全身而退，但并不是每一个赌博者都有他这么幸运。事实上，许多参与赌博的人，直至倾家荡产、家毁人亡，都无法抽身。

事后，在秦枫的劝导下，丁良萍自愿为警察工作，搜集了很多证据，但不足以给犯罪分子有力的打击。对于"讨账缉查局"，警方仍像面对着一堵墙。

通过这两起案件，秦枫终于认识到，商人的沉默真正意味着什么，他们微笑，可是他们不说话，心思如海底石似的。

然而，秦枫打算加强对雁厨饭店等同类餐馆的监视，特别侦缉那一高两矮三个青年人。同时，他深入考虑将"鼹鼠"潜入到"讨账缉查局"去的可能性，必须在他们内部根植警方的联络员，将一切活动向警方报告。这种人非常难找，内部民警很少有符合条件的，更难得有人愿意干这种卧底式的工作，社会群众像丁良萍这样已经非常难能可贵。

困难摆在面前，秦枫想，自己如果软弱退让，那情况不会发生任何变化，必须想办法侦破有组织的犯罪。

"我来寻求支援。"梅阳公安分局副局长段巍苦恼地说，"请指导我们抓捕这些来去无踪的伤害犯。我敢肯定，他们就是抢走巡警枪支的嫌疑犯！秦支，你知道吗？自从失枪后，许多店铺老板仿佛陷入战争一样感到无比恐惧。"

失枪案发生在一个月前。那天晚上七点，梅阳分局巡警李成在执勤点值完班，独自返回分局。经过小巷转角处时，遭到突然袭击，人被打晕，随身携带的左轮手枪被抢。该案影响很大，由支队另一个大队在侦查。

秦枫说："我们一直处于临战状态——对于犯罪分子，对于老百姓，对于公安机关来说都是这样。我不希望听到你叫苦，我要的是线索和证据。"

段巍摇摇头，说："又一起伤害案，邻居报的警，但受伤者自称自残。"

秦枫没有理他的茬，继续问："支队让你们收集整理同类案卷资料，不知做得怎么样？"

"我已经带过来了，汪涛在看。用来干什么呢？"

"分析研究串并案信息。"

"串并案？好！"段巍像触了电一样，猛地一震，"你们找到足够证据了吗，可以破获这一系列积案吗？"

"不，证据还得靠分局找。"秦枫不动声色地说，把皮球踢了回去。

"怎么，有什么情况不能分享吗？"段巍将身子俯向秦枫，"你不能这样对我，秦支。案件由分局办，举报电话却打到支队，举报情况你却隐蔽起来。这样做不够光明正大。你把举报线索给我吧，我去查，我不怕辛苦……"

"要有线索就太好了。"秦枫扬起手，为的是叫激动的段巍平静，"你看过张季东的询问笔录吗？"

"这还用说。"段巍很不高兴，"他什么都没说。迄今为止，所有审讯工作都等于零，这是让我们伤透脑筋的地方。"

"为什么不换种思维？那不正是案件的共同点吗，难道你不能从中发现些什么？"

"你认为……"段巍不相信地凝视着秦枫，"这是一个非常大胆的推测。"

秦枫并不了解段巍。他揣度了一下目前的形势，觉得给他透露一些信息，并非没有益处。

"对，这不是一般的流氓团伙，也不像'地下处警队'那么简单。手段残忍却很有尺度，威胁歹毒，懂得利用人性的软弱，让受害者死心塌地绝望，而不配合公安机关的侦查。段局长，我向你透露这些，希望你好好把握——案件在你们手里，办好办坏都在于你，我只能帮你关注。"

这么说，秦枫既把事情说开了，做了深度分析，让人信服，又给了段巍压力，撇开了自己的关系。如果因此打草惊蛇，段巍脱不了干系，如果引起段巍重视，以后多一个得力助手。

"就这些？"段巍失望地问道。

"你还想知道什么？"

"线索、证据，如果有具体的人名地址，就更好了。"

"哈哈，我可不是喂奶的保姆。不满意可以打电话给叶天佑局长，让他将报警电话的信息给你。让他告诉你到哪里取证，到哪里抓人，怎么样？"

"我爬到旗杆顶了？"

"我这里只这么高。"秦枫无奈地耸耸肩，"要去剿灭他们，我什么证据都没有掌握，该从哪里开始剿灭呢？我们摸不着对手是谁……否则它就不可能长期存在了。"

"而我只好继续做整理案卷的工作。"段巍站起身，走到窗边。马路上车流如潮，对面广场上魏源铜像耸立。天高气爽的秋日，广场上，人潮如涌，西装革履的男人在孤独地急走，成群结队的女人蝴蝶般翩飞。你们，还有这位师夷长技以制夷、敢为天下先的古人知道这块土地上正在发生着什么吗？段巍心里想。你们或许看到过报纸，或者听到过街谈巷议，有过片刻的震惊，可仅仅是片刻而已……你们只会想到警察无能，想到警察只会给违停的车主开出罚单，可遇到重大疑难的团伙犯罪，却一筹莫展。

段巍的目光从窗外回到室内。秦枫从他眼里看到一丝希望，他知道是什么钻进了段巍的心里——他感到一些欣喜。

"我想你一定听过'毒蘑菇'的传说吧？"秦枫说，"我想你手里一定有不少悬案吧？那些案子事实早已查清，涉及什么人，你也明白，可就是无法执行，为什么？"

"毒蘑菇？"段巍惊讶地看着秦枫。

如果不对毒蘑菇下手，那些案子永远结不了；那些案子结不了，接下来的受害人永远不敢开口。这么一说，所有疑惑的泡沫都破了。

段巍不禁笑了。"支队搜集那些案卷，就是梳理寻找毒蘑菇的？"

秦枫沉着脸，正要回答，门口却传来有规律的敲击声。他知道是汪涛来了，示意段巍别动，起身打开门。

门外站的却是他的发小律师柳燕。秦枫左顾右盼了一下，看到汪涛正消失在楼道里。

"怎么是你？"秦枫问。

柳燕巧笑倩兮地望着他，说："怎么不能是我，老同学当大官了，我来看看还不行吗？"

"我这小衙役还能入你的法眼？请进，请进。"

"秦支队长，现在是社会主义新时期，可不兴旧社会那一套了，还'衙役''衙役'地叫，会把小女子吓坏的。"说完，柳燕看到办公室里站着段巍，愣了一下。

段巍也愣住了，他没想到柳燕跟秦枫这么熟。

"您好，您好，段局长也在啊，我是不是打扰了你们？"柳燕瞬即满面桃花地跟段巍打招呼。

"没有，我正要走呢！"

"我一来，段局长就走，是不是对我有意见呢？"柳燕妩媚地看着段巍。

"哪里哪里，我还有事，下次专程给您赔罪。"

说完，段巍抽身就走。擦身而过时，轻轻地碰了一下秦枫的右臂。

秦枫冲柳燕点点头，说："你先坐，我送送就回。"说完，他交代文职倒茶，便跟着段巍进了电梯。

"你跟她很熟？"电梯下行时，段巍问。

秦枫知道他一定有话说，装傻道："哪个律师不是自来熟的。"

"你知道她是谁吗？"

"谁呀，不就是一律师吗？"秦枫说。

"她可不是一般的律师，她是'公安煞'柳燕，专门给富人辩护，打昧良心官司的柳燕啊。为人八面玲珑，后台硬，分局有好几起案子'死'在她手里呢。"

"这么严重？"

"这孙子是专门玩法律的,哪里有程序漏洞门儿清。几年里,搞得分局和派出所非常被动。你跟她打交道,一定不能掉以轻心。"

秦枫没有接他的茬儿,叹了口气说:"其实啊,这也是社会的一种进步。现在跟以前不一样了,群众懂法了,这些人更懂得利用法律达到自己的目的,我们要适应这种新情况。"

段巍盯着秦枫,刚想继续说,电梯到了底层,一群同事涌了过来。

"就送到这吧,再见。"段巍说,他不让秦枫出电梯,自顾自走了。

回到办公室,柳燕正捧着茶杯出神。"对不起,冷待你了。"秦枫客气地说。

"哪能呢?我也就经过,进来看看你。"柳燕客套着,见秦枫没有答话,接着不动声色地问,"听说你跟我那个亲戚丁良萍走得挺勤?"

"听说?听谁说?"秦枫笑着反问。

柳燕继续斗心眼:"你别管谁说的,你就说是不是?"

"如果我说没有呢?"

"你瞒不过我的。"她颇有深意地笑道,"你放心,我不会怀疑你们有什么暧昧。不过,你让她做的事,我也能做,而且做得更好。"

柳燕的开门见山,让秦枫心里一震。他是真没想到。没想到柳燕知道他找丁良萍的目的,更没想到她会一针见血,主动提起。

不过,他仍一脸平静,云山雾罩地反问:"她做什么事,你能做什么事?"

"你先别问我,你想知道的那些情况,我知道不少。"柳燕说,"我做这行,三教九流什么人没打过交道。"

"哎,我清楚你知道,但我怕你不好说,各行有各行的规矩。"

"明挑吧,你想知道什么?"看似快人快语,不绕圈子,却是直奔目的,从不会跟着对方的逻辑走,这就是柳燕的职业特色。

"还是你说你知道些什么吧,我看是不是我需要的。如果无关痛痒,也无所谓,聊大天嘛。"秦枫坚守着底线。

"哦……还真不知从何说起。"柳燕靠在座椅上。

"怎么,不好说吗?"秦枫回头看着她。

"呵呵……"柳燕摇头,"你们警察啊,都这个德行,拿谁都当犯人审,自己的口风丝毫不露,就想撬别人的牙齿。我是真的来向你们提供情况的。"

"说吧,从最近的情况说起。"

"听你这语气,真让人受不了。"柳燕装作不高兴地说。

"那算了,还是聊让你受得了的话题吧。"秦枫说着,在柳燕对面的沙发上坐下来。

"三十六计被你用绝了。"柳燕把椅子拖近些,"那我就从最近的事情说起。"她紧了紧脸色,"雁厨伤害案是三个青年干的,我的一个当事人亲眼看到过他们,但他不信任公安机关,不肯出面指认。"

秦枫没说话,看着她。

"如果我出面,由你亲自问,他可能会说。"柳燕继续说。

"你这么有把握?他能说出他们的具体模样?"秦枫问。

"他是我的当事人,我们是同学,你又是这么大的官,他能不信任吗?"柳燕笑着,手拍到了秦枫的大腿上,"你呀,不能老拿白眼看人,这怎么交朋友?现在是什么时代?信息时代!你能交多少朋友,手里就能掌握多少资源,就能决定你收获多少财富。秦同学,你该改一下在派出所养成的牛脾气了。"

秦枫笑了一下。"谢谢你啊,真心希望在你手把手的教导下,改改这牛脾气呢。"

初冬，夜凉如水。

秦枫和汪涛、徐俊三人在办公室里整理案卷。沉默许久的报警电话响了起来，秦枫疑惑地看了一眼，划动接听键。

"请找秦枫副支队长，我有重要事情。"一个犹疑的男声传来。

秦枫果断地应道："我是，有什么事？"

"我给你发过短信，希望此时跟你通话，收到吗？"

"我们经常收到一些值得注意的短信，"秦枫清了清嗓子，"我们也认真对待每一个举报人，请您相信。"

"我有关于黑恶势力团伙的重要线索，包括他们的组织结构，人员分布，姓名、住址，他们的作案手法，收入来源，还有几起没有报警的伤害案件。"

秦枫面露惊疑地看着两位助手。汪涛与徐俊面面相觑，来电的是个梦游症患者吧？这太离奇了。徐俊将录音机调到适合的音量。

"你是谁？"

"我是一个受害者，一个富有正义感的公民。"

"噢！"秦枫向两位助手点点头。或许汪涛说得没错，他真是个疯子。

"'噢'是什么意思？"对方恼火地说，"您不相信我吗？梅岭公园那个划破脸的人不能有正义感吗？不能复仇吗？"

这句话使秦枫确信了，打电话的人不是一个可怜的疯子，是伤透心的受害人。听电话的汪涛和徐俊都严肃起来，刚才他们还轻松自如，不可置信。梅岭公园案过去三四个月了，迄今能记起的人不多，除了受害人，只有公安部门。现在，受害人回来了，他一经治愈便回来了，一直潜伏在汉洲，暗暗地调查。他比警方更便利，甚至有可能打入了内部，或者专门调查。无论如何，这应该不是骗局。

"你叫什么名字？"秦枫习惯性地问道。他刚一说出口，就意识到电

067

话里这么问真蠢。

"以后再……"

"当然。"秦枫马上说,"您有什么建议?"

"我希望有一次安全的见面。我会给您提供汉洲黑社会组织的情况。它可以帮您铲除整个汉洲的黑社会,或者至少摧毁像'地下处警队'那样的团伙,使您得到升迁的机会。"

秦枫脑海里有短暂的断片,这人口气太大了。"你现在在哪里?"

"我要当面把情报交给你。"对方说,"你怎么保证我的安全?"

"这些情况,您是从哪里得来的?"秦枫不放心地问。

"见面再说……"

"你为什么要把掌握的情况提供给我们呢?"

"复仇。坦率地说,没有你们我复不了仇。"对方尖着嗓子说,"你到底要不要?要的话,直爽点。我想单独跟您谈谈,你不能带任何人,无论是不引人注意的人或引人注意的人。我不想因你们内部的奸细而丢了性命。"

"好。"秦枫说,"你定好时间和地点,通知我。"

"如果您有诚意,就现在。我相信您,也请您相信我,这不是陷阱,也不是骗局,请您理解一个急于复仇的人。"

汪涛看了看表,已经深夜十二点多了。他冲秦枫摆了摆手——时间太晚了。秦枫没有理会他的手势,立马答应了对方的要求。

"好,带上这部电话,现在就开车出门,沿梅溪大道走,十分钟后通话。"

"我们怎么相认呢?要不要带些彼此相见的信物?"

"我认识你。"

秦枫放下电话,准备出发去见打电话的受害人。

"突破的机会来了。"他对汪涛、徐俊说,"这个人不会错,我要单独去见他,赢得他的信任。他可够谨慎的,时间地点都没说,是吧?"

徐俊将录音往回倒,把结尾几句再听了一次。汪涛说:"你单独驾车过去接头可以,但要让我和徐俊跟着。为避免引起怀疑,你走你的,我们用两辆车交叉跟踪。"

"不!我一个人去就行。"

"我们替你担心……这种行动怎么可能单独进行。"

秦枫很感动。"没事。"他说,"你们等着我的好消息吧。"他离开办公桌,走到更衣室换下制服。"他如果要对我下手,机会多的是,没必要电话引我出去。汪涛,你如果不放心,将来电号码送给技术部门,请他们查一下。"

驾车驶上梅溪大道,约定的电话准时响起。秦枫心里有些紧张,好像一块重物压在胸口。他拒绝了汪涛和徐俊分头跟踪,也拒绝了钟雁宁安排特警保护支援的要求。他想向对方表示诚意,表达信任,但任何信任的背后都是极度的危险。

"喂,您好,您在哪?"对方问。

"在梅溪大道上,正准备往西行驶。"秦枫其实在往东行驶,有意说反。

"掉头,往东。五分钟后我再给你电话。"对方说完,便挂断电话。

往东是梅平区,也就是十年前的经济开发区,如今已是汉洲的主城区,是汉洲市政府四大家所在地,尽管已是深夜,依然繁华热闹,大道上各种车辆川流不息。

"看到市政府大楼吗?"对方再次来电问。

"看到了。"

"过了市政府大楼往右拐,沿橘园路走两百米,有一个公共停车场,停好车走进文化长廊。我在汉洲诗墙前面等你。"

秦枫拔出枪，上膛后放进枪套里。信任是一回事，防范是另一回事，出门的时候，汪涛送给他一支匕首，他别在背后的皮带上。有了这两件武器，七八个人难以对他构成威胁。

文化墙前灯光明亮，寂静无人。秦枫漫步走过去，刚到门洞边，侧面忽地伸出一只手向他招了招。侧门里正是文化墙管理办公室。

秦枫警惕地看了看，办公室里有两个人，一人趴在沙发上睡觉，一人面部蒙得严严实实，仅露出两只眼睛，正专注地望着他。

"秦支，请跟我来。"蒙面人说。

秦枫走进去。两人紧紧地握手，同时产生了一种突然的、说不清楚的信任。秦枫心中释然，来对了。"你是梅岭公园的受害者，谢谢你勇敢地站出来。"

那人点点头。"我是经过反复思量后，才鼓起勇气给你打电话的，我相信你是真正想抓住他们，真正能帮我的人。"

"我们换个地方吧。"

"我叫刘智华，你叫我小刘就行。"那人自我介绍着，转身往后门出了办公室，转过一条幽暗的回廊，推开对面的门，是间值勤室。灯亮着，没人。

"这种设计很好。"

刘智华知道秦枫说的什么。"我想检验一下你是否真的一个人来。"

"我没必要带人，我信任你。"秦枫在值勤床上坐下，拿起床头的《啄木鸟》杂志翻看着。刘智华喜欢秦枫在处理棘手问题时漫不经心的态度，并产生了一种亲切感。

"您能给我些什么？"

"我能帮您摧毁整个汉洲的地下世界。"

"我不喜欢听大话,不论它如何的具有诱惑力。"

"话是不错。不过要看是谁说的话,说话的依据是什么。我这几个月做的工作可不是盲人摸象,更不是像警察一样被关在风箱里乱窜。"

"好吧,我们不要空谈。"秦枫放下杂志,"那么,您宣称有关于'讨账缉查局'的所有材料:团伙的上层人员名单、各个窝点地址、作案方式、所犯的案件资料等,您刚才是这么告诉我的,我想亲眼看看。"

"是的,只是我不是跟您说大话,我是确实有。"

"您拿出来证实就是。作为案件受害人,听说您在上海治疗就花了几个月,您哪里有时间调查这些?"

"我举个小小的例子,秦支,雁厨那个案子的作案人分别叫阳宝、刘铁头、易粽子,他们是佘小文的手下,专门负责深夜收账。佘小文直接受洪二爷指挥。"

"你说的三个作案人名都是外号吧,没个正名、身份证号、住址,没办法查询。佘小文多大年纪,有没有正当职业掩护呢?还有洪二爷……"

"洪二爷,是个了不得的大老板,经常活跃在上流社会。"

秦枫胡乱翻着书,平息内心的惊讶。他听说过洪二爷这个外号,但仅仅是听说。

"什么大老板?不就开了个小公司吗?有你说的能耐吗?"

"你随后就会知道,我还知道他手下分几个组,每个组都负责什么,每个组有多少人。"

"小刘,这都是您从上海治疗回来后了解的?"

"我只是举个例子给您听听,真实情况远不止这些。我可是一边查坏人,一边查警察,我得知道谁真正信得过,才能把情况告诉谁。"

秦枫依然觉得不可信。"谢谢您这么说。不过,仅仅凭您嘴说,我们无法动人。您说您掌握了他们的内部组织,人员名单,这根本不可能。"

刘智华撇了撇嘴，面巾下面露出伤痕。"过后您可以对我交给您的一切材料进行核查。说得更准确些，你们会在一次大搜捕行动中摧毁这个地下世界。"

"那么，材料在哪里？您真的只是一个优秀的求保护的市民吗？您需要我们帮您做些什么呢？"秦枫盯着刘智华的眼睛问。

刘智华微微低了头，目光盯着床脚的一摊污迹。"说到底你们还不相信我，目的已在电话里说得很清楚。其实我可以把材料匿名寄给您，只是我有些不甘心……"

秦枫心里有数。真正的目的总是放在最后的，他等着。

但刘智华说到这里也顿住了。他见秦枫沉默着，不接话，又忍不住继续说："你们对有名有姓的材料不感兴趣？"

"不是。小刘，别急，先说说您的条件。"

"您看到的，我被严重毁容。本来，伤害我的人应该赔偿，但我等不及了。其实我的案子公安应该负责追查下去。我想，你们比我还要急迫地想破案。"刘智华站起来，在狭窄的空间里走来走去，显得十分激动，"所以……"

秦枫望着他，沉思着。

"相当于我将材料卖给您。对你们来说，也许是一本万利的生意。"

"可我们不做生意。"

刘智华停住步，急切地说："你们养线人，买情报，不就这样吗？何况我要得并不多。"

"多少钱？"

刘智华伸出一个指头："一百万。"

"这绝对是发疯。"

"想一想你们会得到什么，想一想您升任正职的回报，就会明白一点都不贵。"

"您知道这是讹诈吗？"

"不，我只是拿我应该得的。"

"这种罕见的交换恐怕我们局长都不能决定，我更加无能为力。您的要求，我只能带回去，请示局长后，恐怕要呈报到市委常委会。"

"最少不能少于八十万，不能再少了，就在这两天内答复。我怕会遭到他们的追杀。"

这一切都不在秦枫的掌握之内，他只能先安抚刘智华的情绪。"这……从申报到落实，程序复杂，需要时间。"

"可我没有时间。第一，伤害案件每天都在发生；第二，您知道的，他们既隐身，又无所不在，我随时可能遭到追杀灭口，材料你们就永远拿不到了。"

"您现在就把材料交给我，我们可以把您保护起来。"

"只进行交换。拿到钱我就出国整容。这对您是一个大好的机会，它将使您出名，秦支。摧毁为祸十几年的地下世界，以前没人办得到。这将让您很快荣任正支队长。"

"这与我个人的升迁毫无关系。"秦枫沉思着说，"我建议您打消交换的念头，政府一定会给您正常的奖金，数目一定不菲。"

刘智华立即警觉起来，防范着秦枫对他动手。"那今天就谈到这里，我会每天在适当的时候给您打电话，等待您的好消息。"

秦枫还想劝解几句，刘智华已消失在门口。

秦枫将专班前期收集的情况，以及他与刘智华见面的情形整理成一个报告，送交钟雁宁。钟雁宁粗略地翻了翻，毫不犹豫地带着秦枫走进了叶天佑的办公室。

钟雁宁之所以如此果决，因为这正是几年来他最想做的事情，也是他最受人诟病的软肋。这个事情实施起来，必然是一次雷霆行动。现在，上有叶天佑顶着，下有秦枫填坑，即使雷霆行动之后，市里的相关政治势力摊牌，斗个你死我活，也不关他的事。考验的自然是叶天佑的政治实力，如果实力不够，那也是叶天佑引火烧身。

叶天佑可不像钟雁宁那样轻慢。他轻轻地接过材料，扫了一眼标题，然后目光停在秦枫脸上几秒钟，他知道材料一定出自秦枫之手。但秦枫敢于送到他案头的材料一定有理有据，事实清楚。

办公室沉寂了十分钟，继而叶天佑鼻子里喷出一股气，这股气带着口哨般的声音。声音之后，他拿起材料站起来，抖了抖，问钟雁宁："你看过了？"

钟雁宁说："是的。"

"钟支，您是汉洲公安的老人了，说说您的意见？"

钟雁宁说："我没意见，我有什么意见？"

叶天佑顿了一下："跟我不说真话？觉得工作上跟我不贴心？"

钟雁宁想了想，觉得还是不说为好，便说："叶局长，看你这话说的，我是您的下属，我的职责，就是为您排忧解难，我哪敢跟您不贴心。只是作为下属，不该想的不想，不该说的不说。"

叶天佑说："我就是想听听你说说不该说的话。"

钟雁宁没有正面回答他，而是问："你觉得这件事有麻烦吗？"

"有麻烦。"

"为什么？"

"搞不好，不仅汉洲社会动荡不安，汉洲官场也会引起一场强地震。直接考验的将是我们党委班子的抗震能力，特别是我的控制力。你说，是也不是？"

秦枫明白了，尽管叶天佑早有扫黑之心，但他对自己的班子，对钟雁宁仍然缺乏信心。他了解钟雁宁的忠诚，但对他以前在打击犯罪方面优柔寡断不干脆仍心存芥蒂。他话里说的虽然是班子，是自己，但敲打的是钟雁宁，钟雁宁能否跟他绑在一起提高控制力和抗震力。

钟雁宁自然明白，一个主官控制能力的强或弱，不仅是他的个人能力，而在于班子的向心力。所以，一次大行动，考验主官控制力的同时，往往也是洗牌的序幕。主官通过洗牌控制更多的牌，提高向心力，副官则面临两种选择，一是始终做主官的牌，二是你背景硬挺，否则就面临出局。

钟雁宁没怎么想，说："走进您的办公室，我便做好了随您共进退的准备。"

叶天佑愣了一下。他衡量干部的好坏，是看他怎么做，而不是看他怎么说。他更不喜欢当面表忠诚的人。真正的忠诚，应该忠诚党和人民的事业。

"可这一百万呢？"

"我感觉刘智华是可信的。之所以狮子大开口，看上去像个赌徒，可以理解。因为从他透露的情况看，他手里真有硬货。"

"即使如此，我将它提交到政府常务会上讨论，那不成了我们公安的笑话？"

钟雁宁最怕别人看刑侦笑话。"这确实是个矛盾。我也觉得这不是正道。但我担心的不是政府这边，而是市委政法委，他们一再强调，扫黑是个敏感话题，不能自作主张。"

叶天佑转向秦枫，说："说起政法委，我倒想起一件事来，信访局最近批转来好几个关于聚众赌博的信访件，我让你跟治安支队好好商量，你向钟支汇报过没有？"

钟雁宁插话说:"我牵头跟治安商量过了,拿出了意见,治安应该有了方案。"

"既然有了方案,何不上党委会研究一下?这事不能再拖了,再拖下去,如果出了大事,我们都有责任。"

秦枫暗自嘀咕。说扫黑说得好好的,还没拿出意见,却变成扫赌了,叶天佑的葫芦里卖的是什么药呢?

下午,市局召开党委会,刑侦、治安列席。秦枫去得早,会前议论,全都围绕着扫赌。原来,昨晚治安支队开展了一次大行动,端掉了破产锅炉厂内的一个豪赌窝点,收缴的赌资十分惊人。只是,治安支队虽然对行动的细节进行了反复推敲,但因为场面大,参赌人员众多,对厂内路网结构不太了解,聚赌的组织者和大佬全部漏网,其他赌徒赶鸭子过程中与警方对抗,打伤十几个警察,还掀翻了一辆警车,几乎"炸了场子"。

叶天佑坐定,议论中止,不少人似乎还非常激动。叶天佑宣布开会,似乎是顺应大家的议论,接着说起扫赌的事。于是,满塘麻怪叫,纷纷表示聚赌不除,警察脸面何在。

早有传言说,叶天佑进汉洲后,最看不惯娱乐至上的风气,对洗脚城、夜总会等深恶痛绝,他认为这些娱乐场所不仅是滋生犯罪之源,而且娱乐风气也令人浮躁,让人脱离务实,转向投机,让贪婪和不劳而获的思想野蛮生长。赌博就是这种不劳而获思想的产物,对社会稳定的伤害更大。

汉洲的赌博早就脱离了"小赌怡情"的轨道,"出老千"使诈、设套"杀猪"赢钱是常事。设庄者往往资金雄厚,有"现金王"之称,所有参赌人员均无须携带现金,由其提供筹码,从中按百分之五抽头渔利。牌局结束,赢者直接拿筹码换取现金,输者只需要给他打借条,五到七天内不计利息,逾期高利计息。每场下来光"抽水"钱就有几十上百万、甚至上千万。这种人明面上是公司老板、正经生意人，背地里却招揽了大批收账马仔，以"恶、狠"打出自己的"江湖地位"。

叶天佑说："关于扫赌，治安支队找过我多次。总体感觉，治安的工作是务实到位的，每次打击都十分精准。这次遭受损失，他们做出了深刻反省。同时，他们对全市的赌博情形做了进一步的分析，提出了深度打击方案。下面，请治安汇报，然后大家议一议。"

治安支队长照本宣科地将方案读了一遍。

扫赌是老生常谈的话题，每次出方案，搞行动，大张旗鼓宣传成绩。但赌博不可能完全根除已经成为共识，所以真正效果也不会有人过问，更不能体现公安机关的无能。只是公安机关为了体现自己没有不作为，过段时间，再出方案，再搞行动就是。但是，这次治安遭受了挫折，大家又不能不坐下来好好议议。

主管治安的副局长胡小跃先说："打击赌博犯罪是治安的重头戏，但说实在话，近几年的打击成效并不乐观，这跟我们对社情的掌握，对新形势下赌博活动新变化的把握有关，其实，我们从来没有放弃对聚赌嫌疑人员的调查，也采取多种措施加强对参赌人员的跟踪，但打击效果仍然不佳。"

一个副局长提出疑问："会不会是侦查方法有问题，刑事案件最怕下错结论，治安侦查也一样。"

"工作做了，没有结果，那不妨视野放宽一些，侦查力度加大，怎样？"又一个副局长积极献策。

常务副局长肖含章也不甘落后："眼下的罪犯，狡猾狡猾的，作为侦察员，思路一定要跟上。中央领导讲过形势是我们的老师，从某种程度上讲，新形势下滋生的犯罪，也是我们警察的老师。想想看，我们每次破案，不都是罪犯出题，我们破解吗？"

大家纷纷赞成地点点头。

叶天佑说:"大家都讲得很好,确实,新时期新形势,暴力刑事犯罪反而显得简单了,倒是一些以前看起来不起眼的,现在多极化、团伙化、预谋化,成了高智商犯罪。如此,我们也要跟着变化,正如含章同志说的,要从罪案中学习,不仅要吃透案情,更要做出合理预判。换句话说,我们不仅要低头拉车,更要抬头看路。一个警察,不能僵化,不能钻入案件就像钻入魔道和罪犯设的伏击圈,我们要道高一丈。"

叶天佑的话让会场掌声一片,但他显然不局限于上面几句话。他接着说:"含章同志说思路要跟上,视野放宽些,很有道理,比如聚赌团伙来去无踪,伤害案件毫无由头,这两样毫无关系的事可不可以联系起来,它们的联结点或许正在于隐蔽性?还有,我们的打击为什么存在死角和盲点,因为我们就像一个笔直挺立的哨兵,虽然保持着警惕性,却只是目不斜视。我们何不瞄一瞄浩瀚奇妙的天空,那里才是无穷的情报线索之源。"

这话说得很有水平,既表达了自己的意见,又抬高了常务副局长肖含章,把肖含章推到主题意见的前面。肖含章是市局的老人,业务素养高,在其他副职面前向来说一不二。他也是聪明人,一听便知道叶天佑需要他为最后拍板开方便之门。

肖含章理解叶天佑的意见有两点:一是将打击赌博与侦破伤害案件联系起来,当然这不宜实说,最好只说由刑侦与治安联合办案,更合适些;二是广布线人,收集情报,但这样做需要大笔钱,而且算不上正常开支,无法在财务做账。但有叶天佑的推抬,他不得不帮着把这两层意思表达出来。

果然,叶天佑边听边点头,脸上洋溢着赞许的神色。

叶天佑说:"含章同志提出的两点想法,我个人感觉很好,其他同志有什么意见？"

既然叶天佑已经经表态，又是常务副局长提出来的，其他人当然不能再说什么。

"那我再补充一点，关于钱的事，不妨取于斯用于斯，先从前期扫赌行动的罚没款里拿一百万元用于情报搜集工作，实报实销，多退少补。"

听到这里，钟雁宁和秦枫双双吐了口气。议了半天，都是赌博的事，终于露出了落脚点。

肖含章听见一百万元，觉得数额太大了些，但要花钱是自己提出来的，数额大正是局长对自己的支持，他能说什么呢。其他人见肖含章都没有反对，自然不好再就此事说什么，议题就这样通过了。

开完会，秦枫看看表，才五点多，返身回到与汪涛、徐俊、李学兵秘密组成的专案组，一则看看有没有新线索，二则查查刘智华拨打过报警电话没有。叶天佑拍板拿出一百万元用于情报搜集，并非答应跟刘智华交易，而是用于整个案件的情报奖励。该给刘智华多少钱，只能出于情报奖励，一看刘智华能不能践诺，二看他的货真不真。

刑侦楼前立着几棵梧桐，树欲静而风不止，有意无意地往地上飘着落叶，衬托出墙外渗透着一种真正的静谧和清凉。秦枫以前很喜欢这般冷清，但等电话的神情却不那么舒缓，似乎这屋里屋外的寂静，恰恰是某种阴谋肥沃适宜的土壤。

手机响了，却不是那台报警电话。话筒里传来的是个不熟悉的声音。那人说："老兄，挖空你的心思想一想，我是谁？"

秦枫心急，从不吃这一套，说："你要找我秦枫，就找秦枫，找错人我就挂了。"

对方欢声笑起来，说："如果找错人我就去守南天门去。您还猜不出来吗？"

秦枫觉得无聊。

对方接着说:"我是宏图山庄的乔德富。"

秦枫还是想不起乔德富是谁,想要挂电话。

对方换了种声音,却是弘沐寿。"秦枫你真好记性,'哼哈将'乔总都记不住?来吧,我们在宏图山庄吃饭,加深一下印象。"

秦枫一听是弘书记,哪敢怠慢,答应着跟汪涛交代一声,便下了楼。

果然是肥头大耳、嘴唇外翻的乔总。乔总在自己的山庄很随便,穿着套棉睡衣,趿着双棉拖鞋就站在门口迎客,很有家常的感觉。秦枫跟他握手,弘书记在后面说:"乔总,以后打电话就别报大名了,就说'哼哈将',保准谁都记得住。"

乔总哈哈大笑,说:"那我就为大家做好守门神。"乔总左手拉着秦枫的左手,右手挽着他的手腕,看似随意地问:"近来忙啥?"

"瞎忙啦。"秦枫玩笑地答道,"乔总您呢?"

"刚从新加坡回来,这不一下飞机就想各位朋友了。"

"别客套了,外面风沙大。"刘烈宏每次都是后出现,却喧宾夺主,"这么急着请首长和我同学吃饭,难不成先喝西北风。"

"那是,那是。快请进。"乔总拉着秦枫往里走,秦枫不肯,一定让弘书记走前头。刘烈宏不客气,轻轻地扶了一把弘书记,两人先走。

卓嵩酒店的吴总、星海地产的梁总在餐厅门口候着,见他们进门,点头哈腰。

与上次相比,只少了叶天佑。正席仍是弘书记,秦枫坐他左席,乔总本来将刘烈宏往右席推,但他要跟秦枫坐一起。

菜肴非常丰盛。六个人就像本家兄弟,笑语畅谈,吃喝随意,毫无拘束。秦枫先是警惕地观察,时间久了,便也把自己融了进去。他们先是聊了会彼此的生意,接着对秦枫问寒嘘暖,十分贴心。

秦枫只记得，那天晚上，他们都敞开胸怀。每个人的脸颊都像拉纤汉子般红亮，一点点事情就能逗得一屋子开怀大笑。他们愉快地回忆着年少的时光，求学的勤苦、创业的艰辛，好像那些苦难只不过一柱香灰，留下的香味却经久不息。他觉得曾经坚硬的心思扑腾着，化成了一只鸟，在绿意盎然、春光和煦的友情里闪着翅膀，搅得他的精神也跟着微微颤动起来。隔着氤氲的酒意看过去，澄明的夜空益发柔情似水。这夜晚成了一个潋滟的湖，他稍一不留情，就会跌进去瞬间化成水，从此变成湖的一部分，了无痕迹。

他不明白，为何在他最轻松快乐的时候，最是对人毫无芥蒂的时候，他心里会明镜般地发现，其实这一切很不真实，如晚霞烟云。

饭后，乔总提出请大家泡澡，泡完澡后打几圈麻将。他说："国外走了一圈，手都闲散了，难得本家兄弟在一起，可以畅怀怡情。"

话虽是对着大家说的，但那点对待秦枫的方式里微妙的、若有若无的殷勤，搅得他心里不是滋味。不等弘书记表态，秦枫忙推说自己不能参与。

"晚上还有事？"弘书记问。

秦枫说："是的。"

"最近市里不是很平静吗？几个伤害案子还要你亲自盯？"

"治安的案子，要开个案情碰头会。"秦枫答道。

弘书记说："这些赌博分子真是胆大妄为，竟然打伤我们十几个民警。"他转头对乔总等人说，"这事非同小可，秦支人在江湖，身不由己。对你们，我要多说一句，一定要远离赌博，听说市里有因赌博破产的，也有因赌博逼上绝路的。"

大家一齐送秦枫出门，秦枫一再请留步。弘书记拉着他的手说："秦枫，老钟病弱，刑侦全靠你。你要学会弹钢琴，上千万人的省会城市，你要案案操心，累死也不行。该抓的抓，该放的放，超脱些，让下面的人去做，才不至于累坏身体。"

乔总说："既然老钟病弱，又兼着公安局的党委委员，何不将秦支扶正呢。"

弘书记说："扶正是迟早的事，就等出成绩。"

刘烈宏看了看秦枫，赶着说："那我们一起努力。虽然不懂破案，但我们手里人多，有消息，积极提供线索，为破案出力。"

"你们啊，我刚才说了，做遵纪守法的公民就是对我，对秦枫最大的帮助，如果能积极提供线索，那就是意外之喜啦。"弘书记的话半是批评，半是鼓励。

秦枫虽然对这些"总"们的话不放在心上，但弘书记的谆谆教导，让秦枫心里暖滋滋的。领导就是领导，说话的高低深浅把握得恰到好处。离开山庄的时候，他仿佛受到了润泽，眉宇间的神情也跟着舒缓了，眼睛里有股子悠然，好像在凝神听着一首远处传来的琴曲。

回到值班室，报警电话依然是一片寂静。汪涛已经做好搜捕应急方案。可偌大一座沸腾的城市，陡然变得风平浪息，如一潭死水，说好每天都打电话询问的刘智华不再来电。秦枫心里发毛，莫非这一切是龌龊恐怖的阴谋？

第四章

信息对等

秦枫将大衣紧了紧，走向梅阳分局的大门。保安已经睡下了，半掩的电动铁闸需弯腰才能钻进去。一只警犬凶猛地往门口望了一眼，见秦枫穿着警服，便又倏地低下头去。天很冷，清幽的月色在楼顶撑开一张灰蓝的帐篷。

据曾旭说，在辖区监控视频里发现了阳宝的身影。这位副大队长见秦枫这么晚跑过来，感到十分惊讶，他之所以没有直接请秦枫过来，是因为调查民警还没有得到有关阳宝的具体情况。线报告诉曾旭，阳宝的上线"百分之九十八的把握"是一个叫李凯的青年。他亲眼见到李凯对阳宝发号施令，阳宝唯唯诺诺，不敢丝毫违背的过程。对于刘铁头、易粽子两个走卒，线报没有异议。但他只见过其人，不知其名。

秦枫脑子里继续思考着他从梅阳、梅平、梅雁分局得到的一些情况，在另外一个层面上，他对阳宝做了一个客观的评价——此人最多处于组织的第三或第四层级，而李凯、佘小文也许同位第二或第三层级。据此，他以分局辖区为单位开列了一个名单，判断刘智华提供的信息是完全准确的。

"不揪出这些犯罪嫌疑人，就没有白天黑夜之分。"他笑着说。

他跟分局加班的同志们一起消夜，后来又参加了分局的清查行动，沿着梅阳大道，从娱乐城到洗脚馆，一直搜查到网吧，再到灯火通明的半岛公园。这是一个月色明净的冬夜，很像秋日的下午，公园里有流浪者聚会。

活该流浪者倒霉。当晚，他们全都被押进候问室，萝卜般一个个接受清洗。

接下来的时间,对每一个刑警来说实在是煎熬。他们感觉像是被人押上了战车,仿佛生活中的整个层面——所有赋予色彩和激情的一切都被无情地剥夺了——全身心地投入搜查之中,可是那种折磨人的缓慢进度和多重挫败感却令人感觉更糟糕。

秦枫跟他们滚爬在一起。他不停地往几个分局跑,处理和分析侦察报告及电话窃听记录——不仅烦琐得可怕,而且涉及几十个对象。

但越是深挖,他越是发现这组织密不透风。

他和段巍、曾旭、赵队长等人不断以保证免于受到起诉为条件,征募几名涉嫌伤害案件的对象为暗线,让他们提供情报,试图发现组织中的微小缝隙,给案件带来突破。但他们的情报无法形成链条,更无法构建刘智华所说的组织网络。

最后,秦枫终于看到了真相。那就是,刑侦不像派出所,或者对他来说是圆孔对上了方楔子。这工作对他很适合,但方法一定出了问题。凌晨时分,他那双血丝满布的眼睛里射出平静如水的目光,里面潜伏着一种不肯退缩的决心、一种全神贯注、勇猛追猎的渴望。

"找到一卷隐秘的视频。"段巍大声喊着,穿过走廊来到他的身边。

"快播放看看。"秦枫强把自己拉回到现实,回到第一缕晨光照耀的窗前。"在哪里发现的?是天网视频还是私人监控?"

"天眼全都被破坏了。这是临近商铺安装在一棵树上的监控。如果不是安装者指认的话,你根本看不到它。"

"看得见的监控都是威慑老实人的。"

"有道理。门口监控多次被破坏,又发生过多起商品盗窃案,这家商铺主人很清楚是谁干的。事实上,他是想取得能在报警及法庭上使用的证据。"

"这么说，如果只是粗略地侦察那个地方，就无法发现那里装有摄像头？"

段巍点点头："嗯。绝对发现不了。"

"那么，这个地点很特别，或者明确表示这是一个聚会场所，这倒是很有提示意义。"

"的确如此。"段巍阴郁地仰头看着渐渐明朗起来的窗口，"我希望能从中找到一点线索。我们迫切需要侦破工作有所进展。"

"希望如此。"秦枫说。

房间里烟雾腾腾，通宵未睡的男警全都点上了香烟。烟灰缸分散在各处，茶壶里只剩下暗淡的茶叶，五匹空调机正在角落里卖力地工作着。

在技术女警在投影机前忙碌和秦枫、段巍寻找座位的时候，阳旭和三个便衣走了进来，清新的空气里混合着一股剃须水的淡淡香味。

"先放小情人约会的那一段，行吗？这里气氛太紧张了。"一个便衣对女警调笑道，后面有人嗤嗤窃笑起来。

"做梦吧，瘦麻秆。"她反唇相讥，然后转向段巍，"准备好了，开始吗？"

"好，放吧。"

"视频已经过简单的剪辑，去掉了空白和无关的片段。"段巍对秦枫低声说，"商铺打烊后，只有两辆车经过和一对小情人在树下稍作停留。"

秦枫示意继续。

刑警们各就位。屏幕上定格了一个转角空坪的广角镜头，经过亮度增强的视频有点耀眼，好像漂白过一样，秦枫在强烈的光线下不禁眯起了眼睛。屏幕右下角的时间编码闪现 03:12，然后闯入一道更耀眼的光柱，接着又一道，在空地里划出一些潦草的白色线条，但车辆没有进入镜头，车灯在场外做了一个窄道掉头，车头朝向了出口。然后，车头灯灭了。

　　数秒钟的安静，随后一个高个子人影从树影处走出来。这是阳宝吗？秦枫这么想着，看见一个苍白而模糊的上半身，可能是廉价的夹克衫。当那个身影走到镜头正下方的树影里的时候，前方亮起一个火光又马上灭了，接着另一个人影走过来，站在前一人的身侧。

　　"那是有人在点烟。"段巍小声说。

　　又有两个人影从左侧走过来。一个稍矮，背手而立，另一个是面目模糊的一团，可能穿着一件大衣或背着一只背包。两个人影似乎一度飘到了一处，继而又分开了。停顿了一下，那个模糊的人影接受了几句训示，走出了镜头。一个影子摇摇晃晃地从镜头里飘过，不见人身和脚步，大约是跟着那人走了。

　　画面变得静止，两人既没有说话，也没有动作。现在，时间编码是03:15。两个人影从左侧进入，规规矩矩地站在高个子面前，嘴唇翻了翻，继续往前走，从右侧消失在树影后面。过了40秒钟，右侧亮了起来，大约是一辆停着的汽车打开了车头灯，在镜头里划了个弧线，飞快地走了。接着又是一组……

　　前来接受训话的人影共五组，计十人。全都身影苍白，只依稀可见，两个一直站在镜头下面的人影也不过是一团黑色影子，模模糊糊，辨认他们的脸像显然办不到。最后，背手而立的对高个子说了一番话，飞快地朝左侧树影走去，消失在画面以外。

　　视频放完后，是一阵长时间的沉默。

　　"你再介绍介绍相关情况吧！"段巍开口说，他点了曾旭的将。

　　曾旭想了想，说："仅凭这盘视频，我们仍拿不出任何证据。但是，结合前期所做的工作，我们已经确认高个子就是阳宝，背手的便是李凯。视频显示，李凯一直负手而立，一言不发，直至五组人全部离开，才对阳宝说话，地位明显比阳宝要高。问题是，他背后是什么人？是不是一个庞大的组织？那五组人经过辨认，或多或少都有前科，或者在一些伤害案里出现过，因为种种原因有的没有受到打击。刘智华认为他们是苏洪宝黑恶势力团伙成员，李凯和佘小文，以及阳宝都是其中骨干，但没有一丁点证据支持这个推理。"

"我看这个视频就很有证据意义。"秦枫说。

他没有多说，室内有太多只耳朵，根本没法子深入讨论。对这位卖力的刑侦副大队长不清楚其他分局的调查情况，稍微感到有点内疚。不过，晚些时候，他要召开一次案情分析会，事实上，在会议之前没有必要就全盘情况发表长篇大论。

梳理前期的案卷，他现在几乎可以肯定，全市伤害案件的百分之三十是有牵连的，是同一伙人为了某个集团利益而采取的惩罚或者威胁措施。这个集团，不管出于什么原因，组建了一个地下世界，正在与现行社会体制对抗。

种种迹象表明，这个集团就是传说中的"讨账缉查局"。

"我想为您找的是关键，而不是意义。"曾旭摊开一张A3纸，上面密密麻麻地画满了框框和斜线，框框里是蝇头小字，沿线也有文字，只是疏密不一。

"案件有了，人有了，如何发现它们彼此勾连的线索呢？"他悄声对秦枫说。

秦枫拿过A3纸，眼睛立即睁大了。曾旭真是灵性人，他不仅总结了梅阳的案和人，还将支队每次会议里提到的案件联系在一起，竟然从中找到了共性。

他扯了扯纸角，做出保密的暗示。秦枫默默地看着，会心地看了他一眼，收进皮包里。"梅阳有早餐吃吗？我有些饿了。"

过了几分钟，段巍指挥人端着碗进来，说："一视同仁，大家都吃粉，因为粉煮得快，而且不容易黏稠，如何？"

"很好，"秦枫说，"我在想，恐怕只有梅阳一个地方不黏稠还不行。"

"只要支队不黏稠，我想梅平也不会黏稠的。"一个熟悉的声音说。

他抬起头来。赵队长站在身边，手里拿着车钥匙。他上身穿着一件棕褐色的皮夹克，肩上背着一只手提电脑包。

"秦支，小赵向您报到。"他说着，伸出手来。

他握住他的手，默契地笑了一下。赵队长的到来说明事情已经成了。迟疑了一会儿，他瞟了一眼段巍，他一动不动地站在对面，脸上写着问号。

"怎么，赵队长过来求助，你们不欢迎？"他说，"小赵辛苦了一晚上，把功劳送过来，你们不高兴？不过，你们可得做好《审死官》的准备。"

段巍莫名其妙地点点头，放下筷子，慢慢地伸过手来。

赵队长分别跟他和曾旭握了握手。"我是来卸压力的，"他笑容可掬地说，"你们可得大力帮我这个忙。"

秦枫诡秘地挤出一丝笑容。"哈哈，别说什么压力不压力，偷懒而已。你吃过没有？"

"没有。我饿极了。不过，先请段副局长去楼下跟办案区域的同志说上两句话吧。还有人喝着西北风呢……"他直盯着段巍，大有段巍不放下碗，他要抢着摔了的意思。秦枫率先放下碗往门外走去，段巍大踏步地跟上，不一会儿曾旭也跑步赶了过来。

"直觉告诉我，事情都是你安排好的。"曾旭低声问。

秦枫收起脸上的表情。"是不是按预想地走，还难说。不过，这个赵队长做事往往出人意料，他不打我手机，直接过来，恐怕八九不离十。"

"为什么不直接将事情交给我们呢？"曾旭心有不甘地说。

秦枫摇了摇头。曾旭恼火地注意到，赵队长的眼睛闪闪发亮，兴高采烈地向段巍要求这要求那，一点儿也不生分，活像个无赖。

"他抓了个大人物吗，要求这规格那规格的？"曾旭冷冷地问。

"的确。"秦枫回答得很肯定。

接下来，对执法办案区域的安排显然并不轻松。灯光调到最柔和的状态，录像录音要求十分清晰，观察室的话筒连接了审讯室的耳麦，大约要对接下来的审讯实施遥控。

一开始，秦枫便在观察室里坐定。传唤对象一带进审讯室里，曾旭马上感觉到了他平静表象下的激动不安。他认出了那张伤痕累累的脸，那是刘智华。他一时摸不透副支队长为何如此重视，难道此人就能打开涉黑组织调查的突破口？

没人给他解释。秦枫挥挥手，让他不要胡乱走动。他只得在旁边坐下，室内顿时显出秩序而森严的气氛。预审员是段巍和市局的一名"老炮儿"。"老炮儿"他也认识，精明而敏锐，以铁嘴铜牙著称。

审讯开始，段巍首先出示了一下警官证，告诉他这是在梅阳分局。问话则是以"老炮儿"为主。履行完信息采集手续后，他们回首瞥了一眼，不易察觉地点了点头。

观察室里，单向玻璃的另一侧，头顶上的条状照明灯投下一道炫亮的白光，洁净的实木地板上零星地缀着烟头烧灼的斑驳痕迹。烟雾没有散去，香烟又点了起来。

"请你再重复一下刚才对我说的话。""老炮儿"对刘智华说。他的声音在观察室的扬声器里放大了，听起来比通常更刺耳，也更清晰。

"我是案件的受害人，我认识你们刑侦支队的秦枫支队长，我掌握着相关案件的重要情报，没有他在场，我什么话都不会说。"

"老炮儿"讥讽地看着他，皱巴巴的棉执勤服使他显得臃肿不堪。"我告诉你，这是梅阳，你的案件发生在梅平，他们自然会给你一个交代。法律可没有规定对受害人的违法犯罪可以既往不咎，而且据我所知，案件发生后，你半路逃跑，今天恐怕也得一并说清楚。"

　　刘智华低下头看了看双手："我……我当时害怕，我不想死……我要见秦枫。"

　　"这点小事还麻烦不到秦副支队长。"

　　刘智华撅起嘴唇："我没犯什么事啊？"

　　单向玻璃的那边，"老炮儿"没有开口说话，慢悠悠地盯着，手指轻轻地敲打桌面，好像有无穷无尽的耐心似的。

　　"你是要我告诉你吗？"

　　刘智华点了点头。

　　"老炮儿"盯着他："那就先送看守所关着吧，等你想想清楚。"

　　"为什么？我没犯事儿。"

　　"你不是没犯事儿，而是你没想清楚是不是犯了事儿。"

　　刘智华气愤地说："好，你把我关起来吧。"

　　"老炮儿"从包里拿出一张表格放在桌子上，把笔递到刘智华手里："麻烦你先签个字，然后，我再给你补个记录。"

　　刘智华跳起来："我既不会签字，也不会做什么记录，我要告你，你非法拘禁公民，你迫害受害人。对，你帮着犯罪分子打击受害人！"

　　"哦，你是受害人啊。""老炮儿"做出一副做错事的顽童模样，"不知你跟胡婷婷谁是受害人，谁是犯罪分子？"

　　刘智华愣住了。

　　"老炮儿"不慌不忙地解释道："哦，我说错了，你平日里喊她婷婷，有时也叫娜娜。但她身份证上的名字叫胡婷。"

刘智华哑了一下，语速很快地说："我……我认识她啊，我跟她谈恋爱。"

"可人家不这样认为。""老炮儿"耸耸肩，拿出一份笔录扔在桌上，"你是自己看，还是我来念。"他把笔录放在刘智华面前，指着其中一页，"你看，她可都说了，每次给多少钱，用什么姿势，一共去过多少次，可详细了。"

"可……可嫖娼也不过罚款啊。我……我现在没钱。"

"是罚款教育，还是收容关押，是看次数的。像你这样，不收容不足惩戒。""老炮儿"眨了眨眼睛，"哦，还不止这些。"他又抽出两份笔录来，"这里还有人提到你。你可真是鼎鼎大名，在哪出现都留下名号呢。"

刘智华傻眼了。他也不知道那几张笔录到底是什么，但他清楚自己以前犯过的事儿。"领……领导，我……我不想进去。如果我进去了，他们一定以为我跟你们说了什么。他们的手很长，一定会杀了我。"

"言重了吧。不过是关几天，谁会杀你呢？""老炮儿"说。

"真……真的。"刘智华说，"麻烦你跟秦支队长说，我愿意无条件地告诉他我所知道的一切，只要他来救我。我跟他合作，我有重要情况……"

"你不过是一个小流氓，进去关几天有什么大不了的，何必惊动我们领导呢？算了吧，痛快点。""老炮儿"继续把表往他面前推。

"别别别……"刘智华急得猫抓似的，"求求您，我真的跟秦支队长有交易在先，他说过保护我的，我要见他。他见了我，就会明白。"

观察室里，秦枫轻轻地"嗯"了一声。

"好吧，我看你也挺可怜。""老炮儿"慢条斯理地说，"我可以请领导过来。但是，如果你不让领导满意，不是重大立功表现，那么——"他故意拉长声音，"正如法律规定的那样，谁都没有做任何豁免交易的权利,别怪我按照抗拒从严来实施处罚。"

刘智华眼里露出欣喜的神色,说:"一……一定的。"

秦枫从椅子里向前欠了欠身。他的目光移到审讯室的摄录设备上。它们都是关着的。短暂的停顿之后,他点了点头,离开房间。过了一会儿,"老炮儿"出现在走廊里。几个人一起回到办公室,粉虽然已经凉了,但都吃得有滋有味。

十五分钟后,"老炮儿"回到审讯室,一起进去的还有秦枫和曾旭。那张密密麻麻画满框框和线索的 A3 纸捏在曾旭的手里。

"你有重要情况向我报告?"

秦枫一边展开笔录,一边说。

刘智华偷眼瞟了一下"老炮儿","老炮儿"点了点头。刘智华耷拉下眼皮,伤痕累累的两颊像割完松油的树杆,显得恐怖而恶心。在秦枫看来,他显然试图在穷途末路中保持冷静,表现出耐心的合作精神,而不愿暴露出他内心的焦躁和慌乱。

"我上次跟你说过,我掌握着一个犯罪团伙的详细情况。我知道那个团伙的名称。我不仅知道他们的组织结构、人员组成,而且摸清了他们的住址,谁组织赌博、谁动手杀人、谁在后面策划,都一清二楚。"

"你说的犯罪团伙到底是叫作'地下处警队',还是'讨账缉查局'?"秦枫说着,瞟了一眼他的笔记本,那里其实记着些其他情况。"据我所知,'地下处警队'只是'讨账缉查局'的打手组织,我没兴趣。"

"秦支掌握的情况可比你多得多。""老炮儿"强调道。

"我还有你们不知道的。我要说的正是'讨账缉查局',他们的头叫洪二爷,二级领头的叫佘小文,还有直接打人杀人的阳宝、刘铁头……"

"洪二爷叫苏洪宝,"秦枫大声说,"我还可以告诉你,二级领头不止一个,而是三个……"旁边的曾旭指着 A3 纸给秦枫看。秦枫低声对曾旭说，但声音足以让刘智华听见。"他根本不知道这些情况，我们用不上他。"

"我知道。"刘智华抢着说，"情况我都知道，我没说只是想跟你换得更多的筹码。三个二级领头还有李凯和刘浩，他们对苏洪宝很忠心。他们每个人手下都有一摊子小弟，分区域作案，比如收取保护费、逼债、组织赌博，还有在自己的区域杀一儆百，把砍砍杀杀当作家常便饭，做了些什么案子我都知道。"

"可惜现在说，有些晚了。我还以为你可以给我些硬货呢。"秦枫说。

"当然有。即使你们掌握了情况，也需要印证。何况我的情况是他们内部人告诉我的，不然我也不会害怕他们杀我。"

"内线？"

"对，内线。"刘智华疲惫地说，"为了报仇，我一直跟他们里面的人混在一起，博得了他们的同情，也赢得了他们的信任。我甚至卖了房，供他们吃吃喝喝。每结交一个人，我就巧妙打听他们的关系，再把打听来的情况总结分类……"

这话跟赵队长提供的情况基本一致。

那天见面后，秦枫便让赵队长展开了调查。刘智华真够倒霉的，两年前失去了双亲，接着妻子又跟人跑了，受伤后，他卖光所有家当治疗，现在已是居无定所，衣食无着。梅平分局查得够细致，这人没有前科，没有大的劣迹，只是嫖过四次娼，参与了三次赌博。但正因为赌博欠下高利贷不还，才被毁容。这次，因为嫖娼，被赵队长秘密逮住了。

"说说看，他们总共有多少人？"秦枫继续发问，并佯装对照自己的笔记，看是否有前后矛盾的地方。到目前为止，刘智华的回答还算靠谱，跟前期的摸排大致相同。

"如果不算流氓混混的话，骨干人员有五十多个。当然，真正对他死心塌地的，二三十个到头了。你们知道的，大都是些乌合之众，大难来时各自飞很正常。"

"你说的二三十个，是指二级和三级领头的？"

"个别杀手也很忠心。"

"说说内部怎么运作吧？"

刘智华的头高高地昂了起来："这你问到了点子上，苏洪宝神龙见首不见尾，有事都是李凯传达，佘小文等人虽然跟他平级，但都听从李凯的指挥。李凯、佘小文、刘浩手底下各有一班人，每班人又分成多个小组。"

"你开始说到他们分区管理？"

"是这样。"

"说说看。"

"这些情况在我的材料里写得很详细。"刘智华诡秘地笑了笑，满不在乎地望望四周，"我说过，材料包您满意，您放心。这里可以小便吗？"

秦枫点点头，站起身，对着摄录机报了个时间，摁下关闭键，呼叫值班警官。进来两名警官将刘智华押了出去。房间里一片静默。

"可信吗？"秦枫问，一边揉着眼睛，一边把手伸进口袋里拿手机。

"看起来不像对我们撒谎。"曾旭说，"他怎么掌握到这么详细的情况呢？此人看起来很干净，仅仅几次嫖娼赌博，不像个为非作歹的人。就日常处理方式来讲，提供如此重要情报，不仅可以对他的违法行为从轻、从宽处理，还可以获得奖励。"

"地下组织可能会让他来给我们提供假情报，从而把损失控制在一定范围呢！"秦枫说着，拨打了一个号码，然后把手机贴在了耳朵上。"丢卒保车，或者挤对竞争对手，将小团伙抛出去，不是没有先例吧。"

手机里传来赵队长的声音："达到目的吗？"

"我想问,这个人是不是值得信任,会不会是某个团伙派来抛诱饵的?"

"调查中没有发现他参与团伙的嫌疑。"赵队长说,"认识他的人都反映他很干净,但时间紧,没有细查更深层次的问题。"

秦枫扫视了一眼"老炮儿"。一夜未睡,审讯灯光的阴影里,他显得灰头土脸,愁眉不展。可能需要一杯咖啡提提神。

"纯粹从受审过程的言行举止看,应该没有问题。"

"说说苏洪宝吧。"当刘智华再次坐到对面时,秦枫又开口了,"他的情况、平时干些什么、如何操纵团伙成员?"

"我刚才说了,他平时神龙见首不见尾。但他开了一家洗脚城,一家像茶餐吧一样的会所,平时都是待在会所里。"

"继续。"

"他在会所结交朋友,策划一些事情,也接见手下人,除了李凯,他从不同时约见两个以上的手下,很多事都做得很保密。"

"讲讲你自己被砍是怎么一回事。"

"我?我都是被朋友害的。有天在大都会酒店吃饭,一个朋友说九楼有人组织赌博,花样翻新,很有味。饭后就上楼去玩了一次。那次我赢了一点。也怪自己贪心,随后就一个人去,没两次就把所有钱输光,还借了高利贷,限期让我还清。我吃饭都成问题,哪里有钱。他们就在半路上截住我,说没钱就用血来还,将我砍成那样,还威胁说不能报警,否则,即使进了监狱,都要害了我的命。"

"监狱?"秦枫插话道,"他们能把手伸进监狱?"

"是的,领头的那个人这么说的。后来我知道他就是佘小文。"

"你听说过他们在监狱里干过这种事吗?"秦枫问。

"杀人的没有,但断手断脚很正常。"

秦枫不想纠缠看守所的事,接着问:"雁厨餐馆的案件听说过吗?是谁做的？"

"就是我跟你讲的阳宝一伙干的。我可以说得更具体点，易粽子走在最后面。"

"等等。阳宝有多高？还有一个是刘铁头吧，他呢，有什么特征？"

"特征我不是也讲过吗，阳宝高些，接近一米八吧，刘铁头不到一米七。他们是老搭档了，很多案子都是他们干的，特别是梅阳这边。"

"好的。继续。"

"大排档那次，也是他们三个。但他们没想到对方那么强硬，呼隆一下喊来很多人。这种情况下，他们都溜了，却喊了另一班小混混顶替。"

"顶替？你是说抓进派出所的其实不是打伤那对父子的凶手？难道受害人连凶手都指认不出来吗？"

"他们早有准备。我是说，那些混混本来就在大排档混吃混喝，而且那三人都是晚上出现，很少引人注意，而且打了人就走，善后的另有其人。"

"谁来善后呢？"

"那些混混拿一点小钱，然后留下威胁口信。"

"怎么个威胁法？"

"勒索啊。大排档都是要交保护费的，不然别想开下去。混混都以此为业，从勒索费里抽水，然后在排档里像个大人物似的混。其实，他们连谁是背后黑手都不知道。"

秦枫疑惑地问："那他们怎么会甘于顶包呢？"

"抽水呀。而且，一旦被抓，就会有各种势力帮忙说情。被抓了却没事，混混更加嚣张，摊主更加害怕，背后的人更加有威信。"

"背后的人就是苏洪宝吗？"

"对。虽然他不出面，但都是他策划指挥的。只要顺藤摸上去，不仅可以抓住他的把柄，就是帮他的人都可以找到——他背后一定还有大官大亨。情况都在我的材料里。"

秦枫感到肾上腺分泌渐渐地加快。他有种失重的感觉。瞟了一眼曾旭和段巍，他能看得出来他们也同样欣喜，同样全神贯注。

"那你要怎么把材料提交给我们呢？"秦枫掩饰着内心的激动，问。

"我想请领导考虑我的实际困难……"刘智华没有继续说下去，他在观察秦枫，还有其他几个陪审。他不知道自己还有没有讨价还价的余地。

"你的要求，我知道。"秦枫为难地说，"可你现在是梅阳分局的犯罪嫌疑人，他们对你的违法事实掌握得清清楚楚。我即使想帮你，想满足你的要求，也不能违背法律啊。"

刘智华踌躇起来，结结巴巴地问："你……你们还要把我关进去吗……可我不能坐牢，我想活着，我这面目没办法见人。"

"这么说，你不仅不想坐牢，还想要做那笔交易？可你刚才也听见了，那些情况我们基本知道，没有你的材料，我们也能摧毁他们。"

刘智华摇了摇头，说："可……可是，我的材料更详细。而且，法律规定可以将功抵罪……"

"既然我们有过一面之缘，而且看得出，你对我挺信任。不妨告诉你，对于检举举报他人重大犯罪行为，有重大立功表现的，法律规定可以从轻或者免于起诉，相当于将功抵罪。像你这种情况，我可以帮你做工作，让他们适用这一条款。但做交易，我无能为力。"

"好吧。可你说过，公安有奖励……"

"奖励？那是对没有违法犯罪的举报人，你已经将功抵罪，还要奖励……"秦枫为难地看着他，"这样吧，冲你主动给我打电话这份信任，我去帮你争取，但多少说不定。另外，你伤得这么重，也怪可怜的。我再去给你争取争取，看能不能给予政府扶助。"

刘智华头点得像鸡啄米似的，几乎感动得要哭了。"保……保密，一定要给我保密。"他带着哭腔说。

停顿了一下,秦枫点点头。他站起身,叫曾旭带羁押警官一起押刘智华去取材料。他碰了碰"老炮儿"的胳膊肘,两人站起来,迈着步子走进观察室。

"怎么样?"秦枫问,"他这一套可信吗?"

"老炮儿"一直在认真地研究笔录,这会儿抬起头来。"逻辑性很强,当然也和你们前期调查掌握的事实相符。"

秦枫相信"老炮儿"的直觉,转头望着段巍。

"我掌握的情况不多,"段巍说,"不过,根据经验,这家伙说的是实话。在形成正式的询问记录前,我想应该让他花上几小时过一遍那些在案的嫌疑人照片。看能不能对照他的材料,将我们查证的对象进一步核实。"

"没问题,"秦枫说,"这个工作交给'老炮儿'。分局刑侦队需要紧急核查他提供材料里的情况,将案与人联系在一起,为下一步突破口供及定罪提供依据。核查中必须密切注意嫌疑人动向,千万不要惊动他们。要不,会前功尽弃。"

第五章

首战告捷

下午五点，市局全体党委成员、武警支队政委和几个分局局长齐聚刑侦指挥室。他们一坐定，便觉察出气氛不对，指挥室里竟然实施了通讯屏蔽。叶天佑见人到齐，立即宣布开会。他说："秦副支队长刚执行任务回来，他有紧急情况向各位汇报。"

秦枫两眼通红，面呈菜色，却依然精神抖擞。他站起来，用力地敬了个礼，说："我要介绍的，是近年来横行汉洲的黑恶势力团伙'讨账缉查局'的情况。分两类进行，一是视频，二是文字资料。"

秦枫一边说，徐俊一边操作电脑，电脑连接着投影仪，光柱投射在对面墙壁的大屏幕上，上面有一个鼠标箭头在游动。鼠标在一个文件夹点了一下，里面有很多文件。箭头点击了其中一个文件，屏幕上开始播放视频。

秦枫说："这是明城大酒店十七层多功能厅。"镜头在此时定格了，热闹的赌博场面，其中一个人的头像被拉近。接着，屏幕被切割，旁边出现了另一幅图片，是一张身份证复印件，旁边是此人的姓名籍贯年龄等资料。

秦枫指着屏幕说："这个人叫苏洪宝，人称洪二爷，地下组织'讨账缉查局'头目，号称隐身人，多年来组织赌博、放高利贷、收账杀人伤害犯罪，具备十分丰富的反侦查能力。"

鼠标再点击一下，镜头继续播放，又回到赌博画面。不久再一次定格，出现了另一个头像及身份证复印件。

秦枫介绍道："他叫李凯，人称凯子，马仔称他为凯爷，曾因伤害罪，被判刑六年，刑满释放后跟随苏洪宝，是收账组的头头。"

秦枫前后介绍了几十个人，这些人中，绝大部分是刑满释放人员，极少数几个虽然不属于两劳范畴，却在公安部门监控的重点范围，比如吸毒人员、社会混混等。这里面就有雁厨伤害案中出现的那一高两矮三个嫌疑人。

叶天佑见秦枫还要介绍下去，打断了他，说："秦枫同志，这些情况，你不必一一介绍了，你直接告诉我们，已经查清身份、地址，他们的组织结构怎样？可以收捕到位的有多少人？会不会溜掉大鱼？"

秦枫说："由于时间太短，已经查清的有三十多人，组织结构在刚才的介绍中初步讲了，已很清楚。大致是以苏洪宝为首，李凯、佘小文等为骨干成员，阳宝、刘铁头、易粽子等人为一般成员，通过放高利贷、赌博诈赌、强迫交易、非法拘禁、伤害勒索等犯罪活动疯狂敛财，并将非法所得用于违法犯罪活动或维系组织的生存、发展。"

接下来，秦枫介绍了几个具体案例。他说："这里，仅仅抽取了几个典型的。"

这些案例，在座的大都听说过。当初就让他们义愤填膺，热血沸腾。此时再听一次，仍然觉得令人发指。如果没有具体的时间、地点、人物，仅仅是介绍事件，人们还以为是香港警匪片里的故事。

在座的都是维系一方治安稳定的大员，在他们看来，正是因为他们的努力工作，辖区才得以安宁祥和，人民生活才安定快乐。然而，秦枫集中介绍这些案例，无异于揭开了他们的伤疤，揭示了美满幸福表象之下，同样拥有崇高生命的底层民众没有最起码的安全保障，活得如此艰难。

但是，黑恶势力团伙犯罪之所以如此猖獗，恰恰是权力在当他们的保护伞。这就存在着两个方面的不确定因素：一是在座的各位充当过保护伞吗？恐怕他们自己都不一定清楚，手里的权力是否被这个组织利用，是否为他们提供过保护？甚至是否因为自己的良知被购买，实际失去了对权力的控制，让这个组织绑架了他们手中的权力？二是就算拿出雷霆手段，如果能一举将黑恶势力消灭还好说，假如一着不慎引火烧身呢？被鹰啄瞎眼睛的猎人又不止一个两个；还有，就算将黑恶势力团伙灭掉了，可他们有手段灭掉黑恶势力团伙背后的权力大伞吗？犯罪组织不在了，保护伞还在，那些人还在台上，仍然握着权力，不经意间，那些权力便可能发生作用，许多作用同时发力，扫黑者的政治生命就完了。

各种不利因素都摆在那里，还有人敢于无所顾忌、一往无前地与黑恶势力团伙做彻底的斗争吗？这也是黑恶势力团伙从潜滋暗长到长期存在的主要原因。

但今天情况不一样了。秦枫摸清了黑恶势力团伙的整个结构，犯罪事实令人触目惊心，叶天佑没有通气就把所有该到的人都请到了指挥室。在座的已经非常清楚，叶天佑和秦枫显示出跟黑恶势力团伙水火不容的决心和勇气。

肖含章作为常务副局长，多次在公开场合听到叶天佑谈到组织扫黑行动的话题。他理解叶天佑的心思，也从某个角度探知到这可能是市委甚至省委的态度。

他首先表态："关于市内存在黑恶势力组织犯罪，我一直在密切关注，但这个组织活动隐秘，藏得很深，情况不明，一直没有找到合适的打击契机。这次秦副支队长深入调查，将他们的情况和盘端了出来，十分了得。我认为，应该趁热打铁，采取统一的全面的集中行动，形成一种泰山压顶之势，将之连根铲除。"

肖含章带了头，其他成员确实被那些案例震惊了，心中有很多话要说，便一个接一个地表态。眼前的事实触目惊心，对于扫黑行动，大家一致赞同。分局长是从底层一步步上来的，社会是个什么情形，黑恶犯罪是怎么回事，他们非常清楚。但是，正如肖含章所说，犯罪组织隐藏很深，不完全摸清情况难以一网打尽。现在，既然情况已经明了，何不一举摧毁。

叶天佑问："还有没有其他看法？"

分管治安的副局长胡小跃说："我举双手赞成开展这次行动，但有两点建议供参考：一是请党委对这次行动可能引发的后果进行评估，会不会出现打蛇不死反被咬的局面；二是这么大的行动，需不需要向市委、省厅汇报，争取上级的支持？"

胡小跃此说，又挑起了大家的担心，会场再次议论纷纷。这时，指挥室外响起敲门声，党委秘书出门接过一份材料，递送到胡小跃面前。胡小跃浏览了一下，签了字，又拜托秘书给递送了出去。

叶天佑待秘书坐好，摆手止住大家的议论，说："小跃同志的建议很重要。雁宁同志跟我汇报秦枫的侦查情况时，实事求是地分析了当前面临的困难和存在的矛盾，预估了最坏的后果。今天，把大家都请过来，就是要党委每一位同志都随时掌握情况，如果出现问题，党委及时研究，立即应对。至于请示上级，这是一定要的。这件事，由我来协调。其他方面，还有什么需要讨论的？"

这等于跟大家说，该考虑的问题，该承担的责任，叶天佑都考虑到了，行动会开展，而且是马上。行动结果如何，出现什么样的问题，叶天佑会一力承担，其他成员做好自己分管的工作就行了。

叶天佑的目光在每个人的脸上掠过，会场鸦雀无声。

"下面，我宣布，扫黑行动正式开始！刑警支队、武警支队按预定方案，将抽调人员分成五个小组，分属各分局局长指挥，对各辖区内的黑恶势力犯罪组织成员进行抓捕，不许有任何人漏网。"

钟雁宁、武警政委和各分局局长以军人的姿态，立正应道："是！"跑步出了会场。

扫黑终于拉开大幕。接下来会发生什么反复，出现什么变故，无法预料。但秦枫坚信，有叶天佑的驾驭，不论掀起什么样的风浪，都不会影响最后的结局。

秦枫登上指挥车，叶天佑拉住他的胳膊，说："老弟，这把火是你促成我烧起来的，能否火烧连营，全看你刑侦支队了。"这是叶天佑第一次喊秦枫老弟，分量不轻。

秦枫说："你放心吧，您都叫我老弟了，我还不知道您的压力吗？这条命都是您的。"

抓捕对公安来说是小菜一碟，五个分局在刑警支队和武警支队的配合下，利用晚餐时间，在对象毫无防备的情况下全力出击。在抓捕名单上的小鱼小虾，一网下去，差不多捞了个干净，但三条大鱼，头目苏洪宝和刘浩，以及苏洪宝的贴身保镖李凯，不知是感觉到水势不对，还是嗅到了风声，"哧溜"一声跑了。关键头目脱逃，许多案情无法对证。喽啰也都是些几进宫的"狱里太岁"，装疯卖傻，什么都不肯说，案件陷入被动。

叶天佑冲到秦枫办公室大发雷霆，把办公桌当鼓擂，几乎擂破了桌面的赭漆。擂得差不多了，他才转换了语气，说："你第一次接触到这么复杂的案件，情有可原，不要因为我发脾气而失了锐气。下一步，你必须全力追逃，他们就是窜到天涯海角，也要抓回来。"

钟雁宁听着叶天佑的话，虽不是针对他的，但他是刑侦支队主官啊，心里更不是滋味。汪涛和徐俊等刑警聚在走廊里，听着叶天佑训秦枫，感同身受——这活儿该怎么干下去呢？

叶天佑理解大家的情绪，特地跑到市委为这次参与抓捕的民警请功，并召开了一个全市性的公安庆功会。秦枫心情凝重，可他明白叶天佑的良苦用心，骂是骂，但局长对他和刑侦工作是满意的，值得肝胆相照。

庆祝会开得热闹非凡。会后，叶天佑跟刑侦支队班子成员座谈，说："这次扫黑，同志们表现不错，市委市政府很满意，市委唐道生书记表示，不仅要嘉奖有功的单位和个人，还要对有突出贡献的人员予以重用。汉洲群众更是欢欣鼓舞，敲锣打鼓地给我们送锦旗。扪心想一想，我们干了些什么？不就是做了些分内事吗？做了分内事，领导群众就给我们如此高的荣誉，我们不该得意，而应该惭愧！这说明我们的工作距党和人民群众的要求差得太远。我向市委唐书记立了军令状，汉洲的公安工作要一年一个样，三年大变样，我有这个决心，不知大家有没有这个决心？"

"叶局，放心吧，汉洲的每一个刑警都会朝着你既定的目标努力。"钟雁宁说。秦枫和汪涛听着，没有吭声。

"这次行动，漏了几条大鱼，远没有取得成功。大鱼一天不逮住，我们就一天不收网。我们不能坐在党和人民给予的荣誉上面穷开心。记住，要将荣誉当压力，要内紧外松，将追捕进行到底。同志们啊，我们的工作是开多大的花，才能结多大的果，没有轻闲的。抓了这么多人，预审是大问题，对这些人的审讯一定要细，一定要顺藤摸瓜，拔出萝卜带出泥，一旦发现有保护伞嫌疑的线索，直接向我汇报。"叶天佑说话的思路很清晰。

秦枫说："叶局说的最后一条很重要，扫黑必须斩草除根，保护伞不除，黑恶势力还会滋生。这次大鱼漏网，给同志们脸上写下的耻辱，也许就是保护伞作祟。"

秦枫的话说得几个人心里沉甸甸的。

集中行动那天，指挥室的通讯是屏蔽了的，与会人员电话不能打，微信、短信都不能收发，走出指挥室的同志一律不准带手机，只携带同频对讲机，不能与外界通讯联系。技术监控显示，那天确实没有任何人跟外界有过联系。

其他参战民警事先不知道行动目的。而且，对苏洪宝、李凯的抓捕由秦枫、汪涛亲自带队，如果秦汪两人走漏风声，这次行动不会取得丝毫成绩。

叶天佑让秦枫负责调查内鬼。

秦枫很动脑筋，他熟悉整个抓捕行动方案和所有参战人员，很快排除了参战人员通风报信的可能。

另外，苏洪宝和李凯也不可能在行动前得到消息。他们居住在梅阳区，侦查锁定的地点是两个相距不到一千米的住宅小区。两个小区里还住着另外五名喽啰，梅阳分局安排了三个组抓捕这五人，五人全部落网。如果有一点点回旋时间，他们就可能带走其中一两人。

难道是行动中有人看到公安集结起了疑心？

问题真的出来了。

送材料给胡小跃签字的民警胡安离开刑侦楼后，发过一条信息。这条信息十分可疑，接收的电话号码没有登记。奇怪的是，这个号码前后三个月只跟胡安有过几次联系。

"相当于这个号码是胡安独享的？"秦枫问。

"没错。"技侦民警回答。

"查上次联系时间。"秦枫沉着脸说。

据治安支队长回忆，这个号码上次跟胡安联系的时间，正是支队查获一个赌博窝点开展行动的时间。那次行动，除了收缴到少量赌资，聚赌人员全部脱逃了。

"能够对那个号码实施定位吗？"秦枫问技侦民警。

民警挠了挠头，对机房下达追踪指令。遗憾的是，只能追查到机站，无法确定具体地点。那个机站在梅平区，跟苏洪宝、李凯居住小区相距十多千米。

本想夯实证据再动胡安。没办法，只得找胡安要口供，再查证据。谁知，传到支队长办公室一问，胡安爽爽快快地交代了那个电话号码的持有人。

号码机主是一个孤寡老人，七十四岁，多年中风半瘫，一直接受胡安的资助。胡安出示了那天发出的信息，他告诉老人，下班后，他会送两斤鸡蛋过去。

当地派出所派人到孤寡老人家走访，老人证实胡安在那天下午确实去了他家，鸡蛋还在。

秦枫暗自思考着，看来，深冬寒重，自己的苦日子真的要来了。

出现泄密事件，却查不到内鬼，那就只有等着他再次泄密，再根据泄密的方式和途径找人。真到那时，事情会是什么样子呢？

初进看守所，那些喽啰佯装铁嘴钢牙，试图负隅顽抗，闭口不说话。几天后，因为分开关押，彼此没有联系，与外界也完全失去了联络，对于案件到底进行到哪一步，一无所知。他们之中，有的开始恐惧，有的开始猜疑，思想波动非常大。

秦枫抓住各自心理，旁敲侧击施加压力，有人偶尔露出一两句话。专案组抓住这一两句话，在审讯其他人的时候大加利用。其他人不清楚这些只言片语是怎么来的，以为某人说了什么，明哲保身的想法爆棚，不得不对这些只言片语做出应对。应对的时候，难免又会露出某些细节。这些细节又被专案组利用，如此反复周旋，斗智斗勇，冰山终于慢慢凿开，缺口渐渐变大。

不知不觉之间，缺口越开越大，有些人开始崩溃。专案组抓住这一点，制定了详细的审讯计划。针对组织的外围人员，进行自首从轻的法律教育。告诉他们既然不是主犯，拿的钱也不多，如果继续顽抗下去，很多账就会算到他们头上；如果积极检举揭发，争取立功，就可以得到一个公平公正的从宽处理。

如此层层突破，先审最底层的外围成员，再审一般成员，抽丝剥茧，达到推倒多米诺骨牌的效果，许多人开始与警方合作。

真相呼之欲出，疑点也越来越重。

首先是这个组织的名称，有人说叫"讨账缉查局"，有人说是"地下处警队"，有人说根本没有名称，不过是有人害怕，强给安上的称呼；其次是他们的老大，有的叫洪二爷，有的叫宏二爷，但问到老大的真名，他们却称不知道——从来只听人传达老大的旨意，却从没看到过老大的真面目。

秦枫每天坐在审讯室里听他们东拉西扯，终于获得一条重要信息。洪二爷在广东东莞有一个落脚地——怡景公馆六号楼。综合分析各方面的情况，苏洪宝、李凯很有可能躲藏在那里。秦枫立即请东莞的同行协查，获悉房主为一香港商人，叫夏猫，曾在汉洲投资过娱乐城，但他似乎一直没有住在怡景。

这一情况更加深了苏洪宝住在此地的嫌疑，秦枫向叶天佑做了汇报。叶天佑指示他带着汪涛和徐俊直赴东莞。当天深夜，秦枫三人在东莞警方的配合下，悄悄包围了六号楼。

整个别墅区一片寂静，冬夜的凉风吹得人清爽舒服，楼里一直黑沉沉的，没有灯光。秦枫吩咐汪涛、徐俊小心谨慎，注意隐蔽，作为黑社会头目的苏洪宝手里一定有枪。

子夜一点，秦枫准时展开行动。荷枪实弹的东莞刑警跟在秦枫三人后面，快步接近小楼。秦枫低吼一声"上！"三人几个腾跃，便靠到了门前。

汪涛掏出工具，小心翼翼地插进锁孔，轻轻一扭，门无声地开了。秦枫侧了侧身，迅速钻了进去，身后的徐俊扭亮手电。

客厅很大，大理石地面在手电光映照下泛着幽幽的光，靠墙一圈红木沙发、茶几，却套着灰白的布罩，给人很不吉祥的感觉。对面墙上挂着超大电视屏，厅里别无他物，显得空阔而荒凉，冷森森的，毫无生机。

秦枫不由得握紧手里的枪，指示汪涛将手电光柱移向螺旋式楼梯。他随着光柱往楼上蹑步爬去，徐俊以防范姿势紧随其后。

楼上仍是客厅，窄小些却富丽堂皇，没有罩布帘等物，家具和装饰显得典雅而浪漫，地板上铺着厚厚的带着彩色图案的地毯，距落地窗两米处摆着一架钢琴，四周墙壁挂着油画。秦枫细细查找，终于发现钢琴左侧有扇跟墙壁浑然一色的门。推开，里面便是卧室，一张阔大的床，覆盖着淡金色床罩，床头摆放着两个布娃娃，床头上方挂着一张繁花似锦图，情调显得十分温馨。秦枫警惕地巡视着，这里显然藏不住人。

汪涛从卫生间出来，对秦枫摇了摇头。

徐俊找到了另一间卧室，里面连床都没有摆放，仅有一张书桌。

因为是秘密搜查，不能毫无顾忌地翻箱倒柜，只对室内物品谨慎地翻动，查找一些苏洪宝可能来过的线索。

衣柜、床头柜、壁橱，还有书桌，毫无所获。

榻榻米、地毯、抽水马桶、天花板，一无所得。

这时，在客厅细查的徐俊突然低低地惊叫一声，然后神情激动地跑向秦枫，手里拿着一个油纸袋，兴奋得声音发颤地说："秦支，您看，枪。"

秦枫连忙接在手里，剥开层层油纸，赫然是一把左轮手枪。他将枪掂在手里看了看，正宗的警用左轮，心里禁不住咚咚急跳起来：这会不会是梅阳巡警李成的枪呢？如果是，那也太巧合了，说明苏洪宝或李凯就是抢枪嫌疑人，他们一定藏身在这里。

"怎么办，秦支？是不是把枪带回去？"徐俊见秦枫沉吟不语忍不住问。

秦枫点点头。"拿回去进行枪号比对和弹道检验。"

涉枪是重大犯罪。东莞警方高度重视，向全省发出了协查夏猫的通报。信息反馈过来，夏猫正在南海开发房地产，项目在和兴度假村。

秦枫迅速赶到南海，并与南海警方取得联系，第一时间来到山清水秀的和兴度假村，敲开了董事长的门。在秘书的引领下，他们见到一个大腹便便的中年人。他按着远超常人的肚皮，用警惕的目光扫了秦枫他们一眼，问："你们是汉洲市公安局的？"

"是的，"秦枫说，"你就是夏猫先生？"

夏猫企鹅似的返身回到老板桌后面，坐进转动的皮椅里，侧身坐着，好像椅子太小，不足以容下他肥胖的身躯。他斜着眼睛，问道："找我有什么事？"

"有个案子想找你了解一些情况。"秦枫对他那种睥睨一切的姿势十分反感，但顾及他的香港身份，为了侦查工作的顺利，不得不耐住性子。

"什么案子？"夏猫翻了翻厚重的眼皮，反问式地说，"我没跟人有经济纠纷。"

秦枫沉吟片刻，说："刑事案子。"

"哦。"夏猫仿佛突然受惊似的说，"请坐，请坐。"脸上猛地堆起异常热情的笑容，再次从转椅上站起来，移出来跟秦枫等人握手。

秦枫和汪、徐两人在沙发上坐下。夏猫招呼秘书倒茶，然后说："只要不是涉及商业秘密，你问，我会言无不尽。"

秦枫单刀直入地问："夏先生，请问您在东莞有几套房产？"

夏猫哑了一下，瞬即警惕起来，瞪着秦枫问："你们……你们是来查我家底的？"

"别误会，我们想从中查知一件事。请说。"

"有两三套，不过装修住过的只有怡景公馆，那是我在东莞搞房产的时候置办的，有两三年没去了，现在只偶尔打发一个工人过去打扫。这跟案件有关吗？"

"最近没安排外地人住过？"

"啊？"夏猫吃惊地看着秦枫，很费解的样子，"南海有的是宾馆，我要安排几个人住，送到东莞费事干什么呢？"

"可里面就住着汉洲的一个逃犯。"秦枫肯定地说。

"你们抓住他了？"夏猫似乎松了一口气，"怎么就躲到我别墅里了？是个什么人呀？"

秦枫注视着他，想看出他是否在表演，但他言行真诚，没有丝毫破绽。"很遗憾，让他跑了。我们希望你能提供一些线索。"说着，拿出苏洪宝的模拟画像，画像上配有身份证大头像和身上绣着美女头像文身和手臂、手背长黑色长毛的文字说明。

夏猫很认真地看了一会，摇摇头说："这个人？从来没见过。就是他躲在我别墅里？"

"对，就是他。"秦枫将画像放在茶几上，"您在汉洲开娱乐城是哪一年？"

"前年吧。"

"认识汉洲一个叫洪二爷的人吗？"

夏猫摇摇头，接着关切地问："他的真名是什么？"

"苏洪宝。"

夏猫再次摇了摇头。

113

汪涛耐不住性子，说："不认识？你把东莞别墅的钥匙都给了他，还说不认识。"

夏猫很无辜似的看着秦枫。秦枫苦笑了笑，意识到问话不会有什么结果，于是起身跟夏猫告辞。夏猫很热情地送他们出门，表示一定尽快把东莞的房产处理掉，以免藏污纳垢，招惹是非，费神费力。

回到住处，秦枫跟汪涛、徐俊商量下一步怎么办。上门找夏猫时，他们对这个结果早有预料，如果夏猫真藏匿了苏洪宝，已做了转移，他绝不会向警方承认，即使拿非法藏枪来威胁，他也会百般搪塞、遮掩。

徐俊说在秦枫跟夏猫谈话时，他注意观察过夏猫，发现他是在做戏，貌似坦然的表情很僵硬，目光不安惊惶、游离不定，由此可见，他心里有鬼。如果是他为苏洪宝提供藏匿之所，一定清楚苏的行踪，不妨采取秘密侦查手段，咬住夏猫，争取有所突破。

汪涛十分赞成徐俊的说法，认为逃犯在外一般不会惊动太多的熟人，人多容易走漏消息，所以苏洪宝可能还跟夏猫在一起，盯住夏猫，才可能抓住苏洪宝。

在南海警方的全力协助下，秦枫三人秘密查知了夏猫的住所南海度假村。但蹲点守候了几天，度假村夏猫的住处一直没有动静。南海警方反映他频繁出入鲸洗浴中心，甚至有时在洗浴中心过夜。

秦枫决定主动出击，汪徐两人继续监视度假村，他化妆潜入洗浴中心，一探究竟。

这天晚上，秦枫西装革履，油头粉面，一副一掷千金的模样走进洗浴中心，在桑拿房待了一会儿，便进了专为贵宾设计的休息室。刚坐下，身着粉衣红裙的妈咪就款款走了过来，嗲声嗲气地问："先生，要不要按摩？"

秦枫斜了她一眼，不客气地说："按什么摩，有没有品位高些的小妹妹？别他妈的我要小天鹅，送来的却是大肥鹅。"秦枫装着常客的样子，玩幽默。

妈咪忙献上一张谄媚的脸，说："这次一定让您满意，您等着啊。"

过了一会，秦枫正在假寐，忽听一声娇滴滴的声音喊道："老板，您好！要不要换到包房里去。"说着，小姐将如花的小脸凑到秦枫的眼前。

秦枫瞄了一眼，二话没说，跟着她来到一间相对隐秘的包厢。

"老板，请上床，我帮您脱衣。"

"别忙，小姐几号啊？"秦枫佯装老手似的问。

小姐巴不得拖延时间，于是在他身旁坐下答道："9号。"

以秦枫的经验，像这种大型洗浴中心，小姐少说也有上百人，能排前十的都是老资历的佼佼者。这种人钱看得重，懂江湖，心思灵活。

秦枫侧过身子问："你在这里做了多长时间？"

"两年多了。"

"那一定接待过不少客人，见多识广啦。"

小姐耸耸肩，丝毫没有羞涩感，反而直率地说："像您这样进来还有心情聊天的老板倒是见得不多。"

"哦。"秦枫不以为意，"有笔轻松赚钱的买卖，你干不干？"

"那要看是什么钱啰。"

"跟你说实话吧。我有个债主，是你们这里的常客，这几天突然找不着他了。他欠我一笔大钱，如果你看到他或者他的马仔及时告诉我，给你三万，怎么样？"

小姐迟疑了一下，说："有照片吗？"

秦枫掏出苏洪宝的画像和李凯的照片给她看。

"啊，就是他呀！早先我还陪过他。"小姐指着苏洪宝说，"他好像跟我们老板很熟，常常白吃白拿尽占便宜。原来是个欠债鬼，难怪。"

秦枫心里了然，装着很熟络的样子问："是夏总的朋友，对不对？"

小姐点点头，突然悄声说："这事你只能拜托我一个人。"

秦枫心里不觉好笑，旋即做出一副郑重其事的样子道："那是当然，你给我盯着，只要帮我找到他，不会亏待你。"

小姐两眼放光，跃跃欲试地说："那我这两天不休班，没时没刻地帮您盯着。哎，老板，你电话多少，发现了好联系您。"

秦枫掏出准备好的电话号码纸条。小姐像捧着金块似的，小心翼翼地折了折放进胸罩里。

第二天是圣诞节，洗浴中心生意火爆。9号小姐为了盯住苏洪宝，放弃一个又一个点单客。她坚信讨债鬼一定会来。晚十一点，洗浴中心二楼走廊突然出现两个男子，一个壮实魁伟，走在前面，一看就是老板像，一个精干稍矮，像个跟班。9号小姐揉了揉眼睛：就是他们！她立即给秦枫发了个信息，并说定下包房后，再告诉他详细情况。

秦枫接到信息，一边带上汪、徐两人往洗浴中心赶，一边给南海警方打电话，请求支援。

圣诞节本是西方节日，国内商人为了促销，大肆宣扬，弄得花里胡哨，土不土洋不洋，倒是吸引了挥金如土的富贾目光。苏洪宝是个赶潮的人。他跟李凯窝在租住的平房里无聊，心痒痒地，便打夏猫的电话想出来玩玩。夏猫本来担心警察，但经不住苏洪宝磨叽，又考虑到今晚人多，不易被人察觉，便从暗门把他们接上二楼，秘密地安排进暂时空着的202、217两个包房。

秦枫三人赶到洗浴中心。他让汪、徐两人各守住前后门，防止苏、李两人溜掉，并等待南海警方的支援，然后只身一人往里面闯。

汪涛拉住他，担心地说："秦支，他们两人，而且身上可能有枪，你一个人进去危险。"

"顾不了这么多了。"秦枫摔开汪涛的手,说,"走一步,看一步,不一定需要硬拼的。"

他已经来过一次,懂得房间的结构和娱乐程序。简单地办好手续,也不进洗浴室,直接往9号小姐指定的楼梯口走。9号小姐正焦急地等着,一见面,便拉着他要钱。

"少说废话!"秦枫耍起大老板威风,"告诉我那个欠债鬼在哪里,钱不会少你的。"

9号小姐想想,既怕秦枫跑掉,又怕得罪他闹开了,自己收不了场,只得往二楼指了指,说:"壮的在202,瘦的在217……"说着,溜进了楼梯口里。

秦枫没等她把话说完,箭步一跃,便往二楼跑去。

再说苏洪宝正在和小姐亲热,外面响起轻扣房门的声音。这是他跟夏猫约定的暗号。苏洪宝很不耐烦地推开小姐,拉开门栓。

夏猫慌里慌张地冲进门,二话不说,拉起苏洪宝就往门外走。苏洪宝焦躁地甩开夏猫,狠狠地说:"夏总,你这是干什么,事儿还没干完呢?"

"要怪只怪公安不给你干事的时间吧。"夏猫冷冷地答道,"我刚才得到消息,公安局的警车正往这边开,好几辆呢,如果我估计得没错,就是冲你来的。"

苏洪宝大吃一惊,霍地窜出门,却又疑惑地问夏猫:"警车往这边开,你怎么能断定他们是冲我来的呢?"

"这么晚,又是圣诞节,没点征兆就如此兴师动众过来,你以为他们上山打猎吗?"夏猫狠狠地瞪着苏洪宝,"快走,再迟就来不及了。"

苏洪宝要往里面跑:"我去叫凯子一起走。"

"你疯了?自身难保,再耽搁,警察上楼了。我去安排他好了。"

苏洪宝还想争辩,夏猫手下用劲一把将他推进了暗门。夏猫把暗门

117

关好，从二楼走廊观察，丝毫看不出那里有门开关的痕迹。他疲累地倚在202门首，正考虑着如何通知李凯，秦枫像个醉鬼似的冲了过来。

秦枫夹克披在右肩，右手握着手枪裹在夹克里。他一看见夏猫便明白了怎么回事：看情形，苏洪宝已经溜了。但他还是假装不认识夏猫似的闯进202，在里面搜索一番，又假装走错门似的冲了出来，往217跑去。

李凯已经接到苏洪宝的电话通知，但他正在跟小姐滚床单。秦枫冲进包房时，他衣服还没穿齐整。但此人被苏洪宝拉为心腹，在黑道上立起山头，不是白混的。他身上随时带着手枪，穿衣前便上膛放在顺手的地方。拉门声一响，右手抓起手枪对着门口便是一枪。

秦枫早有准备，但没料到李凯如此不计后果，还没弄清是怎么回事，左臂中弹，全身一震，滚倒在地。与此同时，他裹在夹克里的手枪开了火。李凯应声倒地身亡。

闻讯赶到的南海警方将鲸洗浴中心进行彻底搜查，没有发现苏洪宝的踪影。

秦枫被送往医院就诊，南海警方对夏猫采取了强制措施。汪涛和徐俊参与对夏猫的讯问。

"夏猫，这是我们第二次传讯你，知道是为了什么吗？"

夏猫对这种场合已经司空见惯，嘴角挂着一丝冷笑，目光沉稳地看着几位刑警。"大约是为了发生枪战的事吧，我也不知道客人怎么会带着枪啊？"

跟这种老油子兜圈子是白费劲，汪涛单刀直入地问："你把苏洪宝藏到哪里去了？"

夏猫脸上闪过一丝惊悸，马上又恢复平静，否认道："你说的苏洪宝是什么人？"

"洪哥，洪二爷，你总知道吧？"汪涛紧接着问。

"什么二爷三爷，我哪认识。"夏猫明显露出掩饰的神情，却仍狡辩。

"李凯呢？"汪涛不给他思考的时间。

"不认识。"

徐俊拍案而起，指着他鼻子尖问道："苏洪宝不认识，李凯不认识，那他怎么跟你阴魂不散呢？你在东莞的别墅由他们住着，你在南海开的洗浴中心任他们出入，你敢说你跟他们不认识？"

夏猫额头流汗，强忍着没有擦拭，眼角大约被汗水浸了，眨巴眨巴的，盯着汪涛。

"你明知他们是什么人，却知情不报，并为他们提供藏身之地，你知道会有什么后果吗？这是严重的包庇罪！可以判处三到十年有期徒刑。"汪涛说，"如果你积极举报，检举有功，则可以想办法将功折罪。"

"我……我不舒服，不知道你们在说什么。"夏猫一时不知该如何回答，耍起癞皮手法。

这时，秦枫包扎好伤口，来到审讯室，逼视着他道："夏猫，我可以明确告诉你，这个苏洪宝我们监视很久了，我们有确凿证据证明他是你洗浴中心的常客，昨晚他就是跟李凯一起过来的。而你，一定知道他是怎么得到的消息！"

夏猫惊恐地摇着头。他明白警察已经怀疑上他，只是他们没有证据，看来一味地抵赖难以过关，只能用拖延战术。但无论如何，不到万不得已决不能供出苏洪宝，那样自己的协同犯罪无法摆脱，只能跟着完蛋。

想到这里，他装出一副可怜的样子说："你说的这个苏洪宝我有印象，因为他常到洗浴中心来消费，可我的确不晓得他是个逃犯。我该死，只会钻在钱眼里，谁花钱谁就是大爷，没有讲实话，没有想起向你们报告，请你们原谅。不过，请放心，既然现在你们已讲明了利害关系，我一定盯紧这个人，一旦发现，立即报告。"

秦枫冷冷地看着他，这才意识到面前的对手不是等闲之辈，既半真半假地说话，又让你抓不住他的把柄，责任推得干干净净，还给自己留了条后路。

于是，他再次直捣要害："你从暗门送走了他？"

"暗门？没有的事，店里没有暗门。"夏猫牙口很硬。送走苏洪宝后，他自知暗门逃不过南海警方的搜索，干脆撕掉伪装，当作消防门敞开在那里。秦枫第一次经过时，那里明明没门，返身搜查时，却发现有门大开，吃了一惊的同时，却无话可说。

叶天佑听了秦枫对南海追捕工作的汇报，觉得不敢小视。汉洲、东莞、南海，有一条协助苏洪宝潜逃的线，有恃无恐，早知早觉。叶天佑决定，亲自参加一次案情研讨会，了解整个黑恶势力团伙的来龙去脉和细枝末节，研判督导下一步工作。

叶天佑是工作起来不要命的男人，来汉洲两年，熟识的人都知道他只会工作，根本不懂得享受生活。不过，话说回来，快五十的人了，干了近三十年警察，要光想着享受，他到不了今天。如果今天的副市长、公安局长是果，那三十年的摸爬滚打艰辛付出就是因。

案情研讨会开得很热闹。秦枫利用多媒体展示团伙的详细材料，条分缕析人员组织结构和案件情况，落网的、在逃的，已破的、未破的。接着，他又在这些人员和案件之间划上线，对比最容易发现情况。

大伙儿看着秦枫展示的内容，窃窃私语。叶天佑抽着烟，将投影上的资料印在脑海里。汪涛和徐俊一左一右坐在叶天佑身边。汪涛皱眉不语，徐俊不时指点着屏幕，跟叶天佑解说。几个分局局长和刑侦大队长沉默不语。

秦枫将情况展示一番，眼睛扫了一下众人，说："不知道我写的这些东西大家想过没有，感觉告诉我，整个案件存在着极大的漏洞，这个漏洞让在座的诸位面临一场极大的考验。"

秦枫说到这里，再次扫视了一遍众人，接着说："下面，请几个小组介绍工作中的疑点。"

东莞怡景别墅搜出的左轮手枪，已经鉴定确认是李成被抢的枪支，抢枪案也就并入了扫黑专案。负责抢枪案侦查的二大队大队长率先汇报，他说："李成左轮被抢现场五米处有一治安监控镜头，但抢枪当天，监控被破坏，提取不到监控视频。经我们全力侦查，没有找到目击证人。另外，现场也没有找到有利的物证，袭击李成的套头袋是普通的二十千克装米袋，没有指纹或其他痕迹物证。"

接着，徐俊介绍发现左轮手枪的情况。他说："枪是我从六号别墅二楼的钢琴里搜出来的，油纸包裹，油纸较新，枪支也是最近擦过油，说明放进钢琴里的时间不长。只是枪支和油纸上都没有检出指纹和其他残留物，十分遗憾。"

负责信访的同志接着说："与涉黑案件有关、直接接受的和上级交办的几起信访案件，包括伤害、勒索、高利贷讨账致使破产等，无论以前闹得多凶，最近有息访的表示，甚至有几个上访户电话也不接，不愿跟我们见面，或者离开了住处，或者不让我们进门。"

叶天佑说话了。他说："伤害案、抢枪案、信访案……一个个个案，看起来毫无关联，你们能够将它们一环扣一环地并起来，很不容易。这说明大家在办案中不仅能够劳累奔波，还善于动脑，并案对了，方向对了，也取得了显著效果。但是，为什么看起来打掉了一个特大团伙，却团伙的名称存在疑点，头目抓不到，保护伞没有影子呢？还有行动当天的消息走漏，仍然是个问号。几个月的侦查能够摸排出一个这么大的团伙——从目前掌握的情况看是这样。那么，这个团伙的生存土壤是什么呢？横行汉洲十几二十年，没有受到打击的原因又在哪里？"

叶天佑故意停了一下，想看一下众人的反应，会议室里鸦雀无声。

他吸了一口烟，接着说："李成回局途中被人'捂麻雀'。我敢肯定，他是被跟踪了，是有预谋的。要不，为什么是李成而不是其他民警；要不，转角的监控镜头偏偏坏在当天；要不，没留下任何痕迹？他们的目的难道就是一支枪吗？如果急需用枪，为什么抢枪后两个多月，一直没有响枪？"

"苏洪宝、刘浩脱逃固然存在疑点。所有受害人、信访人为什么集体喑哑呢？恐怕和威胁恐吓有关。抓了几十个犯罪嫌疑人，破了几十起伤害案、杀人案，成果辉煌，有人觉得我们应该沾沾自喜，就此止步了，有人不想让我们再有更大的进展，在帮着我们堵受害者的口，催促我们结案了。这样看来，这个团伙的背后有一股更大的势力，害怕我们，也想操纵我们，甚至深谋远虑，预埋了更大的伏笔。"

叶天佑呼地站起来，不由自主地拍着桌子说："我们要将这个伏笔作为打击的主体目标。不然，我们前期的工作就是白做，脑门上的耻辱会越来越深，留下历史的骂名。"

"对。"秦枫随着叶天佑的话说，"叶局的分析切中了脉门，我们面对的是一个凶残至极的高智商黑恶势力犯罪组织。结局很明白，要么我们就此止步，把自己关在耻辱门里，要么，奋起侦查，将这个组织掀个底朝天，办出一个惊天大案来。"

会场上响起嘀嘀咕咕的议论声。叶天佑和秦枫侧耳听着同志们议论，说这个案件最大的漏洞和难点恐怕是保护伞，打掉比公安权力大得多的保护伞谈何容易。

秦枫喝了口水，隔着一室的烟雾望着叶天佑，差点被二手烟呛出眼泪。他揉了揉眼睛说:"我们面对的确实是一帮高手,我们的处境很艰难。但很明显,对方已经出招,叶局说的不是先入为主,不是凭空臆断。我们在明,案犯在暗,我们明枪,案犯暗箭。从今天起,我们就要更加没日没夜地侦查,努力找到一帖良方,力争尽早破案。"

散会后,叶天佑拉秦枫一起出去走走。秦枫自进汉洲,给自己立下规矩:凡是叶天佑做出的决策,坚决维护;凡是叶天佑的指示,绝不打丝毫折扣执行。虽然古人说智者千虑,必有一失,但他相信叶天佑,这人不仅是智者,而且是君子。

深冬的汉洲郊野,尽管寒风凛冽,有些许枯黄秃萎,也有着绿意葱茏。薄薄的冬云后面浮着一轮蛋黄似的太阳,给人水粉画的意象。旷野无人,天高树低,静寂萌动,正应了英国著名浪漫主义诗人雪莱的名言"冬天如果来了,春天还会远吗?"

汽车驶上一条狭窄的村道。叶天佑闭目养着神,不经意地问道:"最近听到些什么吗?"

秦枫不知道叶天佑话里的意思,轻声问:"您是指哪方面?"

叶天佑依然仰靠着,平静地说:"丑化我们俩的。"

"听说一些。说我当派出所所长都不合格,还担当破案重任的刑侦支队副支队长,只配当一般民警。说我无能倒是无所谓,只是拖累了您,让您背了识人不明,排除异己的骂名。听说有人到市委、省厅领导那里建议免了您。"秦枫说着,心里来了气。

叶天佑用一只手扶了扶下巴,吐出一口长气,说:"是非功过让他们说去,我们自己要有个正确的态度,不要狗肉上不了桌席,钻了人家的魔道和罪犯设的伏击圈。搞公安,其实就是搞斗争,但我不想搞窝里斗,不想把有限的精力耗在无谓的内部矛盾上,只想为社会发展尽点绵薄之力。"

秦枫说:"您的品格和作为是有目共睹的。"

叶天佑说:"不愿斗的最好办法是学会斗,并且得心应手地运用斗争手段。只有你玩转了斗争,就没人敢跟你斗。鸡蛋碰石头,谁愿意呢?"

秦枫感觉很受益。在派出所这么多年,他就是在斗争中成长起来的,有时斗坏人,有时不得不斗自己人,但他并没有把斗争意识提升到这个高度。他说:"真对不起,您将我从草莽中提拔起来,却让您丢丑了。"

"这样说,你就不对了。"叶天佑说,"你是组织提拔起来的,你更没有丢我的丑。自始至终,我相信自己的眼睛,在汉洲,你的忠贞智勇无人能及。你知道吗?我上任之后,用心体味着汉洲的文化底蕴,'唯楚有材,於斯为盛'。这么一片历史悠久、文明昌盛之地,岂能让她藏污纳垢,岂容流氓地痞暴徒恶匪撒野。我说过,我们是城市的清洁工,那就要扫除一切污秽,还城市美丽和文明。"

秦枫说:"善恶自有报,我就是鞠躬尽瘁,粉身碎骨,也要将这个犯罪组织摧毁。只有这样,才能堵上是非的嘴巴。"

叶天佑赞赏地点点头,说:"你是个干实事的人,但也要记住一个道理。"

"什么道理?您说,我一定牢记在心。"

"世上所有的人都是朋友,越是我们的敌人越要当朋友对待。"叶天佑说,"这话要琢磨得越深越透越好。"

秦枫会心地笑了,说:"谢谢兄长。"

两个人缄口望着远处的风景,好像都在体会这句深入浅出的话。

有人说破案如同解数学题,无非是勾三股四弦五,找对了条件,找对了因,必然有结果。其实不然,相对于直角或等腰三角形,也许如此,如果碰上不规则的,如何找它们的因果关系呢?黑恶势力犯罪就是不规则的,甚至是变形的。

秦枫跟叶天佑聊天后回到支队，心里急得跑马似的，一天到晚不是蹲看守所审讯，磨在押嫌疑人，就是去现场找线索，磨受害人。几十起伤害案和信访案，现场没留下什么破案条件，有的似是而非，你什么都可以想象，什么都想象不出个所以然来，好像案犯精心布下的迷宫和设计好的死胡同，等着你来钻。

天气越来越冷，快除夕了，竟然下起了大雪，无数白银碎屑纷纷洒落。在汉洲，冬天也是温暖的，下雨是常事，下雪却较稀罕。秦枫印象中，上次大雪还是2012年。嘿，转眼四年了，秦枫叹一口气。他记得清楚，那年大雪封山，冷珊专门请假到派出所陪他值班，其实是为怀孕做准备。结婚几年没有孩子，俩人总结原因是夫妻俩聚少离多，让精子与卵子没有碰面的机会。

秦枫一头扎进案件，推了好多破案以外的事。他唯一的愿望，是抓住苏洪宝。一日抓不住，他就要一日在冷嘲热讽的夹缝里站雪地。他心里清楚，要揭开整个黑恶势力团伙的黑幕，挖出保护伞，苏洪宝是关键。

冷珊又给秦枫打来电话，说联系医生做手术的事。前不久，冷珊自己去做了个检查，发现她输卵管中度堵塞，需手术才能怀上孩子。秦枫自告奋勇，找医生的事交给他了。

这是个雪冬，冷珊正好推掉采访任务，专心在家疗养。"快找医生吧，再迟就怀不上了。"

"别说傻话，警察的精子和记者的卵子是最活跃的。"秦枫说，"别急啦，我现在就抽空去找医生。"

常务副局长肖含章的妻子李洁是雁雅医院最有名的妇科医生，早几年，就有人建议他去找她。那时，他是所长，跟肖含章一点不熟，怕跟他说不上话；现在，他是刑侦支队副支队长，重要的是他是叶天佑的红人，肖含章每次看到他都是一副笑脸，主动跟他打招呼。

秦枫不想让妻子不高兴，何况妻子也是为了他老秦家传宗接代。立马扔下案子找到肖含章，肖含章果然万分热情，不顾正有人汇报工作，当即给李洁打电话，并郑重其事地交代妻子一定要高度重视，把冷珊当亲姐妹看待。

接着，肖含章将电话递给秦枫，李洁在电话里说："秦支，您带冷妹妹过来吧，我会把她当作特等贵宾接待，您就放一百个心吧。"

事情落妥，秦枫立即给冷珊回了电话，狂吹了一番李洁的医术和态度。雁雅医院的李洁，正是同事向冷珊推荐的良医，冷珊自然欢喜，立即催着他请假回家。

最关心他是否生孩子的还有欧娱驰。这个老人一直将他视同己出，听说冷珊需要做手术，便给秦枫下了死命令，一定要通知她到医院照顾，不得再请别人。老人的是非观念十分偏执，说出的话一诺千金，不容改变。

又一次想到娱驰，感觉真好。他一生顺遂，克服所有艰难困苦，没有留下懊悔的事情，都是拜她所赐。"今天你做了什么好事？"自从懂事起，娱驰总是这样问秦枫。

秦枫谨遵娱驰的教诲，如实回答。没有做出好事，或者犯了过错那天，她就准备好了装满石头的背包，让他背着，跟她一起徒步。一开始路很短，随后越来越长，也越来越艰难。

"为什么我要背石头呢？"幼时的秦枫这样问。

娱驰没有看他："石头代表你的过错，小枫。一个人，从小就要懂得为过错付出代价。"

说实话，成年之后，秦枫忆起娱驰这话，有些怯。因为过错的概念更加丰富、更加复杂化，有些惩罚并不是因为过错，比如漫天飞雪般的流言蜚语。

走出肖含章办公室，一位在市委组织部工作的好友给秦枫打电话，你是不是得罪了公安局说得起硬话的人。秦枫莫名其妙。

"他在多个场合说你既没破案经验，又没有侦查智慧，案子办得残残破破，收不了场呢。"

好友没有点破那人是谁，秦枫也不想深究，内心升起一股烦躁的愁绪，曾因提拔进城树起的自信变得惝惶。不知哪里飘来《北京北京》，声音很大，只听汪峰吼着嗓门唱道——

"当我走在这里的每一条街道
我的心似乎从来都不能平静
除了发动机的轰鸣和电气之音
我似乎听到了它蚀骨般的心跳……"

秦枫跟着汪峰吟唱着，唱得忘乎所以。忽然间，他感到脸上热热的，是泪。

叶天佑在秦枫的请假条上爽快地签了字，但秦枫并没有立马回家里去。从南海回来后，综合侦查情况，刘浩可能没有离开汉洲。他怎么能空气似的化得无影无踪呢？秦枫分析，那他一定有保护伞，或者改名换姓，躲藏在隐蔽场所里。一般来说，警方在忙，犯罪分子也不会闲着。他们一定密切关注着警方的动向，琢磨一套套计划，制定一个个方案，想方设法躲避警方的侦查。所以，秦枫安排汪涛和徐俊展开地毯式搜索，相信只要下大功夫，一定能查出刘浩的蛛丝马迹。

这天夜里，汪徐两人正在梅阳区暗中摸排，秦枫想将近几天排查的情况进行汇总，以筛选出有价值的线索，确定下一步的侦查方向。三人在假日酒店二楼开了一间房，悄声商量着。突然，窗外传来"吱喳""吱喳"的响声。汪涛和徐俊都"唰"地拔出手枪，秦枫抬手压了压，示意他们不要轻举妄动，翻身跃起，迅捷地靠近窗口。只见窗外黑影憧憧，倏忽闪过，似乎不止一个。

他伸手摁灭电灯，闪入厚重的窗帘里面，耳朵贴在墙上，凝神倾听外面的动静。

夜骤然间变得如凝固般无声无息，只有远处的路灯发出昏黄的光，淡雾般幽幽地抹在窗玻璃上，使夜色显得更加神秘、狰狞、恐怖而又深不可测。

三人虽然都是久经考验的刑警，但不明敌情，心口怦怦直跳，握枪的手汗津津的，屏住呼吸，眼睛一眨不眨地紧盯着窗外。

过了一会，窗外又响起"吱喳""吱喳"的声音。秦枫不敢怠慢，从腰间拔出枪来，轻轻地推弹上膛。窗外的声音时有时无，持续了一阵子后，忽然又消失了。秦枫示意汪涛去门外查看，汪涛正欲蹑足过去，响声突然又在房门外响起。

这时，徐俊爬上了靠走廊的观察窗，借着窗外照进来的路灯光循声一看，头不由得"轰"地懵了，只有警察围捕罪犯才能出现的场景出现在他眼前：只见房门口左右各站着一名蒙面人，一人正要扭动门锁，冲门而入。

秦枫此时异常得冷静，他从窗帘里出来，和汪涛呈攻防兼备的队列，举枪对着房门。在这千钧一发之际，门锁的响声奇怪地戛然而止。汪涛不由自主地向秦枫投去征询的目光。

秦枫将平端的手枪举过头顶，悄悄地顺着墙角向房门移动。当他接近房门时，徐俊突然向他打了个手势，告诉他门外的人莫名地预备撤走。

事不宜迟，应主动出击。秦枫要看看门外这些家伙是什么货色，竟胆大妄为到如此程度，敢深夜上门袭扰。只见他猛地拉开房门，徐俊也跳下观望窗。正欲悄声离开的两人显然有些猝不及防，赶紧加速逃跑。

上门贼匪岂容放过。秦枫三人不敢怠慢，迅速追过去。前面两人也是壮汉，起步早，速度更快，不一会儿便跑进消防梯，"哧溜"几声便下楼往马路跑。

贼匪显然早有准备，马路上正停靠着他们的现代牌汽车。"嘀咕"一声锁响，两人拉开车门钻入，便听汽车发动，"呼"地往前面疾驰。

秦枫三人下楼便有分工：秦枫和汪涛追击，徐俊去停车场开车。贼匪的现代驶出几百米，秦枫和汪涛追得气喘吁吁时，徐俊的车也呼地窜了过来。秦枫两人不等汽车停下，熟练地拉门、上车，几乎一气呵成，前后仅用十几秒时间，现代车仍在视野之内急驶。

前面的汽车速度很快，不一会儿便上了去高速公路的高架桥。秦枫一边让徐俊加快速度，一边用对讲机联系指挥中心，报告车号、方向，请求沿途堵截。贼匪的汽车安装了ETC，在收费站前没有刹车，便一冲而过。

现代车一上高速路，就如一匹脱缰的野马般极速奔跑起来。尽管徐俊将油门踩到底追赶，距离仍在一步一步拉远。一百米，一百五，二百米……对方的车速则是一百四，一百六，很快突破一百八十千米/小时……现代车身开始发飘，发抖……

突然，现代车飘离高速路面，撞上护栏仍没有减速，像一颗流星似的，划过高速路面，飘上半空，一声巨响，坠在路基下的深沟里。

徐俊车速很快，不敢当场急刹，驶出几百米后才在安全岛停下。秦枫三人赶到现场，现代汽车已大火熊熊，烧得面目全非。

现场勘查表明，汽车上没有炸弹，没有明显的人为设置安全隐患，似乎并非精心策划的杀人阴谋，纯粹是车速过快引起的交通事故。

死者的身份很快查明，坐在副驾上的竟然正是警方苦心追捕的刘浩，驾车者虽然不在警方追捕的这个团伙成员名单上，却也是一名几进宫的"贼油子"。

商议抓刘浩，刘浩却自撞枪口，然后在追捕中车毁人亡，这也太巧合了。秦枫由刘浩的死想到刘智华送情报，由来得轻松的情报想到苏洪宝的脱逃，里面似乎有一根线牵着。所有的一切都只是木偶，线后面有个真正的操纵者。他把这个想法跟叶天佑说了，叶天佑沉默半晌，拍拍他的肩道："走吧，政法委开结案协调会的时间到了。"

走出办公大楼，迎面一个敷着厚厚脂粉的中年女人停住脚步，直视着秦枫，还促狭地对着他瞟眼色。叶天佑看到，差点忍不住笑。秦枫愣了一下，想起她是丁良萍。

秦枫原计划跟叶天佑坐一辆车去市委政法委开会，看来不行了。他附耳跟叶天佑汇报了几句，忙把丁良萍让进刑侦会议室。秦枫给她倒了一杯茶，问："丁姐，大冷的天，有什么好事？"

丁良萍抱着茶杯哈气，眼睛滴溜溜地看着秦枫说："想汇报一个重要情况。"

"什么情况？"秦枫问。几个月前，秦枫将这个女人发展成特勤，做了些工作，她的正义感不错，可毕竟缺乏见识，资源有限，一直没有提供有价值的信息。

丁良萍眼珠转了几圈，颇神秘地说："我有个发现不知该说不该说。"

秦枫皱着眉头，问："什么样发现？"

丁良萍说："我……我觉得你们抓到的都不是真正在荷花池作恶的人。他们在饭店吵过架，打过人，做过一些坏事，但杀人的好像不是他们，你知道我家的案子……"

秦枫说："你往下说。"

"打伤我家儿子的人就没有抓到。"

"你凭什么说那些人没抓到呢？"秦枫吃惊地问，"你最近看到他们了？"

丁良萍说："没有。"

"那些人你都认识吗？"

丁良萍摇摇头。"这几个月我一直在找他们。按你的说法，找他们的同伴，找他们的老板，找他们的住处，我找出一些名目了。我找的那些人一直很平静，没有惊动的样子。"

秦枫觉得丁良萍说得有些离谱，这么大的行动，抓了这么多的人，即使有人漏网，怎么可能没惊动呢。"丁姐，你找错人了吧，他们也许都是些好人。"

"昨晚电视报道的那个人才是好人呢。我儿子被打后，那个人还看望过我们，让我们别怕，到公安局去告到底。"

秦枫被丁良萍的话搞得哭笑不得，便说："你是不是认错人了？那人叫刘浩，是黑社会的头头，大坏蛋。"

"就算他是头头，也不算最坏的。"丁良萍说，"刘浩说过，另一帮人才最坏了，凭着背后当大官的靠山，做了坏事也没人敢抓他们。"丁良萍说着，语气软了不少，似乎有疑虑。

丁良萍的逻辑推理有些荒诞，但似乎触及了秦枫心里的一个疑问。他突地想起辛弃疾的一句词："众里寻他千百度，蓦然回首，那人却在，灯火阑珊处。"

秦枫思考了一下，决定派徐俊认真问一下丁良萍提供的情况，如果需要，请她去看守所辨认，看是不是里面真没有她在找的人。

"你找的那些人姓名和地址你都清楚吗？"

"知道一些。"丁良萍说，"我没跟你说，是因为我不知道他们做过哪些坏事，就像你说的，犯过些什么罪，能判什么刑，我也不敢直接惹他们。"

秦枫叫来徐俊，简要做了交代，让他带两个人跟丁良萍去摸摸底。为了丁良萍的安全，最好化妆隐藏身份，也不直接与丁良萍做伴去。

有警察在身后跟着，虽然是暗地里，丁良萍来了劲，走在路上眼里没了一切，头昂得老高，更显得虎背熊腰。

送走丁良萍，秦枫赶到政法委，会已开了一半。其实会议没他什么事，无非是公安尽快报送案卷，检察尽快起诉，法院依法从严从快审理，争取在春节后的两会前拿出结果，给人民群众一份满意的答卷。然后是研究如何召开庆功会。秦枫本来是个对形象、荣誉看得很重的人，因为丁良萍会前这一搅和，心里忽地了无兴趣。

第六章

顺利扶正

春节倏忽而来，倏忽而去，在年关的驿站撂下担子，歇歇脚，揉揉肩的情绪还没过去，便是三月了。这个春节过得特别安静，特别祥和，挂在人们脸上的喜庆气氛一天比一天甚，各家商场酒店张灯结彩，生意火爆，大小老板一边数着钱，一边张罗着客户，喜笑颜开。

人们都在忙着找乐，心里麻痹，秦枫心里却时刻揣着一把汗，别人谈笑风生，他不敢。他做梦都想着汉洲黑恶势力头目还在逃。他跟钟雁宁说，过年的关头，一定把警力撒在街面上，感觉告诉他，这个头目不怀好意。钟雁宁凭老刑警的直觉相信他，说涉黑组织没这么好弄，一定还有人苦心孤诣，费尽心机，别有用心。

秦枫说："有时我自己都责问自己，干吗非认定还潜藏着一个更大的黑恶势力团伙？为什么抓掉的那些人就不是汉洲唯一的团伙？如果真有潜藏的组织，为什么查了这么长时间，没查出一点为首者的踪影？狗日的究竟想干什么？真是剪不断理还乱。"

钟雁宁说："别自己先打败自己，我们是猎手，越是能狩到最好的猎物，就越欣慰。狩猎需要耐性，需要静静地埋伏，需要埋伏时擦亮机警的眼睛。好猎物不是好狩的，得比耐心，比毅力，比智慧呢。"

新年伊始，该总结、该部署的会议都开过了，同志们开始埋头苦干，领导们暂时得闲，则琢磨着动班子了。

官场没有秘密可言。元宵节过后，什么程序都还没走，秦枫便接到电话，说市委组织部拟提拔一批人，市公安局主要涉及刑侦支队，原市局党委委员钟雁宁改任副局长，不再兼任支队长，支队长由秦枫担任。

风声吹了很久，甚至有人要他请客，但大动作一直没来。直到四月初，小动作终于开始。市委组织部来了三个人，在局政治部领导陪同下，先是进行了一次海选式民意测验，然后分成两组，分别找正科级以上干部谈话。组织部的人一走，便有消息出来，市直机关将解决一批处级干部，这个名单，年前就拟定了，组织考察早就完成。这次到公安局测评，是因为秦枫被增补进了提拔名单。并且说，这次的动作会很快，公示都已经进入程序了。

人非草木，秦枫的心思虽沉潜在案子里，却也暗自惊喜，他进城时猜测的提拔意图终于实现了。这是一件大好事，心里暗暗地感谢叶天佑。

支队长是市管干部，考察过了，却还需要市公安局走程序，召开党委会讨论通过。但市局的党委会迟迟没有召开。刘烈宏打电话问他是不是得罪了叶天佑，弘书记都过问了，叶天佑却对他的提拔推三阻四。秦枫有些无语，觉得刘烈宏是瞎猜测。

秦枫不信，心里还是犯嘀咕。不过，这种事他不好明说，更无法跟叶天佑交流，只能闷在心里。不过，叶天佑对他的任职投反对票的传言很快成真。

党委会还是开了，是在组织部的催促下，晚上临时召开的。研究的事项不少，但干部人事问题，只有一个，采取的是一人一议的办法，每个党委成员都发表了意见。

肖含章第一个表态。他说："秦枫这个同志不错，警院毕业，在基层工作多年，到市局后一步一个脚印，很扎实，特别是这次扫黑工作取得的突出成绩有目共睹。给他压一压担子，我完全赞成。我希望通过这次任命，给同志们一个信号，只要有能力，只要肯干，干出成绩，前途是光明的。"

叶天佑一直很信任肖含章，常务副局长嘛，他不在市里，代理全面工作，不信任不行。而且，他到汉洲两年多，肖含章工作确实不错，对他也是言听计从。

现在，肖含章对秦枫高度评价，完全赞成，叶天佑有些不是滋味，他是要提秦枫的，但不是现在。他怕肖含章误解自己的想法，立即打断肖含章的话，说："请大家评价同志时中肯一点，这次扫黑还是存在瑕疵的，主犯不就没抓住嘛。"

肖含章早已经深思熟虑。他说："我说成绩突出是有依据的，一是成功摧毁整个团伙，抓获成员之多，全国罕见，二是率先士卒，历尽艰辛，无人可比；三是虽说主犯未落网，但他的保镖、团伙组织结构都已肃清，他落网的日子不会远了。正如市委政法委领导所说，这样的同志一定要用，而且要作为导向来用。"

叶天佑懵了，肖含章从来没有这样针对自己。可他说出这番话，自己一时还真的难以反驳，他的脸色变得有些难看，心里只是责怪自己以前对秦枫表错了情。

胡小跃发言了。他说："含章同志说得有一定道理。不过，对秦枫同志的成绩不宜拔得太高，扫黑是否成功的考量因素很多，任重道远。我看，既然上级主动提拔秦枫同志，这是大好事，我个人表示同意，只是对他的成绩不宜过分宣传。"

说到底，胡小跃也是同意提拔的。只是他转了个弯，附和了一把叶天佑。

胡小跃的话音刚落，肖含章又说话了。他说："上级提拔秦枫，就是冲去年的扫黑成绩，如果我们否定去年的扫黑，那提拔他如何服众？再说，市里的表彰会也开了，功也记了，我们内部反而不认可，就显得不十分适当。再说，起诉、审判工作已经启动，这次扫黑已经结案，还说它不成功，会不会给其他政法部门口实？"

有了这两个人定下的调子，其他人不好跳出圈子之外，全都围绕扫黑结案往下说。有说扫黑确实成绩不菲，春节的祥和就是明证的；也有认同胡小跃的说法，觉得抓人不少，但大鱼似乎并没有露出来；还有人一针见血，说这次扫黑是不是漏掉了一个重要元素，黑社会的保护伞摧毁了吗？

所有人都说了，只剩下叶天佑。

叶天佑喝了口茶，端正身子说："秦枫同志是我来之后，唯一从派出所选拔的，总体来说，办案能力和个人品质不错。这次组织部和政法委建议提拔，确实考虑了实际工作。就我本人来说，是赞同的。但是，就像刚才同志们争论的，扫黑成绩，能不能作为提拔理由？扫黑成绩，能不能起到用人导向的作用？刚才听了大家的发言，虽然一致认可这次扫黑取得的成绩，也都看到了这次扫黑存在的问题，接下来，扫黑要不要抓下去，如何抓，会上出现了一些不同的声音。而且，都是从工作出发，从汉洲治安现状出发，愿望是良好的。结合这些因素，我觉得扫黑不能成为提拔秦枫的理由。"

说到这里，叶天佑突然住了口。严明有些着急，提拔是政法委跟组织部定的，如果叶天佑不同意，应该事先跟两个上级沟通。

不过，严明过于心急了些。叶天佑显然不是要否定上级的决定，只是想明确表达自己的不同声音。末了，他说："既然大家对提拔没有异议，那就请政治部履行程序。"

党委会一结束，政治部便着手起草推荐报告，文中避开了"扫黑"等字眼。

很快，提拔名单公示了，秦枫的名字赫然出现在《汉洲日报》上。

秦枫正在考虑着要不要把这张报纸保留下来，电话响了，是刘烈宏。

这段时间，刘烈宏跟他联系有些多，目的十分明确，他希望打好秦枫这张牌。

至于秦枫，刘烈宏觉得他应该同样希望打好自己这张牌。自麓南派出所进城，到这次提任支队长，他都居功甚伟。他自信，就秦枫而言，只要跟他刘烈宏一条心，秦枫定然前途无量。不过，刘烈宏对这一点，心里没底。

"枫子，今晚一起吃个饭。"

秦枫有些不乐意，却没有拒绝，说："我不想见其他人。"

刘烈宏说："就我们俩，老地方。"

"算了吧，那个地方你们的人肯定在。还是我来定地方，呙家园乡菜馆，记不记得？"

"当然记得。"

刘烈宏觉得秦枫挺记情的。呙家园乡菜馆是秦枫参加公安工作后第一次跟他见面的地方，那时秦枫刚大学毕业，刘烈宏事业未起步，两个穷光蛋，只能钻进小巷子里吃小店。

秦枫一向的做法，约会早到，先从远处研究一下约会地点。刘烈宏比他更早，可能为了跟乡菜馆的食客融为一体，特地换了衣帽，没有西装革履，上面灰蓝的夹克，下面牛仔裤，素朴了不少，但大腹便便，仍与周围的人格格不入。

秦枫在周围转了一圈，看着刘烈宏独自坐在一张卡座边。

刘烈宏眼尖，很快发现了他，立即站起来迎接，主动和他握手，悄声道："祝贺你，秦支队长。哦，不，我以前也这么称呼你，现在应该叫秦正支队长。"

秦枫轻轻地，稍显亲昵地冲了他一拳，说："宏宝，你这是想让我感谢你啊！"

刘烈宏耸耸肩说："枫子，你这话就不对了，别说我没为你做什么，就算做了什么，你我亲兄弟，做什么都是应该的。"

秦枫扫了扫周围，立即因自己的决定困扰：不论是刘烈宏，还是他，都已经变了，变得不适合这个地方了。不，这个地方不适合他们。他的着装没什么问题，也没戴高档手表，但脸白手白，端着架子。

"吃点什么？炒猪肠，腊猪血丸子？"刘烈宏拿起菜单。

"行，再来个蔬菜。"

"我其实什么都不想吃，但这个地方让我留恋。来瓶酒怎么样，小老头子？"

"老头子"是汉洲出产的一种酒，二两装，二十年前他们便是以此酒相庆，然后各奔东西，好多年没有见上一面。君子之交淡如水，兄弟之间也应该这样。秦枫真的有些害怕跟刘烈宏交往密切，有些事让他无法深入去想。

"枫子，你现在是有身份有地位的人，应该跟省里市里的领导多接触，为更上层楼做好铺垫。有些领导你也见过，其实都是很好打交道的。"

秦枫想把内心的感受夸张地表达出来。"我不是那样的人，我……"

刘烈宏截住他的话："你能的。"

"我是一个警察，也只适合做一个警察。"秦枫摇着头说，"就算是宏宝你，我喜欢以前的你，现在你发财了，成人物了，跟你在一起我都觉得拘束。"

"跟我拘束？"

"我是说不喜欢迎来送往，单纯做好自己的工作多舒服啊。"

"社会就是一个大交际圈，你不交际怎么行呢？"刘烈宏今天就是来拉秦枫进自己圈子的，哪里肯放他单纯。"比如这次提拔吧，你真以为干好工作就行吗？不！连最赏识你的叶天佑都不认可，谁在乎你抓了多少人，办了多少案？告诉你吧，组织部门用人的内幕，我一想起来都觉得恶心、冰凉。任人唯亲、买官卖官、权钱交易——"他放低了嗓门说，"工作只是借口，你难道不知道？"

"我听说过。"秦枫说，"那只是极少数，反腐倡廉已抓了不少。"

"我本来不愿意提这事。你知道吗？弘书记为你这事找过市委书记、组织部长，而他也是个说得起话的人。"

秦枫惊讶地看着刘烈宏："是吗？"

也许这正是叶天佑反对任用他的原因。叶天佑必定知道弘沐寿为他四处游说的事，或许甚至清楚刘烈宏在其中所起的作用，也难怪叶天佑心生芥蒂。

"你们为什么这么帮我？"

"这不傻话吗？"刘烈宏一副真心受到伤害的样子，眼里几乎流下泪来。"我们是亲兄弟，我不帮你帮谁？"他说，"这是个现实的社会，人与人之间不是互相利用，互利互惠，就是互相倾轧，互相构陷的。打虎亲兄弟，上阵父子兵，我们得风风光光地活着不是。"

"对不起，"秦枫说，"你说的这些我不懂。"

"你现在懂还不迟。我们的关系比血亲还亲，想想小时候，我们是一块红薯掰成两块吃过来的，现在我们可以一起分吃社会这块大红薯。"

刘烈宏的话已经说得十分直白，秦枫本来还可以继续装下去，套出更多话来，但他知道再深入，刘烈宏恐怕会逼着他表态了。他绝对不能走到这一步。

二两小酒也就几小杯，一来二往便见了底。刘烈宏要再上，秦枫赶忙制止，借口说还有事，需要提前离开。刘烈宏知道他是个大忙人，既然他说有事，便没强留。

两人走出乡菜馆，刘烈宏正要继续"分吃红薯"的话题，秦枫的手机响了,是钟雁宁。

刘烈宏知趣地握手告别,上了自己的汽车离去。秦枫接完电话,打了辆出租车,返回刑侦支队。钟雁宁正在办公室等他。

秦枫还没进门,钟雁宁便起身迎接,比以前显得更加亲热。按理说,这份亲热似乎完全没有必要,钟雁宁转任副局长仍然管刑侦,秦枫只是支队长,没有改变任何隶属关系。但钟雁宁就要显得比以前亲热,原因不言自明——看清了秦枫的背景。

钟雁宁桌上一字儿摆着钥匙和一应文件,还有一张清单明细。秦枫知道怎么回事,却不肯接受,还是公示期呢?就这么接过来,算什么?

"接不接就这么几天,你怕什么呢?"

"不是怕。"秦枫拿出平日的顽皮,说,"这些就应该你管着,我还当你的副职,才舒坦。"

"我老了,再也不想受这些东西拖累。"

秦枫愣了一下,说:"你才比我大几岁,一点都不老。"

"老不老不在于年龄,在于心。"钟雁宁说,"秦枫,你来两年了,一心为了分担工作,我得好好感谢你。"

"要说谢,应该我谢您。多亏您苦心关照,我才有今天。"

钟雁宁说:"你言重了。权力是一块蛋糕,官场里所有人都在抢着分,能够给我留下这块渣子,我已经很感谢了。你只是得到自己应得的。"

这话似有所指,却又像两个贴心的朋友交心。秦枫听着有些不是滋味,但不得不承认一针见血。大家都想得到更大的一份,都在想尽办法甚至不择手段争取。秦枫自认没有不择手段,甚至没有为之做过努力。现在握在手里,他说什么别人都不会相信。

秦枫觉得,钟雁宁要有怨言也应该是以前,不是现在。他三十八岁任党委委员兼支队长,前面历经三届局长,都没能转任副局长。叶天佑上任两年，就让他得偿所愿，还有什么可埋怨的呢？

他嘴上却说："我全仗你的栽培。"

"没把我挤到其他单位去，我已经很感谢了，哪能栽培你啊。"钟雁宁直率地说，"权力场是什么？是建筑。现在的建筑早已不是由单纯的一砖一瓦组成，而是一些结构件了。每一个结构件就是一个势力集团，相互支撑，相互依存，一荣俱荣，一损俱损。我不是任何一个结构件的分子，本来就很难在这个权力场生存下去的。"

秦枫真的懵了。他没想到钟雁宁对官场想得这么透彻，难怪十几年前，他能成为市公安局最年轻的处级干部，最年轻的班子成员，但他到底遇到什么事，十三四年一直原地踏步呢？不过，这种事他本人不说，别人也不好问。就是他说的这个理论，秦枫也不能沿着他的话意往下说，否则，他的心理可能更灰暗。

秦枫说："说实话，我以前一心想着工作，没有考虑过这些。"

"不考虑不行啊，老弟。"钟雁宁说，"我们是执法者，应该懂得规则的含义，那就是或者遵循、适应，或者改变，没有第三条路可走。"

"既然如此，你为什么不去适应呢？"秦枫禁不住说。

钟雁宁望着他，说："不是我不愿意适应，而是没有我愿意适应的结构件。这些结构件，全都是利益团体，你要适应或者加入，目的只有一个，那就是获得更大的利益。人家凭什么让你获得利益？这就像商场一样，你要获得利益，就必须付出，必须进行等价交换。可是我不愿意和那些人交换。"

秦枫沉默了。他终于听明白，钟雁宁这不是说他自己，他这是在敲秦枫警钟呢。不论秦枫承认不承认，他可能已经被某个利益团体结构了，这种被结构是要付出的，可能是良知，也可能是人格，更重要的是人民的利益和法律的尊严。

秦枫脸色变得肃然，凝视着钟雁宁的眼睛，宣誓般地说："钟副局长，我很惭愧，到支队这么久，没有认认真真地向您汇报过思想。今天听您一席话，让我茅塞顿开。我想从现在开始，叫你师傅，请您收下我这个顽劣的徒弟吧。"

钟雁宁罕见地展开笑颜，说："如果你算顽劣，那我就是朽木了。师傅不敢当，如果我这个前车之鉴没有污了你的眼睛，那是万幸。"顿了一下，他接着说："公示期间，你务必保持低调，千万别闹出什么事来才好。"

秦枫当即躬下身子，亲亲热热地喊了一句："师傅。"

"哎。"钟雁宁长长地应出声来。

第二天，秦枫谨遵钟雁宁的嘱咐，待在办公室哪里都没去。汪涛一天没露面，临近下班，却一条接一条地给秦枫发信息，说要尽快见到他。问他什么事，却不回答，只要他马上赶到梅溪河边去。

六点钟，他到了河滩，夕阳依然明媚，满滩满坡的野草花芬芳绚丽。汪涛跟一个男人坐在草花丛中，远远看去，像一对基友。

"他叫大皮，"汪涛对秦枫说，"五年前局里发展的线人，两年前莫名其妙被人割了脚筋，又恰逢换了局长，从此与局里失去联系。"

秦枫神情黯然地点点头，表示同情。

大皮轻蔑地看了他一眼，说："我不是来搏怜悯的。"他信手一捞，抓了一把草花，五色缤纷。"以前，我也是个赌鬼，听说赌场就像蚂蟥听到水响似的，就逐过去。赌博就像其他犯罪一样，参与次数多了，必然被抓。领导见我有悔改之心，就让我帮忙做事。我应下了，卖力地打探赌博活动，帮着扫了几个场子，但都是些小场子，场主各有不同。后来，领导让我专盯一个叫宏二爷的场子。"

"宏二爷？"

"对,是上任局长亲自安排的。说这人搞得很大,好些大老板因此破产。"

"为什么?"

"我马上会跟你说。"大皮将草花揉成一团。"在汉洲地界,对有来头、大老板,稍微熟络点,就把爷当尊称。我一打听,称洪二爷、宏二爷、宏爷的还不少,当然赌博圈子里苏洪宝洪二爷的名头不小,但局长让我盯的似乎不是这个苏洪宝。"大皮的脸上掠过一丝困扰。

"是你刚才说的宏二爷?"秦枫问。

"是的。说起这位宏二爷,还真是神龙见首不见尾。我在圈子里四处打听,当然是侧面打听,不然早没命了。竟然或者听说过、从没见过,或者都误认为是洪二爷苏洪宝。而且,听说过宏二爷的人很少,几乎都是赌博圈里的组织者。不过,正是这少数几个人让我确信局长让我盯的这个人是确实存在的。"

汪涛显然已经听大皮介绍过,心不在焉地望着远方,想着心事。

"这是什么时候的事?"

"就是两年前。"大皮说,"既然有这个人,又是局长重点关注的,我当然要尽可能地把他找出来。那时,我成天同一群与我一样游手好闲的人混迹在酒吧、歌厅等娱乐场所里,请客的是赌场得意的,输钱的则跟着混吃混喝。一天晚上,在豪廷大酒店,其中一个叫段沼水的家伙说起了隐身的宏二爷。说他是个大老板,身价几十亿,他的赌场只有身价上亿的老板才能进,其中有位老板跟他赌博,前后陷进去十九个亿,现在还欠着他的钱呢。奇怪的是,他正说着,突然射来一道冰冷的目光,让他噤了口。听的人全都顺着他的目光看过去,却什么都没看到。"

"有人向他发出警告?"

"就是。不过,我循着那道目光出现的方向暗暗地跟了过去,最终无功而返。后来，我跟段沼水走得格外亲近，甚至请他吃饭、喝酒，但是，无论我如何旁敲侧击，有意无意地引出宏二爷的话题，他只字没有透露。"

汪涛收回目光，看着大皮。

大皮说："段沼水后来去了深圳，他似乎知道我的意图，临走时请我吃饭，将我介绍给一个姓朱的赌博老板，让我跟他混口饭吃。这个姓朱的比段沼水还谨慎，晓得我在侧面打听宏二爷，立马将我辞退。"

秦枫开了一盒烟，递了支给大皮点上。

"大约过了半个月，我一个人正在巷子里走，突然冒出几个人，二话不说将我蒙头罩住，手起刀落，割断我的脚筋，然后消失得无影无踪。"

大皮说着，抬起脚后跟。秦枫看着那道粗绳似的疤痕，心生痛惜，问："后来呢？"

"本来，我想去找局长要医疗费的，但一打听，局长换了。而且，关于宏二爷，我没有打听到有用的信息，贸然去找新局长，他怎么会信呢？这两年，我仍想着打听宏二爷的事，但身边似乎总是有人监视着，我一开口，周围的人便退避三舍，好像朋友都没得做。这不能不让我更加疑心。"

"说下去。"

"我过了一段真空般的日子，跛了腿，行动不便，没了朋友，走到哪里都没人理。姓朱的假惺惺地给我送过一次钱，把我推荐给一个叫三哈的朋友。那人是苏洪宝的堂兄弟，跟着苏洪宝开赌场、收利息，带着'地下处警队'四处了难。我在里面混了一段时间，腿不好，三哈不喜欢，管了上顿没下顿，让我很生气。我就想，打听不到那个宏二爷的情况，这个洪二爷也好不到哪里去，何不查清这个人做的坏事，或许也能从公安局领到一笔赏金。"

大皮伸手向秦枫要烟,秦枫将烟盒塞到他手里。

大皮点燃一支烟,接着说:"苏洪宝一定知道那个宏二爷在借他打掩护,他也无所谓,反而借着宏二爷的势,肆无忌惮。汉洲话,'洪''宏'不分,江湖上有很多人搞不清谁是洪二爷,谁是宏二爷,更说不清哪些事是洪二爷干的,哪些事是宏二爷干的。不仅许多受害人分不清,苏洪宝门下,除了些许亲信,其他喽啰都搞不清。"

"宏二爷的真实姓名呢?"

大皮摇摇头。"圈子里没人说起,似乎很忌讳。这个人凶残毒辣,权势熏天,养着一帮子打手,轻易不出面,出面便不死即残,他的赌场保安、收放高利贷等等,都是这帮人在执行;另一方面,他跟上层许多人有很铁的关系,包括你们公安局领导——这也是我不敢轻易去找新局长的原因。据说,很多大官都在他的赌场里赌博,输了钱就从他手里拿,有的人欠他钱就是几千万上亿。他不向他们收钱,但他们必须罩着他。"

"那么,苏洪宝只能算他的小弟喽?"秦枫禁不住插嘴问。

"倒不是。他们算是两条线上的人吧。最初,苏洪宝对宏二爷很不满,想打击他,几次交手后,知道自己根本不是他的对手,才收了手。"

"难道宏二爷就容得下这个洪二爷?"

"他一定考虑过,但宏二爷诡计多端,在没搞清楚处置苏洪宝是否会对他有好处之前,他不会轻易灭他。后来,大约发现这个洪二爷的存在,是对他宏二爷最好的掩护,也就乐得让他逍遥了吧。"

汪涛在草地上坐下来,对秦枫说:"这些线索能帮到我们什么吗?"

秦枫也不知道,但大脑深处的一种直觉告诉他,这肯定会有用的。

"还有一件事,我告诉你们,你们得给我保密。"大皮说,"年前,你们集中行动抓住的那些人,线索其实是我提供的。"

"你?你给了刘智华?"

"不是。"大皮茫然地说。

秦枫意识到其中有大阴谋。"刚才你说要查清洪二爷做的坏事,确实查清了吗?"

"当然查清了。"大皮说,"有天晚上,有人给我打电话,说要购买我手里的资料。我问什么资料。他说你手里能有什么资料,难道要我说明吗?我一时慌了,心想这人简直跟魔鬼一样,如果他向洪二爷揭发,我就死定了。"

"他向你要有关洪二爷的资料,你把你调查的情况全给了他?"

"不给他怎么行?但这是两年来辛苦查出来的,我不肯轻易给他。他倒也大方,给我五万元钱。"大皮觉得讨了便宜。

秦枫掏出手机,调出他拍下的刘智华提供的资料照片。"是这个吗?"

大皮自得地点点头,说:"你们就是据此抓了那些人的吧。怎么就让苏洪宝溜了呢?我可是费了九牛二虎之力才查到他的住处。"

秦枫没有说出公安机关为此付出的努力。当时,他就对刘智华在短短两三个月里调查到如此详细的情况表示过怀疑,没想到资料真的是他购买的,只是中间恐怕还有转手。那个从大皮手里购买的人,才真正是险恶的幕后人。

"可惜。"大皮说,"如果抓到苏洪宝,一定可以查出那个宏二爷的情况。他一定查过宏二爷的底细。"

这点毫无疑问。秦枫意识到除了继续布线进行社会面控制,抓苏洪宝仍是关键。目前来看,他是宏二爷最透彻的知情人。

送走大皮,秦枫没有回家,直奔刑侦支队。现在,他是支队长,钟雁宁把所有权限都授予了他,他可以接触到支队档案室和机要室里的最高机密。

他拿出涉密钥匙,来到档案室电脑前,先是查了查在控线人的情况,里面没有大皮。检索"刘智华",在选择栏里直接点击最高权限,打开了他的全部资料。

据刘智华的个人资料显示,他是汉族,籍贯戎城,政治面貌团员(大约是直接从户籍复制过来的),父母已故,离异,膝下无子。工作任职情况比较简单,锅炉厂工人,改制下岗,以后十几年情况没有登记。

库里的信息是从后往前显示,秦枫一页一页地翻看着。其实,他也不知道自己到底想要查什么,只是本能地感觉,这里边儿有事。搞公安的都相信预感,预感是理性判断的集合,有时白天找不到线索的案件,睡一宿觉就能知道从哪里开刀。

屏幕上显示的是刘智华在工厂时受处分材料的扫描件,上面显示着他的处分原因,跟社会上一个叫苏三哈的人打架,致对方轻微伤,被公安机关处以治安拘留。

苏三哈……秦枫想起大皮讲的苏洪宝堂兄弟。于是,他又打开人口信息库,查询这个人,但同名的人虽然不少,与苏三哈年龄相仿的却一个也没有。秦枫琢磨着,三哈也许只是外号,两者是同一人的可能性大,积怨十几年,刘智华遭到苏洪宝毁容,再购买苏洪宝团伙的犯罪信息报复,顺理成章。但其中一定有个中间人。

秦枫暂且放下这个疑点,进入近年积案及信访档案库,录入"赌博""高利贷""收账""破产"等关键词。他倒吸了一口冷气。没想到跟这些关键词有关的积案和信访如此之多。他一页一页地浏览,不细看,也翻得眼睛发花。

夜已经深了,不知什么时候下起了雨,伴以电闪雷鸣。秦枫挑出十几起案卷研究着。他总觉得哪里不对。这么多年,为什么涉及赌博的案件这么多,而且多是伤害、非法拘禁、勒索、高利贷等,有些案件办着办着,便拖下来了,有些案件拖了几个月甚至一两年,因为信访又重新侦查。

其中百分之六十的未破案件有信访，信访结果也耐人寻味：自主息访，不了了之的，超过百分之四十；上访人不愿息访，被检察起诉的，超过百分之十；被公安机关治安处罚的，超过百分之三十。

秦枫在派出所任所长十五年，对信访处理的感受很深。他不相信不了了之的自主息访，也不轻易对上访人进行打击处理。因为他知道，不惜耽误工作学习，甚至付出人生代价的上访，一定有着某种惨痛的原因。

秦枫细细地翻着案卷，奇怪地发现，案件受理表上不仅有钟雁宁的签字，还频繁出现肖含章、胡小跃的批示。按照汉洲市公安局的办案程序，110接到报警，首问单位受理后，会由法制部门将报案材料送值班局领导审批，再下发到办案单位办理。肖、钟、胡三人做接案批示，在正常范围内，只是他们的批示一律是"依法受理"，让秦枫再次感觉怪怪的。

秦枫知道，这几个字看似简单，实则非常关键。越是不痛不痒的案件，涉及的社情越是纷繁复杂，每一起案件的背后，都隐藏着说不清道不明的关系。警察也是社会人，难免受到多方面的压力，而且这种压力也会随着职位的升高越来越大。

但有许多压力又不能明说，于是领导们就往往会在文字上做一些手脚，将意图委婉地传达到基层。秦枫当然知道这里面的猫腻。

他看着"依法受理"四个字儿，大脑在飞速转动。按照他理解的惯例，领导在意见栏里一般会做三个层次的处理：一是"受理"，二是"查办"，三是"查处"，这是个递进的关系。这三个层次，看字面意义就可以理解，不用多解释。但这么多案件，包括重复信访的案件，一律放在第一层次受理，这显然有些不合情理。

秦枫站起来，慢慢地在档案室踱步。他在脑海里把这段时间的经历一一回放。钟雁宁对他的工作看似支持，实则观望，研究案件以秦枫的观点为是，派遣警力以他的安排为准，抓捕、刑拘、提起逮捕、提起起诉，都是秦枫先签字，钟雁宁履行程序。还有昨天晚上的惺惺作态，竟然让秦枫自认徒弟……

肖含章、胡小跃两位局领导呢？秦枫不太熟悉，接触少，这一年多来，他好像没有接到过他们批示过来的案件。前后这么一对比，秦枫越发警觉起来。

走出档案室，秦枫感到背后一股冰凉的感觉，大约衬衣已经湿透了。一下子怀疑三位局领导，他能不紧张吗？当不当刑侦支队长，他无所谓，叶天佑之所以将他拔于微末之间，就是因为认同自己，只要叶天佑在，这个支队长，迟早是自己的。他之所以紧张，恰恰在于，他无法评估，叶天佑是不是对这三位局领导也有所警觉。如果没有，叶天佑的局长位置能不能坐稳，也是未知之数。

一周很快过去，秦枫的支队长任命正式生效。一大早，组织部领导在肖含章、严明的陪同下到刑侦支队开会宣布。钟雁宁搬离支队，到局领导楼层办公。

让秦枫惊讶的是，肖含章还没走下主席台，便大声向他表示祝贺，并且讨要祝贺酒喝。

看到肖含章那张貌似热情的脸，想想他批示的那么多拖着未办的案件，秦枫几乎想骂人，若是他以前的脾气，说不准会朝他吐一口老痰。可今天的秦枫，早已经不是派出所所长秦枫，他觉得自己应该练出道行，不论面对什么人，都得应付自如。

肖含章说要喝酒，秦枫便说："好呀，好呀。这次，我能得到提拔，全仗肖局长的栽培，是得好好请您喝一顿。"

肖含章显得非常得意，说："秦支，那我就等你的电话了。"

秦枫说:"您是领导,就您的时间,只要我不在办案,随时恭候。"

不在办案?秦枫什么时候不办案?即使不在外面办案,也在围着案子转;即使人在汉洲,赶不上饭局的地方多了,随便一个借口就可以打发过去。

"哈哈,好,到时我约你。"肖含章说,"现在刑侦支队有你把控,我们就放心了。"

秦枫说:"都是您领导有方,我只是鞍前马后,做好具体工作。"

肖含章满意地跟着组织部领导走了。随后,发短信的,打电话的,全都向秦枫表示祝贺。更多的人会在最后说一句:"怎么样?给个机会,让我当面向您表示祝贺好吗?"

秦枫自然口头应着,实际上绝对不会去。应邀吃饭他是十分谨慎的,除了跟着叶天佑,其他就算是同学、老乡,抑或其他部门领导相请,他都以各种理由拒绝。吃人嘴短,拿人手软,他可不想因一餐饭,而让自己心惊肉跳,寝食难安。

没想到越怕事越有事。下午,一个意想不到的人走进了他办公室。

秦枫到刑侦支队一年多了,印象中胡小跃这是第一次来刑侦支队,当然也是第一次走进他的办公室。一年多了,彼此好像电话都没打几个,即使有几个电话,也是因为集中行动,需要彼此联络。

见到胡小跃进入自己的办公室,秦枫有点惊讶,说:"胡局长,您怎么亲自来了?有什么事,打个电话就行呀。"

胡小跃说:"这事,我一定要亲自来。"

秦枫赶忙站起来,一边请他坐下,一边替他泡茶。

胡小跃端了茶杯,亲切地看着他,像做报告一样说:"我今天来,有两层意思。"

秦枫很恭敬地说:"您请说。"

151

"第一层意思呢，向你表示祝贺；第二层意思呢，今晚我没地儿吃饭，想请你陪我一起吃。就两三个人，小范围的。"

这话说得够强势，也许是他觉得明着请吃饭，怕秦枫拒绝。

秦枫说："胡局长，您是领导，是老兄，请您吃饭是应该的，不论多大的场合，我都得去不是。不过，您看，我这一摊子事，又还没下班，让您等着多不好。如果现在就去呢，这几卷卷宗不看完，他们就没法开展工作……"

胡小跃连忙摆着双手，说："没事没事。你忙着，卷宗自然要看完，该今天做的今天做，该明天做的明天做，别弄岔了。我等着。"

秦枫有些无奈，只得说："胡局长，我向您表个态，只要没有特殊情况，饭我一定去吃。不过，您也知道，您坐在这儿，我这个下属怎么做？"

"我来找你，是来给你抬轿子的，哪有什么不好做。"胡小跃脸上稍露得意，"以后局里有什么事，你尽管跟我说，我那一票铁定是你的，还可以在党委里帮你拉几票。"

秦枫诚惶诚恐。他没想到胡小跃说得这么江湖，这是明目张胆地拉小圈子、小团体，是明显违反中央规定的。

见秦枫心慌，胡小跃自嘲地笑了笑，诡秘地说："我老胡是个实心人，欣赏你，话便说得直了些，不要着急。这话以后不会再说，你心里明白就是。"

秦枫装着心知肚明的样子点点头。两人再没说话。胡小跃坐在一边玩手机，秦枫一边看案卷，一边苦思对策。谁能帮忙摆脱胡小跃呢？汪涛、徐俊显然不行；钟雁宁、肖含章把握不准；对刘烈宏，秦枫心里更没底，他也许可以请动弘沐寿，但谁知他们会不会是一伙的。

只有叶天佑！

在汉洲，秦枫只有这么几个熟人。但叶天佑是赏识他的人，不是他可以随便驱遣的。山穷水尽之际,他顾不得那么多了,偷偷地给叶天佑发了一个信息。

五分钟后,叶天佑的电话来了,让他立即赶到市委二号会议室去。

见秦枫进门,叶天佑什么都没说,什么都没问,只是给秘书使了个眼色。秘书跑过来把他拉出会议室,打电话给司机,说:"领导让你送秦支回去。"

秦枫明白叶天佑的意思,也不推辞,让司机送他出了市委后门。在路上,柳燕打了他的电话,说要见他。他让柳燕开车在市委后门对面的路口等。

一见面,柳燕便说:"找个地方庆祝庆祝?"

"庆祝?庆什么祝,差点被你害死。"

"我?"柳燕发现他的口气不对,暗吃了一惊,问,"怎么啦?出了什么事?"

秦枫试探着说:"有人将我跟你和宏宝扯上关系,往市里寄了举报信。"

柳燕有点慌了,说:"举报信?举报我什么?跟你有什么关系?你到市里来,才跟我接触过几次,谁知道我跟你的关系?"

秦枫说:"我跟你们是发小呀。你是黑律师,专帮混混打官司,跟公安作对;宏宝更甚,弄得人家倾家荡产,还不放过别人。"秦枫这些话,都是那天晚上从信访案件里看来的。

柳燕高声大叫起来,说:"这是哪个缺德鬼?我为平民鸣不平,哪是黑律师?宏宝更冤,那个姓张的破产了,欠他几个亿的投资款不还,还四处给他泼黑水。"

秦枫说:"要想人不知,除非己莫为。你们自以为做好事,别人不会这么认为。特别是宏宝,人家都盯着呢,少做伤天害理的事。"

153

柳燕问:"你知道些什么?"

"你们做过什么!"秦枫加重语气说。昨天,他看到信访案里竟有好几起涉及柳燕和刘烈宏,心里不忿,就想警告警告他们。

"我哪做过什么呀?宏宝不是你的好兄弟嘛,你自己去问。"

秦枫本想试一试她,吓一吓她,没想到,她嘴比臭石头还硬。她说:"真没做过什么?那人家四处上告,是自找麻烦?"

柳燕说:"汉洲人就喜欢告状,你又不是不知道。人家告你,那是嫉妒你,见不得你好。你自己要硬气,身正不怕影子歪,怕什么?你一定会没事的。"

秦枫简直要晕过去。这个女人,真是精明。本想教训她,却遭她一番教训。同时,他在心里掂量,难道那些告状信都是无中生有,妒忌使然?不可能啊,没有不平,没有深仇大恨,谁吃饱了撑的,花那么多时间精力,甚至不惜耽误人生反反复复上访呢?

"我倒不急,我是为你们急。"秦枫说,"我怕你们有个三长两短,谁都救不了。"

柳燕笑起来,竟然露出男子般的爽朗,昂头挺胸,充满自信。"你不必担心我们。倒是你自己,太正直,太硬气,不知圆通,让我们担心。"

戏演得颠倒了一头,秦枫几乎想发作,却又不得不隐忍,并且将戏继续往下演。直到他觉得完全挖不出什么信息,才说:"大家都小心点,别把事做绝了,到时肯定谁都救不了谁。"

柳燕说:"放心,大家好着呢。"

不知怎么回事,秦枫心里很不舒服。但话只能说到这个程度,毕竟只是看到信访件,给他们敲敲钟,让他们别太得意,更别想从他这捞便宜。

他装出一副无可奈何状,说:"你们是我在汉洲最亲的人,我只希望大家都好。"

柳燕温柔地抓住他的手背，眼睛极尽妩媚，还真有点兄妹情深的感觉。秦枫心里，便也就有了一点温馨荡漾开来。他立即调动理智，暗暗告诫自己，这个女人虽是发小，却是专钻法律空子，跟案件有牵连的人，绝对不能跟她再有牵连，否则，死在她手里还不晓得。

暗暗咬了咬牙，他的心又硬起来，轻轻地拨开她的手，说："你把我送到前面路口吧，朋友接我去办事情。"

柳燕急了，说："那怎么行，我这就是来接你一起吃饭的。"

"我俩还需要那些虚套吗？日子长着呢。"秦枫说着，便要下车。柳燕要等对方车来，秦枫不肯，就在柳燕等红灯时一边拉开车门，一边给汪涛打电话。

越是得意之时，人的情感越是孤独荒凉。秦枫十分厌倦祝贺的虚套浮词，只想寻求内心的宁静。这时，他最需要的是忠诚无二的朋友，内心千言，嘴里无话，默默相望。符合这些词意的，大概只有汪涛。或许，汪涛堪称忠诚无二。转念一想，他算吗？彼此的情谊是在工作中建立的，同时超越了工作，经历了志趣和忠诚的考验。

汪涛大概是刑侦支队中层骨干里唯一没有向他表示祝贺的人。这正是他纯粹的一面。

秦枫现在最需要，最喜欢的就是这份纯粹。

"别说叫我陪你一起参加祝贺宴会。"接通电话的时候，汪涛第一句话便这么说。

"我一个人在梅雁南路，开车来接我。"

电话里的情绪立即来了个一百八十度大转弯，响起爽朗的笑声："哈哈，是胡小跃把你逼成这样的吧，我喜欢。"

秦枫暗吃一惊，难道自己寻求叶天佑庇护的事已经传开了？便问："你怎么知道？"

他说："我看到胡小跃在你办公室，猜的。"

他明白了，汪涛并不知道其中的曲折，仅仅凭他对自己的了解，看到自己匆匆逃离办公室，便认定这是一次逃避行动。

秦枫说："别瞎猜，快来。"

上了汪涛的车，徐俊也在。汪涛将车开到一家大排档，简单地吃完饭，也没问他要去哪里，驾车继续往前面跑。秦枫倒也喜欢，不需要多话，更没有那种虚得令人恶心的奉迎和庆祝。一切都简单化，这才是真正的轻松。

汽车沿梅雁路一直往北，越过梅雁河，再往东转上雁南大道，转进双龙紫梅园，沿盘山公路一直往上，徐俊建议下来走走，秦枫闭眼假寐，汪涛也就没有停车。

接近山顶的时候，电话进来了，是刘烈宏。

秦枫本不想理他，转念一想，不如趁此机会吓一吓他，看他如何反应。

刘烈宏问："枫子，你在哪里？"

"爬山呢，我想静一静。"秦枫答道，"是不是燕子跟你说了什么？"

"别担心跟我扯上关系。有人问起来，你推给弘书记就是。你们叶局长不是也知道吗？"

秦枫知道刘烈宏会这么说，但他的意思在于封对方的口，道："主要是你别惹上什么事，我是个六亲不认的人，我怕即使你不找我，我也说不清。"

"这个你不用担心。"刘烈宏说，"我不会有什么事。弘书记说了，你的事就是他的事，他会时刻关注着的，你放心。"

秦枫像吃了一只苍蝇，却不知道该怎么回应。

第七章

首起疑心

夏天说到就到了。人们刚脱下夹衣，知了便开始整天嚣叫，很快T恤都穿不住了，街上开始有人赤膊上阵。

担任支队长几个月，秦枫将汉洲所有的县区跑了个遍，个别重点县区，跑了几次。他调研的目的还是扫黑，排查基层有无黑恶势力，基层的黑恶势力跟汉洲正在打击的"洪二爷"黑社会组织有无关系。

弘书记对他的工作十分支持和关心，几乎每周都要过问。刚开始，秦枫认真汇报，走了几个地方，每个地方情况如何，说得十分详细。到了后来，他便不再提调研的事，确实也没什么说的。弘沐寿一如既往，凡是政法协调会议，都要叫上秦枫，偶尔秦枫推辞，他也是找各种借口，把秦枫叫来一起参加饭局。

一天，弘书记把秦枫叫到办公室，说市委拟在文化中心举办罪案展览会，他亲自挂帅，秦枫为筹备负责人，具体工作则交给市公安局刑侦支队和舆情控制中心。他认为，每个人的灵魂里，肮脏与美好，丑恶和善良混杂在一起。因此，看一看法律铁锤下邪恶的下场，给人们病态的意识以足够的刺激，往往大有教益。这个观点震动了秦枫，让他无法推却。后来，他把这个观点作为展览会的头条标语。

更让秦枫惊讶的是，刘烈宏是这次展览会的唯一赞助人。

这次展览会包括三个部分：扫黑、扫黄、扫毒，所有案件都附有详细的解说。参观的人数量之多出乎意料，各地各行业的观众都显得十分兴奋。

展览会原定时间为一个月，却持续了三个月，其号召力之大不亚于明星演唱会。

秦枫与刘烈宏两个穿开裆裤长大的发小，分别三十年之后，又走到了一起，每天出双人对，活跃在展览会上，显得亲密无比。

参观者除了汉洲的机关事业单位干部职工，大部分来自底层。他们不惜用很长的时间去排队，在酷烈的太阳下缓慢地走进展馆，并以法律术语详细阅读罪案的发生经过和审判结果。法庭的判决书配合了重刑犯的供述状，启发着参观的人对主犯和协同犯的理解。

罪案展览会也吸引了某些习惯欣赏凶残事物的人。但是，最丑恶的东西或丑态百出的精神，却不在杀人手法或贩毒恶行上，根本的丑态其实就展现在某些观众的脸上。

秦枫站在展览会中心廊柱的阴影里，站在"洪二爷"黑社会组织案的解说词下面。他右手横在腹部，左手肘压在右手上，虎口叉着下巴，不断地揉捏着坚硬的须茬。他望着人们鱼贯而过，心头漫溢着复杂的情绪。他是面部表情的鉴赏家。

刘烈宏偷偷地从背后观察着他。

他是这次活动的赞助人，却没有去经营他的公司，而是像筹备人一样在人群里挤来挤去，不断修补证物，解说罪案的成功与失误。并特别守着苏洪宝的通缉令，警告观众们警惕这个还没有抓住的黑社会"魔鬼"。展览会的每一个角落都张贴了通缉令，他走到哪里，都可以跟观众演说一番。

来自法院和公安，共同担任解说人的两位宣传科长，虽然乐意有人给展览会增加点幽默的胡椒粉，却对刘烈宏占尽他们的风头，感到十分生气。特别是机关单位组织的参观团，有人认出了刘烈宏，不免有人讲闲话。

秦枫本来不用每天往展览会跑，但听说刘烈宏盯在展览会上，不明白他为什么要如此引人注意，便不时地赶到会场。他想知道，展会上刘烈宏跟些什么人接触，什么人到了会场对刘烈宏最感兴趣。

他不明白自己为什么突然对刘烈宏抱着一份警惕。刘烈宏对他很好，千方百计帮他调进汉洲，又千方百计帮他升职，介绍他跟市里的大佬认识，建立所谓的靠山，形成自己的权力结构件。但是，秦枫赶到时，刘烈宏已经消失，却又不是从出入口离开的。那儿的检查人员很仔细，像监控一样记下了每一个人。

秦枫一肚子闷气。他从人群里挤了出来，从消防梯爬向文化中心的露台。

楼梯口的保安认识秦枫，见他拉开隔离带，没加制止。秦枫爬到了雉堞旁边，往梅雁河对岸的北方望去，古老的屈子祠就在前面，矗立在日光里的屈子牌楼，与巍峨的太傅庙遥相呼应，彰显出汉洲的文化品位。

屈贾是汉洲文化一个非常古老的灵魂，罪案展览会则像一把荒唐可笑的叉子，试图将邪恶叉在上面扭动，远处传来嘲弄的笑声。

上级综治部门充分肯定了罪案展览这种做法，某主流媒体在头版头条报道了汉洲的罪案展览会，主标题是"罪案展览也是一种文明"，压题照片竟然是刘烈宏的解说场景，文中还提到他赞助这次活动的善举。

上一次刘烈宏在主流媒体上大出风头，是三年前，弘沐寿担任政法委书记不久，秦枫还没进城。他主动为一次大型扫赌行动提供线索和运兵车辆，因为警车进不了现场，而他了解赌场的一切。政法委牵头主持了这次行动，所有参与采访的政法记者对这个富有正义感的商人佩服得五体投地。

此时，刘烈宏也站在雉堞边，俯瞰着这座古老的城市，却嗅到了辽远处山林里传来的清新空气，看见了养老院里对他绝望的母亲欧娛驰。

柳燕坐在他脚下不远的石墩上。她刚从石湖回来，向他汇报家里的一切。

这时,他发现了走近雉堞的秦枫。

三个在欧娭馳身边长大的发小都到齐了。

在那个僻陋、封闭、落后的乡村,柳燕父母是老实巴交的农民,秦枫父亲早亡,母亲病弱,只有欧娭馳是从汉洲城嫁过去的,她像大家闺秀一样正道,知书达礼,三个人都在她的教育和影响下成长,但只有秦枫深受欧娭馳喜爱。

欧娭馳是被在汉洲城里当小偷的刘烈宏的父亲骗去的。当她识破刘父的骗局时,一切都已经晚了,她憎恨刘父,也恨跟刘父结合留下的孽种,变得像个卫道士一样顽固。她自认为,教育秦枫跟教育刘烈宏是同样的办法,但一个走上正道,当上警察;一个少年失学,在社会上无恶不作,是遗传在作祟。

比如,她对待犯错的孩子,都是用背石头上山的方式进行体罚,教导他们"石头代表你的错误,你得把石头背到山上去扔掉,才能改掉自己的错误。"秦枫老实地背上山,还诚恳地向她认错。刘烈宏却不听她的话,先是偷工减料,半路扔石头,后来索性跟她对抗,在她将石头往他背上驮时,他反手一掌,打在她的脸上。

就是这一掌,让她心生绝望;就是这一掌,让她断绝了跟刘烈宏的母子关系。无论成年后的刘烈宏如何道歉,无论他如何给她送钱送物,她心里再也没有这个儿子。连同柳燕,她认为柳燕跟刘烈宏同流合污,她也不想搭理。

现在,秦枫的母亲和柳燕的父母都已经逝世,三个人只有欧娭馳一个母亲,但在欧娭馳心里,她只有秦枫一个儿子。

"枫子?"

秦枫直视着前方,看到晒得黝黑的刘烈宏正转身向他走来,笑容满面。

"大热的天，两个人鬼鬼祟祟地跑到楼顶干什么呢？"秦枫说。

柳燕抢着答道："厅里太吵，我刚从石湖回来，跟宏宝说说娱驰的事，娱驰可关心你呢。"

"我也该去看看她了。"秦枫说。

刘烈宏神色有些黯然。不过，他很快展开笑脸，低头翻开手包，拿出一沓照片递给秦枫。那是记者采访展览会时拍摄的，清晰度不错，构图有专业特色。

秦枫浏览着几张大场景照片，弘书记站在一面墙展图前，后面跟着刘烈宏和秦枫，一群人围观着。他又向后翻看，直到看到弘书记不再出现在照片上，刘烈宏站在展览会大厅，指着苏洪宝的通缉令，一群人拥簇着他。他满脸笑意，嘴巴张开，正在说话。

以弘书记为主角的背景人群，和以刘烈宏为主角的背景人群是不一样的。以刘烈宏为主角的背景人群还调换了好几批。

秦枫仔细地看着照片，从中抽出几张放进自己的公文包里。刘烈宏有点不乐意，却不好说什么，因为秦枫说了是"作为纪念"。

柳燕好奇地抢过照片观赏。秦枫脑海里又闪过苏洪宝以及落网的几十个团伙成员，汉洲存在着一个比苏洪宝团伙更凶残更恶劣的团伙的猜想，又浮现在他的脑海里。

"在汉洲有一个非常活跃，但非常隐蔽，几乎无人谈论的黑社会组织，"秦枫前几天在笔记本写下了这句话，"它不属于苏洪宝，不像地下处警队那样简单。这个组织有一个非常阴险隐秘的头目，有一群狡猾凶残的打手，有一张手握重权的保护伞。"

秦枫是什么时候产生这个想法的？应该是从广东回来之后，还有后来发生的一系列事情，让他的想法逐渐成熟。最近，他着力研判汉洲的治安形势，对身边一些蹊跷的人和事进行分析。有一天，他竟然琢磨起刘烈宏来。

"刘烈宏以普通商人的身份，跟省市高官交往密切。"

"他的工程公司没有接过像样的工程，他的贸易公司没有做过大型业务，但他账上不断有大额资金出入……"

"他的社会交往神龙见首不见尾……"

最后一条，秦枫是深有体会的。除非刘烈宏来找他，他要找刘烈宏，手机往往打不通。

对于以直觉见长的秦枫来说，奇怪的是，将刘烈宏跟苏洪宝联系在一起，缘于他向柳燕抱怨刘烈宏的电话。她说："大约又熬夜了吧，关机睡觉呗。"

但是，刘烈宏不可能每天都熬夜吧。手机打不通的次数多了，任谁都会产生怀疑。

种种迹象表明，刘烈宏十分可疑。秦枫心里的声音告诉他，可能是他的职业病发了疯，他那发了狂的扫黑愿望或许让他对身边的每一个人都存有怀疑，就像饥饿的老虎看到貌似动物的石头。

他麻木地拖着腿往前走，猛地发觉两人已来到幽暗的消防间里。

"有句话，我不知道当讲不当讲？"刘烈宏谨慎地说，"但是我又忍不住想告诉你。是你最关心的，也是跟我切身利益相关的事……"

"哦？我们之间还有什么话值得这么遮遮掩掩吗？"

"是，也是啊。我只是怕被你误会。"他的声音变得更低，脸色出奇地难堪。"我很为难，"他斟酌着，"我为自己的怀疑不停地折磨，可我没有具体的证据。我不是个胡乱猜测的人，但推测也不是没有理由，即使他是你的朋友，获得了你的信任，我还是想说。"

"你今天怎么这么啰唆，"秦枫不耐烦地说，"凡事讲证据没错，但推测还是必要的，有时推测有利于引导我们找证据。"秦枫看了一下他，然后用眼睛扫视着灰蒙蒙的空间。

"宏图山庄的乔总，乔德福，印象怎么样？他还有一个头衔是汉洲市商会会长。"刘烈宏意味深长地介绍道。

"有过接触，但谈不上是朋友？怎么啦，他看起来可完全跟你是一路人。"

"我哪跟他是一路人？这人很狡猾，一副哼哈相，跟谁都走得近。你也看到了，他总是跟在弘书记屁股后面，还与叶副市长熟悉，可他背后跟领导不是一条心。"

秦枫又看了他一眼，刘烈宏现在有些明白刑警为什么可怕了。那种直接、带着探索的目光，还有冷漠的引人注目的眼睛。他有点不敢直视，把目光避开了。

"乔德福……乔德福曾经涉嫌'暴龙帮'案件，他年龄最小。"他不需要再多说什么了。三十年前，汉洲出现第一个按上海"青洪帮"模式组织的涉黑犯罪团伙，这个案件在公安部门人人皆知。该团伙就是"暴龙帮"。寻衅滋事、打架斗殴、砍手割脚筋，闹得汉洲鸡飞狗跳，乌烟瘴气。后来，中央领导指示严惩，调整了当时的公安局班子，公安部部长亲自坐镇，才摧毁团伙，肃清流毒，换来汉洲几十年安宁。

"你是怀疑乔德福……"秦枫疑惑地问。

刘烈宏咧嘴笑了笑。"展览会开了这么久，他和他的人从未出现过，不能不引人疑心。"他说，"除了他的前科，还有三点嫌疑。一是他虽是普通商人，却挖空心思买到会长身份，以此跟省市高官交往密切；二是他虽有几家公司，但几乎没有做过大型业务，账上却不断出入大额资金；三是昼伏夜出，社会交际高深莫测……"

秦枫的眉头越皱越深。这几层意思正是他考量刘烈宏的，刘烈宏又不是他肚里蛔虫，怎么表述得这么精确呢？

"他来不来参观展览会，不能说明什么问题。显然，我们更不能以他三十年前参与过黑社会做依据，其余三条，对于你们这些商人来说，谁都可能有嫌疑，你跟他走得那么近，就不怕把你也牵涉进去？"

"怎么会呢？我跟他们不一样，你不要低估了我。"

"我没有想过低估你，也不会低估他。"秦枫似笑非笑。这个笑在刘烈宏眼里有些诡秘，既让他放松了一些，又让他觉得自己的话毫无意义。他第一次意识到，担心，同时真的感觉很摸不透秦枫的想法。他安慰自己，问题并没有他想的那么严重。

"好吧，我只做一点提醒。"他略显亲昵地说。

"谢谢你的提醒，我会在意的。"

秦枫忽然觉得自己对刘烈宏的怀疑，针对的其实是刘烈宏这类人，现在刘烈宏提出乔德福的嫌疑，正印证了他的疑心。不过，他觉得刘烈宏有些阴险。他不是跟乔德福称兄道弟吗？他对朋友、兄弟的信义在哪里？

但是，如果发现对方已经走向对立面，怎么办呢？如果对方不按常规出牌，打着仁义的幌子，利用你传统的价值观，干着跟你的信仰背道而驰的事情，你还能循规蹈矩，讲信义吗？你还愿意循规蹈矩讲信义吗？

现在，秦枫必须就自己的传统价值观做出决定，或者说，决定自己是否有比光考虑朋友情谊和信义更有远见的智慧。

中午的时候，他回家睡了一会。他想跟妻子讨论一下世俗价值观，妻子是记者，她在这方面有发言权。但妻子没有在家。回到支队，汪涛和徐俊也不见人影。他放弃办公，到外面散散步，考虑考虑。

秦枫开车驶上梅雁大道，在芙蓉广场停了一会，望着富丽堂皇的帝豪大酒店时，他相信自己是在深思熟虑。这里是多起追杀伤害案发生的地点，是抓捕苏洪宝团伙成员最多的地方。可实际上，他并没有深思熟虑，他的决定是七零八碎拼凑出来的。

我们总是认为决定是在某个时间做出的，是理智和自觉思维得出的结论，这就使这一过程变得庄严起来。其实，决定是在七搓八揉的感觉里决定的，往往是一整块，而不是一个个个体的总和。

调转车头，往刑侦支队驶去时，秦枫做出了决定。几小时前，他跟刘烈宏聊天时，这个决定就已经形成。其间，他吃饭、散步、驾车，头脑里浮现种种，只是对信义这个概念的犹豫和误解。

安排人二十四小时盯紧乔德福！

这个念头刺穿了他，刺痛了他，却怂恿着他，让他的神色更加坚毅。他再次调转车头，往北，看守所坐落在通往戎城市的高速公路旁边。

正是放风时间，二号监室的罗穆却被告知不能往空地去。他被一个看守带着往外走，经过探视间，却没进去，而是直接带出铁门，走进一间小会议室里。对面坐着秦枫。

"你好，小罗。"秦枫热情地招呼道。罗穆没看向对面的警官，眉宇间露出一道淡淡的皱纹，黑黑的脸庞依然板着。

看守走出去，重重地关上门，会议室里显得十分寂静。

"什么事？"罗穆不卑不亢地问。他的机警、谨慎和演技让他跟着李凯混了半个多月，李凯丝毫没有识破，但这一切在秦枫眼里一文不值。五年前，他因扒窃受到秦枫的打击，再也不敢出现在雁麓区，秦枫进城后，他和牛权搭档，本以为配合得天衣无缝，但两次出手，两次落在秦枫的手里。

不过，二次落网后，秦枫亲自到看守所看望了他，问他下一步准备怎么办。雁南是待不下去了，但家里还有七十岁的母亲。秦枫答应吸收他当辅警,但不是让他待在公安部门,而是去李凯身边卧底。罗穆干得不错,只是收网时出了差错,让李凯跑了,罗穆却没有跟他跑出去,只得像其他团伙成员一样关在看守所里。

"你在这里是个累赘,小罗。让你坐牢是浪费资源。这里要关押真正需要改造的人呢。是不是跟我出去算了?"

又有大事要办了。罗穆在对面研究着秦枫——看起来很整洁,衣饰笔挺,可能是出席正式场合回来。面色憔悴,但精力充沛,他不是来看望自己的,那令人不快的黑眼睛里藏着事情。他想要什么?情报?他想听什么自己就可以对他说什么,可以告诉他十几个囚犯的情报,全都是不存在的人。不过,如果能从这里放出去,另当别论。

罗穆端起桌上的茶杯喝了一口,眼睛望着秦枫。一道金色的阳光透过窗帘映在他的脸上。

"这里的空调不给力。"罗穆说,"能开扇窗户吗?"

"我能开得更大,小罗。我是连大门也能为你打开的,这你知道。"

室内一片寂静。外面阳光喧嚣,车水马龙,像没完没了闷沉沉的生活。

"你要什么就说吧。有些事我是乐意做的,但并不是每件事都做得了。"本能告诉他,他的话会受到重视。罗穆没有想错。

"不过是请你干你的老本行。"秦枫说,"但是,我还需要你组织几个兄弟。牛权我可以直接找他,其他人由你出面,你必须做得干净利落。"

"什么事我都不知道,怎么好保证?"

秦枫点点头,说:"给我盯一个人,会有一整套方案,费用老规矩。"

罗穆看着秦枫,沉默了一会儿:"那走吧,磨蹭什么。"

空气里飘荡着阵阵香气,伴随着一曲柔和的爵士乐,一位女歌手用甜美的嗓音唱着一首流行歌曲。这不是关伟熟悉的生活，奢华富丽，令人耳目愉悦，却也容易令人沉迷。

这是乔德福举办的一场例行酒会。秦枫请关伟进去，冒着很大的风险。因为以关伟的身份，不能参加大型聚会。但正因为这一点，认识他的人很少，而能将他与他的身份联系在一起的人几乎没有，这就成了秦枫安排他的原因。

秦枫反复提醒他，在上百人觥筹交错的席间，事情会有诸多变化，他得随机应变。

请帖、金卡、西装，秦枫都准备好了，他只需要迈着悠闲的步子踏出喜来登顶层电梯门。前厅看上去仿若电影里的场景：墙角铺满鲜花，墙壁用草叶拼出图案，间或飘动着红色的蝴蝶结，白色小灯熠熠闪烁，宛若冬日冰晶在坠落。

迎面十六名迎宾，个个身穿晚礼服，披金戴银，正引导着很多人走向舞厅。里面的装饰与关伟记忆里的图景一致。

"您好，可以看一下您的名帖吗？"两个年轻漂亮的迎宾向他投来迷人的微笑。关伟递上请帖，迎宾快速地翻阅了一下，"欢迎您，关先生，里面请。"

舞厅的天花板有六七米高，巨大的水晶吊灯，飞舞的彩带，种种关伟叫不名称的铜饰银饰，使整个敞阔的空间流溢着温暖的光芒。似乎置身于欧洲的皇室宫廷。的确，酒会带有强烈的西方圣诞福祉主题。

如此空旷的厅堂，冷气十足。刚才还觉得穿着西装革履显得贵气的关伟，燥热全收，感觉非常舒爽。

这时，关伟看到刘烈宏穿过舞厅，心中微微一惊。此地的刘烈宏没有见到领导的谦恭，举手投足之间透出一股志得意满的自大。他和一群朋友站在一起，手端一只水晶杯，一边啜饮着红酒，一边欣赏着一位非常美貌的女人。那女人坐在钢琴旁一边弹奏，一边吟唱，身上的晚礼服把人映衬得更加优雅。

关伟站在通观全场的位置，通过针孔摄像机记录着在场的人。他虽然从没参加过类似活动，但他对上流社会的酒会所知甚多。他的工作就是隐蔽自己，了解别人，以便在某人违法犯罪时，精准打击。

社交名媛、汉洲商会会长乔德福的夫人朱兰看上去似乎最近做了拉皮整容手术。她在歌曲余音中上台拥抱了歌手，然后接过麦克风，用甜美的汉洲口音对来宾说："亲爱的女士们先生们，大家晚上好。"但她并没有接着说下去，而是伸着脖子，向台下寻找。"德福呢，能请你跟客人们打个招呼吗？"

舞厅一片静寂。她的丈夫从一群人里冒出头来；哼哈将似的喜剧身板像企鹅般摇向舞台，经过的侍者一律弯下腰，他顺手取了一杯香槟。乔德福拉过妻子拥在身边，接着向台下鞠了一躬，举起酒杯对宾客喊道："商会庆典酒会，一年一度，让我们重温誓约，携手共进，共同发财。"

乔德福的祝词可比他的肥头大耳简约多了。

"携手共进，共同发财。"众人纷纷举起香槟，高呼。

但台下也有不同的声音，那就是刘烈宏的咒骂。自商会成立以来，他就跟乔德福不对付。凭资本，凭后台，会长本来非他莫属，但乔德福提出民主选举，让他颜面尽失。因此，每年的酒会都是他最难受的时候，也是他身边保镖最多的时候。

这时，乐队开始演奏，歌手唱起一首柔情的歌。乔德福挽住朱兰，翩翩起舞。

在所有人的目光都投向男女主人之际，关伟开始追踪酒会里的"闲人"。他们看似无事，却两眼机警，正是酒会上最危险的人物。

这时，他发现了一个可疑目标。

此人身材方正，板寸头，举止像个军人，粗壮的脖子被西装和领带紧紧地勒着。他拿了一杯酒若无其事地绕着乔德福夫妇转，时不时地走到一边的阴影处，跟保安耳语几句。刘烈宏似乎也发现了板寸头，一脸警觉，急促地跟保镖交流了几句，保镖靠得更近。板寸头却转了一圈，阴鸷地微笑着快速离开了。

关伟看得出来，刘烈宏不会离开酒会，一群半老徐娘团团围过来，奉迎他的财大气粗。

"鱼沉了。"关伟对着西装领上的微型胸麦低声说，"注意电梯口，人像同步发送。"

"收到。"徐俊蹲守在楼下。

然而，板寸头很快返回，身后跟着一个四十来岁的女人，淡褐色的头发，不算漂亮但很端庄，身穿套装，洋溢着学院派气质。律师？但不是柳燕。女律师直接走向刘烈宏，恭敬地跟他说了几句话，便向板寸头点点头，径直走向舞厅另一端的出口。

他们这是要干什么？板寸头到底是什么人？孰敌孰友？关伟放弃女律师，尾随板寸头来到一个门厅，只见他在走廊的另一端停留片刻，然后打开楼道的门，不见了。

"难道他有所察觉？"关伟看着楼道门把手位置安装的感光识别器，低声自语。但他没有放弃，在走廊里左摇右晃，一副酩酊大醉的样子，却将智能读取器按在门把手上。

他担忧了好一会儿，终于听到咔嗒一声，门开了。

"侦查工作比特警好玩多了。"关伟咕哝着，轻轻关上门，走上铺着地毯的一层台阶到达一个平台。

隔壁传来低低的谈话声，应该有七八个人，听上去好像在争论。他弯腰走下台阶，来到谈话者隔壁——一间游戏室，里面有两排八台游戏机。机子开着,房间里却空无一人。正对着楼梯的门通向一个昏暗的走廊,一道光线透进来把走廊分成两半。关伟走进狭窄的通道,一边靠近房间,一边考虑着如何脱身,如何瞬间转换身份。

"如果动手,如何识别自己人?"有人说,"别误伤了老板。"

"这个不用担心。"板寸头说,"你们只管直奔对手,特别是对他的随从下手要狠。"

"伤不伤他的性命?"

板寸头有些不悦,恼怒对方提如此幼稚的问题:"老板的目标是废了他。"

这时,关伟几乎走到了走廊有光线的部分。他深吸了一口气,让自己平静下来,然后装出一副烂醉的样子,跌跌撞撞地闯进房间。

"再……再来一杯?"关伟咕哝道。他倚在门框上,让衣领的针孔摄像头正对着房里的人,慢慢地拍摄,留下清晰的图像。

九个人,只有板寸头背对着。其余八人都西装革履,雪白衬衣,吃惊地看着关伟。他们脚下放着长条形的用报纸包裹的东西,应该是大片面的刀具。

板寸头首先反应过来,"嚯"地站起身,把摇摇晃晃的关伟往外面推。

关伟本想老实地退回酒会去,不想板寸头突然伸手抓向他的领口。

坏了,关伟瞬即意识到摄像头暴露。但他仍佯装烂醉,好像要摔倒的样子,侧身闪避板寸头,退出房间。板寸头又惊又怒,明白遇到了强手,一个猛虎下山,双拳齐出。其余八人纷纷从脚下操起家伙。

关伟感到两耳生风,闪身向游戏室躲避过去。他回过头,看到板寸头回身对八人怒目盯了一眼,八人全都放下刀具,悄然往后门退去。

关伟不想恋战,绕过走廊,推开消防门,几个宾客和服务生都回头看着他。

"我们听到打架的声音。"一个服务生说。

"是的,有人在游戏室为几个小钱争吵。"关伟用粤语说道,"不知是哪里来的野小子,打得挺狠,动了刀子。"

宾客们张大嘴巴,有人发出尖叫声。关伟继续说:"叫警察!说不定他们会朝这边来。"

不论是怕祸及自身,还是害怕卷入警察的调查,门厅里的人纷纷慌乱地奔向舞厅和前门。板寸头出现在门厅时,关伟已随人流到了迎宾处,往张开嘴的电梯走去。

秦枫从专案组的窗户看出去,头顶上挂着一轮渐盈凸月,夜幕又一次降临汉洲,他真想一拳打穿墙壁。

一周过去,罗穆和牛权收集来的信息,没有能够核实刘烈宏的推测,却加深了他内心的疑惑,因为他们在监视乔德福的过程中,也没有放弃对刘烈宏的监控,摸清了两人的生活轨迹和作息规律,却对他们是否染指赌博及涉黑犯罪毫无收获。

更让他沮丧的是,关伟撞破了板寸头的阴谋,板寸头九人消失得无影无踪,他们为谁卖命,要废了谁,无法查实。秦枫怀疑刘烈宏对乔德福的推测,更像是莫名攻讦,而板寸头的行动,或许正是乔德福对刘烈宏的一次报复。

"枫子?"汪涛私下场合仍沿用以前的称呼,"你过来一下。"

秦枫转过身,看到汪涛疲惫地站在东侧一整面的线索墙前面,徐俊和关伟坐在西侧墙下的沙发上看着笔记本电脑。笔记本电脑里拷入了这一周拍录下的照片和视频,并安装了对比软件,能够分析比对和归纳同类人像。

"有什么发现?"秦枫敏锐地问。

"酒会上出现的板寸头,应该就是管陶义。人社局找到了管陶义以前的照片，跟板寸头的人像比对，相似度达到85%以上。"

秦枫点点头。"那就是他喽。"

"这人原是特种兵，复员后安排在市城管局。因为多次参与苏洪宝的赌博活动，被单位同事检举，受处分后离职。"汪涛介绍道，"此人有一身硬功夫。离职后到云南和贵州等地跟战友合伙做生意，之后便没了音信。但他在汉洲有几套住房，其中一套别墅装修豪华，里面住着他的亲戚。警察上门找人，亲戚永远说他不在家，外出做生意去了。并且，亲戚也说不清他有没有组建过家庭。"

"据举报人反映，此人在赌场欠下一大笔钱。"关伟插话，"但他有恃无恐，苏洪宝还对他挺恭敬。检举人怀疑他是赌场保护伞。但他一个小职工，哪有能力保护呢？只有一种可能：代人出头，是大佬手里的工具，或者手里有挟持苏洪宝的把柄。"

汪涛接着说："我认为第一种可能性大，是大佬手里的工具。"

秦枫点点头，说："好，盯紧这个人。近期侦查中发现的嫌疑对象都要纳入人像比对范围，人口信息是我们最大的线索库。还有，调查他与乔德福的关系……"

"还有两个同类的人。"汪涛抢着说，不让秦枫过早地下结论。

秦枫盯着汪涛，眼里透出惊喜。

"通过管陶义，我们在这次监控和排查中找到了两个跟他有关联的人。"汪涛说，"有证据证明，这两人以前跟苏洪宝接触过，而且十分强势，像管陶义一样对苏洪宝有强制性。只是，这两年更加隐秘，好像从苏洪宝身边消失了一般。"

"贺彪，外号彪子。"汪涛在白板上写下一个名字，"我让人日夜监视他，没有发现任何异常。他就像是自己标榜的那样——一个正道的退役军人。这人参观了罪案展览会，却没出现在刘烈宏的照片里。他在刘烈宏施工工程公司对面大楼里当保安，他的家属在公司食堂侧面开超市，跟刘烈宏是邻居。"

贺彪？秦枫愣了一下。那个为他提供劫车杀人案线索的知情人不就叫贺彪吗？

汪涛在贺彪的名字下面画了一条红线，接着又写下一个人名。

"柳爷，大名柳三同。"

"已经失踪两年多，"徐俊介绍道，"传言他三年前金盆洗手不再混社会，南下广东转做正经生意，但是我们打探的人不仅在本地没他的消息，广东也无人见过他，银行和通讯公司都没有他的使用记录。此人年纪不大，之所以称爷，因为武功了得。"

汪涛在柳爷的名字下方打了个问号，然后画出一个箭头，指向"顾文文"。

"女性，十六年前落户汉洲的一个孤儿。"汪涛说，"当时十三岁，人口支队保存着她的落户证明和户籍，她落户的人家正是苏洪宝父母家。但现在苏家已没有她的户籍，也没有查到她的迁出记录。有人反映，她改了姓名跟柳三同在一起。该女十分聪慧，精通易经八卦，柳三同对她言听计从，退出江湖就是她的主意。"

秦枫的眼神中燃烧着火焰，紧接着问："还有关于她的信息吗？"

"有人说，她之所以跟柳三同在一起，是因为苏洪宝想强奸她。还有一种说法，她被苏洪宝追打时，碰到了刘烈宏，是刘烈宏牵线让她跟柳三同在一起。"

秦枫在她的名字下重重地敲了一下，说："关注她，说不定她身上有大文章。"

正说着，专案组的门响了两声，钟雁宁面色凝重地走进来。

"钟局长好。"关伟和徐俊一齐站起来，喊道。

"有什么突破吗？"钟雁宁扬扬手，示意他们随意。

"没有。"秦枫摇摇头，"收集了些胡椒面一样的东西，有点味道，却说不清它的作用在哪里，也许会有引导性。"

钟雁宁皱了皱眉头，问："会不会是别人撒出去的？"

汪涛耸耸肩膀。秦枫说："要这么看，也可以。"

钟雁宁表情严肃起来，扫了一眼专案组，一边转身往外走，一边说："秦支，你跟我来。"

秦枫摆摆手，示意大家继续工作。他追出门，钟雁宁已走到消防楼梯口。毫无疑问他有重要的话跟秦枫说，不能让其他人听到。

"这一周忙什么呢？"钟雁宁问。

"还不是那个案子。"秦枫回答，"没有新情况，所以没向您汇报。"

"是不是上了手段？"

秦枫嘲讽般地笑了笑，然后脸色一肃说："要说手段，那是最原始的手段，不涉及公安机关的纪律。"

"说来听听。"

秦枫将前几天的调查汇报了一遍，说："接到举报，我也是想澄清心底的疑惑。"

"澄清了没有？"

"有些蛛丝马迹还是跟他有关系。"

"怎么回事？"

秦枫说了那四个人的关系，只是把自己的怀疑糅合进去，使他们听起来不仅是苏洪宝的人，还跟乔德福、刘烈宏有着千丝万缕的联系。

钟雁宁眯起眼睛，"怎么，他们两人都跟苏洪宝有关系？"

秦枫想了想，说："不能确定。"

"假设他们真有关系？"钟雁宁自言自语似的说，"这些人隐藏得也太深了，怎么没露一丝痕迹呢？"他心跳在加速，脑袋偏向秦枫，"你没开玩笑吧？"

"没有。"

钟雁宁忍着没有立刻进行分析或者判断。这个怀疑太大胆，太重要了，他跟秦枫一样不能确定，但他却说："你的怀疑没有道理，我不赞成。"

秦枫默默地看着顶头上司，说："嗯，我知道，一切得证据说话。"

"没有证据，却被别人抓住把柄，工作会很被动的。"钟雁宁说，"乔德福和刘烈宏都提出了抗议，直接反映到了弘书记那里，说公安局莫名其妙派人监视他们。"

秦枫思考着，这事让他的胃一阵难受。"他们这是针对我来的。"

"要碰他们应该有更多的准备。"

"是我不小心。"

"有句话我知道你不想听……不论你进城，还是当支队长，虽然叶副市长挺你，但弘书记一直在极力运作，帮你。他希望把你培植成盟友，你确实要谨慎。"

秦枫站在那里没有说话，脑子里逐一权衡着新出现的情况，评估其潜在的影响，最后考虑的是钟雁宁的话：培植成盟友。

这句话让秦枫很恼火。他想起档案室里那么多积案，是不是每一起积案，都有盟友的关系？钟雁宁跟谁有盟友关系吗？

钟雁宁离开后，秦枫渐渐平息了怒火。他在手机里找到刘烈宏的号码，拨了过去。

刘烈宏很有可能不接电话，但是让秦枫吃惊的是，铃响第二下他就接通了，热情地说："嗨，枫子，我在明城喝茶，你要不要来？"

"我没这份闲心。"秦枫说，"你的举报很重要，我正派人开展工作。如果工作中给你造成什么不便，希望你不要过于介意。"

刘烈宏停顿了好一会，才问："我懂的。你一定发现了别的事情？"

"管陶义，记得吗？"秦枫说，"这小子在外地犯了命案，据说他要回汉洲对你不利。"

第八章

互生芥蒂

秦枫跟妻子在梅溪湖公园翠绿欲滴的林荫道里跑步。这里跟他家一墙之隔，是他们夫妻俩喜欢的地方。这是一个工作日，公园里游人很少。昨晚，夫妻俩都加班，说好上午在家休息。俩人在树木密布的山丘上跑着。早晨的太阳已经带着烘烘的热力，幸好绿荫如帐，细细的晨风仍带着凉意。

这些日子，秦枫走路时脚下的土地都不安稳，跑起来反倒感觉平稳。

天气晴朗，空气明净，耀眼的阳光忽闪忽闪地穿过树叶，照得山径叶影斑驳。但在不远的河面，光影如练，宛然泼洒起一道道彩虹。在他们前面惊起几只小鸟，两只彩尾的斑鸠轻轻地飞着，在浓密的树丫上，一枝一枝地跳，彩尾令人心动地撩动，在绿叶浓翠里闪光。冷珊高兴了，也蹦跳起来。

山地五十米开外的草坡上，刘烈宏无趣地坐着，静得像《红楼梦》插图里的男仆。他可以看到整个山丘，甚至可以看到惊起的飞鸟从秦枫俩人身边掠过。

夫妻的身影在他视线里出现不到两分钟。他们轻松地跑着，没有使劲，秦枫肩上背着一个警用水壶，清晨的阳光从背后照耀着，偶尔的闪光让他预测出俩人跑到了哪个方位。

他是专程过来找秦枫的。秦枫貌似非常清闲，竟然带着冷珊在公园里跑步，他不想跟着跑，秦枫显然也不欢迎。小径往坡下的远处延伸，夫妻俩不见了。他躺下来，双手放在脑后，望着头上有些萧瑟的枫叶在天空衬托下摇荡着。天色很淡，水磨似的蓝。

家乡石湖里的水就是这种蓝色。

村民们夏天不在家里洗澡，石湖就是他们的洗澡盆，炽烈的太阳将湖水照得暖暖的，入水像冬日里用毛毯裹着，那份惬意难以言表。湖东是男人区，湖西是女人区，所有人都一本正经地执行着这个不成文的规矩。

少年的刘烈宏对所有女人来说是个可怕的孩子。搞怪得可怕，恶心得不可思议。但是，他被母亲欧娖驰管着。欧娖驰了解自己的儿子。柳燕也不害怕刘烈宏，她虽然只喜欢跟秦枫在一起，但一看到刘烈宏，就又踢又打，不让他接近湖西。

湖西是石湖的上游，有一眼涧泉从山腰流下。刘烈宏自幼就有一身蛮力，不让他接近湖西，但没人不准他接触涧泉，每到黄昏，大人们下湖洗浴，他便挑一担屎尿倒在涧泉里……

刘烈宏闭上眼睛，似乎又听见女人们咒骂着，从臭气熏天的湖水里爬上来，裸身站在湖岸上，不知所措。

但是，这样的事没有持续多久。临近秋季，他被几个妇女抓了现场，送了他一顿拳打脚踢。欧娖驰罚他背石头上山。那石头真是太重了，欧娖驰还哭哭啼啼地在身后数落他的恶行，说背一辈子石头，都不足以赎罪。他恨欧娖驰不但不帮他，还雪上加霜地体罚，愤怒地扔下包袱，返身对着母亲就是一巴掌……

他的学习成绩其实比秦枫优异，可欧娖驰不再供他读书，甚至要跟他断绝母子关系……他再也安静不下来了。他站了起来，脸上、手上染着蓝色的树影，嘴角紧抿，像持戟的门神。他沿着小径眺望着秦枫，急忙爬上山冈，从另一面往公园出口跑去。

他从来就是个不肯服输的人，不读书，他可以做生意。生意做到现在，他自觉还算成功，结交的朋友都还不错，特别是秦枫到了汉洲，当

179

上了刑侦支队长。这将是他最铁的靠山。他要扶稳秦枫，也要让秦枫稳稳地扶持他。

此时，秦枫跟冷珊正走下山来，准备再往公园深处绕过去。看到刘烈宏，眉头皱了一下。他让刘烈宏在草地上等，他就一定会走过去会他。

"什么事？这么急？"秦枫看他眼皮浮肿的样子，问道。

"枫子，你昨天说的到底是什么事？"

秦枫见他要问案子，回头让冷珊先回去。

直至冷珊走出公园大门，秦枫拉了一把刘烈宏，沿着小径往公园的树林深处走去。

"说说。你知道，做生意的最怕公安纠缠，更怕别人知道他被公安纠缠。"刘烈宏叹了口气，可怜地说，"枫子，快帮帮兄弟。"说着，充满期待地看着秦枫。

"宏宝，你没事怕什么？"秦枫掏出烟，递给刘烈宏一支，"即使公检法都找你，那也不过是例行公事，身正不怕影子斜嘛。"

"别逗了。你说那个管陶义，怎么回事？"

"管陶义，你不认识？"

"认识，可情况没你说得那么严重，我跟他无冤无仇，他找我干什么？哎，你们抓到没，别告诉我，你们围着我闹腾半天，却没抓到人啊，那我接下来怎么办呢？"

秦枫盯着刘烈宏。刘烈宏的神态很认真，没有一点装模作样，但秦枫清楚，刘烈宏明知道警方没有抓到人，却来这么一问，这是要戏耍吗？

"枫子，告诉我，你们到底在办什么案子？怎么会涉及我？"刘烈宏接着说，"我们可是亲兄弟，你的事就是我的事，你也看到的，我四处奔走，不遗余力。我的事也就是你的事，你可一定要帮我！"

"你放心，我们会抓住他的。"

"抓住他？还有我的安全，我的信誉。枫子，你知道吗？信誉是做生意成败的关键，如果信誉被人败坏了，我的生意可没办法做了。"

"我们对你的保护不会伤及信誉。怕就怕别的人别的事，或者你自己瞎胡闹，那才是对你生意的致命伤害。"秦枫有意戳刘烈宏一下。

刘烈宏苦笑着，摇摇头，说："枫子，事实上昨天的事已对我构成了伤害。说难听点，危害了我这个生意圈的经济环境。告诉我，你们办的什么案子，我帮你。你知道我的能量，那个劫车杀人案，我一点不就破了吗。"

秦枫不吭声了，掏出一支烟，自己点上，闷着头吸了一口，大声咳嗽起来。升职后，他就在反思总结进城以来所办的案件，刘烈宏说得没错，大都跟他点拨有关。所以，他才怀疑刘烈宏本人可能就跟这些案件有关。

破案靠他，升职靠他。秦枫害怕自己陷进刘烈宏深不可测的泥淖中，想拔出双腿都拔不出来。因此，他必须尽快挣扎出来，破除刘烈宏的迷障，尽管这有全身淹没的危险。他抱定一个决心，不成功，便成仁。

刘烈宏见他默然不语，以为自己的话起了作用，于是趁热打铁，言辞恳切地说："枫子，我知道你要成绩，要破案，总想在领导面前扬眉吐气，咱们有这个能力的！只要你告诉我，我能帮你的，汉洲的事都在我掌握之中。枫子，打小我们就是捆绑在一起的兄弟啊！"

秦枫抬起头，也恳切地看着刘烈宏道："宏宝，别的不多讲了，管陶义的事你也不用放在心上，如果你知道苏洪宝在哪里，能告诉我吗？"

刘烈宏的心乱了一下，但他立即镇静下来，点点头说："行，我撒开网去找。"

秦枫心下惊喜："那我等你的好消息。"

刘烈宏却又绕回来，缓声道："你是不是在办其他案子？告诉我，我

181

一并给你打听。"

秦枫淡然地望着远方，没有回答。

刘烈宏意识到秦枫有着警察本能的保密心理，这样不痛不痒地恳求不会起什么作用。他决定顽症用猛药，切切实实地让他省悟过来，于是说："枫子，你进城后，我这样帮你，就是为了打虎亲兄弟，把彼此绑在一起，互相帮助，互不伤害。你这样什么事都不告诉我，是不是要做对不起我的事情啊？"

"哈哈，你是做了亏心事，怕我查对吧？"秦枫淡淡地瞥了刘烈宏一眼，"干脆点吧，告诉我犯了什么法？"

刘烈宏有些恼火，愤然道："你怎么这样对兄弟说话，难道我帮你还不够吗？"

秦枫笑笑，双手撑在一棵大树上，声音凛然地慢慢说道："你早就该明说，何必绕这么大的圈子。什么兄弟，什么帮我，说来说去，是不是干了违法的事，想让我包庇……"

刘烈宏愤怒了，"砰"的一掌拍在树干上。"好，算我一肚子驴肝肺，算我把你拉进了泥坑！我不跟你说话，行吗？我做了这么多是为什么？为谁？还不是你吗？好，你现在派人跟踪我，派人监视我家，我都没怪你，只想让你告诉我是什么案子，我才好帮助你，让你少走弯路，你反而倒打一耙，说我犯法。"

"犯没犯法，你自己心里清楚。"秦枫动了真情，目光沉沉地看着刘烈宏，摊牌道，"宏宝，我感谢你帮我做的一切。但不论帮我做了什么，你都别想从我这里打听什么案子的事，除非我主动告诉你。否则，只会加深我对你的怀疑。"

刘烈宏的脸登时白了。他没料到秦枫会说得如此直接。同时，他本来应该想到秦枫会这么做的，只是心存侥幸。心里不由得打了个寒战。

秦枫却又转变了态度，掏出香烟，递了一支给刘烈宏，主动帮着点燃，客气地说："宏宝，刚才我言重了，请你别见怪。我们回去吧，你说的话，为我做的事，我会记在心上。"

说罢，转身大步往山下走。刘烈宏怔怔地望着他，嘴角掠过一丝寒意，追了上去。

扫黑行动开展之后，秦枫的世界起了变化。他时刻关注着身边亲人和同事们的安全，每天都要花一定的时间，对住处、办公室和汽车进行例行安检。

送走刘烈宏，秦枫回到自己的汽车旁边，他先是绕着汽车走了一圈，看看车身是不是贴了纸条。然后，伏在尾厢下面，检查底盘和每一个轮胎。这样做有些脏，但方法奇妙而有效率。接着，他还要嗅一嗅每扇门把手。最后，才摁响遥控锁。

上了车，坐进驾驶室，气味和氛围是第一感觉，先要试一试脚刹、油门、手刹和皮革包着的驾驶盘。他歪着脑袋，像鸬鹚一样探头伸进座位下面，里面的异物是关键，还要别少了什么部件，那是要命的东西。

然后，点火启动，试一段路，停下来，加速往目的地驰去。

怪不得秦枫如此小心谨慎。抓捕一百多人，该在社会上结下多少梁子。可惜，主犯漏网，案子从此一直踏步不前，他带着一摊子人只能做些高级的临时案卷整理工作，多窝囊。

秋天到了，汉洲城被各种各样的商交会、演唱会、庆典会热闹着。娱乐至上的人们对歌星影星使用的唾沫比对黑社会的罪愆使用的唾沫多多了。公安局为了避免成为粮食局，让警察在各类会上频频出镜，俨然明星的保安。

在一片歌舞升平里，对黑恶势力头目苏洪宝的追捕搁置了起来。

令秦枫痛心的是，他在局里的工作环境不再跟以前一样。他成了特殊人物。同事们跟他来往都心存戒备——所有人都知道了弘沐寿对他的特殊关照，而弘沐寿的关照又来自于刘烈宏。刘烈宏在局里的人气大涨。

秦枫吃透了其中的原因，这种戒备倒没能叫他吃惊或失望。

他将自己搞得很忙。对苏洪宝案件所提出的要求向各分局大量涌去。秦枫每天都要接收大量传真文件及电子邮件。苏洪宝脱逃后扩散出去的外围消息之多令他感到惊讶。

在专案组隔壁的资料室里，从全国各地发来的带墨污的传真、一份份调查材料和其他关联文件泛滥成灾。

他在这里沙里淘金。点滴有价值的东西都做了标识，分级排列。他的迷惑越来越深，即使抓住苏洪宝，似乎对现存悬案积案的侦查作用不大。

叶天佑很少来办公室关心案件的进展了。他要参加种种会议，要出席社会活动，好些案件的研判会都不参加了。看不到人影的时间越来越多，即使偶尔在会议上见面，似乎越来越不跟秦枫打招呼，远远地便走开。

叶天佑对秦枫心生芥蒂，是有原因的。首先，恐怕是因为刘烈宏通过弘沐寿的关系提拔他；其次，因为他除恶未尽，苏洪宝久久不能归案。秦枫心里关于还有一个更大的犯罪团伙的怀疑，叶天佑也有，只是他没有直接说出来。

警察搞案子，领导只看结果，不问过程。这怀疑，那怀疑，毫无意义，找到证据，抓到嫌疑人是硬道理。秦枫感到自己在叶天佑面前说得太多，摆出的硬货太少。

一想起得不到叶天佑的支持，秦枫就一阵阵慌乱。

秦枫在公安多年，已经见多识广。他知道除非死伤多人的重大恶性案件，普通的黑恶势力团伙伤害、勒索、强卖强买不足以引起社会的关注，这就像癌症的病变，也是黑社会组织长期存在、发展、不断壮大的一个因素。但局面终将失控，却是发生在谁的辖区谁就倒霉。第一个倒霉的就是派出所和公安刑侦队，因为没有事先控制不安定因素。

秦枫想从有关苏洪宝的资料这堆沙里，淘出没有控制的不安定因素的金子。一旦失控出现，这些资料的作用就会呈现出来。

他时刻在向自己提出一个简单的问题，这个问题在名利扶梯上爬着的人也许会觉得陈腐：我能够严格按照自己的誓词去做吗？如果真的像自己直觉的那样，还存在一个庞大的黑恶势力团伙，我怎样才能摧毁它，保护人民？

这个团伙显然有强大的保护伞，而且非常善于隐蔽自己。秦枫相信，苏洪宝没有脱逃的能力，让他脱逃而且屡抓屡逃的是另一个人，或者说另一个组织。

秦枫从苏洪宝团伙成员数以百计的口供材料里查到了苏洪宝的数个落脚点。匪夷所思，在所有联系都被斩断之后，苏洪宝进进出出，逃遁得轻松自如。

晚上，秦枫基本不回家。每天东奔西跑，忙到很晚，便栽倒在值班床上，不想爬起来。疲劳、苦闷、无助，内心里非常沉重。他就像掉在枯井里的牛犊，有劲使不上。

值班室对秦枫来说太熟悉了，除了外间的小卫生间，就是一张床、一张书桌、一整面墙的文件柜。他曾深情地对叶天佑说，这里就是他的第二个家。可如今，他如同关在囚笼里，感受不到丝丝自由的空气。他真想冲出去，找一个无人旷野，任他腾跃。

二十多年公安工作，秦枫始终优秀出色。他肯动脑，善钻研，勤调查，大到杀人案，小到邻里纠纷，他一接手就能理出个八九不离十。他的忠贞智勇、忘我无私，为所有领导、同事，以及各界群众所公认。

在雁麓区，无论他在哪个派出所任职，跟他有关的锦旗、奖状就挂满荣誉室。虽然在派出所所长岗位上十五年，一直原地踏步，但他无怨无悔，心里反而为自己的所作所为感到自豪。现如今，职务升了，工作却卡壳了，仿佛一台性能良好的机器突然断电。

半辈子查案，再苦再累再难，总有柳暗花明的时候，现在倒好，几个月没有一丝进展。痛苦难以言表，浑身的筋都仿佛被抽掉，愤恨无处发泄。

不论刘烈宏有没有问题，问题有多大，心里阴暗不必说。生意人就是生意人，做什么事都要讨价还价。且不说，秦枫进城与升职，他有没有促成，即便做了些事，无来由地打听案情就说明他本身不清白，何况还有种种疑点。

对于乔德福、刘烈宏在苏洪宝案件中的疑点，本以为是自己无端猜测，毫无根据，没想到刘烈宏对自己深入侦查如惊弓之鸟，这下倒把对他的疑点坐实了。

刘烈宏向他检举乔德福，他本意只是调查乔德福，却没想到惊动了刘烈宏。如果刘烈宏深陷其中，他面临的局面将非常严峻。不得不承认，叶天佑对他心生芥蒂是有道理的。黑恶势力头子帮助打黑刑警升职，打黑刑警舍身相报，苏洪宝久久不能落网在情理之中。

在极度的疲累中，却又失眠，秦枫勉强起身，打开窗户，夜色沉沉，万籁俱寂，只有树叶在悄悄絮语，孤独之感油然而生。猛然，一股燥热的夜风窜进室内，与空调的冷气搅在一起，手臂的皮肤泛起微疹，浑身一颤，头脑竟然清醒过来。

还有一条应该紧抓不放的线可能放松了：不愿开口的受害人。他们知情却不报，一定受到了威胁、利诱，或者威胁与利诱共使。

是什么样的威胁，使得受到侵害的知情人不得不闭嘴？又是什么样的利益诱惑，让知情人放弃报警呢？

凌晨，秦枫起了身，拨打丁良萍的手机。虽然有点早，但他知道丁良萍卖早餐，起得比他更早，他想趁着早餐生意还没热起来，问她几句。

"我正赶往叔叔家去。"手机通了，丁良萍说，"他昨晚挨打了，我得去看看。"

"伤得重吗？我跟你一起去。"秦枫说。丁良萍叔叔丁铁军是张步常公司的保安部长，秦枫在档案室看到过他的举报信。他挨打对秦枫来说，或许是个机会。

两人几乎同时赶到丁铁军住的小区。丁铁军并不在家里，正靠在楼道墙上，样子十分可怕，脸上是一道道深深的皱纹。在这一刻，他完全是个两腿几乎支撑不住身体的老头。丁良萍目瞪口呆地凝视着他。

"叔叔，出了什么事？"她问道，"你昨晚去哪里了？伤得厉害吗？"

"我打电话给你，是希望你送我去医院。"丁铁军声音低沉地说，"别问那么多。"

秦枫架起丁铁军，让他趴在背上，问："出了什么事？"

"我……遭到了突然袭击。"

"突然袭击？怎么回事？"丁良萍看着叔叔在秦枫背上呻吟，两行眼泪扑簌簌地滴。

小区门口就有一家骨伤专科医院。秦枫几乎一路小跑进了急诊室。医生将手放在丁铁军的额头上——不发烧，拿起听诊器。丁铁军抢白道："腿，看腿。"医生将他的裤子解开，从大腿一路往下拉。秦枫看到丁铁军的大腿肌肤呈浅蓝色，胫骨处高高肿起，样子就像压伤的黄瓜——颜色很绿，变了形。

医生没有说话，轻轻地按胫骨。丁铁军牙齿咬得格格响。

"叔叔，出了什么事？您在哪里受了这么重的伤？是汽车压坏的，还是从楼梯跌下来的？"

"刚才跟你说了，是突然袭击！两个流氓将我扔到马路上，拳打脚踢，然后抢劫。"丁铁军说，"我反抗不了，只得在他们踢我时护着我的脸。"

秦枫觉得丁铁军在撒谎。但他似乎早已将一切都充分考虑到了，说得很圆满。

"突然袭击是什么时候？"秦枫问。

"昨天夜里。"

"那你怎么现在才打我电话？"丁良萍说道，"难道他们把您打晕了吗？真不该让您一个人住。您年纪也不小了，玥玥可真放心！"

医生在秦枫的协助下将丁铁军扶到 X 光室。刚才脚点了一下地，丁铁军躺在台上，眼里含着泪水，胫骨痛得很厉害。医生将 X 光机降到丁铁军腿部。

"后来呢？"秦枫接着问。

"没有后来了。他们将我洗劫一空就逃之夭夭。天很黑，我连他们的样子都没看清。他们都很年轻，一个穿着黑色文化衫，灰短裤；另一个，我想，穿的是花衬衣，牛仔裤。"

"线索还是有的。"秦枫说，"发生在哪个地方？"

"你是警察？算了，我不报警。"

丁良萍说："您疯了？抢劫，还伤得这么重，当然要报警。"

"不，警察找不到那两个家伙的，我何不省省事呢。"

"您真是变得越来越不可救药了。"丁良萍接过处方，准备去交钱，"这个警我报定了。"

"等一下。"医生喊住丁良萍,接着对丁铁军说,"看来,你还挺走运。只是严重撞伤,骨头没有碎裂。不过,如果不及时治疗,就会得骨膜炎,让你痛得受不了。另外,大腿内侧严重血肿,吃些消炎化瘀的药就行。你看是住院,还是回去躺着?"

"不用住院就最好了。"丁铁军说,"要躺多久?"

"半个月,至少一星期,一直到你的胫骨没有异样为止。"

医生俯身重新开了药方,丁良萍去交钱拿药。秦枫将丁铁军背出X光室,在检查室躺下来。丁良萍拿药进来时,救护车已在门口等着,他们直接回了丁良萍家。

秦枫决定亲自参与对丁铁军的询问。

问话前,他跟丁良萍交流了一下情况。丁良萍是他的线人,她接触过很多受害对象。秦枫清早找她,就是想跟她聊其他受害对象不讲真话的问题,没想到碰到了丁铁军的事。

"应该仍然是心理问题。"丁良萍说,"跟其他受害者一样,受到了刺激。"

"是什么让他受不了?"秦枫问。

"不清楚。"

秦枫知道她没有说假话。"那就请你配合我提问。"

警察跟心理医生一样,只有一个办法,就是让对方说……说……说。不过,心理医生是让对象自己解决内心压力,让他们通过语言和手势帮自己从精神压力中解脱出来。

警察不是心理医生。然而,不管怎样,秦枫得通过交谈帮丁铁军从内心压力中解脱出来,以促使他说真话,说出秦枫需要的事实。

"说吧,现在你安全了。"秦枫急切地对丁铁军说道,"出了什么事?"

"我不能……"

"叔，你都这样了，什么都不说，叫我们怎么帮助你呢？"丁良萍说，"难道是你自己做了亏心事，说不出口吗？"

"你怎么能这么说你叔呢。"

"那就是在外面给我找了新婶子，却有别的男人跟你争，你打不过人家。"

"我生命中只有你婶子跟玥玥两个女人。"

"玥玥怎么啦？"丁良萍问。

"我还是走吧。"丁铁军挣扎着，想站起来，"我原想在你这里住几天。我想错了，你们这样围着我，我没法休息。"

"别动！"丁良萍按住丁铁军，"留下！"

"不留。"

"留下！你这个样子我让你走了，婶婶地下有知，会怪我的。快告诉我，是不是谁对玥玥怎么啦？"

丁铁军终于啜嚅着说："……她处在危险中。"

"有男人在追求她，你不同意？"

丁铁军埋下头，轻轻地说："她是因为我而陷入危险的。"

"你怎么会给她带来危险呢？"

"这事我恰恰不能说。你将心比心，如果你的儿子会因你说出什么不该说的事而遭到报复，你会说吗？这理由充足吗？"

丁良萍犹豫了一下，说："那都是电视电影里的事。"

"我是说真的，不是让你看剧本。"

丁良萍看了一眼秦枫。秦枫带来的两个年轻警察一个字都没记。

"如果有人威胁到我的儿子，我宁肯舍弃自己的生命。"

丁铁军一直埋着头，没敢看三位警察。"是啊，如果有人说，要么闭嘴，要么我们毁了你女儿，你会怎么办？"

"我……我会对他们说，别去动我的孩子，我什么都不会说。可谁会这么歹毒，这么大胆伤害玥玥呢？这可是法制社会。"

"警察能做什么吗？"丁铁军偷偷望了秦枫一眼，"他们可是能说到做到，绝对不会放过我的女儿的。"

秦枫说："这是严重暴力犯罪行为，警察绝对不会袖手旁观的。"

丁铁军转过头去，看着窗外，说："我不会让人伤害我的女儿。"

"可是为什么要威胁呢？"丁良萍问，"你做了什么对不起他们的事吗？是什么事？是谁在威胁你呢？你不说谁能帮你？"

"正是为了玥玥，这我不能说。"丁铁军说，"那是一个危险的人物，一个具有人形的真正魔鬼，连警察都不能对他怎样。"

"他强迫你干你不愿干的事情，可是你必须去干，否则玥玥就会遭殃？"丁良萍问。

"可以这么说。"丁铁军深深吸了口气，好像完成了一项艰难的任务。"我不是英雄，英雄只活在传说里。你理解我的状况了吧？"

"理解，可又不理解。"

"为什么不理解。"

"我不知道是谁或是什么事强迫你，可是总得找一条出路，总会有一条出路，比如让秦支队长帮助你。"

秦枫插话道："我们会为你保守秘密，没有任何人知道你把事情告诉了我们。"

"哼……这我已经领教过了。我只能独自决断，闭嘴是最好的出路。"

"可我们人多，我们才有力量跟威胁你的人抗衡。"

"就是人多坏事……"丁铁军扭了扭身子，埋下头去，"烦死了。"

"不要闷在心里，你得说出来，或者只跟秦支队长一个人说。"丁良萍几乎朝他喊叫起来，"固执害人，害的就是你这样的人。"

丁铁军埋着头，把嘴捂在被子里，好像要把罪恶感埋掉似的，再没有抬起头来。

半小时后，汪涛和徐俊赶了过来，一起挤进秦枫的汽车，回刑侦支队去。他们一言不发，汪涛开始播放一张汪峰的歌曲专辑，可秦枫又让他关掉了。潜意识里，丁铁军的话深深地困扰着他，使他感到焦虑。

他翻出上海市公安局朋友的电话，发了个信息过去。丁良萍说了丁玥的基本情况，但她在上海那边的活动没有把握确认，又没有其他亲戚朋友跟她在一起，那就只有靠警察去摸底。只是，没有其他线索佐证丁玥是否有事，警察的工作也有缺陷性。

天气突然恶劣起来，原来模糊一片的浅灰天空，变成了浓重的铅灰，大约有暴雨要来。

"他们会犯错误的。"徐俊自信地说，"没有人会毫无瑕疵，我相信他们的狐狸尾巴会露出来的，苏洪宝就是他们最大的漏洞。"

"也许我的分析是错误的，根本没有第二个团伙呢？"

"即使没有你的分析，我也这么确认。苏洪宝本人没有什么靠山，他屈服的就是那个团伙背后强大的靠山。"

"不要低估了苏洪宝。"秦枫说，心里隐隐有些不快，"他不是一个在体育课上被人打服的男生，而是一个在汉洲娱乐至上风气里历练过十数年的流氓。如果说，到目前为止，他犯过错误，那就是他没有听夏猫的话，承受不住激素的刺激，结果差点被我们逮了个正着。我敢肯定，刘浩的出现，并不是他的主意。"

"我在你的话里似乎听出了对某个人的理解和钦佩。难道我们跟苏洪宝一样被这个人玩得团团转？"

"事实证明了这一点。只是我们不是他线上的铃铛，但我们正在触及这根线。"

"你怎么这么肯定？"汪涛插话道。

"我开始感觉到他是什么人，而且如何行动了。我想要做的就是让他开始感受到二十四小时的压力——觉得自己不能休息，不能停下来，甚至不能思考。我想在已有的压力上再加上他已成功玩弄我们的矛盾感。"

汪涛似乎没有听懂秦枫的话，说："我看他好像没什么压力。"

"那是你没有近距离地接触他。聪明的人如果不能顺应社会道德，往往会遭受精神分裂，这是历史上所有危险人物的宿命。通过暴力行为，向自己证明什么的必要性，证明他已经全身心地走上了成功的道路，无法回头。"

徐俊似有所悟地露出理解的微笑，道："这么说，我们都可以退出来了，只有你和他才是真正的较量者。"

"不负责任的家伙。这是我昨晚失眠想通的一个道理。在所有的较量中，你首先需要占领的堡垒，是敌人的意识。"

"这句话我好像在哪里看到过。"

"一个外国人说的。不过，我们历朝历代的兵法里都说到过这层意思。"

"你就是想到了这句话，才来找丁家叔侄的？"

"哦，我还没这么深刻呢。"秦枫马上又严肃起来，"丁铁军应纳入我们的重点关注对象。他是一个退役军人，曾经满怀正义感，给各级领导写信举报新猎鹰投资有限公司非法集资，董事长张步常参与赌博，欠下巨额高利贷，以及张步常被人追杀的事。后来不知什么原因，他又不再举报了。这次被打，绝对不像他说的那样简单。他显然被人威胁，筹码便是他女儿丁玥。丁玥在上海某大学毕业后，留在上海就业。"

徐俊问："我们是不是要去一趟上海？"

"先等上海同行的调查情况。我们不得不假定上海有人控制了丁玥，不管它是通过什么手段。或者，也可能另有旁人替汉洲团伙在做这件事。不管是哪一种情况，我们都得通过犯罪者的眼睛看待这件事。我们设身处地地想象一下。判断丁玥有哪些弱点，判断什么样的手段既不惊动警方，又让丁家父女乖乖听话。"

汪涛说："其他不肯报警、不肯提供情况的受害人情况应该类似。"

"不仅如此。我们不得不假定犯罪分子对他们的犯罪对象做过非常透彻的了解，一切都在他们控制之下。我还有一个念头就是，这些对象本身也有错。比如原来谈到的，高利贷、赌博，甚至参与过团伙的犯罪活动，或者受到案犯的栽赃陷害——他们一直坚持这样做。这种事情对他们来说，绝不是抽象的说说而已，相信我。从我的工作经验来看，把对方搅黑，再控制起来，是他们的惯用伎俩。"

"树怕剥皮，人怕伤心。"汪涛说，"如果控制超出了对象的承受范围呢？"

"对。但是，如果他们不能控制度的话，他们早就暴露了。他们的度把握得很好，这就是为什么伤害案频发，命案却不多的原因。"

汪涛好像悟到了什么，说："难怪一些口供里说，某某某有'冤情'之类。"

秦枫警觉地问："你想说什么？"

"口供里有人说过类似'他们的冤情'的话。他们为什么这么讲？一定有内情。"

徐俊说："我猜，他们所说的冤情与那些受控制、受伤害的人的怨恨有关。这正如秦支您所说，他们先是被抹黑，再是被伤害。"

秦枫说："冤情，怨恨，他们为什么用这些词？这些口供材料要再细致分析分析。"

"当时恐怕是忽略了。"

秦枫踩了刹车,汽车摇摇晃晃地停了下来。

汪涛关切地转向他,担心地说:"秦支,您得悠着点。您一直做得很好,我对您起到的推动作用确实感到敬畏,但是您得悠着点。您不能把整个案子都扛在自己的肩上,否则它会把您压垮的。再说了,如果您这样,会让我们误以为您把我们都当成笨蛋了,可是我们并不是这么差——有些事您完全可以只当二传手。"

秦枫下了车,好像站在那里透气。长长的地平线,天空呈现暴雨将至的铁灰色。他感觉自己浑身发软。筋疲力尽?睡眠不足?还有什么情况是他不知道的呢?

他默默地回头看着汪涛,说:"你是对的,我让这一切都搞昏了头。"

一声尖叫提醒,秦枫的手机响了。他掏出来,对着汪涛、徐俊说:"我想应该有情况了。"

"秦支,"上海同行说,"您要的情况我从几个渠道收集了一些。丁玥,毕业于上海音乐学院,在一所专科学校担任音乐老师。但她并不安于做老师,最开始在一家音乐茶座担任驻唱,几乎做到了台柱子,很受欢迎。半年前,她出来自己办了家音乐茶座。生意还不错,不过隔音效果似乎有些问题,小区居民老是去闹事。派出所警察去了解过,其实没反映的那么严重,茶座装修时特地换了加厚的铁板门,营业时间门窗紧闭,还是加厚天鹅绒窗帘。我已经给派出所打了电话,请他们重点关注两个闹事的人,看是不是他们对丁玥造成威胁。"

秦枫问:"交往方面有什么情况?"

"丁玥的交际圈子基本上是同学、同乡,茶座客人也是这两类。不过,听说她最近谈了个男朋友,还有结婚的意向。只是她男朋友的情况还不清楚。如果需要深入了解,我再派人去学校、茶座,然后监视一下那个男朋友,你看怎样?"

"能不能再从其他人那里了解她?查一查谁和她有纠纷等,最好先不惊动她。"

"喏,问题是她的交际圈子很小,在上海待的时间也不长。我们做了常规的网络搜索,找了几个我们能够找到的跟她有过交集的人谈过话,可是关于丁玥,没有人能够记起什么有意义的特征。除了她长得很漂亮,身材很好,性格稍显内向。"

"没有找房东老板谈过吗?"

"还没来得及。据派出所所长介绍,房东似乎对她不错,噪音闹事都是房东在调解。"

秦枫想了想,说:"麻烦你们了。不过,还要请你们继续调查。她是我们重点保护的知情人,也请你们保护她,一旦有情况立即告诉我,我们也可以派人过去。"

"放心吧,天下公安是一家。"

一刻钟后,秦枫回到市公安局,坐到了叶天佑的对面。

这次是叶天佑亲自召见。秦枫进去时,常务副局长肖含章刚好走出来。叶天佑招手让他在对面的凳子上坐下。秦枫发现叶天佑的脸色不太好。

"这几天还是忙展览会的事情吗?"叶天佑说,语气虽然和缓,却蕴含着莫名的威严。

秦枫心里一跳,默默地点点头。

"苏洪宝再没别的线索了?"

秦枫觉得叶天佑在玩什么手段,却又觉得不太可能。但他还是避开叶天佑的问题,将这几天的调查和思考简单地汇报了一遍。这样显得他还是在做事想事。

叶天佑眼里露出一丝暖意，终于开门见山地说："六年前，你是不是办过一起强制拆迁引起当事人伤害的案子？当事人叫田小平。"

"田小平？"秦枫皱眉。这几年雁麓区大发展，大改造，强制拆迁的事太多了，虽然上面三令五申不能出动警力，但需要派出所介入的原因太多，每一起拆迁他都介入过。

"当时，田小平因为拆迁补偿问题与开发商没谈拢，成了钉子户，但没想到遭人殴打，构成轻伤。这是法医鉴定的结果。事实上，他一条腿致残，失去劳动能力，是重伤。"

秦枫看着叶天佑的眼睛，回想六年前的事。他真的想不起田小平这个人来，更不知道他是不是一腿致残。再说，是否鉴定为轻伤那是法医的事，跟他这个派出所所长没关系。

"你不认识？"叶天佑继续追问道，"人家可说了是你亲自上门问的话，又是你亲自做工作让他接受轻伤的伤残赔偿，你还用警车将他从医院接回家。"

叶天佑的话有几分咄咄逼人。秦枫的心里有些不是滋味，答道："嗯……那时候这样的事情太多了，我还真想不起来。"

"小秦啊，那我再帮你回忆一下。"叶天佑说，"当时，开发商承诺那片村庄拆迁实施一点五倍补偿。但田小平在当地就是个混混，开发商找他时，他狮子大开口，说他们家的位置好，是风水宝地，得提高补偿。他家不到三十平方的破平房，想要一个门面外加两套三居室。人家肯定不干啊，就做他的工作，结果这人犯浑，还拿刀砍人。"

"哦……"秦枫终于想起来了，"有印象了，姓田的，当时准备拘留他，开发商讲了好话，所以又放了他，没想到几天后开发商的人又把他打伤。"

"想起来了就好。"叶天佑说，"说说后面的事。"

"后来姓田的怎么跟开发商谈，我也不知道。直到有人报案，我们出警赶去调查。原来开发商请人跟姓田的谈价，双方谈崩了，开发商方面的人动了手。"

"你确定是开发商方面的人先动的手？"

秦枫明白自己落坑了，但又不能不回答。他沉默了一会儿，选择宁折不弯。"是这样。"

"重伤，还是轻伤？"

"伤情是法医鉴定的，我也不记得了。"这话有些耍赖的味道。

"既然你知道是开发商方面的人动的手，为什么不对他们进行处理？"秦枫感觉叶天佑再次拿起了软刀子。

"这……涉及拆迁的事跟其他伤害案不一样，方方面面的关系都要考虑到。"

叶天佑皱眉看着他问："什么样的关系？"

"稳定呀，工程的正常施工呀。"秦枫直来直去，"上级领导会直接招呼，只要赔偿到位，当事人不再闹事，能内部了结的就给他们了结，所以当时就这么处理了。"

"重伤化轻伤，轻伤化无伤，就是你的处理办法？那警察的职责、法律的尊严到哪去了？"叶天佑的语气强硬起来，

"这……"秦枫知道自己进圈套了，但已经被架在刀锋上，只能硬着头皮踩。

"那我再问你，你和开发商之间有没有关系或经济往来？"叶天佑直奔主题。

"怎么会？"秦枫有些发懵了，"我根本不认识开发商。"

"你看看认不认识这个人？"叶天佑从一个破信封里拿出一沓照片，扔在桌上。

秦枫拿起来一看，顿时愣住了。上面是他跟一个西装革履的中年人交谈、吃饭、散步的情景，状极亲密。

"这个人认识吗？你怎么解释？"

"这……"秦枫有口难辩，"这个人自称开发商的代理人，约我了解情况。"

"你觉得这样的解释能说明你跟开发商没事吗？"叶天佑严肃地说，"你知道真正的开发商是谁吗？"

秦枫看着叶天佑。

叶天佑嘴里缓缓地吐出三个字："苏洪宝。"

"他？"秦枫有些明白了，直接地说，"这是阴谋。当时我根本没听说过这个人。"

叶天佑久久地看着他，没有出声。秦枫无法与局长对视，不是他心虚，是心冷、气馁。

好一会，叶天佑端起茶杯，站起身。"好，我知道了。"他说，"我不会随便相信别人对你说三道四，即使是当事人的实名举报信。"

"田小平？"

秦枫意识到自己该走了，站起来告辞。叶天佑并没有挽留，放下茶杯后，走出大板椅，跟秦枫握了手。

出门后，秦枫想叶天佑一定还有什么话没说出来，但他又不敢妄测领导的意图。说不敢妄测，心理活动却总是停不下来，郁闷像铁灰色的天一样压着。

"我知道了。"是知道秦枫否认跟苏洪宝认识，还是知道了他跟苏洪宝这个开发商确实产生过交集？是知道了秦枫在田小平伤害案中不作为，还是知道了他的不作为另有原因？抑或将六年前的案子跟今天的案子联系在了一起？

叶天佑亲自跟他谈，摆明了还是爱护他的，否则就直接交纪委。

想到这一点，秦枫暗自一阵激动。

那是在敲警钟？觉得他在抓捕苏洪宝中不够卖力？或者有人认为广东之行，苏洪宝脱逃，是秦枫有意而为？因为他早就跟苏洪宝有关系。

如果是这样，秦枫真是百口莫辩。苏洪宝广东脱逃，秦枫也觉得是有人事先透露了消息。但是，当时只有他和汪涛、徐俊在场，其他人并不知道情况。如果他要让苏洪宝脱逃，那是最方便的。

再加上这么一封莫名其妙的举报信，难怪叶天佑心生芥蒂。明枪易躲，暗箭难防。秦枫没想到背后伸出这样的暗箭，几乎一箭让他致命。

这样的暗箭防无可防，只能被动挨打，而且造成的伤害不仅在他，还在叶天佑的心里。叶天佑心里的伤，对秦枫才真正致命，能不能治愈，能愈合到什么程度，均无法预测。所以，现在暗箭对他并不重要，重要的是如何治愈叶天佑心里的伤。

如何治？他心里一点底都没有。他甚至觉得，抓不抓苏洪宝都无关紧要。抓住苏洪宝，只不过给人一个解释而已。同时，他又开始怀疑身边其他人，即使他努力做好自己，把案子办得尽善尽美，身边有人作梗，叶天佑的伤仍然难以痊愈。

转而又想，自己做了解释，叶天佑没有否认，那就是认可了他的解释。就算心里还有想法，仅此一事，并不能完全否定他。想想自己的前半生，并不是奔着仕途来的，否则，也不会在派出所所长位置上徘徊十五年。当警察，惩恶扬善，履行好自己的职责才是根本。

第九章

连环用计

徐俊在监视器里看见大众小波罗车转弯停下了。远处,港汇大厦正从右边迎了上来。

"她要去商场购物。"徐俊迅速将一台本地牌照的别克君威车拐进停车场,用了几秒钟便找到丁玥的小波罗车。他看见一个年轻女孩推了一辆手推车往大门走去。

徐俊用望远镜看着她。"是丁玥,跟照片上一样。"他把望远镜递给了秦枫。

"我给她拍张照片。"徐俊说。

跟丁玥的车隔一条空道有一个货运汽车停放的泊位。徐俊把车开了过去,抢在一辆挂着黄牌的奔驰商务车前面。那车的司机气冲冲地摁着喇叭。

现在,秦枫等人从后视镜上可以看见丁玥小波罗车的车头。

也许是喜欢豪华车的缘故,徐俊认真欣赏着那台无泊位可停的大商务车,黄牌上贴着些碎乱的彩纸,好像是从哪个喜庆场合出来。只是,以徐俊一个老警察的角度看,彩纸像有意而为之,遮挡号牌而已。

他把那奔驰商务车指给秦枫看。"九座商务车很罕见,提供线索的人就是这么说的。车窗膜很黑,里面的情景一点儿都见不到。见鬼,汪大,你能看到什么吗?"

汪涛手里也握着架望远镜,他将镜头调成近焦,仔细辨认,答道:"很模糊,但里面肯定没人晃动。能见到一排排座位,你怀疑……"

顿了一下,他接着说:"我们还跟踪丁玥吗?"汪涛不常向秦枫提问。

"盯紧这辆奔驰车。如果他们要干，一定会在小波罗车旁动手。"秦枫说。望远镜里早就看不到丁玥的身影。

这是上海。秦枫接到汉洲商会会长乔德福的信息，说苏洪宝到了上海，想拿到丁铁军放在丁玥身上的东西，重金雇请了几个人，正在打丁玥的主意。他们连夜赶了过来。

"有动静！"徐俊看见奔驰副驾下来一个壮汉，在几辆车之间轻快地走着。一身黑色西装，叼支烟，两眼不安分地四处瞟着。"注意，他往这边来了。"徐俊的猎人情绪占了上风，屏住气看秦枫有什么反应，嘴里嘘唏着。

奔驰商务车在倒车。

"涛子，伏下身，别让他看到后座有人。"秦枫说。

汪涛却一直盯着黑西装壮汉。他觉得那人有些像管陶义，建议试探试探。

黑西装果然走过来，在别克君威车右侧站住，却又改变主意，走到了驾驶座一边，一定是想看清车里有多少人。

徐俊索性放下窗户玻璃，用上海话跟他打招呼："嗨，侬有什么事？"

黑西装礼貌地点点头，转身欲走。

徐俊掏出香烟，接着说："朋友，凑个火。"黑西装看了他一眼，递过打火机。"哟，朋友，你抽芙蓉王呀，真是好烟呢。"

黑西装笑了笑，终于开口说："嗯，这烟醇，我喜欢。"他说的是普通话，却带着浓重的汉洲腔。

黑西装可能意识到不该开口说话，立即转身回到了商务车里。徐俊确认了汪涛的怀疑，回头跟秦枫交换了一个眼色。

这时，奔驰车的尾部正对着别克君威车，并慢慢往前移动，把车里人的视线全拦住了。

"咔嚓！"手推车倒下的声音。

徐俊放下车窗，立即判断出是奔驰商务车里的人动了手。他条件反射地拉开车门冲出去。前面有几个人懵懵懂懂地挤过来。他迅速把前面的人拨在一边，往商务车左侧望了望，看见一个人的双腿消失在商务车里。

他一拍身侧，手枪没带。他跑起来，在车流里躲闪着向商务车追去。

正响着倒车声往泊位里去的一辆货车司机见徐俊逆着车道跑，拼命地摁着喇叭。喇叭声淹没了徐俊的叫喊。

"停车！别动，我是警察！停车，否则我开枪了！"他辨识出被彩纸糊住的车牌。

秦枫见徐俊追了出去，立即跳进驾驶室，挂挡，加油。却听车身下面传来两声"扑哧"，右侧的两只轮胎破裂，车身歪向一边，没法追了。他深恨自己对黑西装的大意。

他立即下车，敲敲正在倒车的货车车窗，那车仍在摁着喇叭。"我是警察，我要征用你的车！"副驾上女人尖声说："关上窗，别理他们，是骗子。"

秦枫无奈地跑开。奔驰商务车已横跨停车场隔离带向出口冲去，徐俊仍气喘吁吁地追着，但已落下好一段距离。

他掏出手机，往上海市公安局指挥中心打电话。秦枫临来时便联系了上海刑警负责人陈国军，陈国军安排了人配合，只是没有在一起。他报上自己的身份和警号后，对方热情地接了警，记下事由和地址，保证迅速处警，并向陈国军汇报。

不到三分钟，配合跟踪的上海刑警赶到了停车场，汪涛留在那里等待。

奔驰商务车冲过一个路口，便从视线里消失了，追出去的徐俊和秦枫很快碰了面。秦枫继续给陈国军打电话,报告情况。陈国军回答已启动应急预案,实施全城搜捕。

秦枫知道陈国军的措施不能算错,但聊胜于无。这种情况他在汉洲也处置过,但成功的概率很小。绑架犯面对面地将保护对象绑走,并脱逃,真让他受不了。他有些恨自己,就像苏洪宝在深圳溜掉时一样。

"你是警察,秦枫。只要在你的手能够伸到的地方,就不能容许这种事发生。"

他想起深圳回来后说的誓言。一切只能靠自己。

秦枫跟徐俊回到停车场,换了车胎,配合做了笔录,然后离开。他又跟留在上海投资的乔德福联系上。乔德福急于洗刷自己的嫌疑,沉思半响,说:"既然是汉洲来的管陶义动的手,不会有很多藏匿的地方。你别急,我来想办法。"

三人回到住处,陈国军传来消息,搜捕没有结果,奔驰商务车查到了,是盗抢车,绑匪离开停车场不到五千米,便将它遗弃在一条小巷。但那条小巷没有监控,是什么车接应的?正在调取远程视频进行分析,恐怕需要点时间。

秦枫不敢懈怠,跟汉洲联系开具了拘捕证,并请陈国军出具了介绍信,以便请求辖区公安机关配合。陈国军要求派人随他们一起行动,秦枫婉拒了,表示有情况一定汇报。

他又在手提电脑边坐了几分钟,从地图查询网址打印出几张乔德福提供的管陶义可能出没的区域细致地图。他盯着汉洲人经营的几家农庄和加工工厂一会儿,用手指画出了它的大概范围。

秦枫让陈国军安排人将别克君威车开走,换了一台大排量的大众途锐。

这次由汪涛驾车,上了环城高速后,一路往北,在京沪高速互通口下了高速,便进入生态农庄发展区的前沿。秦枫摊开地图看了看,决定往左往西,驶上一条沿街道路。该路跟高速公路平行,左边便是黑沉沉的森林公园,被一道沟和连绵不断的栅栏隔开。地图表明,往前再走两千米就有一条碎石防火路跟这条路交叉,在那儿有一块曼林有机蔬菜种植基地。乔德福说,管陶义姑父是基地管理人,往南有一座别墅庄园,管陶义可能藏匿在那里。

按照地图,防火路穿过森林公园后就直通曼林基地。秦枫用里程器计算着距离,以最低的速度在树木间呜呜地行进。途锐车的声音似乎比平时嘈杂。

庄园在途锐车的远光灯里出现了,孤寂地立着,像一座教堂。很快看到了黝黑的镔铁大门,很结实,顶上是带刺的铁戟。门口没有挂牌子,门前和沟渠的路面杂草丛生。

秦枫在车灯光里看出,别墅跟大门相距好几百米,空地里栽种着高大的风景树。

大路边的野草最近被碾压过。路面被沙和砾石冲毁,形成了一道拦门沙,泥土上有轮胎的辗印。那是否就是在小巷接应管陶义一伙的汽车辙印呢?他当然无法确定,但可以留待刑警勘查验证。

大门被一把铬钢锁和铁链锁得牢牢实实,门首没有设门岗。秦枫两头看了看路,没有人来。他决定在这里倒转车头,万一必要时开车离开比较容易。

他掏出预备的搜查证,跟警官证叠在一起。

就从这里进去吧。汪涛检查了门柱,看有没有报警系统。没有,他用牙咬住小手电,拿出工具,不到十秒钟就打开了锁,进了树林。秦枫和徐俊进去后,汪涛又返身回来,关了门,把锁挂在外面,再把链子挂在锁上,从远处看去很正常。他把铁链松开的一头留在里面。

树林很密,中间的小路像条隧道。头顶的夜空有时可以看到,有时却因树木太密见不到。他们关闭了手电,只凭月色前进,力求不出声音。枯萎的野草擦着皮鞋,沙沙作响,林中有乌鸦的叫声。

走到敞开的夜空下,别墅的灯光照亮了砾石路,前坪里停着三辆车,一台五菱宏光,两台轿车。他们放慢脚步,秦枫打了个手势,三人呈搜索队形迅速靠近屋檐。站住了,他们能够听见各自的呼吸。

又有乌鸦叫起来,微风吹得树叶呜呜地响,一声尖叫划破夜空,那么恐怖,那么绝望。叫声时起时落,然后是哭泣。声音破碎得厉害,说是谁的声音都有些像。

第一声惨叫叫得秦枫毛骨悚然,第二声让他奔跑起来。情势凶险,他遵守对陈国军许下的诺言,立即给陈国军发送了一条位置共享的微信,然后匆匆探进黑暗,手电夹进腰带,拔出手枪,缓缓地拉栓。

恐怖的抽泣和乞求声传来,惨叫声越来越大,就在秦枫前面的围墙里面。他听见了脚步声。骚动变成了奔跑,脚步声比马蹄声要轻,节奏却更快。他听见了哼哼的声音,明白了是什么东西。

哀号声更加清晰,显然是一个女孩,但是被扭曲了,期间短短地吱了一声,于是秦枫明白了他听见的不是录音。三人叠成人梯,从两米多高的围墙越过去,五十米外是一座仓库,巨大的库门大开着,前面有一道栏杆,开着一道闸栏式的电动门。门口站着一个健壮的男人,戴着帽子,手里牵着两根绳子,绳子另一头是两只跑来跑去、面目狰狞的狼狗。

十米处还有一个男人,手里的两只狗像哨兵似的立着,虎视眈眈地等候着,巨大的獠牙掀起了嘴唇,似乎永远在龇着,然后便冲向前来,站住,拥挤着,哼哼着,嗒嗒地磕着牙齿。

秦枫曾在西北雪地里见过饥饿的狼群,但是没见过如此凶恶更胜群狼的狗。这狗有一种恐怖的美,优雅而饥渴。它们齐刷刷地望着仓库中央坐着的女孩,推搡着,向前冲,然后在主人绳下退却,一张张伸长着舌头的嘴总是对着女孩。

女孩身旁还蹲着一个男人，正轻言细语，满面笑意地说话。

男人回过头，面貌进入视线，秦枫立即认出了他就是停车场现身的管陶义。管陶义冲黑暗的角落打了个手势，立即走出另一个男人，那男人抬了抬满是黑毛的手臂。秦枫认出了站在暗处的苏洪宝。苏洪宝十分机警，秦枫等人一闪身，他便发现，立即惊呼一声："有警察！放狗。"拔腿便往仓库里跑。

四只狗腾空而起。

手枪砰砰砰连续在仓库里震响。秦枫的声音叫了起来："警察！别跑，举起手来！"

管陶义就地一滚，竟然掏出一支枪来负隅顽抗。

"放下枪，举起手来！"汪涛眼明手快，用枪对准了管陶义。

具有强烈攻击性的狼狗听不懂人语，依然汪汪狂叫，挣脱牵绳，调转头，竟自朝秦枫和汪涛猛扑过来。

砰砰两枪，两只狼狗扑倒在地。另外两只犹疑一瞬，仍要狂扑。

管陶义放了一枪，没有打中汪涛。在狼狗的配合下，就势在地上一滚，往仓库里面逃窜。牵着狼狗的两个男人不知死活，松开牵绳后，竟然都掏出枪来。徐俊对准他们的胸口连开两枪，是闪电式的连击。

好险，两人的枪都开了火，却是射中电动门。两人倒退半步，跪了下去，低头看着自己。胸口已被子弹洞穿，鲜血汩汩地喷涌出来。

接着，两人往地上一倒，躺下不动了。

仓库纵深处一片黑暗，苏洪宝和管陶义已不见人影。

"警戒。我来救人。"秦枫发出指令。汪涛和徐俊立即各自呈跪姿举枪对着里外两个方向。秦枫跑向女孩："你没事吧？"

女孩抬头看着秦枫。她已被枪声吓蒙了，秦枫掏出匕首为她割开绳索，女孩抖抖索索地倒进了秦枫的怀里。

秦枫抱着她站起来。"你能走路吗？你的脚还管用吗？"

女孩跺了跺脚，说："还好。"

"你叫什么名字？"

"丁玥。"

确认被绑架的女孩，秦枫决定马上撤离。人生地不熟，而且自己在明处，案犯在暗处，冷枪防不胜防。

十分钟后，庄园大门口响起划破空气的警笛声。陈国军带着七八辆车，四五十名刑警飞速赶了过来。秦枫让徐俊带着丁玥先回城安顿治疗，他和汪涛加入陈国军的搜捕队伍，对庄园内部实施地毯式搜索。

正是非耕种季节，农庄所有工人都放假回去了，管陶义的姑父出了国，只留下管陶义一人守园。警犬追踪发现，管陶义和苏洪宝慌乱之中，根本没有在庄园停留，驾驶一辆农用三轮车往西逃跑了。在往西十千米的国道边发现了他们遗弃的三轮车。

拂晓的时候，整个庄园都被翻了个底朝天，提取指纹，搜寻任何能够有助于找到苏洪宝、管陶义行踪的线索。刑警们将负隅顽抗者的尸体运走，枪支、刀具和相关证据打包运到鉴证中心。

秦枫揉了揉后颈，已是中午一点，他在医院跟丁玥磨了一上午嘴皮子。来上海三天，他总共只睡了四小时，体重骤降，他真真切切地感受到了压力。

"怎么样，答应了吗？"汪涛看他来到走廊，问。

秦枫睁着昏花的双眼，点点头，说："打起精神，张淼要来了。"

汪涛说："他从哪里过来？怎么不让我们去接他？"

"抱歉，我不明白小张为什么如此不信任警方。我查询了他在上海的所有活动，除了登记户口，他几乎没有跟公安打过交道。"陈国军小心翼翼地陪在旁边。

秦枫拍拍陈国军的肩膀，表示理解。他知道张森对公安的防备心理来自汉洲，来自他的父母张步常、罗丽霞。张罗两人遭遇殴打、绑架恐吓，一直不肯跟警方配合，甚至没有说他们有个儿子在上海生活。秦枫也想不通这是为什么。

"没关系，我已做通丁玥的工作。她说苏洪宝昨晚用狼狗恐吓她，是想从她手里索要什么证据，她知道那证据在张森手里，但她死都没说。刚才，丁玥打通了张森的电话，张森已决定到医院来看她。"

"我这就安排警力，封锁医院附近的路口，并增派便衣过来，绝对保证医院内部的安全。"

"麻烦你了。"

"这是什么话。"陈国军诚恳地说，"我希望用绝对的安全赢得他的信任，给你帮上一点忙。"

秦枫非常感动。虽说天下公安是一家，但千里办案，不惜人力物力，配合如此周全实属难能可贵。他们在护士办公室吃过饭，特警就过来了。特警着便衣，有运动衫、西装、夹克，但衣领上都别着星扣耳麦，佩警用手枪。他们两人一组混在就医人群里，看似无序，却各有各的位置。急诊室走廊里专门安排了两组特警，各守一头。

人员到位，陈国军回了局里。徐俊熟悉痕检技术，跟他去局里参与曼林农庄搜查证物的验证工作。汪涛正要把盒饭包装纸扔进垃圾箱，旁边一个女人喊出他的名字。

"是我，"一个女人从人群里挤过来说，"胡杨。"

"胡杨！"汪涛说着，跟女人握了握手，"你在这儿干什么？"

"我母亲在这里住院，"她说，"我跟妹妹一起在这里照顾。"她指着不远处正看着他们的一个女孩说。

"病情严重吗？"汪涛问。

"有所缓解了。"胡杨说，"来，介绍我妹给你认识，胡娟，是这里的医生。"

秦枫看了一眼走向缴费大厅的汪涛，没有吭声。这时，丁玥的手机响了。她把它从枕头下掏出来，"喂？"她说。

没人应答。她看了看手机屏幕，上面显示出一串数字，没有来电姓名。

她把手机放回耳边，说："张森？"

过了好长一会儿，她听到了："喂，丁玥。"

不，不是张森，是苏洪宝。

这个号码丁玥本不愿用，是秦枫坚持，她才开通着，没想到苏洪宝真敢跟她联系。

苏洪宝说："昨天晚上，我不得不那样，实出无奈，但我绝不会伤害你，你明白。"

"我什么都不明白。"她说。

"所以我才要打这个电话给你。"他说，"我想告诉你，你爸举报我是错误的，是他不明真相，我想告诉你汉洲发生的一切。"

很长一段时间的沉默。"说吧。"她说。

"不要在电话里。"他说，"我们当面说吧，绝不会再有昨晚的事情，心平气和地。"

"你让我怎么相信你。"她说。秦枫开通了监控。他在手机里也可以清晰地听到对话。他向丁玥打了个手势，示意她同意见面。

"如果我想伤害你的话，早在绑着你的时候，就动手了。"

"难道你还没有吗？"

"所以我们需要谈一谈嘛。"

"如果你敢再出现的话，你一定会被逮住的。"

"真是这样的话，我早就被逮住了。"

丁玥感到一阵寒意。秦枫用手势鼓励她。

她问："你在哪里？"

"近到可以看见你穿着病号服。"

她走到走廊里，往缴费大厅看。

"不是那个方向，丁玥，在这边。"

她又转回身，用眼睛飞快地搜寻着。透过玻璃门，看到急诊室和挂号大厅里拥着一群一群的人。他果真在那儿吗？她转过身，用目光示意秦枫。两个特警往那边走去。

苏洪宝说："到挂号大厅来，我会把一切都解释给你听的，周围有这么多人，你会很安全，我也不会惧怕那些跟着你的警察。"

她能看到挂号大厅，但看不到他。

"向右边看。"他说。

她踮起脚尖，轻轻地往玻璃门走，看到另一组特警，便用手指了指手机。秦枫点点头，示意那组特警在大厅里搜索。丁玥朝大厅走了几步，手机还放在耳边。她伸长了脖子，集中注意力搜寻着苏洪宝的位置——她的注意力太集中了，她都没有注意到两个拿着吊瓶的孩子差点撞到她的身上。一个体态臃肿、身穿黄白相间的工作服的中年妇女，猛地刹住手中推着的垃圾车，差点撞倒了她。

"我看不到你。"丁玥说。她听到他的手机摩擦着织物的窸窸窣窣的声音，好像他要从口袋里把它掏出来，或是已经把它放了进去。

"你说什么？"他问。

"我说我看不到你。"她说。

她听到他在大声地喘着气。"进大厅往右边看，排着长队的末尾。"

不要出了医院大门。她朝大厅右边看去。秦枫和两组特警正向她这边移动。

苏洪宝说："来吧，丁玥，我的处境要比你危险得多。我身边可没有警察保护。"

这话有些讽刺意味，恐怕也暗指他在特警看不到的地方。丁玥对特警们竖起手指，示意他们等一会儿，然后推开通往挂号大厅的玻璃门，来到大厅里。她停了下来，瞥了一眼右边的排队人群，手机还在耳边，"我没有——"

"你正盯着我看呢？"他说。

她在盯着他吗？"摆摆你的手。"特警们从门里冲出，来到她身旁。她用手捂着手机，用口形告诉他们：他正在和我通话！然后朝右边两列排得长龙似的人群点点头，就在那儿！

苏洪宝又气喘吁吁地说："看到队伍中间那个穿黄白相间工作服的妇女吗？她正好站在我们的视线上，嘘，安静点。"

两个特警将丁玥夹在中间，两眼机警地扫视着整个区域。她看到了那个穿黄白相间工作服的妇女，但没有看到苏洪宝。他在对谁说"嘘"，是在叫谁安静呢？她想走到右边去，想看得更清楚些，但特警不让她过去。

苏洪宝说："人群是我的安全保证……同样……也是你的。"他听起来好像喘不过气来了。他要往哪里去？他在爬什么？

秦枫也听出了异样。他听到手机上又传来更加吵闹的排队声，接着是导医女孩的柔声介绍和电视播报天气预报，然后是广告。

广告——电视机的声音。丁玥和秦枫的脸色同时变了。挂号大厅没有电视机，电视机在缴费大厅侧面的自助取片、自助取报告单的大厅里。

在医院南门通往急诊室的路上……

"哦，不好！"

丁玥转身冲进急诊室走廊，秦枫走得更快，特警开始莫名其妙地跟着她。看到秦枫已自顾自地越过两道玻璃门，便兀自追过去。"快去找张森！"她对着特警的背影说，"张森才是他真正的目标。"

秦枫看到了张森，特警们也看到了张森。他跟丁玥提供的照片上的人太像了。张森走进自助取片大厅时，被一个莽莽撞撞往外冲的汉子撞倒在地，有个男人俯身拉他，他抱着自助机的铁支架不放手，直到秦枫他们一群人跑过来，那人才迅速走开。

又一个穿着黄白相间工作服的粗壮臃肿妇女推着手推车走过来。经过卫生间门口时，她踔了一下，手推车碰到丁玥腿上。她不由自主往女厕所侧身。妇女身材暴涨，瞬间将丁玥连同垃圾车一并拖进了女厕……

秦枫拉起张森，两名特警呈警戒姿势环绕两旁，两名特警往四周搜索，查找可疑对象。

张森往急诊室走廊跑去。"丁玥？"秦枫随他一起走进病房。

丁玥不在里面。

"丁玥去了哪里？"张森问秦枫。秦枫茫然地四周张望。

秦枫迅速冲出门，跟特警招呼一声，在急诊室的每间病房走了一圈。秦枫开始拨打她的手机，特警拔出手枪进女厕查找。

"丁玥！"秦枫尽自己最大的声音喊道，"你在哪儿？"突然他想起来了：苏洪宝讲到一个穿黄白相间工作服的妇女。那妇女刚才似乎跟丁玥走在一起。"她"是他？

秦枫站在那儿，浑身疼痛。头脑一定要清醒，绑架丁玥的人不可能走远。

几个特警聚在一起，低声交谈了几句，便四散分开，快速地移动着。

秦枫跑进缴费大厅，急匆匆的患者家属烦躁地排着队，苦着脸，没一个有好心情。一个穿黄白相间工作服的妇女吸引了他的目光，只是这妇女出奇的瘦。

"对不起！"秦枫说，"我在找一个女孩，还有跟他在一起的另一个垃圾工。"

"你说什么？"瘦垃圾工说，"这一层楼就我一个垃圾工。"

秦枫有方寸大乱的感觉，他半跑半走地到了缴费大厅与自助大厅的玻璃门边。他的手机响了，来电的竟是丁玥。"喂，你在哪里？"

"我在你找不到的地方。"一个男声说。是刚才跟丁玥通话的苏洪宝。

"你把她怎么了？"他大声喊。

苏洪宝说："这不用你管。我要你用张森来换丁玥，我相信张森是愿意交换的。"

"做梦吧。"秦枫哪里碰到过如此挫折，比上次在跟踪途中丁玥被绑走，让他更感觉受了奇耻大辱。他要崩溃了，靠在玻璃门上喘不过气来。

丁玥的住处就像音像发烧友聚集地。他们挤在狭窄的客厅里，等待着苏洪宝的下一步行动，他们一遍遍地搜查着这个房间，但看到的只是丁玥的照片、播放器、唱片，以及不同场合需要的化妆品。

秦枫向叶天佑报告了上海发生的一切，打完电话再回到房间时，那模样看起来像打了一场 NBA 球赛。叶天佑问他要不要增派警力过来，他拒绝了。他有些不能冷静，却一脸冷峻，无声地在房间里踱来踱去。

特警敲门进来，背后跟着一个男人，四十岁上下，但却引人注目地有着五十多岁人的发型和稳重。他首先撕开一盒香烟包装，转圈儿发烟。

"辖区分局副局长钱鲁长。"他说。他看起来强悍而老练，秦枫主动跟他握了握手。屋里的人都接了他的烟，瞬间室内烟雾弥漫开来。

"有关丁玥的事，市局协查办已大致告诉了我。你们觉得该怎么办呢？"钱鲁长说。

张森抢着答道："丁玥只是他的诱饵，我才是他真正的目标。"丁玥被抓后，张森的态度比以前好多了，跟警方的配合积极主动。

"为什么？"

"因为他认为我手里有他需要的东西。"

钱鲁长望着秦枫。秦枫点点头，把医院现场的情况介绍了一遍。每说一次，他的心就像被刀割去一块一样。

"这么说，他首先是想抓你的。"他对张森说，"只是因为你强烈反抗，秦支队长和特警又来得快，他们才溜走。但正因如此，另一伙人才对丁玥下手。这么说，他们至少有四个人。可惜我们的搜查一无所获。你认为是那个为主的人对你下的手吗？"

张森摇摇头。

秦枫从包里拿出模拟画像，递给钱鲁长。

"这是冬天，任何人都捂得严严实实的，黑毛和文身只对核查抓住的人有用。"钱鲁长一眼便抓住了特点，"如果丁玥是诱饵，那他一定还会设置陷阱。我们在力所能及的范围内做些准备吧。如果他打电话来，"他对张森说，"我希望你能拖多久拖多久。"

"好，秦支教过我了。"张森说，"但他有时直接给秦支打电话。"

钱鲁长望着秦枫，说："他一定有很强的反侦察能力，打给谁的电话都不会啰唆，让我们难以确定位置。"

秦枫点点头。钱鲁长继续说："如果他想跟你见面，如果让你选择的话，就找一个我们可以布控的地点，要让我们能够藏身，而且还要尽量推迟见面时间，以便我们的人就位。当然，地点的事我下一步再教你。"

"我尽量。"张森说，"如果抓不到他，我想把丁玥换回来。"

"什么意思？"

"她是因我被抓的，我要对她的绑架负责。"

"哦，"钱鲁长低声说，"这事可以商量。"他将手里的烟摁灭，又点燃一根。"那好，从现在开始，没有特警陪同，任何方向你都不得走出三步远，知道吗？"

张森没有表示。

钱鲁长说："如果你不听劝告，他最终不仅会抓住你，而且不会放回丁玥，只会让我们束手无策。"

秦枫拍拍张森的手，用眼神表示了对钱鲁长的肯定。

张森说："只要他打电话来，不管什么条件，我都答应他。但我会尽量拖着他，主动约定见面地点。如果你们能在我到达之前埋伏，我就去见他，如果不能，我就放弃。"

"我们只能这么做。"钱鲁长说，"就我对他所作所为的分析，他应该早就想到了这一点，并计划好了应对的策略。"

秦枫说："确实有些冒险。但只要他约见张森，那对他也是一个冒险。我们需要的是捕捉时机，等着吧。"

"等着？我们还要等待多久？"张森说。他的眼睛红肿，黑眼圈很明显，头发乱蓬蓬的，丁玥被绑架后，他没有睡过。

"不会太久的。我们已经知道了绑架者是谁，而且知道了他的目的。"钱鲁长说，"我的意思是我们采用既定的方案，开始行动，看能不能抓住他。"

"这样能行吗？"

"我们几十年都是这样破案抓人的，没问题。"

"在她被人从警察的眼皮子底下抓走之前，就应该由你来指挥。"

听见这话，秦枫的脸色变得煞白。

钱鲁长同情地看了秦枫一眼,接着对张森说:"你是丁玥最好的朋友,"他说,"你的心情可以理解,但你毕竟年轻,还不了解我们的工作。"

张森问:"那你需要我做些什么?"

"我需要一些引诱他的资料。"钱鲁长说,"我希望能拿到你父亲放在你手里的材料复印件。"他重复道,"只是复印件。不论是关于苏洪宝,还是其他人的。我们估计苏洪宝到上海来找你,不仅是为他自己,更是为了别的人,一个可以要挟他的人。"

这话秦枫跟陈国军说过。没想到钱鲁长现学现卖,卖得如此熟溜。

他接着说:"我还需要你个人的一些资料。"他撕下一张纸,在上面列出审讯单上的问题,"你的成长经历、学历、就业、交往情况,以及家庭情况,还有你父母的资料。"

张森读着纸上的问题。"恐怕我还不明白你的意思。"

"事后你会明白的。"钱鲁长说,"我现在就需要这些资料。"

"我尽量写给你。"张森说。

钱鲁长紧紧地握着他的手。

小屋里的气氛融洽起来。张森答完钱鲁长的问题,又跟秦枫等人一起详细学习了绑架案侦查解救教程。他回了趟自己的住处,拿来一只小公文包,里面装着他父亲张步常交给他保管的证据。

秦枫惊喜地打开包。他们千方百计想要获取的东西终于到手了。里面东西不少,主要是合同、票证、凭证,还有一些见面、签字的照片。秦枫仔细翻阅着,心里却越来越冷,有价值的东西不多,而且都只跟苏洪宝有关。他心里的怀疑难道真是凭空想象的?不可能!

"你父亲只给了你这些东西?"秦枫问。

张森迟疑了一下,说:"嗯。"

"你在路上给父亲打过电话?"

张森回头看了一眼钱鲁长，目光落在监听仪器上，吞吞吐吐地说："是……是我父亲打过来的，他问我还好吗？我不想让他担心。"

秦枫明白了，父子俩已经串通好，只向警方提供这些东西。也就是说，张森还藏匿着更重要的物证。但秦枫不能破坏双方和谐的关系，只能等救回丁玥再说。

他将包里全部物证都复印并拍照留底，以备日后之用。然后，塞进从汉洲带来的一些票证和借款凭证。这是他为抓捕失败所做的准备——如果苏洪宝漏网，只要他看到这些票证，秦枫相信他一定会回汉洲的。

钱鲁长将情况反馈回指挥部，那边的侦查工作在努力进行，但没有任何有价值的消息。

上午十点，张森的手机响了。"喂？"

仍是丁玥的手机号码，却是苏洪宝的声音。他对张森说："下午两点钟，我希望在虹桥交叉口见到你。"

"畜生，你把她怎么了？"

"她很好。"

"我不相信。"

手机里传来"嗞嗞"的声音，然后传出丁玥的话："张森？"

"玥玥！你还好吗？"

"没事。你不要来。"

"你在哪里？"

"我不知道。"

"玥玥，听我说，看看周围，告诉我你看到了什么。"张森想起教程里的话。

"我……"通话被打断了。

苏洪宝接过手机，说："一小时后，如果你和警察一起出现，一切后

219

果将由丁玥承担。"

"畜生，有种冲我来。"张森听见丁玥在哭。秦枫示意他继续拖着苏洪宝，监控仪还需要一点通话时间才能追踪到位置。

"记着开着你的手机……"

"我手里有你需要的东西。"

"你一并带过来吧，免得我再费力气。"

"你总得给我什么保证。"

"你要什么保证？"

秦枫仍在示意他拖住苏洪宝，说下去，或者沉默也行。张森说："比如保证我们两个人的安全，否则……"

"人对我没用，我只要东西。"苏洪宝说，"但东西没到手，我就要你俩的命。"

"我怎么……"话没说完，断线了。

钱鲁长电话汇报张森跟绑匪的对话情况。指挥部反馈，苏洪宝和管陶义的照片已发往各派出所和警务站，贴满了大街小巷。此外，110接到很多报警电话，分析确认了四条有价值的信息：一是五一街小影院报告，管陶义昨晚在包厢里看了通宵电影；二是解放路口超市说有个疑似苏洪宝的人买了大袋副食；三是有人看到管陶义在解放路拦出租车，方向是往西；四是有人看到了苏洪宝带着一个年轻女孩，看起来像是愤怒的父亲教训不听话的女儿，一起进了北正巷里。四条信息反映的路段都在虹桥附近。

秦枫要求带张森到虹桥一带转悠，侦察一下报警说到的几个地点。昨晚之后，秦枫被剥夺了自主行动的权力，一切听从上海警方的指挥。陈国军同意了他的建议。

张森开着丁玥的小波罗车，秦枫坐在后座。车里还坐着一名临时调来的女警。陈国军担心苏洪宝认出秦枫，街面的调查、问话都让便衣女警执行。

他们十一点半到了五一街。女警下了车，穿过淅沥的冻雨走向电影院。天气很冷，但电影院门口很热闹，人潮如涌。秦枫陪冷珊看过电影，但每次都感觉索然无味，如果不是冷珊很兴奋，他会全场睡过去。

女警推开电影院的门，四处张望着，看了看坐在验票口凳子上的人，简单地问了几句，又朝车边走了回来。

"我知道他可以看到我，我能感觉到。"秦枫在心里默念。他知道这种感觉很奇怪，但他在医院里就感觉到苏洪宝了，而且他的感觉没错，只是他急切地赶过去保护张森，给了苏洪宝可乘之机，从背后绑走了丁玥。

"有没有什么发现？"秦枫问女警。

"没有。"女警说，"换个地方吧。"

"我们再等几分钟。"秦枫努力观察着四周，却不得不尽量让自己隐身。

门口的人陆陆续续购票进场了，还是不见苏洪宝的身影。没有惊喜。电影院小厅空空荡荡，街巷寒风凛冽，行人匆匆。秦枫知道该离开了。

北正巷口有警察监视。徐俊和一名当地特警坐在巷子里的一家洗衣店柜台后面，全副武装地等待着。一名特警扮成环卫工人，在路边清理垃圾桶里的垃圾。另有两名特警埋伏在超市前面停车场的一辆汽车中。

苏洪宝一直没有露面。徐俊一直在跟那个洗衣店站柜台的年轻女孩聊天，她能够装作若无其事的样子，表现得那么勇敢，让徐俊十分欣慰。

快一点半了，苏洪宝还没有出现。但监视就是这样，必须要有耐心，必须等待。

小波罗车在北正巷转了个圈，便往虹桥方向驶去。秦枫忽然觉得自

221

己好蠢，竟然想到他会在这里出现。那些莫名其妙的报警，或许就是苏洪宝策划的好戏。反光镜里映出五一街口游荡的一些人，他们是某品牌电器的宣传人群，正三三两两地进入转角商场。

只有一个顶着冰箱模具的人转过了身。

秦枫正要看向远处的虹桥，忽然与"冰箱"里的眼睛对上了。模具罩住整个身子，身材和脸形都看不见，但有一点看得清楚，凶悍而狡黠的眼神。

"等一下！"他说着，扭头向后玻璃窗看去。

他看见那台"冰箱"正转过身，朝商场里走。头仍转向小波罗车，眼睛盯着车窗。苏洪宝拙劣地混在广告人群里，但不管怎样都比其他人高出一大截。他突然想起搀扶张森时，医院南门匆匆离去的背影，那个是管陶义，而这台"冰箱"是苏洪宝。

"是他！"他说着，打开车门跑了过去。

"秦支队长！"张森喊道。

"我马上回来！快调转车头！不能让他跑了！"

他紧盯着"冰箱"走过人行道，迈过一道坎，走进了商场。当苏洪宝走到闹哄哄的商场大厅时，秦枫意识到苏洪宝随时都有可能脱掉模具混进成千上万的顾客里溜走，而自己连对方穿什么颜色的衣服都不知道。

秦枫回头看看女警是不是跟上来——他刚才忘了交代她盯紧张森，他们不能再犯医院的错误。他又扭过头来，看到小波罗车调转了车头，开进了商场的停车场。再回头盯苏洪宝，"冰箱"不见了。

"钱局长，我是秦枫！"秦枫对着手机说。

"等一会儿，"钱鲁长说，他的声音听起来低沉而焦急。

"钱局长，听我说——"

他听到手机摩擦着钱鲁长身体的窸窸窣窣声。钱鲁长好像在运动中，

222

是走还是跑，他分辨不出来，但他能感觉到手机没有在他的耳边。他等待着。

停车场爆满。张森转向最后一个通道，把小波罗车停在一辆车的后面，躲在暗处。商场口张灯结彩，这个角度正好避开了宣传横幅，将两个出口尽收眼底。

这时，门口涌出一群人。有个戴着长檐帽的男人右手插在兜里，出门便躲在两张横幅里张望，然后拿出车钥匙，快步走到一辆车头直对着大路的斯柯达明锐车旁。

不好！苏洪宝要逃。

小波罗立即加速跟上。沿着右车道，两台豪华车插进了两车之间。秦枫在心里记下苏洪宝的车辆配置——尺寸、形状、颜色、车牌，这样即使离得远，他们也能跟上。

钱鲁长回到手机上。"我们在南山路发现一辆现代车，登记在曼林农庄名下，驾驶人疑似嫌疑人管陶义。"

"那可能是苏洪宝的调虎离山之计。"秦枫说，"我们已经跟上他，你可以放弃。"

"我不明白你的意思。"

"我跟张森正在跟苏洪宝！虹桥东侧，现在往南。"

"他开的什么车？"

"一辆灰色的斯柯达明锐，本地牌照，0544。"

"等一下。"钱鲁长说。秦枫听到他在跟同车的另一个人说话。"好的，"他说，"我们距你几个街区，拥堵不能增援，我联系一下快警平台，看他们能不能确定你的位置。"

"最好不要着装巡警参与。"

"我会交代的。我会让他们开民牌车协助你们。"钱鲁长说着，好像想起什么似的,"张森跟他碰过面吗?原来好像是这样约定的。"

"我们践约开的是小波罗车,前排只有张森一个人,进入虹桥时,他可能看到了。"

"不要可能。"

"看情况再定。不过,我们跟在后面,他只要从后视镜里朝后看,就可以看到张森。"秦枫说,"他拐弯了,现在往西。"

"别靠得太近。"

正说着,苏洪宝的刹车灯亮了。他减速转右弯,驶上一条往北的小巷。小巷里没车,车速很快,钻出去竟然就是虹桥。

"张森的手机响了,我不能跟你多说,再联系。"

"喂?张森。"张森手机里传来苏洪宝的声音。他看着秦枫,眼睛圆睁,嘴巴大张。

"喂。"

"你在哪里?"苏洪宝问。

"我在车里,离虹桥大约五十米。"张森说。

"哦,你很准时。希望你的小波罗车里不要藏人。"苏洪宝说,"现在我告诉你怎么找到丁玥:从虹桥往东,上解放大道,到环城高速高架桥后,上高架往北,把车开到北汇区。知道了吗?"

"接着说。"

"到了北汇区,在离海洋水族馆一千米的路口,你会看到右边有一大片码头。那里有很多船和人群。我相信你喜欢人群。"

"还有呢?"

"从虹桥过去,大约一小时车程。你把车停在码头停车场,往右一直走向海边,那是真正的码头,码头上有许多废弃的旧船,其中有一艘船上挂着'和谐号'牌子。你就站在船头上,只能是你一个人。"

"丁玥呢？"

"她会等着你来接她的。"

"那她会在船上……"

苏洪宝挂断了电话。秦枫继续拨打钱鲁长的手机，告诉他通话情况。

"确实是他！"

"他想干什么？"

"他让张森一个人去找北汇区码头的一艘'和谐号'船，要他三点钟赶到。他通过虹桥了，也是往东上解放大道。"秦枫说。

"好，我现在赶过去。"钱鲁长说，"我会让沿途快警协助你们。我先上环城高速，赶到码头去，希望能事先找到那艘船，给你一个惊喜。"

秦枫正要挂电话，张森说话了："他打开了左转向灯，往八一北路去。"秦枫将这话传达给钱鲁长。

"我在地图上查了，那条路也可以去码头。"钱鲁长说，"我们做两手准备，这边对管陶义的跟踪没有放弃，你那边继续跟踪苏洪宝，我先赶往码头协助。随时联系。"

秦枫听到钱鲁长没挂电话，就通过车载对讲机同指挥部联络。

张森让小波罗车和苏洪宝的明锐车之间保持着一两辆车的距离。苏洪宝的明锐车随着车流上了内环高架桥，接着通过立交桥往东进入前往码头的北汇大道。秦枫不断地向钱鲁长汇报着他们所经过的路标。

"我们的右边马上就到海洋水族馆，"秦枫说，"我看到了远处码头上的船桅。"

苏洪宝的刹车灯又亮了。他在减速，驶上了左边的车道，转弯灯闪烁着。秦枫对钱鲁长说："他转向了左边，没有去右边。"

张森放慢车速，但已经来不及直接向左转，也不能再跟着苏洪宝，否则就会违章惹起苏洪宝的怀疑。他只好向右转，开进驶往海洋水族馆的辅道。幸好前面不远有个掉头标志，一条地下立交车道跟北汇大道的左转车道汇合。

苏洪宝的明锐车正在往北的路上急驰，离海洋水族馆越来越远。张森避让开一辆大货车，然后横穿大路，跟在明锐车后面。

"我们上了一条往北的路，前面似乎没有修好。"秦枫对着手机说，"好像是断肠路，已经是碎石路面。他右转了，前面有一块垃圾处理场的牌子。"

"我知道那个地方，那是一个死胡同。汽车可以进，但必须原路返回。垃圾处理场旁边有一家歌舞厅，专门接待水手和渔民。"

诚如乔德福所说，苏洪宝和管陶义都是汉洲人，他们对上海不可能像家乡一样熟悉，他们的藏匿窝点是有限的。那他为什么选中北汇码头，还往一个死胡同里撞呢？秦枫联系乔德福，可乔德福对这一带也不熟悉，只答应在圈子里打听。

钱鲁长让他们在原地停车等，有一组特警很快赶到。他还联系了辖区分局，派出所会倾巢出动协助他们。

冷雨下了一阵便停了，树木上、花草上水珠亮晶晶的。歌舞厅后坪摆着一地废旧物品，锈迹斑斑的汽车、破烂的躺椅、横七竖八的衣柜、野炊桌、垃圾桶、汽车轮胎、污黑的油桶、各种道路标志牌等，整个一垃圾场。稍远处还有几栋破旧的小木屋，掩映在根部裸露的树底下。更远处，便是海滩、码头，高耸的船桅在海雾里若隐若现。

歌舞厅大概跟酒吧差不多，下午场十分热闹，不仅歌舞喧天，灯光闪烁，时不时地走出一群群渔民、水手、醉鬼和聊天的人。

秦枫听见车轮辗在碎石路上的声音，回头一看，只见一辆警车开进入口。没有鸣警笛，但确实是一辆亮晃晃的警车，车顶上还有一个警笛。从车上下来两个着装的警察。

"怎么回事？"张森问。

秦枫仍想隐身，悄悄地把自己的警官证递给张森，教他如何应付。

一个警察检查了他的车牌，趴在驾驶室旁边问："是你打电话报警说有一起绑架案吗？"

"不是，我在执行任务。"张森说着，把证件递了出去。

警察满脸狐疑地看了看警官证，突然掏出手枪，对着张森。"你到底是谁？"他说，"打开门锁，举起手让我看见。"

埋头隐在后座的秦枫哭笑不得，忙抬起头来，说："证件是我的，他是知情人。"

一辆银灰色马自达车开了过来，钱鲁长跳下车，摆了摆手。着装警察收起枪，退到一边。

"怎么回事？"钱鲁长虎着脸问。

"我们接到报警，说歌舞厅后面有绑匪。"着装警察委屈地说。

"什么报警？简直乱弹琴。"钱鲁长隐约明白了其中的猫腻，对秦枫说，"这个姓苏的真狡猾，贼喊捉贼迷惑我们。"

歌舞厅前面一阵骚动。"站住，那是我的车。"一个腆着啤酒肚的人一边喊一边把手里的酒瓶使劲扔向水面。

"砰砰！"两声枪响，夹裹着几声大喊。

"听起来像是仿真手枪。"着装警察说。他和同车的三名警察朝着歌舞厅跑去，同时掏出手枪，上膛，平举在胸前。

钱鲁长对秦枫说："待在车里。"

然后看了看女警，说："你，帮我把车倒出来，车头向外。"说完，他也朝码头跑去。

歌舞厅里一下子几乎空了。有人往出事的码头跑去，有人醉醺醺地从后门出来，不辨东西南北，涌向砂石路。一个着装警察飞奔着超过那群醉鬼，将他们拦住，不准他们靠近小波罗车。

雾气中，着装警察拦住醉鬼后，正了正大檐帽，对着驾驶室敬了个标准的警礼，自我介绍是市局派来保护他们的。张森放下车窗，正欲答话，一个喷雾器的喷嘴伸了进来……一股雾水嗖地喷了进来。张森警觉地抓住喷嘴，想要把它推出去。突然手一软，瘫软下去。身子埋在后座的秦枫刚想到毒气两字，便昏了过去。

着装警察拉开车门，毫不客气地将张森推到副驾驶座，油门一点，飞也似的离开了垃圾处理场，沿来时的路驶去。

……秦枫听到汽车轮胎碰到限速路障的声音。他的头摇晃着撞在座椅的底梁上，醒了过来。他睁开眼睛，认出了小波罗车的脚垫和坐垫。

他失去知觉的时间不可能很长，他们还在北汇大道上。他轻轻地翻了个身，发现自己竟然没有被捆。司机戴着口罩，操着一口汉洲话，瓮声瓮气在打电话。

"您放心，我那毒气的性能您还不知道吗？没三四小时不得醒。"司机说，"您只说下一步怎么办吧？我候着。"

"哈哈……"电话里传出放肆的笑声，"你的毒气好，我的计谋精。我带着丁玥在北正街现身，他们就派去了十几个特警；在虹桥兜了转，他们又在虹桥步步为营；让你去南山路转个圈，他们把指挥部都移了过去……特别爽的是在北汇，一个电话引来两车穿警服的人，不然你哪里有警服穿呢，还有海滩的枪声，逗得他们团团转……哈哈，我已经开着预留的丰田车离开，他们一定还守着我的斯柯达明锐车呢。"

司机嬉笑着，嗯嗯两声。

电话里接着说："好了，你先把张森的包放到水族馆二号储物箱里，再送他们到北汇大酒店来。我留了个最好的姑娘等你。他们就算把上海翻过来，也想不到我们竟然躲在酒店里。"

"OK！您等着。"

前方有好事等着，司机心情不错，一边开车，一边哼着小调。

秦枫埋头假寐了一会，头脑逐渐清醒。幸亏他躺在后座，毒气后至，而且他下意识地用坐垫蒙住了口鼻，吸入的毒气很少，才如此侥幸。他苦苦地思索着下一步怎么办？

现在动手？未尝不可，但证物袋没有送到苏洪宝手里，如何引他现身？还有丁玥在苏洪宝手里，在偌大的上海，警察根本就没有希望找到她。如果大胆一些，只身深入北汇大酒店……他至少可以碰碰运气。

汽车下了高架桥，转过一个路口，在泊位停下。熄火、拉开车门，司机提着张森的包钻出车，回身关车门。秦枫看清了，司机就是管陶义。此人一定已经多次使用这种毒气，对车里中毒的两人十分放心。

几分钟后，管陶义回到车里，转头看了看瘫倒的秦枫和张森，驾车返回北汇大道。

秦枫缓缓摸出压在脚垫下面的手机——出发前，为了隐身已调到静音——给钱鲁长发送了一条短信："秘密包围北汇大酒店，监控水族馆二号储物箱，等我消息。"汽车飞驰，脚垫微微颤动。他告诉自己要镇静，屏息凝神，以免灰尘钻进鼻孔里。但越是忍着，鼻孔里越痒，几乎将自己窒息憋死。

车速减缓，秦枫的身躯撞击了一下前座的靠背。管陶义往后瞥了一眼，冷笑着继续减速，右拐，再右拐，慢慢地进入了北汇大酒店停车场。

静，太静了。秦枫意识到钱鲁长已经动了手，在他意识的边缘，隐约看见制高点上的狙击手，听见许多枪栓拉起并锁上的声音。太急了，他想，却很快忘了埋怨。小波罗车先是停下来，接着开始倒车，显然管陶义跟他一样意识到了危险，他在选择、彷徨。

"呼！"小波罗车加速往前面冲去。秦枫的身子再次撞击座位。他耐不住了，管陶义做出了选择，他也得选择，但时机的把握十分关键。他不知道上海警方是否救出了丁玥，是否抓住了苏洪宝？他得确保张森的安全，如果苏洪宝没有落网，还得不要惊动他……

"咔嚓！"停车场出口栏杆撞断了。小波罗车一定也受了重创，秦枫感觉被抛了起来，不过主动权还在他手里，管陶义根本无暇顾及，只想着逃窜。特警从隐身处冒了出来，四人端着微冲从后面追来，前面两名特警放下微冲，试图抬起防护栏临时阻车。

秦枫紧盯着管陶义，像着了迷似的。然而，特警几乎瞟都没瞟罪犯一眼，他突然一下子明白了，他知道接下来会发生什么，以及为什么会这样。

小波罗车速度不减反增，护栏的阻车作用失效。然后，一道耀眼的火星闪过。

管陶义的脑袋被射了个对穿，红的白的汩汩往外冒，飞溅的鲜血溅了秦枫一头一脸。秦枫无言地看着他的身躯瘫倒在方向盘上，不见丝毫挣扎，小波罗车仍在清障的出口通道里滑行。

一辆蓝色的丰田车正欲转弯进入停车场，见状，赶紧调头往东，飞奔而去。

第十章

另有文章

秦枫回到汉洲，已是元旦之后，公安部扫黑督查专家组来了。

专家们听了秦枫的案情汇报，对汉洲警方的工作非常赞赏。同时，也产生了跟秦枫一样的疑惑。

带队专家说："发生在我国的黑恶势力团伙案件，我几乎全部研究过。有的案件恶行昭著，不用调查，在当地无人不知无人不晓，只因后台硬靠山强，而无人敢查；有的案件遮遮掩掩，结果明显，只是过程隐晦，因为保护伞在，调查难以进行下去。汉洲的这个团伙却很蹊跷，剥掉一层，还有一层，每一层看似晦明，却也若隐若现。应该是一起很复杂的案件，结果怎样呢？就拜托和辛苦汉洲同仁了。"

另一位头发全白的专家说："这个首犯真正狡黠，看似漫不经心，实则步步推进，警方花了一年多时间侦查，却只是看他们慑于警方的威严而耍变脸的游戏。面具一层层地剥，让警方有所收获，却没有露出一点点真实面目，没有留下可供侦破的足够条件。不简单啊，这个团伙摧毁后，我看可将它当作全国警察的教材。"

带队专家接着说："我赞成汉洲警方一层层抽丝剥茧的策略，抓完抛出来的人，查透暴露出来的案件，看他往哪里逃。但我还是想提醒诸位，整个案情我都听了，我觉得苏洪宝很关键，这个人他们不会轻易抛出来。必须盯紧。上海警方打死管陶义，不能说是失策，管陶义说不定就是首犯派去监督、要挟苏洪宝的，管死了，苏失控了，警方有机会了。"

秦枫忙问："为什么呢？"

叶天佑也把眼光转向这边。

专家说："我只是预测，没有断定。我是觉得苏洪宝恐怕会就此消失，或者设置一个陷阱让我们钻，让我们从此断线。"

离开会议室，秦枫和叶天佑一起陪专家们又看了所有搜集到的物证。

叶天佑一直没有说太多的话，看物证时他拉着那位白发专家，悄然走到一边，说："专家领导，感谢您提出黑恶势力团伙变脸的理论。我个人认为，这个团伙首犯之所以能够跟警方玩变脸，除了他的狡黠多智，背后有一个比市公安局更强大的靠山。这么长时间，他们在汉洲地面坏事干尽，还能如鱼得水，不可能只是一些流氓混混。我的这个推断若能被你们肯定，请您务必向部领导汇报，请求支持。"

白发专家认真地想了想，用最大可能的口气说："我回去争取。"

在物证室，专家们又对涉黑团伙谈了些看法，其中一位专家问："为你们提供苏氏团伙线索的那个刘智华，后来一直不见踪影吗？"

秦枫说："我们还在设法找他。"

专家接着问："这里面是不是有文章？"

秦枫点点头。"我明白你的意思，我们不敢轻易下定论。因为刘智华曾经受到这个团伙的伤害，造成严重毁容，他千方百计搜集线索报复，情有可原。还有一个叫朱三毛的赌博头目，一直受人遥控；一个叫大皮的线人，因为触及了某个核心，被人割掉脚筋……这些都很蹊跷，查起来很复杂，我们的工作抓得很紧，但要澄清，还是需要更多的时间。"

专家没再吭声，他盯了会儿秦枫，绷着的脸松弛了。

送专家们去机场的路上，秦枫有意坐了送那位白发专家的车。秦枫坐在车里，发自内心地说："听君一席话，胜读十年书。您今天谈到的变脸理论，使我茅塞顿开。"

专家没接秦枫的话茬，他看着车窗外掠过的一帧帧精美的广告，别出心裁地说："扫黑和调解纠纷不同，和高手过招与对庸者出招不同。汉

233

洲这起大案，姑且不论保护伞等方面怎么样？单指阴谋诡计来说，算个高人，秦枫，我想说……"

"您请讲？"

专家说："有个成语叫鹤立鸡群，如果鹤老在鸡群里站着，结果会是如何？"

秦枫知道专家说的话有匠心，没敢回答。

专家说："所谓近朱者赤，近墨者黑。人在某一个环境里待久了，就会不自觉地沾染这个环境的思维方式，所以和高明的人在一起，就会变得越来越聪明。这个现象，可以启发我们结交人，也可以引导我们破大案，破大案要有破大案的思路，对高手要有对高手的招数。"

专家的话鞭辟入里，很有新意，很实用。秦枫高兴地握着他的手，不住声地说谢谢。

回支队的路上，秦枫再次拨通了上海警方的电话。

"我们依然在不停地扑空。"钱鲁长说，"我们先后排查出十几辆可能是嫌疑人盗抢的车辆，逐辆调查行驶路线，以路线捕捉嫌疑人的去向。"

"能够串联起来吗？"

"从北汇大酒店门口逃窜的那辆蓝色丰田车，当天夜里在南汇码头找到。这辆车跟停在北汇码头的斯柯达车都属于盗窃车辆，说明那人是个盗车高手。跟南汇码头停车场相距不到两百米的地方失盗了一辆天籁车，监控显示，那人正是我们的追踪目标。"

"该死……那两个年轻人呢，他会不会再威胁到他们？"

"我们做了最周密的保护。从追踪线路看，他已经离他们越来越远。最合理的解释是，他想逃离上海，但此人反侦查能力够强，除了盗车，其他丝毫不露痕迹。"

"好吧，在你监控所有居住上海的汉洲人的同时，我想请你帮我做一件事情，你们对管陶义姑父的情况了解清楚了吗？"

"清楚了，他叫刘品。"

"好，将他引诱回来。"

"你是什么意思？"

"我们怀疑他跟汉洲另一个嫌疑人有关。可能在一起事件中起决定性作用。"

"乔德福跟他有关系吗？"

"可以造成偶遇的状况，让乔德福辨认一下刘品。也许彼此会认出来。他将户口迁去上海，是改了名字的，汉洲找不到他的户籍。他在上海不轻易跟汉洲人接触，这也是乔德福不太熟悉他的原因。"

"好。我这就让人查他的迁入记录。"

"那就附带查一个叫刘智华的人，三十五至四十岁，讲普通话，带汉洲口音，可能整过容，也可能冒用别的名字。"

"没问题。"

挂掉电话，秦枫在专案组一面墙的线索面前沉思。我们忽略了什么信息呢？他盯着墙上的纸条问自己。我们忽略了什么？呈现出来的证据和线索，与他对黑恶势力团伙案件的疑惑之间，缺乏必然的联系。

思索，分析。苏洪宝是受什么人指挥，怎么指挥的呢？

他是浮现在涉黑组织里的唯一真实的人——不管他在为什么人工作，不管他处于哪个层级——他一直坚持这么做。因为透明是隐身的一个关键因素。

为什么要用偷盗的车辆逃走呢？

因为他不敢使用证件，不敢使用银行卡；因为他一旦逃出上海，进入江苏，那就没有什么线索能把他跟上海、汉洲的案件联系起来了。这是一个保险开关。即使警方知道他到了哪里，因为有人接待、藏匿，他就从此可以自由自在，随心所欲地使用接待他的人的证件。

本来，除了管陶义，在上海的计划是完美无缺的。但是，管陶义的情况被警方掌握着，他的行踪在警方手里，从那时起，计划就开始分崩离析。

不过，苏洪宝仍然可以事先逃走。只要管陶义不是那个总指挥——事实上不可能，管陶义不过是靠武力吃饭的——他可以丢开管陶义，自顾自地走，因为管陶义已经押着张森，又将秦枫伪装过的张氏证据放进了水族馆二号储物箱里。当时，他驾驶着偷来的蓝色丰田车跟在他们后面。管陶义前脚将证据袋放进去，他后脚便取了出来。

那个证据袋里增加了威胁到苏洪宝背后那个人的东西——那些东西是叶天佑和秦枫经过慎重考虑，模拟操作过的，可能产生确凿的效果——苏洪宝看到了，必然产生了疑惑，一定想要找背后的人验证。

对，秦枫断定，苏洪宝那时没有真正感到害怕。优越感和对背后操纵者的信任，他还在心理上和现实中依赖他们。

眼下，管陶义的死和上海警方的追捕肯定已经开始给他造成压力了。他还会因为对操纵者造成威胁的证据而回汉洲吗？

中午，天光暗淡下来，一阵黄豆般的雪粒子之后，阴冷的天空飘起了鹅毛大雪。

省委常委、市委书记唐道生一上班就带着一干人来到了专案组。唐书记看大伙在雪地里列队迎候他，忙把大家让进了大会议室。

唐书记站在主席台上，用关爱的口吻说道："元旦，我在北京，没来得及给大家拜年。今天，我一下飞机就赶过来，给大家道声辛苦。我心里很矛盾，我很想常来看大伙，可我怕来多了，给大伙儿造成不该有的压力。但是一年一度，不来看大家，我怕给人不关心公安的印象。今天，我来了，主要是想给同志们打打气。"

顿了一下，唐书记接着说："去年，我们打掉了一个黑恶势力团伙，大快人心。刚才天佑同志跟我说，公安部专家认为汉洲还有一个更大的团伙，打掉的团伙竟然只是大团伙的变脸，真是骇人听闻。天佑同志啊，你们已经做了大量的工作，确实让我大为欣慰，我想早日听到同志们胜利的消息。变脸，这个词并不新鲜，是川剧艺术的一种特技。没想到，黑恶势力都用上了，这真是时代的进步啊。但我们不怕，魔高一尺，道高一丈，我就不相信粉墨登场的小丑能变到哪里去。破大案抓坏人是我们警察的分内事，这起变脸的大案，正好是契机，正好可以打出汉洲公安的警威，弘扬我们的威武之气。市委相信你们，广大的汉洲人民相信你们。我们有没有信心？"

"有——"

会议室里上千名民警怒吼着，振聋发聩。

送唐书记一行出门，叶天佑站在雪地里久久没有迈步。

秦枫说："叶市长，您的心思我懂。"

叶天佑话里有话地说："我们是警察，视荣誉重过生命。"

秦枫看着雪花飘落在叶天佑昂着的头上，对叶天佑的悲壮之情感同身受。他说："进屋吧，外面太冷。市长放心，我会尽一切努力。"

叶天佑昂着头，似乎在看漫天雪花飞舞，又似乎在跟苍天坦诚对白，他说："天冷不是冷，心寒才是寒啊。"

秦枫知道叶天佑内心的沉重，他想劝慰几句，因上海之行失败，一切语言都显得苍白无力。秦枫陪着叶天佑站了一会儿，先回了办公室。

办公室的电话铃响得很急促，秦枫拿毛巾擦了把手，要去接时，铃声却断了。秦枫活动一下上肢，准备叫上汪涛去梅雁河岸会会大皮。他需要跟大皮交流一下对苏洪宝的猜测。

刚拿起电话，手机响了。显示出冷珊发来的一条信息："天气预报，今天到明天,白天有点想你,预计晚上转为持续想你。延长低情绪影响,明天将转为大想到暴想,心情由此降低五度,估计此类天气将持续到见你。"秦枫读着冷珊发来的信息,仿佛看到了记者妻子可爱的模样,他笑了。

对于一个成熟到不善于流露感情的人,手机能发信息,真好。他回了一条短信过去:"争取不让你的天空下暴雪,晚上回来见你。"

跛腿大皮却不在梅雁河。他给秦枫发来四个字"整点联系",后面是一串数字。秦枫看了看手表,离整点还有十几分钟,试着拨了拨那个数字,是戎城的一个公用电话亭。

秦枫对线人的管理是有经验的。甘当线人的,大多处于两端:一类出于对犯罪的愤恨或道德信念坚定;另一类则是纯粹为了个人利益或金钱而出卖同伙。大皮则处于两端之间。对他来说,问题主要在于情感因素。他想要获得秦枫的敬重。他想让他重视他,把注意力全部集中在他身上,坐下来听他一一列举社会的种种不公之处。

秦枫看出了这一点,汪涛将大皮介绍过来后,他投入了必要的时间,渐渐地,如同脚下绽放的花朵一般,情报到手了。其中一些情报的价值颇值得怀疑,像许多渴望得到警方赞许的线人一样,大皮也有故弄玄虚的倾向,常常拿一些似是而非的无关紧要细节来向秦枫炫耀。但是,他设法记下并上报了跟苏洪宝有关人员的姓名和联系方式,记录了一个零包贩卖团伙往来车辆的牌号。

大皮的情报在一定程度上增进了他对苏洪宝的了解。但是,大皮从来没有进入过汉洲黑恶势力的核心,很少或根本没有机会接触到实质性的情报。他每天的工作,要么是在最外围放风,要么驾驶着残疾三轮车帮着运送赌具,偶尔接送赌台的底层管理员往返住处与赌台之间。这些人中有瘾君子，他们会在三轮车上交易。

　　最终，结果不尽如人意，事实证明根本无法抓住苏洪宝背后那人的把柄。那人的防范意识太强了，秦枫甚至怀疑他可能从事跟毒品有关的活动——这是利润丰厚的买卖——禁毒支队拿着情报侦察了几次，断定背后的操纵者在做多种非法交易。

　　为了大皮的安全，秦枫一直没有把他介绍给禁毒部门。涉毒可能是涉黑的一部分，他对这个案子没有放手，线索也就不再移交。

　　六点整，他拨通了电话。一声铃响过后，大皮拿起了听筒。

　　"你说话方便吗？"秦枫问道，手边放好了笔和记录本。

　　"没问题，我特意选了这个电话亭，在电信公司，离人群有一定距离。不过，我要是挂上电话，你就……我是被一个秘密电话指派到戎城的。"

　　"送东西，还是送人？"

　　"不。送信。有人让我带着一个原子印章送到戎城市公安局隔壁的原子印章店维修，里面一定夹了东西。具体是什么我没有拆出来。接印章的人一看，便跑进了后屋里。"

　　"接下来呢？"

　　"我在店里等。没多久，有人通过店后门进来，跟接印章的人在那里商议。接印章的说老板需要六到八个人，那人说眼下能马上走的只有四人。接印章的说，头儿说一不二，你们推三阻四，也不想想后果……"

　　"他们说到什么事吗？"

　　"没有。"

　　"去哪里？"

　　"汉洲。不过，好像说到有人要从上海回来，沿途都需要有人接应。特别是在汉洲，需要陌生的人手，不然也不会到戎城来请。还说什么老大的麻烦很快就会过去，业务开展起来，资金就哗哗进来，不会有什么问题。"

"你看到后来的那个人没有？"

"没有，我只听到他们谈话，没让我进去。过一会儿，我还要跟他们吃饭。"

"你什么时候回来？"

"现在还不清楚，应该就是今晚，他们没说住宿的事。"

秦枫本想向他打听苏洪宝的情况，电话里不便说，只得作罢。"你要是了解到更详细的线索，立即向我报告。汉洲可能有大事发生。"

"好。"大皮说，"可是我不知道任何确切的情况，他们也不让我接近。"他停顿了一会儿。

秦枫什么也没说，等在那里。

"我想我可以……看看我还能发现什么。如果你们需要……我最近手头有点紧。"

"没问题。"秦枫有些恼火，却平静地说，"我什么时候少了你应得的？不过，我需要具体的线索，包括戎城那伙人。除了我这边，我还会向戎城建议……"

通话结束，秦枫盯着潦草书写的笔记。六至八人，汉洲需要，接应，从上海回……这是苏洪宝要从上海回汉洲吗？看起来倒很像，可需要这么多人干什么呢？要杀苏洪宝的话，路上花一颗子弹就得了；要保护他，也没必要如此兴师动众。

可是，根据现有线索，汉洲没有其他行动。苏洪宝背后的操纵者不是盲目的人，他很清楚自己的局限性，同警方干，他没有这个实力。归根结底，他只是一个躲在强大保护伞背后的小混混而已。要堂而皇之地保护苏洪宝，还不如杀了他来得容易。

那么，他从戎城调这么人来汉洲干什么呢？跟汉洲另一个势力群殴？问题是是否还有一个能与苏洪宝背后人抗衡的势力？

眼睛仍旧盯在笔记上，秦枫把这些情况在脑子里思来想去。无论怎么组合，看上去都不对劲。按照规矩，他给叶天佑挂了个电话，心里带着一种无所适从的茫然。

叶天佑虽然将信将疑，还是集合相关部门负责人紧急开会，要求内紧外松，加强社会面控制和情报收集。秦枫更加不敢懈怠，将汪涛和徐俊等专案组人员全部派了出去，发动一切可以动用的力量，对汉洲的隐性势力进行摸底。

又将是一个不眠之夜。秦枫想，只得违诺了，反正对冷珊来说，已经是第N次了。

他将笔记本上的词整理张贴在线索墙上，目不转睛地盯着。它们告诉他些什么呢？按照逻辑关系能推出什么结论呢？正思考着，手机响了，冷珊打来的。

"枫子，回来吗？"冷珊问。手机里却传来一个男人哈哈的笑声，是刘烈宏。

接着，手机到了刘烈宏手里。"枫子，嫂子说你今晚会回来，我就没跟你打电话，冒昧登门了，对不起。你在哪里？"

一阵短暂的沉默。

"好吧，你等一下。"几秒钟之后，秦枫说道，"我就回。"

"好的，我等你。"

刘烈宏竟然到了家里，他意欲何为？上次检举乔德福是苏洪宝背后的隐形操纵人，查来查去，乔没有问题，但在秦枫的潜意识里，却无声无息地滋长了一个疑惑：刘烈宏这么做到底抱着什么目的，难道仅仅是恶性竞争？

走进家门，刘烈宏正跟一个年轻人坐在秦家的沙发里，默默地抽着一根雪茄烟。

"宏宝，你怎么跑到我家里来了？"秦枫见他带着一个陌生人，心里有些恼怒，立即没有好脸色，语气不善地说。

"枫子，你听我说。"刘烈宏脸上却仍笑嘻嘻地，"今天我来，一是新年了，看看你和珊珊；二是有件事想告诉你。"

刘烈宏向年轻人示意，年轻人立即对秦枫点头哈腰地说："秦支，您好，我叫贺彪，一年前跟你见过面。是我有些情况要向你报告，所以冒昧……"

秦枫心里一惊。他当然认识贺彪，就是他提供了劫车杀人案的线索。前不久，专案组将他列为重点对象，正在侦查中，只是暂时没有惊动他。

刘烈宏接着说："枫子，我知道，你对我有些误会。但我告诉你，即使我举报错了，也是出于好心。你误解我，我也不会在意，如果有人将事情转嫁到我身上，那是嫉妒我的人别有用心。只要知道有利于你的事，我还会帮你。"

秦枫坐下来，冷冷地瞟了一眼贺彪，说："有什么情况？"

"你们不是一直想抓苏洪宝吗？"贺彪说。

"你怎么知道？难道你有他的线索？"秦枫问。

"他在江苏常州。我有一个在常州做生意的亲戚亲眼看到他，躲在一个汉洲人的公司里。不过，他不叫苏洪宝，叫李安博。"贺彪语调平缓，可还是听得出来，他很紧张。

"这个名字……也是汉洲人吗？"秦枫皱眉问。

"是的。他带着一个年轻人到我亲戚经营的宾馆住宿，就是用这个身份证登的记。但是那个年轻人姓甚名谁，却没法打听。"贺彪说。

"还有一个年轻人？"秦枫皱眉盯着贺彪问。

"哎……是个从汉洲过去的生瓜蛋子。好像有点功夫，有人在宾馆大堂里碰了他一下，他出了一招，便把人摔倒在地。"贺彪说。

"你这么肯定？"秦枫问。

"我也就是听亲戚说的。"贺彪不再炫耀。

秦枫觉得这是个新情况，问："长什么样？"

"方脸、板寸头、眉毛很粗，蹙起来有些凶。"贺彪似乎在回忆，"常常紧抿着嘴，不苟言笑，不近人情。嘿嘿……我亲戚描绘的。"

"哦……"秦枫看着他的眼睛，"知道苏洪宝下一步准备干什么吗？"

"哎……我也是听说。亲戚说，苏洪宝在等一笔钱，钱到了就回汉洲。还说，那个年轻人除了睡觉，几乎跟他寸步不离。那小兔崽子办事没规矩，心狠手辣。秦支，他们如果回到汉洲，你们也得小心。"贺彪说。

"哼……"秦枫不屑地说，"今天来我家，就为说这个？"

"嗯，嗯。"贺彪说着，瞟了一眼刘烈宏，"刘总说主要是来看看您。您知道，我也是个做小本生意的，还望您多多关照。但是，我也算个走江湖的，对江湖上的事了解不少，如果您用得着，我愿意两肋插刀。"

说着，贺彪这小子江湖气全出来了，一副梁山泊好汉的模样。

秦枫看着他，并没有说话。屋里顿时十分安静，仿佛只有冷珊一个人。

"我……我说错了吗？秦支……我没读多少书，只知道做事……"贺彪嗫嚅道，"马林劫车杀人那次，我可能比你们警察的信息都灵……这次，苏洪宝的事包在我身上。"

"你当时是怎么知道马林杀人的？"秦枫问。

"嗨……"贺彪叹了口气说，"我以前不是跟您说过嘛，当保安，跟酒店里的鸡婆熟悉，姓马的兄弟就好这一口，走动几次，马林就找到我，让我提供渠道帮他找女人。我心一软，就帮了这个忙，一来二往，成了

243

无话不谈的朋友。"

"嗯……"秦枫默默点头，这说法倒跟一年多以前一样。"你可知道在卖淫者和嫖客之间牵线搭桥、沟通撮合，可构成介绍卖淫罪？当时没有处罚，是因为你为我们提供线索破案，以功抵罪，这事以后不要再在外面吹牛。"秦枫说。

"那是，那是，我哪敢在外面吹牛啊。这不您问起嘛。"贺彪苦笑。

"苏洪宝跟你很熟吗？如何包在你身上？"秦枫盯着他的眼睛。

"呵呵……洪二爷，谁人不知，谁人不晓。他认识我倒只是机缘巧合，帮了他一个小忙而已。"贺彪面呈得意之色。

"小彪子……没想到你在江湖上手面儿挺宽的，都胜过刘总了。"秦枫讥讽地说。

"哪里？哪敢啊。"这回，贺彪怯怯地看着刘烈宏。

刘烈宏笑了笑。贺彪说起结识苏洪宝的过程。那是三年前，苏洪宝追讨一个香港老板的高利贷，香港老板却从外地请来两个杀手，将苏洪宝追到贺彪当保安的酒店里，为了避免流血事件的发生，贺彪将他藏匿在消防间。杀手认定苏洪宝躲在酒店，在门口守了一天一夜。这一天一夜都是贺彪为苏洪宝送饭送水。黑道有黑道的规矩，救命之恩大于天。苏洪宝出去后，跟贺彪拜了兄弟，扬言不论贺彪有什么事，只要吱一声，他一定帮忙摆平。

"哎，我问你，那个香港老板后来怎么样了？"秦枫问。

"不知道，我没再关心后来的事情。"贺彪摇头，"虽然杀手多次找我要人，但我从没见过香港老板。不过，既然是香港人，他一定会回香港去。"

"他是不是叫夏猫……"秦枫貌似懵懂地问，"还有，他是不是在汉洲开娱乐城？"

"不是,肯定不叫夏猫。如果有人跟我说过,我会记住的。"贺彪回答。

"你跟苏洪宝这么熟,他除了赌博放高利贷,还干了其他违法活动吗?"秦枫问道。

贺彪摇头苦笑,说:"其实,我跟他并不熟,只是那事后他请我吃过几次饭而已,我不想跟他交往过深,怕被他拖进去。"贺彪一副正义凛然的样子。

"什么意思?"秦枫皱眉道。

"我知道苏洪宝的为人,也知道他在江湖上的名声。"贺彪说。

"他是什么样的为人?"秦枫追着问。

"您一定比我清楚。我只是听说他放高利贷,派小弟到处打人。他以前没有多少钱,但后来钱突然多了起来,他发财的钱一定来路不明。"贺彪说,"我是个退伍军人,我一直以军人自律,不跟这种人瞎混。"

秦枫沉默着,他不会相信贺彪的鬼话,却不当面否认。"好吧,我相信你。下次,苏洪宝跟你联系,你第一时间告诉我。"他说。

"一定,刘总就是这样教导我的。不过,我不知道该怎么跟你联系?"贺彪问。

"就拨打我的手机,刘总知道我的号码。"秦枫看了一眼刘烈宏。刘烈宏立即点点头,把秦枫的手机号码念出来,贺彪恭恭敬敬地录在自己的手机里。

第二天下午,秦枫正跟汪涛、徐俊等人在专案组围桌而坐。汪涛的手机响了。他看一眼来电显示,顿时脸色凝重起来,向秦枫使了个眼色,举着手机走向门外。

秦枫稍稍停了片刻,也跟着走了出来。

汪涛已接完电话，合上了手机，见秦枫出来，低声汇报道："是罗穆，他跟上了与苏洪宝有联系的阳宝，请我们过去配合抓捕！"

"地点？"秦枫问。

汪涛把手机揣起口袋，说："怡梦歌舞厅，八号包厢，三男三女。"

秦枫拨打关伟的电话，让他带两个女特警穿便衣进去。

下午的怡梦歌舞厅很冷清。秦枫进去时，罗穆正等在七号包厢里，不过，他没有唱歌，两眼不时地瞅着门，显得焦躁不安。

秦枫发现罗穆更瘦了，黝黑的皮肤包着高高突起的颧骨，只有两个眼珠还是骨碌碌转动，贼亮贼亮的。他上前握住罗穆的手，动情地说："小罗，真是委屈你了。"

激动归激动，罗穆没忘记正事，忙不迭地把秦枫拉到大门瞭望口边，说："秦支队长，他们就在对面包厢，还是三男三女。阳宝瘦麻秆身材，尖脸长发，蓝色风衣，白色针织衫，身上可能带有刀具。"

秦枫点点头。秘捕已经不可能，只能抓捕后全部带回公安局，待苏洪宝的事结束后，再将澄清无事的人放出去。他向关伟示意。关伟跟女警嘀咕一声。女警假装走错门，进去观察了一下，接着秦枫、关伟等人冲了进去。

抓捕很顺利。三个男的身上都带了刀具，不过都没机会掏出来。

就地审讯。阳宝很快就撂了。"你是问那个阿包啊，我知道，西南那边的，苏总花大钱雇佣他，但从没来过汉洲，主要是陪苏总出远门。我不仅听到苏总跟他通电话，而且见到了他。"阳宝说着，眉飞色舞起来。

"哦？"秦枫没想到这么顺利就打听到了阿包的底细。接着问："你是什么时候见到的？"

"半年前，李凯死后，苏总去了云南，有一次几个老乡吃饭，他在隔壁包厢跟阿包见面，被我撞到了。"阳宝尽可能说得详细。"因为我接一个不想让人知道的电话,就跑到隔壁包厢图安静,谁知苏总和阿包偷偷地躲在那儿说话。"

"阿包长什么样子?"秦枫想印证贺彪的话。

"中等个,板寸头。对了,看到我撞进包厢,他站起来盯着我,我看他是方脸,眉毛很粗,蹙起来有些凶。"阳宝边想边描述着。

跟贺彪介绍的那个年轻人的相貌特征基本吻合。"他的真实姓名你知道吗?"汪涛满怀期待地看着阳宝。

"不知道。"阳宝有些遗憾地咂咂嘴道,"走我们这道的,除了看他身份证,否则很难知道对方的真名实姓。那天,我本想跟阿包聊几句,套套他的情况,但苏总似乎很怕我知道什么,凶神恶煞地将我推了出去。"

"走进包厢时,你有没有听到他们说些什么?"秦枫又问道。

"那时我正在打电话,他们的声音很小,具体说些什么听不清。"

"上午,苏洪宝跟你打电话说了些什么?"

阳宝吃惊地看着秦枫,说:"你们监控了我?难怪抓得这么准!"阳宝低头回忆。"昨天打电话给我,说要回来,上午说从常州上车。好像下午晚些时候到,让我等他吃晚饭。"他说着,像忽然想起了什么,从兜里掏出一个皱巴巴的烟盒包装纸递给秦枫。"他在电话里告诉了我一个手机号码,说是到汉洲用这个号码跟我联系。"

汪涛兴奋起来,接过纸片看了看,意外地表扬阳宝道:"这就好办了,很容易就能查出来。阳宝,好好配合我们,这事成了,可以从宽处理!"

阳宝听说可以从宽处理,也来劲,满脸通红,江湖话不知不觉就出来了:"两位大哥栽培!两位大哥优待!小弟没齿难忘,我一定好好表现,请大哥指教!"

秦枫大笑起来,汪涛和徐俊也笑起来。阳宝眼珠睩睩转了一圈儿,脸不觉又红了几分,跟着傻傻地笑了起来……

秦枫让汪涛将阳宝收监，通过12306查到从常州至汉洲的特快列车下午五点半到。接着，他们赶到电信局，调查那个手机号码的机主，竟然是用李安博身份证登记的。警车沿着大道飞驰，秦枫感到前所未有的轻松，对坐在后排的徐俊道："小徐，我考考你这个公安大学毕业的高才生，苏洪宝为什么让贺彪接应，却又跟阳宝联系？"

徐俊怔了怔，他没觉得这是个问题。

汪涛趁机表现自己，手握着方向盘说："阳宝原来是他的小弟，应该请他的客。"

"错！"秦枫毫不客气地否定了汪涛。他抽出一支烟，摁亮点火器，点上烟抽了一口道："阳宝跟贺彪是两路人。阳宝是他小弟不错，但深层原因是，苏洪宝想进入汉洲地界后摆脱贺彪，自主行事！"

"你的意思是贺彪是某人的枪，是苏洪宝与某人的中间联系人？"徐俊有些惊讶地问。

"是的。"秦枫的口气十分肯定，"我们下一步就是摸清贺彪背后这个人是谁，此人为什么控制苏洪宝，如何控制他？"

"这个人应该不是乔德福。"汪涛脱口而出。

"现在还不好下结论。"秦枫深深吸了口烟，"我想半路截住苏洪宝，引蛇出洞。"

"引蛇出洞？"汪涛与徐俊几乎是异口同声。

秦枫望着车水马龙的梅溪大道，上车抓捕可一箭双雕，既能将苏洪宝和阿包一锅端，还能引诱另一伙人上车救援，摸清他们的关系！

"你要带贺彪一道上车吗？"汪涛轻打方向盘，晃了晃肩问道。

"嗯，你猜对了！"秦枫说着，兜里的手机响了。他把烟头摁灭在烟灰缸里，拍拍扶手道："说曹操，曹操到。"

手机里传来贺彪的声音："秦支队长吗？对不起，打扰啦。"

秦枫热情地说:"小彪子呀!我正等着你给我送好消息呢。"

贺彪怔了怔,继而压低声音,神秘地说:"还真有个消息,不知秦支感不感兴趣?苏洪宝要回来了。刚才有人给我打电话,让我到娄戎站去接他。"

"娄戎站?"真是跟秦枫不谋而合。汉洲离娄戎四十多千米,开车过去不用一小时,正合特快列车行经的时间。秦枫问:"他本人给你的指示?"

"是的。"贺彪说,"他说中午上的车,四点半经过娄戎,让我上车接应他们,以防万一。"

"你准备怎么办呢?"

"先按他的要求上车,再设法配合你们抓人。"

"刘总让你这么做的?"

贺彪嘿嘿地笑,说:"我没告诉他这事。这不是您这么教育我的嘛。"

"好。"秦枫说,"那我再教教你。我们分头过去,你只管自顾自地跟他们接头联系,我们暗暗地跟着你,等他们人都到齐,才动手抓人。"

"好,我听您的。"贺彪爽快地应承下来。

结束通话,秦枫仔细比对了一下两方提供的信息,试图从苏洪宝的角度考虑跟这两人联系的必要性。也许苏洪宝跟阿包有什么约定,阿包的保护只在汉洲之外,汉洲之内则需要交给贺彪。阳宝呢,则是苏洪宝摆脱贺彪的一着棋。

五分钟后,秦枫的车调头转向梅雁大道,往娄戎驶去。匆匆走进娄戎检票口,徐俊一眼便看到了低头排在前面的贺彪。他身穿黑色高领风衣,头戴宽檐礼帽,见秦枫三人跟着,他将风衣领高高竖起,礼帽低低地压下,只露出两只眼睛。

正是进出站时间,娄戎火车站熙熙攘攘,客流不断。秦枫跟汪涛嘀咕几声,往另一个方向走去。贺彪进站后,专拣昏暗的地方走。汪涛和

249

徐俊在不远处跟着,眼睛不时警惕地扫视着四周。

贺彪在临时停靠的特快列车快要开车时,才走上了月台,朝着卧铺车厢跑过去。

而此时,秦枫正在几节卧铺车厢前溜达。他见贺彪提着小包上了车,便向不远处的汪涛、徐俊做了个上车的手势。汪徐两人从前门,秦枫从后门,分别跨上了列车。

贺彪找到自己的铺位,把小包随手扔在床上,一双贼眼滴溜溜地打量着附近的床位,诡秘地笑了。他的车票是有人事先预订的,那个跟他接头的人就在这间车厢里。秦枫等人也跟随着上了车,一切都在按预定的方案进行。接下来,只要他依计行事便是。

列车启动,贺彪挺起身子,俯在窗口上,凝视着缓缓滑过的"娄戎"两个大字,眼角却时刻关注着不远处的另一个铺位。铺上睡的人一直躺着,头脸蒙着大衣。这时,响起了悠扬的音乐,列车播音员随着音乐声播报下一站的站名和到站时间。

"劝君更尽一杯酒,西出阳关无故人啊。"

随意溜达的贺彪看似无意地吟出唐代诗人王维的一句诗。躺在中间铺位的人一哆嗦,似乎受到了惊吓,突然坐了起来,转脸四处搜寻。

"包兄,别来无恙啊?我可依照苏总的指示按时赶来了。"贺彪两眼依然看着窗外,仿佛自言自语似的。对面铺位上的人掀开大衣,怔怔地看着窗外。

阿包一副惊得目瞪口呆的样子。他大约没有想到苏洪宝约了贺彪来接应他们。认识贺彪,是在昆明的一个夜宵摊上。两伙人因为占位发生冲突,很快就由口舌之争,发展成拳脚相向,打得正热闹时,贺彪出现了。他站在队伍中一声吼,两边都停了手。两伙人都有贺彪的朋友,他从中撮合,大家又坐在了一起。后来得知,两伙人并不真正情愿和好,只是慑于贺彪的逞强斗狠，给他一个面子而已。

"包兄似乎有些惊讶，难道这也没想到吗？"贺彪以玩味的目光看着阿包，"这可是你的苏老板特意安排的，怕你不安全，让我在这里接替你！"贺彪把"特意"两个字咬得很重。

阿包将信将疑地看着贺彪，好半天才惴惴不安地问道："您……苏总怎么会安排您？"

贺彪晃了晃脑袋，吐出几个烟圈儿，悠然地说："你以为苏总什么都会跟你讲？他只会告诉你做好该你做好的部分。"

阿包心里不由得嘀咕起来，专门派人上车接替他似乎没有这个必要，这里面会不会有什么阴谋诡计？不过，他也算个走南闯北的好汉，习惯揣度别人的心理，却并不害怕别人对他动心思，他时刻防备着……

秦枫和汪涛、徐俊此时就坐在车厢一端的乘警值班室里。一位乘警用托盘端来几杯茶水放在他们面前，对秦枫说："已经布置好了，如果行动，将予大力协助。"

秦枫向乘警表示了谢意，说："我们要再商量一下，请您帮助盯住前面车厢里的贺彪，一旦决定行动，我们会提示您。"

乘警说："没问题，你们聊吧。"便退了出去。

徐俊说："贺彪一定并不像他自称的那样单纯，我们得有两手准备。"

"依我看，就在车上抓住他们！"汪涛建议。

秦枫摇摇头，两眼似看非看地瞟着车窗，说："小鱼已经咬钩，但大鱼还没冒头，既然这线已经放了出去，不到最后关头不能收网。"

"如果贺彪将苏洪宝和阿包放走怎么办？不就前功尽弃了吗？"徐俊不无顾忌地说。

"不会。"秦枫语气坚定地说，"我们是他叫来的，他绝不会做无知的事。何况，列车是人员聚集的地方，他也不敢动手，否则他自己逃不出

251

去。这些后果，他不会不考虑。"

汪涛也同意秦枫的分析，说："他是个老油子，做任何事都是有预谋的。这次，他将我们诱上车，如果不是出自真心帮我们，一定别有深意。如果他要杀人，首先会想好如何毁尸匿迹，如果要放人，得想好自己如何脱身？"

"眼下，我们只能随机应变。"秦枫说，"到汉洲只要一小时，中间只有一个停靠站，我们分头盯紧他，不怕他有什么阴谋诡计！"

汪涛和徐俊见秦枫做出了决定，都点了点头。

列车速度由快渐慢，列车喇叭开始播音，说列车即将到达下一站，请下车的旅客做好下车准备。

贺彪脱下风衣扔在铺上，却突然附身靠近躺在铺上苦思冥想的阿包，低声道："快做好准备，你赶快下车！"

阿包又吓了一跳，猛地睁开眼睛，惊讶地问："为什么在这儿下车？"

贺彪微微地点了点头。

阿包起身准备往车厢另一头走，贺彪拦住了他，沉声道："难道你想暴露老板？"顿了顿，他又说："你知不知道警察已跟定了你？"

阿包登时就冒出了冷汗，结结巴巴地道："不……不可能。苏总……很谨慎……你……怎么知道警察已经到了车上？"

贺彪冷笑着盯着阿包的眼睛，说："是比苏总更大的人物打探出来的，这叫螳螂捕蝉，黄雀在后，懂吗？如果不是我提前上车，你和苏总都会在火车站被捕。"

阿包又疑惑了，呆呆地看着贺彪。

"别胡思乱想了，赶快下车，走吧！"贺彪说着，推了推阿包。

阿包总有一种不祥的预感，这种感觉从见到贺彪就挥之不去。他犹豫片刻，咬了咬牙，说道："我要听老板的指示！"

贺彪恼了，满脸的青筋暴突，沉声道："既然老板让你下，你不下也得下，别废话。我往车头方向假装找人，你从车尾方向下去，快点！"

说罢，他从兜里掏出一个硬邦邦的东西塞进阿包兜里。

"这是老板给你防身的，快点。"阿包一摸，竟是一支仿真手枪。

这下，阿包更加摸不清虚实了。他觑了一眼贺彪佯装无意的样子，将枪揣好，迟迟疑疑地站起身，挤进下车的人群里。

在车头方向监视的徐俊发现贺彪似乎在焦急地找人，立即给秦枫打电话。秦枫和汪涛已发现阿包混在人群里准备下车，立即跟乘警告别，吩咐徐俊看住贺彪，他和汪涛追下车去。

阿包十分机警，刚下车，便感觉到跟在后面的秦枫和汪涛可能是警察，加速往出站口跑。秦枫和汪涛不敢怠慢，火速追过去。铁路警察见两个男人追赶一个男人，立即出面干预。秦枫掏出证件，亮明身份。铁路警察一看是地方公安在执行任务，迅速投入追捕。

阿包情急之下，掏枪对着追在后面人群中的警察射击。秦、汪借着出站口的廊柱躲避，铁路警察见开了火，纷纷掏枪还击。

秦枫来不及制止，阿包已经倒在血泊之中。

第十一章

抓捕乌龙

"我看到了通缉令里的一个犯罪分子。"时间一晃又是半个月过去，二〇一六年三月十一日下午六点，110指挥中心接到群众报警。

接警员把这个电话转到了秦枫的手机里。

"你好，我是刑侦支队长秦枫。"

打电话的是一个男人，他说："我看到了火车站出站口贴的通缉令上的那个人，就是黑恶势力头子的那个。"

"你确信是他吗？"

"应该是的，他是叫苏洪宝，对吗？"

"苏洪宝，没错，外号洪二爷。"

"对，我对着通缉令看了许久。四十多岁，身材五大三粗，但面相不是很凶，走路一晃一晃的。"

"你在哪里看到他的？"

"就在火车站出站口那儿。我在那里接人，迎面看到他出来。"

"什么时候？"

"十五分钟前，不对，二十分钟吧。"他接着说，"那张通缉令就贴在出站口，我在接人，闲着没事看得很仔细，所以一眼就认出了他，面部轮廓一模一样的。"

"他往哪里去了？"

"他跟我接的朋友几乎并排着走出来，然后走在我们前面，一起来到停车场。我本来想继续跟踪来着，但他越过停车场的栏杆到了马路边等车，我必须在停车场内开自己的车绕到出口，所以没跟得上，我太笨了。"

"不，你做得很好。你看到他坐什么车走的吗？"

"不知他是事先叫的滴滴，还是朋友来接的他，我刚拉开车门礼让朋友，便看到他进了一辆灰色的斯柯达轿车。那车几乎没停，一溜烟走了。"

"看到车牌号吗？"

"没有。太快了，隔着栏杆，而且我在侧面，没来得及。"

"他说话了吗？或者你有没有看到他的其他身体特征？"

"他没说过话，也没人跟他说话呀。灰色风衣，黑色裤子，很不起眼。唉，对了，他夹了个黑色手包，很洒脱的样子。他手背有些黑，或者是青筋暴露那种？"

"你确认不是黑汗毛？"

"哦，有可能。我没敢盯着他看呢。"

"还有什么关于那个通缉犯的情况吗？"

"没有了。"报警者说，"如果我提供的信息更多一些，是不是可以像通缉令上说的那样得到奖励啊？"

"你放心，对于积极报警提供有效线索的公民，我们会给予奖励。"秦枫说，"请保持通讯畅通，我们会继续跟你联系的。"

"好，希望我提供的情况能够帮助你们抓到他。"

打电话的人挂断了手机。秦枫立即将这个信息部署下去。没多久，跟在他身边整理苏洪宝情报资料的汪涛手机响了。他放下手中的档案去接听。

汪涛静静地听着，除了"嗯"和"知道了"，什么也没说。他挂断电话，走过来说："情报中心刚刚截获一条银行信息，以'李安博'之名申办的银行卡二十分钟前在北正街工商银行营业部取了两万元钱。取款人戴着帽子、口罩，还有手套，捂得严严实实。"

署名"李安博"的银行卡是跟苏洪宝有关的几张银行卡之一，一直

257

处于监控之中。

"体形上可以辨认一二吗?"

"男性,身材高大,这不用说。衣饰跟出站口报警人说的一样,十有八九是他。"

终于有了突破口,秦枫感到胜利在望。

"立即调取监控视频,追查他的行踪。"秦枫一边说,一边往外面走。"办手续,所有手段一起上。"

"他以前没有这么大意啊,他为什么要自己去取钱呢?"汪涛提出第一个疑问。

秦枫皱了皱眉头。"不知道。控起来,控紧点,别给他耍花招的机会。"

放在一年前,汪涛会信心满满地回答"是"。因为在这座城市,他从来都扮演鹰,别人扮演兔子,兔子的小花招小算计他看得多了,几时逃脱过他的手掌?但经过与苏洪宝及其背后势力的较量,那声轻率的"是"再也说不出口……他冷静地放下自己提出的疑问,迅速跟上领导坚毅的步伐。

此时,"汉洲快警"平台还未建立,但叶天佑局长一直有个梦想,那就是警务工作全覆盖、治安管理无缝隙、便民利民零距离。他在探索,在实践,他将视频管控铺开又铺开,将民警视线拉长又拉长,力图监控犯罪无死角。他还真做到了。秦枫发出追踪指令不到十分钟,巡逻民警就发现了苏洪宝的身影。

六点一刻,振兴路值中班的巡警乔和伍办完交接准备回家吃饭。

巡警伍启动了汽车引擎,乔也脱下大盖帽开始解腰带。乔感到配戴着警用装备好沉,以目前的治安形势,这些装备完全多余。他在反光镜里看了看自己，又觉得不配带装备走在街头样子过于轻佻，完全没有巡警的样子。反光镜里映出街头行人神情漠然，一个个对巡警的存在熟视无睹。

但有一个人例外。

乔正要拉开车门扔腰带，突然看到三十米外的人行道出现一个男人的侧影，太远了，他看不清他的脸，但有一点他看得很清楚：腰圆膀阔，走路一晃一晃的。

"等一下！"他说着，扭头朝晃动的身影看去。

他看见那人走下人行道往停车场跑去。一晃一晃地跑着，好像是一只庞大的螃蟹。是他，警方侦查报告里多次提到他的走路特征。虽然他尽量掩饰它，但他越是掩盖，晃得越发有些夸张，让熟悉的人老远就可以认出来。

"是他！"巡警乔再次卡上腰带，奔跑着追过去。

"乔！"

"快调转车头，跟上我！"

巡警乔翻过一道栏杆，紧紧地盯着目标。目标已经离开人行道，走进酒楼后面的停车场。他刚才一定是去超市买了东西，汽车临时停在酒楼后面。巡警乔意识到目标随时都有可能钻进一辆车里溜走，而自己却在徒步。

他仍然可以盯紧他——不时回头看看巡警伍是否跟过来。还没有，但他相信伍会过来的。目标已转过酒楼的转角，巡警乔恨自己身上的制服太显眼，不敢跟得太近。

巡警伍跟过来了。巡警乔示意他把车开进停车场，然后再回头看目标。

他不见了。

259

怎么办？

巡警伍开车绕了一圈，又回到入口的侧边，巡警乔让他接着再转一圈。这时，大约酒席散了，出来一大群人，一下子拥到巡逻车前，接着散开，各自找各自的车。停车场里启动引擎的声音轰轰作响。难道就这样让他溜了吗？

巡警乔靠在车门上逐排逐排车位看去，停车场里的车都在启动。这时，左边第二排车位里的一辆灰色斯柯达车门开了，一个壮实男子闪出身来。

是苏洪宝。

巡警乔向伍示意。苏洪宝根本没注意他们这边，迅速拉开尾厢，提出一个长长的布袋。

枪！

巡警乔的第一反应就是袋里装的是枪。布质的袋子掩饰不了枪的形状。

秦枫看着通过执法记录仪传送过来的图片，肯定了巡警乔的猜测。他打消了巡警乔继续跟踪的念头。刑警已经撒了出去，有了巡警乔的这个信息，加上市区"天眼"的配合，他相信苏洪宝逃不掉。他需要挖出苏洪宝的老巢。

灰色斯柯达车驶出振兴路，加快了速度，径直驶往郊外梅雁河西岸。眼看着目标的去向与自己的估计差不多，秦枫精神起来。

一小时后，秦枫循踪赶到梅雁河西岸的一片住宅区。

那是位于市郊的一个商住小区，因为开发商张步常破产，小区西部成了烂尾楼。斯柯达车恰恰从西门进入小区。从远处观察，汽车停放的地方是一片独栋别墅区。

"分散搜索，注意隐蔽。"秦枫说着，把车停在路边的树荫处。随行特警迅速按照耳麦提供的情况呈半月形往小区西部搜索前进。秦枫把搜查证、刑拘手续叠起来放进特警服衣兜里，关伟接过他的手包扔进汽车尾厢。两人一前一后，分别进入小区，不一会儿便来到了一栋别墅面前。

这是一栋两层的独栋别墅，跟周围的烂尾楼相比，做过简单装修，从一楼的面积估算，大约300平方米。秦枫用手摸了摸大门的手柄，上面一层土灰，显然是很久没住人了。一楼和二楼的窗帘都拉着，暂时看不到里面的情况。二楼的阳台是黑的，没有挂衣服，不像有人住的样子。南边的车库门锁着，门口挺脏，没有轱辘印，近段时间应该没有车进出。

别墅四周没有发现摄像头。

"西面围墙有杂沓的脚印，可以肯定人是翻越围墙进去的。"汪涛报告。

关伟回眸与秦枫的眼神相对。关伟的意思很明显：直接突击。按规定，警方搜查要有见证人在场，但现场追捕有特别之处，通知物业将有打草惊蛇的危险，秦枫点了点头。

六名身手敏捷的特警猫步攀上蒙着一层灰尘的楼梯。

他们黑色的特警服里穿着防弹衣，头戴钢盔，面罩拉得严实，在夜色的掩护下只露出一双晶亮的眼睛。他们翻越围墙，突破别墅大门，没有造成任何惊动。现在已直指目标，手里的微型冲锋枪都已上膛，戴着防刺手套的手指轻扣在扳机上。

秦枫被关伟拦在身后，也跟着上了楼梯。他突然觉得室内过于寂静，似乎有些隐隐的不安，但这些都无关紧要，他太想抓住这个对手了。他的心狂跳着，紧紧地盯着楼上某个窗口，心里默念着："鬼崽子，看你继续装宝，还是武力顽抗？"

关伟率先登上了别墅二层，贴着透出微弱蓝光的窗口，其他特警迅速悄无声息地各就各位。

秦枫在距房门两米的墙根靠着。刑侦支队长一般不参加抓捕行动，不是因为要冒风险，而是需要全方位的指挥调度，面上的控制对他而言更加重要。但今天的行动有些特殊。关伟回首跟他交换了一个眼神，其他特警则没人关注他，在这种场合，特警们只听队长的。他以警戒的姿势蹲着，一边履行后卫的职责，一边盯紧特警包围的房门，门底下的缝隙里透出电脑闪烁着的蓝色幽光。

他在里面！他正在废弃的别墅里操作电脑，或许正在发送指令，召集余党。

关伟抬起了手，向他的手下发出准备行动的信号。

秦枫触了触口袋，搜查令还在。执行抓捕的人都没有亲眼见过苏洪宝，甚至连他的近照都没有见过。秦枫手里只有一张苏洪宝的身份证大头像，大约是十年前的。但他知道如何辨认他。有三位"讨账缉查局"的团伙成员证实，他身上有个美女头像文身，那是他初恋女友的头像，就在他的后脖颈上。

抓捕民警看过苏洪宝初恋女友的照片，抓捕时核对文身是必要的。此外，苏洪宝十分强壮，手臂直至手背部位都长着黑色长毛，这也是团伙成员的供述。逮捕时，只要铐上双手，就能辨识出来，毕竟手背长毛的男人并不太多。关伟开始倒计时：三个指头，两个指头，一个……当他把最后一个指头收拢时，房门在汪涛手下悄然张开一条缝，两个特警做滚地龙势钻进了房里。

"警察，不许动！"关伟和汪涛手持微型冲锋枪率先冲进房里，大喝一声。紧贴着他们侧翼的是两名呈跪姿的特警，冲锋枪举在眉端，瞄准目标。随后的一名特警打开强光手电直照嫌疑人裸露的脖颈。

站在门口，秦枫看到一个穿着灰色风衣的中年人背对着他坐在临窗的电脑桌前。中年人戴着耳机，头发灰白，两手放在键盘上，手提电脑屏幕里闪烁着QQ头像。也许是戴着耳机的缘故，中年人的动作显得有些凝滞，最初的一瞬，对汪涛的喊话没有反应。

但在手电光下，苏洪宝留在警方档案里的身体特征在中年人身上昭然无遗：颈脖上的美女头像文身、手背上粗黑的汗毛。

"是他！先制服再说。"关伟说。

秦枫冲上前去。

"小心！"汪涛喊道，"他有枪……"

秦枫看到苏洪宝仿佛刚刚从睡梦中惊醒似的，终于明白发生了什么事情。他两手迅速收拢探入桌底，扭头，书桌右下角露出一截短短的黑管——

"枪！"拿着手电的特警接着大喊。

各种闪避动作发出的喊哩喀喳响成一片。站在苏洪宝身后的汪涛二话没说，抡起微冲枪柄敲向他的后颈。苏洪宝做出一个躲避动作，但后脑勺仍被击打得鲜血淋漓。

"留活口！"秦枫保持着应有的清醒。他转而对桌前的男人吼道："苏洪宝，你跑不掉啦，乖乖缴枪，我们善待你。"他虽然恨苏洪宝，却不想他死。深挖犯罪，扫除余毒，打保护伞，还得靠他呢。

那个男人嘴里发出暴怒的喉音，脖子青筋暴跳，鲜血横流的头脸面目狰狞，似乎引爆了他灵魂深处的孽匪精神。秦枫暗自寻思，应该就是他了，这就是他预想中的苏洪宝。

"闪开。"关伟将他往左侧拉。

原来呈跪姿的特警李学兵就地一倒，贴近书桌，微冲甩向背后，一手上抓，将书桌下露出的黑管举起对着天花板，一手捞向桌下，去抢枪柄。

263

这一切都发生在瞬息之间。尽管现场看起来有些凌乱，其实乱中有序。

桌前的男人俯身下扑，似乎在跟李学兵展开争抢。秦枫看见一点红色的亮光像擦火石迸发的火星，在书桌下闪烁，眼睛不由得瞪大了。

"注意！"他喊道。

但一切已来不及了。桌前的男人眼里掠过一道惊悚的目光："你，你们……"

"嘣——"像点燃了一颗小鞭炮，一声尖啸之后，书桌下燃起一团耀眼的火球。

爆炸物很小，但燃料一定不少。眨眼间男人变成一团耀眼的火球，火星像烟花燃放一样成团成簇地飞溅，落在秦枫的头上、肩上、膝上，所到之处，所有的东西都燃烧起来。汪涛迅速抓起一条毛巾，帮他护着脸拍打火星，他自己却顾不上了，猛地扑向那个男人，试图将他身上的火苗扑灭。但一切都是徒劳。

那男人已经全身燃烧起来。一团熊熊的大火包围了他，火焰像毒蛇般的发出尖啸，缠绕着，舔食着，衣服瞬即灰飞烟灭，接着是皮肤……

"救他！"秦枫大叫。

关伟也在喊："找水来。"并迅速跑开寻找覆盖物。一个特工从橱柜里猛地拖出一块带穗边的毛毯，扔在那个男人的身上。火舌从下面伸出来，与地板上滴落的液体连片燃烧，很快便把毛毯也吞没了。

"水来了。"一个特警从卫生间端出一个脸盆，大声喊道。他把脸盆里的水"哗啦"一声泼到男人的身上。接着，另一个特警也提来胶桶，踩着火苗泼到燃烧的椅子上，一个特警手里扬着湿漉漉的拖把拼命扑打李学兵腿上的火。烟雾、热浪和烧焦的皮肉味充满了整个房间。每个人都在大声地咳嗽着。

关伟不知从哪里找到一床棉被，在一名特警的协助下将苏洪宝包裹了起来，扛着往楼下冲去。秦枫退到门口，只见火焰正向墙壁蔓延。远处传来了消防车的警笛声。

书桌上还摆着手提电脑。

秦枫将手里的毛巾注进桶里浸湿，蒙在脸上，便往火焰里冲去。"你疯了！"汪涛想抓住他，但一把没抓住，他已冲进火焰的缝隙里。眼睛看不见，但他估计着手提电脑的位置，一把抓起，穿过火苗，冲回了门口。他正想往楼下跳，却被汪涛一把拉住，身后的特警将一桶水泼在他的身上。一股清烟从他衣服上袅袅升起。

"快撤，凭我们灭不了火啦。"他对汪涛喊道。

"走。"汪涛往后面喊了一声。

秦枫在特警的拥簇下跑出了别墅，回头再看，滚滚浓烟从别墅二楼的窗户里冒出来。淅淅沥沥的三月雨伴随着灰烬四散飘荡。一种彻底的心痛如潮水般一阵阵地涌上心头，秦枫感到自己又失败了，在与苏洪宝及其背后势力的较量中，总免不了有现实的伤害感和绝望感迎面而来，他似乎没有选择。

消防车和救护车到了，黄色衣和白大褂在人行道上跑来跑去。汪涛和关伟从大门里出来，别墅已清场，关伟一边说着话，一边往救护车走去。那车开着后门，好几个白大褂在门边忙碌，他们正在搬那个男人的尸体。那人在特警将他裹起来，扛到楼下时，已没了呼吸，白大褂的急救也是徒劳。关伟看着全身焦黑、还冒着白烟的尸体，回头望了一眼秦枫，狠狠地踢了一脚地上的棉絮，骂了句粗话。

秦枫钻进车里，将手提电脑架在双腿间，打开，点击启动键，屏幕亮了。

桌面有个新建文档，显示时间就是十几分钟前。

"当你看见这段话时，疯子，不要以为你已经成功。我的死只会让你更疯，让你的那些同伴因为我而噩梦缠身。这就是我今天坐在这里的原因，这是我自己的选择，而不是因为你，或者你的追捕——

这绝不是结束，一切才刚刚开始。

祝你工作愉快。但我想，你不会顺利。"

他将电脑内存搜索了一遍，没有其他有价值的信息。关伟盯着他问："没事吧？"

"我会有什么事？"他将手提电脑放在座位上，起身钻出车外。雨大了些，不知是汗还是雨水在汪涛脸上纵横。他们已经感觉不到丝毫冷意。

"李学兵怎么样？"秦枫朝救护车看了看，见李学兵坐在车里，坐在那个男人尸体旁边。"严重吗？"

关伟幽幽地叹了口气："可能伤到了脸，他还那么年轻。"

"他不是针对我们的，不然不会就这点损伤。"

秦枫说着，转向汪涛。汪涛说："可他没理由自杀啊？"语气里满是叹息和无奈。秦枫理解，也有同感——苏洪宝似乎把死当作行为艺术，给自己找了一个很好的消失的借口。秦枫相信苏洪宝消失的方式千千万万，死非他所愿。一定另有目的。否则的话，秦枫想，他就不是穷凶极恶、狡兔三窟的苏洪宝。他太清楚这个人的凶恶和狡猾，能够在他鼻子底下不断作恶，还隐身三年，不是一般人。他的思想似乎在与缥缈无际的大海战斗，立于一个忽高忽低起起伏伏的浪尖上，在巨大的波峰与波谷之间不断被覆灭，不断被拯救。

"勘查组到了吗？"

"各技术组跟消防一同进场的。"

秦枫点点头。不论他的目的是什么，想掩盖什么，勘查会给出结论的。苏洪宝喜欢玩游戏，难道死亡游戏也能让他败中取胜？

第十二章

停职审查

"冷珊？"没有回应。

秦枫打开门，没来得及开灯就大声喊着妻子，"珊珊，睡了吗？"他在办公室给她打过电话，告诉她自己很好，但抓捕失利，新闻暂时发布不了。显然，她还没有回来。不过，她说过，为明天的《汉洲晨报》法制版校完最后一稿就赶回来。

他走进浴室，脱掉衣服，想把身上的烟味和皮肉烧焦的臭味冲洗掉。在镜子前转了转身子，肌肉依然强劲，但脸色看起来有些疲倦。他从来不注意穿着，体形却是从小练起的，虽然个子不算高，大家都认为他属于女性喜欢的标准男类型。冷珊说幸亏他在警察队伍里，否则真怕被人抢了去。可爱的珊珊，眼睛到现在还被爱蒙蔽着。

打开水龙头，热水呼呼地流着，喷洒在他赤裸的身体上。一阵刺痛自肩胛传来，他想伸手触摸，又一阵刺痛源自右手腕内侧。他先抬手看了看右手腕，那里有一线烧灼的赤红，几小时过去了，包括脱衣都没有发现。肩胛是一线青肿，可能是闪避时的硌伤。

都是些无关痛痒的小伤，擦点药就行。他忍着痛履行完洗澡程序，走出浴室，打开药品柜拿出一瓶紫药水、一瓶烫伤奇油和云南白药贴。这些药已是他的随身物品，冷珊每个月都要采购，他的车里、办公室里都有备份。清洗伤口，洒上奇油，再贴上药贴，熟络地完成这套程序，才拿起冷珊挂在门后的浴袍穿上，走向厨房。

餐桌上的手机黑着屏，机眉的信号灯却在不停地闪烁：洗澡时有未接电话和提示信息进来。他拿起手机，又放回去，先进厨房倒了杯开水。

苏洪宝自杀，让他的侦查工作陷入了混乱。没有审讯，如何知道他到底做过什么？他还有哪些同伙？谁在保护他？已知的涉及他的案件，他到底在其中起到什么样的作用？

秦枫告诉自己要放松，即便不为苏洪宝的死欣慰，也没必要过分伤情。

手机没有未接电话，让他大松了一口气。三条信息分别来自叶天佑、汪涛和卫琢德。叶天佑回复他的报告，让他好好休息；汪涛告诉他勘查没有异常发现，但勘验结论和尸检结果要明天才能出来，今晚可以好好睡。

卫琢德是市局政治部宣传处处长，他的新闻通稿汪涛和叶天佑已经看过，又发到秦枫的微信里，问有没有什么补充的。既然叶天佑都审核过了，我还补充个尿。秦枫没好气地瞄了一眼，甚至没有通读一遍，就在下面回复了一个字：行。

他走到阳台上，梅雁河对面的汉洲，亮丽的路灯沿着河排成一溜，更远处的杜甫江亭已夜深人去，像忧国忧民的杜甫一样孤独地迎风而立。这套房是秦枫去年才装修的，距单位有点远，靠山临河，风景秀丽，对于没有老人幼子拖累的年轻夫妻来说，是一个再惬意不过的地方。但他们已不再年轻——他已经四十一岁，冷珊也三十六岁了。他们的日子过得也并不惬意，至少近两年是这样。他们在一起聊过，主要是因为他的工作性质决定的，但他知道这并不是问题的关键所在。当冷珊想要个孩子却总怀不上时，两人自然都会失望，不论修养有多好，失望将两人间的距离越拉越大。

对于中国人来说，没有孩子就不像家庭。老人会心焦，妻子会觉得失败，丈夫则好像自己的男子汉气概打了折扣。年龄越大，问题越突出，矛盾越尖锐，夫妻双方越不愿谈论。不过，他们两人都很坦诚，积极面对已查出的问题。

起风了。秦枫掩上阳台玻璃推门,手又蹭到了挂在门框上的中国结挂饰,这是他跟冷珊爱情的见证物。

汉洲史称屈原的招魂之地,一年一度端午节赛龙舟盛况空前。为此,公安机关每年都要投入大量人力抓安保。秦枫就是八年前参与端午安保任务时认识冷珊的。那天,梅雁河里龙舟竞渡,沿岸人山人海,刚进入《汉洲晨报》当记者的冷珊没有关注龙舟赛事,只想从人群里捕捉独特的新闻点。她睃巡了半小时,猛见身边她未曾留意过的汉子一个鹰扑,揪住两个青年,不由分说扔进随后驶来的车里。汉子却不上车,大步走向另一人群拥挤的河岸。

出现、抓人、离开,就像一个产品从原料到成品经过流水线。

冷珊看得痴了,竟忘了用挂在胸前的相机抓拍。好一会儿,她终于明白了汉子的职业,赶紧急慌慌地尾随过去。但她没有跟得过于明显,也没有贸然采访汉子。她想在现场客观地拍下反扒的全过程。

前面有座风光带凉亭,杂耍表演、杂货买卖聚集了很旺的人气。汉子在一排中国结摊位前蹲下来,俨然一个无事游荡的人。

她躲在不远处观察。汉子外表没什么特别,正跟卖中国结的小商贩讨价还价,一举一动就像街头混混,流里流气,但环顾四周的眼神机警,让她感觉精光四射。

突然,她再次捕捉到了他眼里的精光。看看四周,却没发现什么情况。回头再看,他眼里精光已经黯然,甚至流氓气十足。她心里惶恐起来。

不过,冷珊有冷珊的机警,她在廊柱后面偷偷端起了相机。

一切仍在电石火花之间。只是这次他抓住两人之后,又忽然涌出五个混混对他展开围攻。混混的意图很明显,救被抓的同伴,秦枫则想再多抓几个。后援未到，双拳难敌四手，缠斗十分激烈。

在场群众虽多，却都只是看热闹。对于记者来说，这是千载难逢的抢新闻机会，但冷珊却收起相机，果断地跑了过去。她没有参加缠斗，而是拿过秦枫的手铐将地上的两人铐在一起，免除了秦枫的后顾之忧。围攻的混混眼见捡不到便宜，呼喝一声想要逃走，却被秦枫死死缠住，接着被赶来的便衣全部抓获。

"你知不知道这很危险？"秦枫盯着冷珊说。

"你知不知道这很危险？"她盯着他答道。

秦枫拉开车门，向冷珊示意。她乖乖地钻了进去，他却突然转身走到中国结摊位前，拿起抓捕前他花钱买下的中国结回到车上。

"给，感谢。"他把中国结递给她。

简洁的一句话，省略到不能再省略了。冷珊感到一股热流从胸口涌出，沿着神经直冲她的泪腺……她强忍着没有失态。

两人的认识就这样开始，至正式确定恋爱关系又经历了半年多时间，一年后才扯结婚证。但自那时起，这个中国结就挂在她住的地方，先是挂在她的单身宿舍，然后是他们的出租屋，再后来挂进了梅溪湖。

妻子的病叫输卵管堵塞。轻度的没事，中度的如果幸运也能怀孕。冷珊属于中度输卵管堵塞，但他们不太幸运，七年了，一直未有机会。三年前，医生建议冷珊做手术。一方面因为工作原因，一直没有抽出时间上医院；另一方面他们还抱着侥幸心理，如果真的碰上了呢，何必去挨那一刀？因此，冷珊对自己的排卵期十分重视，每月都在挂历上标记出来。每当此时，他们都尽量一起回家睡觉，让蓄势待发的卵子有更多的受精机会。

走进卧室，拉拢窗帘，刚钻进被窝里，手机响了。冷珊又被什么事拖住了，打电话回来告假吗？

秦枫看了看屏幕，却是一个陌生号码。"喂？您好！"

"哎，秦支，您好。我是卫琢德，很抱歉，这么晚了还打扰您。多家媒体不满足于我们通稿透露的信息，请求召开新闻发布会，获取更详尽的情况。"

秦枫坐起来。案件还没了结，许多内情还在调查中，不是召开新闻发布会的最佳时机。但秦枫不能这么说，既然叶局长同意了，他只能执行。他把所发生的一切原原本本地告诉了卫琢德，又回答了几个问题。最后卫琢德说他会写一个更详细的新闻稿，希望秦枫早上能过去审阅。"叶局长认为没有人比您更了解具体情况，所以请您主持。"

"你们政治部的龙副主任不是新闻发言人吗？"秦枫问。

"放心吧，照本宣科就是，不会有媒体为难您的。"

"可是——"

"叶局长定的。嫌疑人自杀情节明显，简单说说就是，没什么问题嘛。"

秦枫不想再啰唆。事情再忙，跟卫琢德多说无益。苏洪宝的死，留下了许多悬而未决的问题，这一切都必须他来解答。对他来说，整个自杀过程就是一道未解的谜，时不时地刺激着他，让他内心不得安宁。但是，他不仅不知道谜底，甚至连谜面的关键是什么都不知道。

他再次钻进被窝，然后关掉自己这边的灯，让冷珊那边的灯开着，这样他可以睡得更踏实些。

他不知道她什么时候会回来。作为《汉洲晨报》的政法记者，她的工作像他一样由事件来支配，而不是由时钟来决定。这对他来说倒也没什么，他自己比她更加频繁地长时间加班加点。

他挺直腰杆坐在新闻发布会的主席台上。

"您好,"熟悉的声音响起,"我是杨娟。"一个充满自信和朝气的女孩笑容可掬地对秦枫说。秦枫暗想,喂,是不错,得放松点。

杨娟说:"今天的发布会是您主持吗?您会给我们一些通稿之外的第一手资料吗?"

"只要我知道的,侦查机密以外的都可以给你们。"

杨娟竖起一个手指,把耳麦塞进耳朵。她的表情严肃起来,右手魔术般地拿起话筒,调整了一下音量。她瞥了一眼秦枫,却对着手机说:"当我采访到中段时,你过来拿给他看。"

谁过来?拿什么看?秦枫有一种芒刺在背的感觉。

杨娟左边有位男士扛着摄像机对准了她。男士扬起手,开始轻轻地倒计时:"五、四、三……"他们是现场直播。其他媒体见状,也纷纷做好准备,伸过话筒。

杨娟的声音十分悦耳。"各位观众,为恶汉洲数年的'讨账缉查局'团伙成员大都已经落网,"杨娟说,"只有首犯苏洪宝仍在逃亡之中,但他昨晚也死了,在公安民警展开抓捕时畏罪自杀了。下面,让我们听一听抓捕刑警讲述当时的情形。"

杨娟对着秦枫抿嘴一笑,说:"您好,秦支队长。昨晚,您带领特警队试图逮捕苏洪宝,但就在你们拘捕他时,他却在一场大火中死了,当时发生了什么事?"

"昨天下午,苏洪宝从外地回到汉洲,我们便锁定了他的行踪。接着,循踪追查,找到并包围了他的藏身之所。当他无处可逃时,引爆了自带的一袋汽油。"

"他是想烧死抓捕的警察吗?"

"很显然,他准备好了畏罪自杀。"

"这么说,他知道你们在追捕他?"

273

"我们追捕他好久了，所有公共场所都张贴了通缉令，他当然知道。"

"您认为他如果拥有枪支或炸弹的话，也会用在这次拒捕中吗？"杨娟问。

"毫无疑问。"

"这么一个罪大恶极的犯罪分子死了，是件令人拍手称快的事情吧？"

这无疑是一个圈套。秦枫答道："任何违法犯罪都应通过法律的途径，接受人民的审判。"

"那他这么烧死了，你们对此还有什么调查吗？"

"当然，那是应有的程序。"

秦枫话刚说完，一个挂着采访证的年轻人挤上前来，递给杨娟一个小盒子。杨娟举起小盒子在秦枫面前扬了扬，说："那么，这盒录像带会有助于你们的调查。"

录像带？这话就像铁钎在他胸口杵了一下。

杨娟对着摄像机说："就在刚刚，我们收到了一盘录像带。里面的内容直观地反映了警方抓捕苏洪宝的情形，只是内容有些血腥。"

新闻发布会到这里基本结束了，与会记者都得到一份通稿，被告知有新消息再行通知。接着，秦枫将杨娟三人请进另一间小会议室，就突然出现的录像带与他们进行紧急磋商。

郊外别墅二楼房间的枝形灯上安装了一个隐形摄像机。秦枫看到了它记录的内容。

他看到形似苏洪宝的中年人坐在一张带靠背的椅子上，向前盯着手提电脑的方向，戴着耳机，专注地敲打着键盘，心无旁骛。

"这就是你们抓捕的那间房子吗？"

秦枫点点头。他没有注意到杨娟胸前还有一台针孔摄像机正录下他的一言一行。

视频显示房门悄无声息地开了，四名特警端着微冲，呈各种姿势冲进房里，围着嫌疑犯各就各位。也许是因为戴着耳机的缘故，疑似苏洪宝的嫌犯似乎丝毫没有觉察。

只听汪涛大喝一声："警察，举起手来！"

苏洪宝竟然没有反应，头都没转动一下。

一支手电光闪亮起来，落在苏洪宝的颈脖上，美女头像文身呈现出来。接着，手电光移到目标的手背上，粗黑的汗毛。苏洪宝戴着耳机，头发灰白，两手放在键盘上，电脑屏幕上闪烁着QQ头像。

"是他！先制服再说。"接着，是关伟的声音。

视频显示，秦枫快步走了上去。

"那是你吗？"杨娟问道。

接着，录像带里的声音变得十分糟糕，无法分辨。脚步声、喊声、拉枪栓声混在一起。视频里汪涛变得疯狂，一边闪避一边举起微冲的枪柄砸向苏洪宝的头部。秦枫的心紧缩了一下，画面上的情形比现场记忆更糟：鲜血喷溅，惨不忍睹……

杨娟问："发生什么事了？为什么这位特警要殴打他？"

秦枫回答道："看到黑管了吗？特警以为他拿着枪。"他将画面后退再放：嫌疑人在最初的愣怔之后，两手迅速收拢探入桌底，书桌下面露出一截短短的黑管——

殴打，呈蹲姿的特警探入桌底抓黑管……声音似乎恢复正常了，视频里传出秦枫的声音："注意！"

点点火星冒出来，接着盛着汽油的袋子点燃了，爆炸了，一片火海。

亮光使录像视频画面变成了一片黑红。当屏幕再次显示时，画面里有几个人在火里挣扎……秦枫坐在那里，感觉自己也被烧焦了。

"那根黑管到底是枪口还是别的什么？"杨娟问。

秦枫说:"当时,特警根本来不及判断他拿的是什么。消防和勘查人员进房后,火灭了,才发现那黑管只是一根黑色橡胶管。"

可惜的是,消防和勘查人员发现黑管是橡胶管、燃烧物是汽油,却没有发现枝形灯上的录像机。据杨娟说,录像带是匿名者快递到电视台的。

"你觉得是谁录下了这盘录像带?又是谁会把它寄到电视台来呢?"

"这我不知道。"秦枫被杨娟问中了心事,几乎抓狂。这个人是谁呢?是谁想要苏洪宝死,谁想出警方的糗,谁有这么大的能量?难道还有一个更大的人物在操纵这一切。

由检察院发起、政法委牵头的联席会议八点钟准时召开。

政法委会议室里有一股悲壮的气息:四株绿色植物躲在阴暗的角落里,檀黑的桌面、焦黑的座椅,圆桌中央的鲜花换成了两盆绿萝。公安这次闯大祸了,直接执行任务的特警已经停职,整个公安部门都觉得沮丧。每当发生类似事件,市委政法委、市检察院总会召开诸如此类的联席会议。

秦枫是跟着叶天佑一起来的,却没有机会坐在他旁边,两人几乎呈对角之势。高层会议是最讲规则的,你的位置就是你的地位。没有人比叶天佑的地位更接近政法委书记赖志和了。他是市人民政府副市长、市公安局长,不过,在这种场合,他是没有决断权的。但这并不意味着一切只有靠赖志和的结论,他只要坐在那里,解决涉及公安的麻烦事必须看他的脸色。

在叶天佑旁边坐着的是检察院副检察长王首杰。他今年五十岁,头发梳得整整齐齐,脸色十分严峻,他目不转睛地盯着手头转动的铅笔,以此来避免和桌上的其他人说话。他旁边是渎职局局长向长江,向长江旁边是市公安局纪委副书记韦红，然后是记录员。

在桌子的另一边，最靠近赖志和座位的，是市纪委副书记孙开元。他长着一头卷发，脸色红润，神采奕奕。他给人的印象，白天是绩效可观的推销员，晚上是酒吧领班。但如果你这么看待这个人，那你就已经把自己置于一个非常危险的境地。

孙开元旁边坐着的是纪委监察三室主任成平阳。成平阳曾因一个案子跟秦枫打过交道，耿直正派，两人因此关系不错。会前向秦枫打过招呼，让他做好心理准备。在这种情况下还敢于招呼，让秦枫感受到一份深深的情义。挨着成平阳的是政法委副书记费利，费利旁边是政法委纪检组长李伟业。

秦枫坐在李伟业跟记录员之间。

参加会议的人这么少，全都是有权调查处理紧急事件的人，让秦枫愈发感觉到会议的重要性，尽管他有些心惊肉跳。

主席位侧面的墙壁突然裂开一条缝，原来那是一道伪装的门，直接连通书记办公室。市委政法委书记赖志和走了进来。他原是戎州市委宣传部长，调到汉洲不到一个月。在戎州时，便跟叶天佑关系不错，只是年纪比叶天佑大些，满头白发梳得一丝不苟，棕色的脸上满是皱纹，胡须刮得一干二净，身体瘦削，肌肉发达，一看便知道爱好运动。

赖志和一坐下，便朝王首杰点点头。王首杰掏出眼镜戴上，然后拿起每个与会者面前都摆着的一份材料扬了扬，说："经查，三月十一日晚，引燃汽油烧死者的名字叫丁铁军，二十世纪九十年代初在藏南边境服役，曾荣获三等功，退役后加入某公司，担任保安部长。公司破产后，没有再就业，是苏洪宝违法犯罪的主要举报人之一……"

赖志和挥了挥手，制止王首杰说下去。"材料上的东西我都看了，我希望亲耳听听究竟发生了什么事。"他一抬头，看到叶天佑坐在自己的左手侧。"叶副市长？"

叶天佑用轻松的语调说："两年前，我们立案侦查'讨账缉查局'涉黑犯罪团伙，先后抓获团伙成员八十多人，但几次围捕首犯苏洪宝，最后都让他溜了。前天下午，他坐高铁回到汉洲便被我们锁定，自他下车，至围捕发生焚烧事件，只短短两小时。"

赖志和问道："在这两小时里，有没有脱控的时间？特别是他进入别墅前后？"

叶天佑转向秦枫，用手指了指他，示意他来回答。

秦枫说："赖书记的问题点出了出事的症结。"

赖志和对他的马屁并不感兴趣，不耐烦地扬扬手。

秦枫脸红了。"锁定追捕对象，我们靠的是技术手段，并非人跟人，也不是在他身上放跟踪器，虽然追捕中我们的人几次差点跟他近身接触，但大部分时间靠的是视频监控。因此，在监控点与监控点之间，总是有脱控时间，特别是最后确定他躲在六号别墅，经历了超过半小时的分析辨识。如果他有意构筑一个陷阱让我们钻，时间绰绰有余。"

"这样看来，这个家伙十分狡黠。"赖志和说，"对于这个人，你们有什么了解？"

"此人今年四十岁，外号洪哥、洪二爷，曾在深圳当过短时间的职业经理人、猎头，近十年来混迹汉洲，以赌博、放高利贷和帮人讨账为业。"

"洪哥、洪二爷，怎么听起来这么耳熟呢？"赖志和说。

"洪二爷并非他的专利呀，一定有跟他同名的。"成平阳突兀地发出声音。

孙开元恼火地盯了他一眼，忙不迭地对赖志和讨好地笑笑，似乎在替成平阳卖乖。

"多么可爱的巧合啊。"赖志和显得十分宽容。

秦枫继续介绍："此人就是一只传说中的狼。他驾驭一批凶残的流氓无赖，组织了'讨账缉查局'，但我们摧毁了这一团伙，却没人直接供出他来。他依赖虎狼权势生存，却只在某些高档场所若隐若现，无法追踪他到底跟那些人来往。"

"苍蝇也没有？"

"查处了几个派出所民警和街道干部。"叶天佑说，"那几个人可以说是保护伞，也可以说是他们的团伙成员。我可以负责任地说，苏洪宝有更大的后台。"

赖志和凝重地点点头。他声音柔和地对着秦枫说："确实够狡猾的，你们就这样落入了他的陷阱？"

秦枫的脸顿时红到了耳根。

"作为刑侦支队长，无论是没有保证嫌疑对象的安全，还是没有能够识破对手的陷阱，都是严重的失职。"孙开元不失时机地说。

会场突然静了下来。孙开元的话彻底扭转了刚才的议事方向，或者说真正回到了今天的会议主题上。

王首杰说："似乎也没必要用枪柄打他的脑袋。"

赖志和仍然看着秦枫："我看录像时注意到，在你们围着他时，他坐的椅子边露出了枪口，是吗？"

秦枫说："是的。虽然后来勘验证明，那不是枪，但如果你们看过录像带，无论怎么细看，当他探手进入书桌下面时，露出来的东西看起来很像是枪。"说着，秦枫从桌子底下抽出一根枪口粗细的橡胶管，猛地用它指向对面的监察三室主任成平阳，成平阳不由得恐惧地往后一缩。"这就是现场发现的那根廉价的道具。"

赖志和笑了。秦枫这个动作暗示的意义十分有趣。

"我注意到，即使在这种情形下，警方依然保持着冷静，没有开枪。"

赖志和说。

"是的，书记。"

"不过，今天的议题是如何定性这次行动。"孙开元谨慎却强硬地说，"现在所有的媒体都知道，一个保卫边疆的战斗英雄，一个为正义而勇敢地站出来检举揭发犯罪的正义人士坐在出租屋里，结果被我们的警察破门而入，把他烧成焦尸。我们必须应对这件事所造成的影响，给媒体一个说得过去的答复。"

会议室寂静得如同刚念完一遍英雄的悼词。

所有的目光都落在赖志和身上。赖志和说："孙书记，你应该明白我为什么打听那些事情。对这件事，我们要展开一次内部调查，但坦率地说，那不是我要解决的问题。我的问题是我们要先抓住这个混蛋，让公众不要因为他还混在人群中而恐慌。对于媒体的炒作，我会协调宣传部门采取相关措施。"

"我们的意见是一致的，书记。"孙开元说。

"你说得对。其实我对公安这次抓捕过程也有诸多疑惑，比如凭什么说'锁定'，比如为什么他一下高铁就有人报警，比如他怎么就那么轻易地被巡警发现等。"

"我们有通缉令，还有他身上的典型特征：头像文身、手背黑毛等。"辩解起来，秦枫自己都觉得有些心虚。

孙开元笑起来，轻蔑地说："我倒是相信秦支队长在高铁站锁定的对象是真的。只是所谓报警、在巡警面前现身、银行信息监控，可能是预设陷阱的一部分。"

"接到报警后，你核查过他的身份吗？"赖志和问。

"核查过，书记，我们有专业的情报分析机构做这件事。"

赖志和说："我相信，你们的工作还是很谨慎的。只是，他这个套儿下得太缜密,让你们抓错了人,而且还是一个连着炸弹的举报人。"他抬起头,看了看王首杰,"你们的调查有没有认定那是一个套儿呢?"

秦枫想插嘴解释一下,他核查过苏洪宝出现的每一个镜头,但他刚要说,叶天佑就伸出手阻止了他。叶天佑侧身和赖志和耳语了几句。说完后,赖志和说:"我想,内部调查是必需的。在调查过程中,请秦枫同志放下手头的工作,一心一意地配合。同时,检察院的工作暂缓一下,纪委做出结论之前,还是让纪委独立办案更合适些。"

秦枫的心紧了一下,这是宣布对他停止执行职务了。王首杰的赤脸更是变得绯红。内部调查他理解,这是要降阶处理该事件?但赖志和是完全根据法律程序说的,如果他强行同步介入,有程序违法之嫌。

"今天的会就开到这里。"赖志和翻了翻手头的材料说,"我想最后谈一谈,我们应该如何应对媒体,把社会影响降到最低限度。"

"珊珊,你现在在哪里?"秦枫在车库里泊好车,一边走,一边拨打电话。

"刚接到一单采访任务。"冷珊说,"会议进展得怎么样?"

"他们要进行一次内部调查,让我全休配合调查。我有时间陪你做手术了。你呢,抽得出时间来吗?"

"对你停止执行职务?"

"你明白是什么意思就行。总之,终于有时间可以陪你。"

"好吧,我采访完便找领导请假,"

话机里传出"嘟嘟"声,大约正有人拨打冷珊的手机。冷珊接着说:"是总编的电话。可能还有事要交代,我过会儿打给你。"

"有什么大事吗?"

"我打给你时再告诉你。"

秦枫返身回车库拿了瓶水回到绿地上。他喝得太快了,水流吸入气管,他咳得几乎闭气。但他仍在往嘴里倒,嘴角溢出的水像小溪一样顺着脖子流下来。他把空瓶扔进一个垃圾箱。几米开外,一个小女孩充满好奇地盯着他。

"嗨,你好,小美女。"秦枫说着,弯下腰。女孩有张异常明媚的脸,大大的眼睛,长长的睫毛,鼻子高而挺拔。

"叔叔,你心情不好吗?吃块糖吧。"女孩伸出手,一块泡泡糖在他眼前晃荡。

秦枫用手指轻轻抚摸了一下小女孩冰凉的脸颊。"谢谢你,小美女自己吃吧,下次叔叔带糖给你吃。"

"我叫吴欣颖,现在博智幼儿园上学。"

"好,吴欣颖同学真乖。"秦枫真想把她抱起来。

但她妈妈迅速走过来,把她抱在手里。"跟叔叔说再见。"

小女孩扬着手,盯着秦枫的嘴巴,难得一见的阳光在他嘴角的水珠上跳跃着。要是自己有一个这样的孩子多好啊,他喜欢这种感觉。

手机响了。秦枫一边与小女孩挥手说再见,一边掏出手机接听。

"珊珊,这么快就忙完了?"他说。话筒里却没有回应。他看了看屏幕,是个陌生号码,自己冒失了。

再次将手机放回耳边,话筒里有了声音,像燃放着一串飞扬着讨厌灰屑的鞭炮:"喂,您好,请问您是秦枫支队长吗?你真的被停止执行职务了吗?请问您认为对战斗英雄的死负有什么责任?你对上级的处理有什么想法……"

大约是记者,真不知道他们这样提问有什么益处。这些问题,他一个都不想回答。并不是他不能回答,而是答记者问就得面对某种隐藏的却时时刻刻可能到来的危险。他发现自己开始怀疑和惆怅,他质疑抓捕的真实性，质疑套儿是否真是苏洪宝所为。他对苏洪宝的理解是有一定灵魂深度的，苏洪宝可以做出恶案、可以隐藏，但他不可能调动种种因素，把套儿下得如此完美。他毕竟只是一只活动在地下世界的鼹鼠。

秦枫从来没有想到，苏洪宝竟然敢给他打电话。但是苏洪宝就这么做了，他本身就自认为自己是社会丛林里的一只狼，从来都是他弱肉强食，怎么能容忍别人咬他？

正当秦枫满腹疑惑时，手机又响了。话机里传来一种嗡嗡的网络噪音，很怪异。他很快明白是怎么回事了。

"感谢你啦。我真正的意图是让你忽略你真正杀死的人是谁。不过，成功对一个举报人灭口也不错，反正舆论不会放过你。"

秦枫掏出另一部手机，给监控中心发出一条指令："追踪信号源。"中心会在几秒内对他的电话进行追踪。

"别得意得太早。"

"不仅是我，很多政府干部也会感谢你，你让他们减少了一个纠缠上访的人。"

他总是这样冷血残忍。"你不会总是赢的。杀死他，只会让你多一笔血债。"

"小心，别拿战斗英雄说事，那可能让你陷入更加难堪的处境。"

另一部手机仍没有回音。他还得尽可能地缠住他，直到监控中心追踪到对方的电话。虽然苏洪宝反侦查意识很强，但局里的追踪技术、追踪速度都已有大幅提升。

"如果你以为打击了我，就没人抓你，那就错了。"秦枫说。

"哼哼，走着瞧，看谁敢碰这个案子。"

秦枫一边在另一部手机上再次发出追踪指令，一边说："即便所有人都不敢碰，我也不会放过你。"

"你这是何苦呢？跟冷珊好好过日子吧。抽时间造个孩子，享受天伦之乐。"

这些事倒真是他一直想要的，可从对方嘴里说出来，让他无比恶心。他再次在另一部手机里催促监控中心："快点，我要追踪结果。"

"我的事不需要你关心，还是赶快来自首吧，为自己争取个宽大处理的结局。"秦枫说。

手机里突然没了声音，秦枫以为对方挂了机，等了一会儿。

"告诉我，秦枫，你为什么要揪住我不放呢？"

"需要我解释吗？"

"你知道我对杀人伤人不感兴趣，何必把'讨账缉查局'栽到我身上呢？何况那些人你都抓了，有喽啰，有骨干，有为首的，很清楚。你是不是有个人原因？"

"破案，不再让更多的人受到伤害就是我的个人原因。"

"拜托，别再唱红歌了。喜欢什么跟我说，我会尽量满足你；或者给我一个账号，我会让你实现经济自由、精神自由。"

"你自首，便让我部分实现了精神自由。"

"看来，我越是想让你撤出针对我的追查，你就越要插手。为什么呢？你应该有更重要的事情做啊。"

这话说得趾高气扬，秦枫隐忍着，不予回答，但苏洪宝并未放过他。

"好好想想吧，多做些对自己有好处的事情，比如赚钱或升迁。"

秦枫看了一眼另一部手机，催促道："快点，锁定了没有？"

"我不针对任何人，我只针对违法犯罪者。"秦枫放缓语气，继续拖延时间，让他说，听他说，"谁犯罪谁就是我的追查对象。"

"我知道，相对你的观念而言，犯罪无处不在，我尊重你的生活目的。但我并没有犯罪，你不必把时间浪费在我身上。"

"如果你来跟我说清楚,我就不再追查你。"

"好吧,等我安排好手头的事。"

"什么时候?"

"秦大支队长,你真天真,真是乖孩子。"

竟然还没有追踪结果?

苏洪宝继续说:"我得说再见了。放弃对我的追查吧,这样你的日子会好过些。否则——"

"不会好过的是你。你不进监狱,我会追得你不得安宁。"时间已经拖得够久了,怎么就不见监控中心回复信息呢?

"太遗憾了,战斗英雄的死竟然没有让你感悟一点点生活的真谛。"苏洪宝说,"看来得直接些了,可不要说我没有警告过你啊!"

已经是赤裸裸的威胁了。可恨的是,监控中心一直没有消息传来。秦枫的心痛了一下。两年来,他没日没夜地追踪,苏洪宝不慌不忙地逃跑。就这样,接连好多次发现他的行踪,甚至两次锁定具体位置,苏洪宝都能悄无声息地消失。缠斗了这么久,秦枫才知道苏洪宝的能力真的很强大,他似乎织成了一张无处不在的大网,只要秦枫稍有动作,他就会知道,从而逃之夭夭。

秦枫有些伤感,但他不会绝望。无论苏洪宝怎么厉害,在这场逃与捕的斗争中,他总是猎人,苏洪宝只是猎物。当猎物嚣张到嘲弄猎人时,猎物的末日就不远了。

第十三章

冲气以为和

秦枫一边往办公大楼走,一边想着追踪电话的事,眉头越皱越紧。在拐弯处,遇上了汪涛。汪涛没事人似的,嘻嘻笑着迎上来。

"媒体真是多事,"他说,"把我和你都妖魔化了,特别是一些微信评论。"

"你接到过媒体电话吗?"秦枫问。

"岂止是媒体,简直是全民公敌,不少好事者打电话来,一天都不得安宁。"

凡是参与抓捕的同事可能都受到了媒体骚扰,他真恨不得找个地缝钻进去,这都是他组织不利的结果。"省厅领导怎么看?"

"省厅倒是站在我们一边,认定那是一个陷阱,任谁都难以回避。"

"这对下一步的侦查倒是个助力。"

汪涛眼珠骨睩一转,说:"可也有不好的消息,听说有人把我们的事捅到了省纪委,青哥发话了,说这不仅仅是纪律问题。"

"楚青桐吗?"

"不是楚青桐是谁?八年的副书记咧,在省纪委说话可是响当当的。"

汪涛看秦枫对上层的事情一窍不通,继续剧透:"可惜省委政法委陷入'干预门'事件,一直没有脱身,受到媒体的纠缠,烦透了。否则,只有政法委才能与之抗衡。"

所谓"干预门",秦枫听说过。一年前,新猎鹰投资有限公司诉戎城市雪峰大桥项目部合同纠纷案久审未决,新猎鹰老板张步常反映到省委政法委,政法委经过调查,协调法院从优化经济发展环境出发快审快结。

"优化经济发展环境"这种提法本身没错，但项目部投资人刘烈宏认为协调会有猫腻，属于政法委非法干预司法，投诉到省纪委。省委政法委再次召开协调会，法院各打二十大板审结。此案本来已经息事宁人，但法院不该将它作为法制宣传的典型写进年终总结。总结又给了媒体。媒体结合以前的报道，发现了案件背后的猫腻，大肆炒作，政法委为此焦头烂额。

"你这是要去哪里？"秦枫问。

"去哪里？看来你还蒙在鼓里哇。"汪涛仍旧没事人似的，"检察院揪住我用枪柄击打那个战斗英雄的事不放，局领导说在事情完全调查清楚之前，放我长假咧。"

"他们怎么能这样对待你？"秦枫不平地说，"这事应该由我来顶。"

"你以为你会比我好到哪里去？等着吧。"汪涛一脸戏谑地说，"这样也好，我正好可以陪陪小梅和汪飞。这么多年，我亏欠了他们。"他抬腕看了看表，"哦，我得走了，我要带小梅和汪飞去公园。汪飞可高兴了，下学期就上小学了，我还没陪他去过公园呢。"

"那我是去办公室，还是陪你们去公园呢？"

"如果你能去，我们是欢迎的。不过，你还是去办公室受虐吧，还有折磨等着你，嘻嘻。"

"请代我向小梅道声对不起。"

汪涛停下来，端正了面容。"别这样。也许你倒是应该对自己道声对不起。"他转过身说，"没有道歉，小梅更高兴。"说完，他大踏步地朝大门外走去。

正要上电梯，秦枫的手机响了。

"在哪里？"叶天佑的声音短促而简明。

"准备去办公室。"

"别去了。上午，教师进修学校安排我上一堂法制课，可我要去市里开会，你代我去讲。"

"好的。"秦枫应得很爽快，可内心一点儿都不想去。"昨晚向你汇报的追踪电话的事，我想去查一查，查完我就过去。"

"那事你不用管了，我会调查的。"叶天佑似乎在催促他离开局办公楼。

秦枫满腹疑虑地将车开进教师进修学校的停车场。他有一种陌生的、难得体会的祥和感。一路上，他跟叶天佑继续扯案子，叶天佑却一味地回避。说到对他的处理，叶天佑的语气也有些含混，最后说："大不了像汪涛一样安排行政性休假，调离这个案子。当然，这正是犯罪分子所期望的，我绝不会让他们得逞。"

沉默了一会，叶天佑接着说："不论最后结果如何，我希望你和汪涛不要灰心。只要我在，这个案子你们得继续查下去，因为没有人比你们更了解这个案子。"

八点三十分，秦枫准时走进教室。他在车里换上了夏长袖制式衬衣，打了领带，夹了领带卡，显得十分规范。

"大家好，市里突然召开紧急会议，叶天佑副市长抽不开身，让我代他向大家道声歉。我是刑侦支队支队长秦枫，今天就由我来跟大家交流有关法制建设的话题。"

他从包里拿出自带的矿泉水喝了一口。这是一间阶梯式礼堂型大教室，几个班学生合在一起，他们本来期望副市长来给他们讲课，迎来的却只是个支队长，不免有点焦躁不安。

"我今天跟大家交流的法制话题是'正当防卫与紧急避险'。"

这些教师来自于各个科目，却没有一个是学习法律专业的，他们接受过一些西方的理论，对国家法律却只有一些浅显的理解。他们对秦枫的讲授十分感兴趣,下课了,依然缠着他问这问那,并要求校长延长课时,让秦枫继续讲下去。

对于教师们的要求,秦枫同意了,但今天他没有时间。他不能再想法律尊严的话题,他得想想自己被要求休假等待纪委调查结果的事。他从来没有像现在这样需要一个朋友或亲人,最好是妻子冷珊在身边。

他走进停车场里,从包里拿出车钥匙,拉开车门,一束玫瑰迎面而来,然后他才看到捧着玫瑰的人。

"不知道这样的安慰够不够?"冷珊说,"可我只能想到这样。如果不够,那就加上我,一起献给你。"

秦枫大笑起来,扑过去,一把抱着她的头。"把你献给我吧!"

轻柔的音乐,迷蒙的灯光,一张半封闭的卡座,餐桌上摆着鲜花。秦枫殷勤地给冷珊铺好餐巾,倒上柠檬水,半掩的窗帘洒下一片温馨的光晕。

"你是不是喜欢我被停职?"秦枫问冷珊。

"喜欢你对我好,但我不喜欢你为停职愁眉苦脸。"

"以前,我哪有时间陪你在这里浪漫?"秦枫对妻子说,"就在两天前,我指挥失误,本来以为追踪的是一位无恶不作的黑恶分子,却让一个战斗英雄莫名其妙被烧死,第三次失去了抓住这名黑恶分子的机会。一个特警因烧伤住进医院,汪涛的职业生涯可能受到影响,市局因此会失去评上综合治理先进单位的机会,所有民警会失去一个半月奖励工资。我自己被停职,等待调查处理。你说,我该不该烦恼?"

"该!"冷珊暖心地说,"我这不请假回来陪你吗?他们让你这么一位好警察停职,那是他们的错,只会让犯罪分子更加逍遥法外。"

"我不会放弃的,汪涛也不会放弃的。"秦枫说,"叶局长也说了,虽然停我们的职,但请我们继续关注这个案子,利用休假接着干。这就是说,我该干啥,还得干啥。"

"哦,那你还会像以前一样忙吧?"冷珊似有心事。

秦枫端起饮料。"说实在的,我现在比以往任何时候都想抓住那个家伙。无论如何,他都不能让我撤出这个案子。"他喝了一口饮料。"对了,你请假了吗?我跟康雅医院说好了,这几天去做深度检查,实在不行就手术,你有心理准备吗?"

"你不是继续办案吗?"

"查是查,不会像以前那样忙。我会守着你的。"

冷珊微笑着看着他,拿出一张假条——她果然已经请好假。

"太好了。"他探过头,在冷珊的额头轻轻地亲了一下。他们点了中餐,谈论着手术后一边休假享受云南的宜人气候,一边做孕前准备,然后怀孕。吃完后,他们又各自点了份饮料,慢慢地酌。

"停职了,至少不用天天守着办公室,至少可以随心所欲地做自己的事情。"她说。

"比如说?"他问道。

"即使我们不去云南,你可以守着我把手术做完,然后怀上孩子吧。"

"听起来要求很低,不过我想我会做得更好的。"

"谢谢你。"

"看来我太坏了,以前委屈了你。"

"不是的。我怕我请了假,做好了手术的准备,你却没时间陪我。没有你,我怎么怀孩子啊?"她说着,羞涩地笑了。

"当然不会。"秦枫喝了一口饮料,"这样吧,我们先去手术,手术后去外地疗养。"

"真的?"

秦枫诚恳地点点头。

冷珊隔着桌子探出身子亲了亲秦枫的头发。秦枫站起来，两人的脸挨在一起。冷珊有些不好意思，坐回座位拿起餐纸，偷偷地看了看卡座外那些正在偷看他们的食客。他们已不是二十几岁的年轻人，但他们在干年轻人的事。

冷珊说："该是你暂时忘记那些案子的时候了。"她很喜欢目前的状态，特别憧憬秦枫描述的一切，她简直爱死他了。

"下午，我就跟叶局长说。"

"他管不着你了。"冷珊说。秦枫吓了一跳。"你不知道吧，叶天佑让你代他上课，是因为上午省委组织部找他谈话。他已经是省公安厅党委委员、副厅长，不再是汉洲的副市长、市公安局局长了。看你信息闭塞得。"

秦枫有些意外。

叶天佑将担任省公安厅副厅长早就有传闻，而且汉洲市公安局长本来就是副厅长第一候选人，他担任副厅长没什么奇怪的。只是上午谈话，秦枫却蒙在鼓里，这很不应该。汪涛不说，也许是他觉得是旧闻，不值得说。但叶天佑自己该告诉他的，毕竟还派他帮忙代课呢，怎么不透露一点儿口风？

秦枫有些沮丧。他对自己有赏识提拔之恩，自己肝脑涂地，舍身相报是应该的；但自己对他来说只是一个普通的、受他恩惠的下属而已。

秦枫镇定下来。他明白自己必须调整好心态，不论是更加俗气，还是提高格调。他把手指与冷珊的手指交叉在一起，在一室艳羡的目光下走出餐厅。

他决定将浪漫和温情进行到底，继续逛逛商场，给冷珊买件礼品，给准孕妇培养好心情。但事不尽如人意，两人刚到商场楼下，市纪委的电话进来了，让他立即过去。

秦枫一进门,便觉得气氛不对。那不是一间正常的办公室,而是经过了重新装修和布置,弄成了审讯室的模样。他坐的凳子是固定在地板上的,前面横着一张办公桌。市纪委监察三室的纪检员小黄和小李则坐在一米开外的另一张办公桌后。

"秦枫同志,我们今天找你,是受领导的指派,希望你如实回答我们的提问。"小黄说。

秦枫告诫自己保持良好的心态,冷静对待。"我一定有一说一。"

履行完必需的程序后,小黄开门见山地问:"你认识丁良萍吗?"

"认识。"秦枫随意地答道。

"认识伍经元吗?"

"伍经元?"秦枫一时有些发愣,名字耳熟,却一时想不起。

"外号元宝,二十岁,帮着在荷花池开排档的。"小黄补充道。

秦枫恍然地说:"元宝啊,你直说丁良萍的儿子不就得了。他们是两年前一起伤害案件的当事人。"

"你是否因丁良萍的关系,包庇过伍经元?"小李直截了当地问。

"你什么意思啊?我跟他们只是办案人与涉案人的关系。何况两年多了,案件早就处理到位,何来包庇?"

"秦枫同志,我们刚才明确告知你,只是为完成领导交办的任务,请你端正态度,好好配合,才能顺利地解决问题。"

"哪个领导?让他来跟我对证。"秦枫有些急。

"秦枫同志,请你回答我的问题。"小李说。

"没有包庇。"秦枫强硬地说。

"我再问你,你认识丁铁兵吗?"

秦枫摇摇头。小李紧接着问:"丁铁军呢?"

秦枫大概知道是怎么回事了,突然十分懊恼自己以前做事不够细致,竟然没有弄明白其中的关系，就贸然放弃。

小黄接着说："不回答我也明白你知道丁铁军是谁。我告诉你，丁铁兵就是丁铁军的哥哥，丁良萍的父亲。"小黄扬了扬手里的几张纸，继续说。"这是一封控告信。两年来，这封信一直在往纪委、人大、政协等相关部门寄。控告的内容刚才已经说过了。不过，最近的控告信又加入了新的内容，说你烧死丁铁军是为了灭口。"

秦枫笑了。"既然我跟丁良萍有关系，包庇他们，何来灭掉他们的叔叔、叔外公呢？"

"因为丁良萍与丁铁军一直不和，丁铁军侵害了丁良萍的利益。"

秦枫冷笑着反问："证据呢？"

"秦枫，请回答我们的问题。"

秦枫冷冷地看着两人，嘴角挂着明显的讥讽。小李恼了，他大学毕业便参加纪检工作，只有自己盛气凌人审讯别人，秦枫这讥讽仿佛把他推上了受审席，哪能不急？

"秦枫，你这种态度，别怪我们不客气。"

秦枫撇了撇嘴，一言不发。

"好，好，你就这种态度，是吧？"小李站起来，凑前一步，指着秦枫问。

手指几乎戳上秦枫的额头，戳进他的眼睛。他本来可以抓住小李的手指，那么一掰，避开这份凌辱——以他的力量，两个人都不是他的对手。但他忍住了，依然冷冷的。

小李的手指挥了挥，终于感觉无趣，收了回去。讯问进行不下去，两人更加气急，小黄狠狠地把审讯记录摔在桌上："好，你要横，看你能横到什么时候。李哥，别理他，办手续。"

所谓"办手续"就是"两规"。

这时门打开了，监察三室主任成平阳跑了进来，说："怎么啦，谁在摔东西？"

秦枫依然冷冷的。"哼，原来是成主任的手下，这是摆鸿门宴，还是瓮中捉鳖呢？"

成平阳严肃地看着他，冲两个年轻人使了个眼色。年轻人走了出去。"秦支，对不起。我们只是履行正常程序，查证一封控告信，不是要把你怎么的。"

"这是正常程序？有证据吗？每一件空穴来风的事都要这么一番审讯？"

"你……"成平阳叹了口气，"你呀你，审惯了别人，受不了一点气。"

"这不是受不受气的事，这是要把我往死里整。"秦枫说。

成平阳说："你就说有没有这种事，说清楚就行。"他语气平缓，像推心置腹的朋友。

秦枫盯着他的眼睛，不明白他诚恳的询问背后，是否暗藏着杀机。

"不想回答？还是一时说不清？"成平阳将问题进一步延伸。

纪检跟刑侦异曲同工，高冷骄傲的都是蠢货，而看似温和，跟你促膝谈心的，才真正软刀子杀人，挖出你的心里话，置人于死地。秦枫也平和地看着成平阳，一言不发。背后就是摄像头，他的任何言行都会记录在案。

"我说秦支，多大点事啊，非要为难我们？"

"哈哈，这哪是我难为你们啊。"秦枫知道不能一味沉默，"我办了很多的案子，哪里每一件案子都把人家祖宗十八代细细地查啊。他们的关系我都不知道，哪来的包庇或灭口呢？这明明是陷害，是我得罪了什么人，人家要置我于死地呢。我不相信，这事你能看不清？"

成平阳盯着秦枫的眼睛，顿了顿说："秦支，我跟你们办案一样，都在履行职责。今天，我们找你是通报情况，希望你能在这里说清楚，也是走第一步程序。如果你说不清，那我们就不得不直接开始第二步。"

"什么第二步？"秦枫问。

"找控告信里涉及的当事人。"成平阳说。

秦枫反而释然了，说："非常赞成你们走第二步。希望你们实事求是地走好第二步，给我一个清白之身。"

"你……"成平阳一时语塞。

叶天佑从市委组织部辞别下楼，正好看到秦枫从对面的纪委办公楼出来。疯子，苦了你啦！叶天佑发自内心地暗叹一声。旁人不知道，上司的心思有多重，才会看起来无情。上司也只有保住自己，站稳脚跟，才有能力保护下属。

"怎么回事？"叶天佑率先发问。

"什么怎么回事？"秦枫露出警惕的眼神。

"你怎么在这里？"叶天佑继续装傻道。中午的时候，省纪委副书记楚青桐给他打过一个电话，先是寒暄几句，对他升任省公安副厅长表示祝贺。

就在他挂电话时，楚青桐说："哎，别着急，叶厅长，我还有个事想跟你通声气。"

"你说。"叶天佑慎重起来。

"是关于小秦的。"楚青桐说，"我想问问，这个同志办案到底怎么样？"

"很好啊。"叶天佑说。如果是别的人这么问，他是会发火的，这不是找不自在吗，明知秦枫是他选调来的。

"叶厅长，几年来省纪委一直接到控告信，说小秦徇私枉法，包庇罪犯。我们侧面调查过,也是跟你一样觉得这个同志不错,所以一直压着。没想到出了焚烧案,有人举报他有灭口嫌疑。估计市纪委会专门找他调查。"

"焚烧案灭口嫌疑……"叶天佑问。

"你不清楚就算了,是市纪委要查的,但我突然想起,便跟你说一声。"

叶天佑一边听着,一边琢磨着楚青桐的潜台词。市纪委出面,难不成是省纪委的指令?

"楚书记,刑警办案不容易,是个得罪人的活,有人控告举报很正常。"

楚青桐说:"是啊,我也是这么理解的。"语气十二分真诚。

叶天佑本来想找个机会再跟秦枫通气,没想到纪委走在了他前面。

"你不知道?"秦枫说着,心想:你只忙于自己升官,哪里管手下死活呢。

"我要知道还问你干什么?"叶天佑不轻不重,语气里仿佛暗含责备。末了,他接着说:"走,我们喝茶去。"

说走,叶天佑还真步行出了市委后门,再转过一条小巷,竟然来到一个虎丘古亭、翠竹成荫的院落。喝茶就在古亭里。初夏时节,白天酷热,入夜则转凉,微风习习,竹林窸窣,似乎每个角落都往外渗透着一种真正的静谧和清凉。

一个妙龄少女帮着摆好茶具,便飘然而去。叶天佑更像一个煮茶老者,秦枫才是喝茶人。不过,叶天佑半靠半躺在茶椅上,并不像平常茶者那样正襟危坐,显得十分随意,也很放松。他们之间的谈话,则远离了公安本题,更像是闲聊天。

叶天佑问:"上午的法制课上得怎么样?"

秦枫说:"老师们的思维十分活跃,对法制的探讨非常投入,我只是说出自己实践中的一些感悟而已。"

"实践感悟是真正的道理啊。"叶天佑说,"《易经》上讲得明白'与天地合其德,与日月合其明,与四时合其序'便为道。老子也说'人法地,地法天,天法道,道法自然',这都是同一个意思啊。"

"孔子读《易经》韦编三绝,叶厅长下的功夫恐怕比孔子还深。"

"哈哈,那是因为我天资愚钝。"叶天佑毫不谦逊地说,"圣人读《易经》都那么用功,我怎么能不用点心呢。不过,仅仅读《易经》还不够,得读读《道德经》。《易经》讲究刚健,开章明义'天行健,君子以自强不息',鼓励积极作为。刚健本身没有错,关键是要用阴柔来调和,《道德经》讲的就是以退为进的策略。"

秦枫心里一懔。十年前,雁麓分局长是个喜欢读书的人,倡导大家读《论语》。秦枫读过后,按图索骥,才买《易经》《道德经》来读。当时,他读出些许心得,还写了篇文章登在市局的网站里。可是,他似乎没有想到叶天佑讲到的这一层。

"《道德经》里的话都是要辩证理解的,如果一味偏于阴柔,则会陷入诡诈;如果用在正道上,则能完善自身,造福于民。比如他说'我有三宝:一曰慈,二曰俭,三曰不敢为天下先',慈和俭好,不敢为天下先就不好吗?非也。敢为天下先是需要天时地利人和的,没有条件,一味地往前冲,只会白送死。皮之不存,毛将焉附。"

秦枫说:"这么说来,是有道理。但你不试,怎么知道有没有条件呢?"

"这就得明智。改革开放,敢为天下先,是中央领导在把握了天下大势,掌握了国家大局的情况提出来的。我再举个例子,'将欲弱之,必固强之',普通理解是面对坏人坏事,就要在萌芽状态消灭掉,如果等到他强大了,再来削弱,恐怕要付出更大代价。但我们搞刑侦的都明白,有些犯罪如果不达到一定程度或规模,我们就不能对它采取措施。还有'为者败之,执者失之。是以圣人无为,故无败;无执,故无失。'如果这个'为'当作'有所为有所不为','执'当作'执着、执念'来理解,你就会有上善的感悟。"

秦枫说："厅长你这话太深刻了。"

"当然，《易经》和《道德经》也有相通的地方，如'一阴一阳之谓道''万物负阴而抱阳，冲气以为和'。这就是说，一个人不仅要刚健，也要阴柔。否则，一个人的一生未免有所欠缺。"

这时，秦枫听得背心微微出汗，默然片刻后说："没想到厅长有这么高雅的谈兴，在你身边三年，第一次听到你谈及公安之外的真知灼见。"

"当今之世，讲道听道，都是愚痴的做法。你如果不在背后暗暗笑我，便算这一顿茶没有白喝；如果笑了，也是枉然。"

秦枫无言以对，只得低头默默喝茶。他觉得叶天佑是在暗示他，不要对苏洪宝追得太紧，退一步示之以弱，等待时机成熟。

事后，秦枫仔细地回忆过这次聊天的每一个细节，最终得出一个结论，叶天佑找他，只有一个目的，让他暂时放弃对苏洪宝的侦查，并且教导他保持信心和耐心。再深入地想一想，又觉得事情并不应该如此简单。苏洪宝在他任上脱逃，是他汉洲职业生涯的败笔。但这样的败笔根本不算什么，又没影响他的升迁，哪值得他如此郑重地对下属进行旁敲侧击？

如果不是对苏洪宝过于热心，那他的目的是什么呢？仅仅是无聊，想找个人谈经论道？

以秦枫对叶天佑的了解，他的时间极其宝贵，他所做的每一件事，都有明确的目的性。正如秦枫感觉的，自己已经没有多余的时间可以虚耗一样，叶天佑的年龄比他大，对于时间的紧迫性，以及对行为的目的性，应该比秦枫强烈得多。

秦枫认定，叶天佑叫他喝茶，绝对不会是无目的的，而从他们之间的谈话来看，叶天佑的目的，似乎不是为了自己，而是为了秦枫。

秦枫觉得遗憾的是，叶天佑想对他说的话，已经说了，但他并没有理解。

第十四章

学会熬鹰

五月中旬，汉洲市副市长、公安局局长黎政履新到任。

黎政原是省厅警令部主任，秦枫职务跟他相差太远，工作又不搭界，彼此完全陌生。履新那天，秦枫看着他走上主席台，步幅细碎，每一次向前伸脚的时候，脚尖微微有点外八字，给人迈方步的感觉。他的双手均匀摆动，手掌像鸭蹼一般往后背翻，显得从容、淡然、自如、自信，没有志得意满的矫情。

秦枫揣测新局长大概比较低调、自主，不会轻易相信人，也不会轻易实施班底调整，暗暗地将前期办理的案件做成扎实材料，预备着当见面礼。但黎政在市局只待了几天，便去了县里。他在市局到底说了什么做了什么，秦枫完全不知道，也找不到见面的机会。

有一件事让秦枫奇怪。因为烧死战斗英雄的事情，组织上宣布对他停止执行职务，但市局党委一直让他工作照做，职务照常履行。过去这么久了，却没人再宣布他恢复职务，似乎已经把他忘记。

汪涛也依然被晾着，没人"宣诏"让他回来上班。徐俊和李学兵工作变得缩手缩脚，再也没有过去的锐气，不过还经常跟他在一起，偶尔说说新局长的消息。

五月底，落寞了几个月的手机突然响了起来。接听之后，才知道是市局政治部打来的。

除了卫琢德，他几乎不认识政治部其他人，因为政工工作上有政委，下有政秘科，他的事就是破案，并不想跟政治部那些婆婆妈妈联系。

对方说："市委组织部来人找您谈话，请您马上过来。"

谈话在政治部会议室进行，秦枫进去的时候，里面已经有四个人，除了政治部主任严明，还有两男一女，其中一个是他升任支队长的谈话人，姓陈，副部长。

陈副部长主动伸出手，跟秦枫握了握，说："秦枫同志，请坐。"

秦枫看了看室内的格局，很容易找到了自己的座位。椭圆形的会议桌，组织部领导独占一方，不论是谈心、询问、讯问，他只能相对而坐。

陈副部长说："秦枫同志，你是久经考验的刑警。今天找你来，主要是有件事宣布，相信你早有心理准备，组织上也相信你能理解和接受。"

秦枫心里"咯噔"一响，脸上却依然平静。"我明白。"

陈副部长却不再说话，面色平和，沉思着看了他一会，示意旁边的年轻人将一张红头文件摆到秦枫面前。

那是一纸任免文件。前面一摞任职姓名，免职的只有一个：秦枫，排在最后。

陈副部长依然很和蔼，说："秦枫同志，鉴于三个月前你在办案中的失误，经纪律调查，市委决定给予你免职组织处理。你有什么想法，可以敞开谈一谈。我可以解释的，当场答复；我做不了主的，可以带回去。"

组织部说不了是非，更解决不了是非。既然做出了组织处理，那就说明纪委调查结果没有拿得出台面的证据，但又不能不处理人，给某些人一个交代和安慰，那就只有受着，多说无益。只是处理了自己便罢，别人的事，他还是要说一句。

"我接受组织上对我的处理，但我诚恳地请求组织上公正对待汪涛和徐俊，一切由我担着，让他们官复原职，尽快回归岗位。"

陈副部长笑着问："你个人就没有任何要求？"

秦枫摇摇头："汪涛和徐俊都是办案好手，这么浪费太可惜。"

陈副部长微微点头："你真就没有什么要说的？"

"如果说有什么要求，我请求将我安排到汪涛手下，做一名基层刑警。"

陈副部长摇了摇头，合上笔记本。"事后，你如果觉得言犹未尽，可以到组织部来找我，或者打电话也行，我随时欢迎。"

这等于说了再见。秦枫并不觉得是客气，或者惋惜。他拿起文件折了几折，叠进口袋里，退出两步，敬了个标准的警礼，便转身离去。

两年前，他坐火箭般地从派出所所长，升任刑侦支队副支队长、支队长，突然又被一抹到底。秦枫从没想到自己会如此被动，如此狼狈，他真想放声大笑。

扫黑行动，因为叶天佑的升职和秦枫的免职已告结束。汪涛和徐俊回到原来的岗位，秦枫如愿被分配到一大队任普通刑警。一开始，汪涛并没有安排他具体工作，而且队里的大事小事，都要请示或者同他交换意见。后来，秦枫有些烦汪涛的婆婆妈妈，也不想干预队里的事务，惹别人闲话，干脆闭口。时间一久，他便成了刑侦支队最大的闲人。

官场是个世俗之所，公安也不能免俗。此前，他的电话每天不断，最多的，是约他吃饭，每天至少十几个。现在，他倒是有时间了，电话却少了。仔细回想了一下，这段时间，给他打过电话的人，数都数得出来。

汪涛、徐俊给他打电话最多，既有工作联系，又是患难死党，谁都离不了谁。

柳燕倒是挺关心他的，时不时地打电话问候。但秦枫不想跟她多联系，把关系搞得多亲密，所以电话虽多，见面很少。

刘烈宏也是偶尔有一个电话。秦枫被免职之后，他变得格外盛情，总是请秦枫吃饭。秦枫想知道他葫芦里到底卖的什么药，应邀去过，还是弘沐寿、乔总等人。弘沐寿已转任市委宣传部长，依然十分客气。只是，在吃饭时这些人似乎不叹息惋惜，便感觉对不住秦枫，这让秦枫每次都吃得味同嚼蜡，后来不论刘烈宏怎么邀请，他都拒绝参加。

比较特别的是政治部主任严明。他自然了解秦枫的处境，甚至问秦枫要不要换个地儿，到政治部来做党建工作？秦枫谢谢他的好意，他不甘心就这么不明不白地跌倒，无论如何，他都要将那个案件搞个清楚明白，然后才考虑出路。

一天晚上，严明打他电话，说开车经过他楼下，问他在不在家，有人想见他。

免职后，没有几个人想起他，约见面亲自接送少得可怜。接到这个电话，秦枫心中一阵感动。严明这种级别的干部，竟然还亲自驾车过来接，实在太难得了，至少说明，在市公安局，他还是得到大部分人认可的。

汽车七拐八转，进入老城区梅雁河边的一条老街，有个文绉绉的名字：墨巷。巷里大都是些古建筑，门窗雕花，雅致精细。秦枫在做摸排时到过这里，但没有细探，文墨气息如此浓郁的地方不易藏污纳垢。严明领进去的地方挂了块牌匾"悬静宅"，题字是魏碑，却未落俗套，大气浑朴，透着古雅。

进门后，竟是一道屏风，厚实的红木架，里镶白瓷，瓷面烧制着苏轼的《念奴娇·赤壁怀古》，字迹行中带楷，结构疏朗却意粘情连，布局精当。秦枫还没来得及细看，右边脚步声响起，随即有老人喊道："两位来了，快请进。"

老人身材高大，眼神清亮，看到严明竟十分亲热。严明介绍老人竟是局长黎政的父亲黎谨，汉洲有名的书法大家。

"黎老，又要叨扰您。"

"求之不得，正想找你交流。"老人爽朗地笑着说，"小秦啊，我可是常听黎政说起你呢。他在接电话，马上过来。"

正说着，黎政"哼哈"两声走出书房。挂了电话，伸手握着秦枫，久久盯着他，没有言语。黎老拖着严明进了自己的书房。

黎政问："怎么样？还适应吗？"

"适应，适应。"秦枫也不知道该说些什么，用力地点头。

"听说组织部找你谈话，你什么要求都没提，事后也再没跟陈部长联系。"

"一切服从组织安排，我没什么要求。"

黎政的思维十分活跃，一会儿一个话题，很快又跳到案件上。他问："到任一个多月，刑侦方面一直没有向我报告案情，全市真的如此风平浪静？"

秦枫有点跟不上趟，不明白他想说什么，没有回答。

"你们没有支队长，又没有主抓大案的副支队长，运转似乎没有问题。"

秦枫说："哦，钟副局长是老刑侦，很有能力，他当支队长十来年，我只客串了几个月，全盘工作他熟悉得不能再熟悉了。"

按道理，他不能背后评价领导，不论说好还是说坏，但局长问起来，又不能不回答。不过，他相信自己说的是实情。没料到黎政根本不沿着他的话题走，再次迅速跳开，问他："听说你文笔不错，字也好，你练过书法吗？"

秦枫说："以前练过，工作忙起来，没时间，便记帖，在心里练。"

"或许你通过记帖反而掌握了练书法的要领。现在不少临帖或写帖的人，花时间不少，但总是抓不住碑帖的精髓，为什么？应该就是手在练，心没有练。我想，只有心手合一，才能够真正练进去。"

"我哪能达到您说的高度呢，我恐怕不仅是没花时间，心思也没那么投入。"

"我家老爷子说，书法要精进，要自成一家，需三点：一是临摹，不临摹，古人的好东西你就学不到，写出的字没有根，容易乱来；二是读书，不读书，修养见识上不去，格局小，书匠而已；三是抒写性情，不会抒写自己的真性情，功力再深，也是替古人作书，哪来自家面貌？"

"黎老真知灼见，晚辈受教了。不过，一般书法家恐怕难有这份心得。"

黎政说："这是当然。能否长其技，就看他是否善琢磨，耐得住，聚精神。这有点像大山里的老猎人熬鹰。"

"熬鹰？"从书法转到熬鹰，秦枫一头雾水。

"苏轼的词里有'左牵黄，右擎苍，锦帽貂裘，千骑卷平冈'的句子，看古代猎人多威风，桀骜不驯的鹰竟然骑在右臂上，它为什么如此驯服呢？一个字：熬。"黎政说着，深深地看了秦枫一眼。"熬鹰的关键是要熬去鹰的野性、锐气，一种古老而有效的办法是困，把鹰放在活动的木架上，不让它睡觉。看见鹰合上眼睛，就转动木架，为了保持平衡，鹰必须立马打起精神，好在木架上站稳。熬鹰分两步走，一是初熬，重在挫其锐，钝其志，耗其精，劳其神，让鹰驯于人；二是熟熬，在于授其命，长其技，辩猎物，聚精神，在人与鹰之间建立一种相互依赖的关系。人和鹰不是简单的主仆关系，而是一种兄弟般的信任，生死与共的友谊。经历熬鹰过程，不仅鹰变了，猎人的性情也改变了，牢骚、激动、愤俗都不会有，一切都沉稳了。"

整个晚上，黎政跟秦枫在客厅里聊大天，严明跟着黎谨在书房里侃书法，直到黎老实在困了，黎政才跟秦枫握了握手，把他和严明一道送上车。

回家的路上，严明什么也没问，什么也没说，就像他们只是顺道拼了回车。

事后，他反复思考跟黎政的聊天，似乎跟叶天佑异曲同工，东一句西一句，让他摸不着边，但每一句都仿佛飞花拈叶，对准了他的穴位。

只是，这次聊天对他的境遇并没有实质性改变，他依然闲着，冷珊为了让他分神，终于痛下决心，进了医院。

经过一系列检查，医生诊断冷珊适合手术，然后为她安排了手术。秦枫呆呆地站在手术室外，忽然有些伤神。街上好些身体棒棒的少男少女不想怀孕，而他们这对临近中年的夫妻却不惜任何代价都想有个自己的孩子。

他坐在候诊室里，祈求好运。医生和护士在手术准备室里进进出出，手术帽连同口罩盖住了他们的头和脸。他只能看到他们的眼睛，心里不免犯嘀咕，她会不会有什么事，但这个念头仅仅一闪而过。

紧张和焦虑的两个小时终于过去。冷珊身上盖着一床蓝色条纹的薄被推了出来，白大褂们带着浅浅的微笑，示意他过去。他摸了摸她的脸，她还很虚弱，只能勉强笑笑，便闭上了眼，但的确是鲜活的她。

医生叫他放松，这只是一次小手术，只让她有些许不适，但不会很严重。天啦，医生们多么喜欢用这个词啊，它包括所有从一级到九级的伤害。只有十级，或许更甚，他们才会紧张起来。

他用双手握着冷珊的双手，全神贯注地感受着她的脉搏。他什么都不想了，破案、免职、领导的谈话、芸芸众生、大自然的一切。

冷珊住进术后恢复室里，秦枫全日制陪护。麻醉药力消失后，冷珊恢复得很快。医生告诉他，现在怀孕，冷珊已属高龄，即使完全恢复，可能还要一段时间调整，无法温存，这事他得忍耐。秦枫鸡啄米似的点头，只要冷珊身体健康，他一切都可以放弃。

手机响了，秦枫拿起来想挂断，显示屏上跳出汪涛的名字。他想了想，也许同事们关心着冷珊的病况。

"秦支，冷珊还好吗？"汪涛一直沿用原来的称呼。

"恢复得不错，再住几天就可以出院了。"秦枫想阻止他们来医院。

"那就好。"汪涛顿了顿,"有个情况向您报告一下。"

"说什么屁话,我才是您的兵呢,情况您自己掌握便行。"秦枫不满地说。现在,他最不想听谁谈工作,何况汪涛向他汇报工作委实不符合原则。

"是关于楚青桐的。"汪涛生怕他挂电话,快速地说,"他才是促成您免职的罪魁祸首。"

"这没什么奇怪,他是省纪委副书记,听人说关于我的举报信在他那里泛滥成灾。"

"不仅是这样。"

冷珊抓住他的手,轻声说:"你去吧,我在这里能行。"

秦枫挂掉电话,温柔地看着她,说:"没事。"

"我知道有事。我们可以工作、生活两不误。不管怎样,你还会继续查那个案子的,你说过不会就此罢手。"冷珊柔柔的目光看进了他的心里。"再说了,他们会不停地制造麻烦,除非你抓住他们。"

"有人会抓住他们,但不是我。我已经免职了。"

"正义从来不会缺席。"冷珊说,"这是你的座右铭,也会落在你身上。"

冷珊知道,目前的状况跟他坚毅、果断和老练的特点不大相称。前几天她便笑过他,他总是说:"那我就应该扔下你不管吗?就让你痛苦地挣扎在病床上,为我们未来的宝宝受难吗?"他对着窗外灿烂的阳光点了点头。"正义一时缺席,自有人前仆后继捍卫,如果没有后代,谁来坚守呢?"

"不管怎样?我已不需要你这么守着。枫子,你这是大材小用了。"

"我喜欢这样的生活,珊珊。我从小便没有享受到多少家庭的快乐。"他拿起一根香蕉,撕开递到她嘴边,"认识你以后,我终于享受了。"

"这并不妨碍你好好工作。"

秦枫笑了笑，没有争论。

不过，汪涛再次打来电话，跟他讨论案情时，他开始认真回答起来。

三天后，冷珊康复出院。汪涛没有打电话让秦枫去上班，但总有一些还没有意识到的东西搅动着秦枫的心情。当天，他便去了办公室。

徐俊相信自己发现了重大赌博窝点。如果能摧毁这个窝点，他就有机会东山再起，重新受到刑侦同行的尊重。他能吃苦，加上侦察天赋，曾想在破案中大显身手，可随秦枫抓捕苏洪宝时倒了霉，现在被抽调到扫赌组。

徐俊对扫赌有强烈的鄙视意识，命运却让他做起扫赌最基础的调查工作。他心中的怨愤可想而知，但就在这时，改变命运的机会撞上了他。

一周前，徐俊获取天华大酒店有人聚赌的线索。他孤身潜入，意外发现了人去室空的聚赌现场。可惜的是，现场几乎完全没有留下可以帮助他查找赌徒的证据。没有指纹，没有唾液，没有烟蒂，没有赌博残留物。

但他有出色的视觉记忆，像很多以视力为首要官能的人一样，灵感的启示都产生于某个意象。起初模糊，随后逐渐清晰。他依然蹲守在酒店里，把记忆里的形象在心里复习，跟看见的人做比较，一分钟就在心里更新它好几次，翻来覆去地观察。

晚上八点多钟，一个形象在他眼前浮现。

他不清楚那个念头来自何处，便跟着上楼，躲在消防通道的暗处观察。楼道里满是进进出出的住客。徐俊背上一阵发凉，也许他那想法，那引起他注意的人不过是他头脑作祟吧？

被跟踪的人从电梯走出来。戴着口罩，仅露出眼睛，高个、壮实，年纪应该在四十岁左右。敲了敲消防间旁边的套房门,然后侧身闪了进去。

徐俊将侦察手段延伸进去。套房很大,会客室里没人,脚步声往卧室走去,里面的人竟是省纪委副书记楚青桐!他虎着一张令全省干部害怕的脸,并没有起身迎接,依然坐在黑暗中,没有握手。

"这么急着要见我,有什么事?"楚青桐不耐烦地说。

来人弱弱地答道:"昨天晚上可能有人跟踪,房间今天被人动过了。"

"你们怎么这么不小心!"楚青桐的口气有些严厉,"弄清楚进房间的是哪方面的人没有?"

"警察。"

"那你怎么还跑到我这里来?"

"没关系,我经常住在这里,不会引人怀疑。"原来他们说的正是徐俊进入赌博现场搜查的事。这说明楚青桐也是参赌人之一。

那人继续说:"跟踪者可能是个独自行动的警察,不像治安抓赌那么简单,应该另有企图。我想当面请教一下,您有什么看法?"

楚青桐说:"对于这事,我完全外行,你问错人了吧?"

那人却忽然口气变得硬起来:"得了,你别在我面前装,谁不知道您楚书记的手段?"

楚青桐哼了一声,却把怒气忍了下去。"我只明白一个逻辑,对同一类事,如果突然改变工作方法必然有着极其深层的原因。"

"你觉得这次房间里进人很特别,不是偶然的?"

"昨天打牌时,我就跟你说预感到不对。刚才你说了那些之后,我的感觉更加强烈。"

来人做了个手势,楚青桐沉默地等着。

"我想对秦枫再烧一把火。"

楚青桐说:"我们和检察院的调查都没有发现涉及他的问题,不好做其他处理。"

"不是这个意思。"

"噢……"楚青桐看着来人,"那我也无能为力啊。"

"市里需要您打个招呼,省厅的工作我去做。"来人信心满满地说。

"竹江刚来厅里,根基不稳,你不要去打扰他。"

"我又不是去讨账。千方百计把他调进公安厅来,不就是想请他帮些忙吗?"

楚青桐青了脸,没有继续话题,叹了口气道:"你会害死我们的。"

来人立即做出谦恭的样子,点头哈腰地说:"首长放心,我既不会向你们收账,也不会给你们添任何麻烦。这事……是你们力所能及的。"

楚青桐仰头躺在椅子上,闭上眼睛。来人见状,阴阴地笑了一下,弯了弯腰,转身出门。

大致情况就是这样。戴着口罩的人走得很快,徐俊从消防间出来,便不见了他的踪影。

问题是他们想将他怎样?秦枫听罢,陷入了沉思中。他已经被免职,楚青桐说了不能再对他处理。难道要把他调离?这有可能,戴口罩的说要去找公安厅。楚青桐说"竹江刚来厅里",他们要找的是否就是新来的常务副厅长吉竹江呢?最终,秦枫得出的结论是,他们要把他调到厅里去,让他高高挂起。这是个让他远离案件的最好办法。

戴口罩的到底是什么人?能指挥楚青桐和吉竹江,绝非平平之辈。从他来见楚青桐前恭后倨的姿态判断,这人又绝非高官,最多是同一个圈子,可能手里有着楚和吉的把柄。

此人跟秦枫有什么深仇大恨,一定要免掉他的职,还要将他调离呢?只有黑恶势力团伙案件,那他一定是"讨账缉查局"头目,或者该团伙幕后最大的"隐身人"。

他跟汪涛、徐俊说:"下次再碰到这个人一定要盯死看牢。扫赌行动开展得怎么样?"

徐俊实话实说:"你知道的,叶局长在时,一直是以扫赌掩护扫黑。叶局长走了,扫黑工作基本停顿,扫赌则小鱼小虾抓了一些,看起来轰轰烈烈的,但真正的恶赌,涉及'讨账缉查局'的地下赌庄至今没有查获。"

秦枫说:"徐俊,看来,你是第一个触及毒瘤核心的人。"

徐俊愣了一下,看着秦枫。秦枫接着说:"因为你误打误撞,搜查了他们赌博后留下的现场,那个我们反复侦查未果的'隐身人'终于冒出头来,准备再次动我。这就说明,你动的是他们的真正核心,让他惊慌了,让他们的后台惊慌了。"

"可惜我没有看清他的脸。"徐俊颇为遗憾。

秦枫赞许地说:"但你看清了他背后保护伞的脸。"

汪涛点点头,从保险柜里拿出两个文件夹。"徐俊,你赶快写一个情况说明,归入这些案卷中。秦支当年将保护伞材料另外归档真是英明之举。"

秦枫沉思着接过文件夹,但没有打开。里面都是些绝密材料,有些连他都不知情,现在还不到整理的时候。他相信,一旦整理成卷,别说市委,省委都会高度重视。

汪涛把材料递给他的用意十分明显。不论他们是要对秦枫采取调离、处理,还是其他什么手段,秦枫面临的压力已经不堪重负,到了给自己打招呼的时候,能恢复职务更好,再差也不能调到厅里挂起来。只要在汉洲,只要在刑侦,支队的刑警都会听他的,都会支持他把案件办下去,终有云开雾散的一天。

想了想，秦枫并没有打开案卷，默默地亲手放进保险柜里。不论怎样，这些材料只能是打击的证据，而不能是要挟的资本。以他的侦查经验，焚烧案发生后，随便拿几份材料摆到某个领导的案头，领导就会拼命地保他。但他绝对不会这么做。

与汪涛商量完继续侦查的相关问题，写了一个简单纪要，到了下班时间。以当前人车路的发展矛盾，上下班时间城区道路拥堵已成常态。秦枫深知这一点，干脆叫来徐俊，问他的情况说明写好没有，亲自帮着把材料修改一遍，又仔细问了问那个戴口罩者的身高、步态、言行举止等特点，心里有个疑问始终无法解开。

到家已经七点多钟，进门不见妻子冷珊，却闻见一股怪异的烟味。冷珊闻声从厨房走出来招呼他，并努了努嘴，示意书房方向。

书房半明半暗，刘烈宏叼着支雪茄在书架边慢慢移动着，看着书本和图画资料。秦枫心里徒地升起一股怒气，却感觉到冷珊捏了捏手，让他压制了下去。

书柜里整齐地码放着古现代名著和文房四宝，墙上挂着名家字画，框住的高雅趣味，对比着或挂、或堆、或张贴在屋里的千奇百怪的照片。

"你怎么来了？"

秦枫说话时，刘烈宏惊得一跳，把鼻子上的油腻弄到了照片上。

"我路过这，碰到冷珊在家，便没打你电话。"刘烈宏仰起脸，朝向秦枫，仿佛朝向一堆财宝。秦枫看得出他的老练慎重和商人的贪婪态度。那是想将一切都据为己有。

"你应该给我打电话，或者到我办公室去。"秦枫皱着眉头，显得有些不安。

刘烈宏说："我只是路过，没别的意思。冷珊住院你也不告诉我一声，我得来看看啊，不然太没同学情谊。"他特地把"同学"二字咬得很重。

"一点儿小病，不值得大惊小怪。"秦枫不耐烦地说。

"好啦，别生气。"刘烈宏终于放下手里的资料，起身跟秦枫站在一起，伸出手。秦枫将他拉出书房，顺势打开客厅的灯。茶几旁堆着几大盒礼品，高级奶粉、碗燕和香烟。

"你拿这些东西来干什么？"秦枫说，"我们用不着，过会你自己拿回去！"

这次，刘烈宏没有示弱，用强势的语气说："我来看看你，看看珊珊，难道空手吗？空手也不符合我们家乡的风俗啊。这段时间，我总是想起小时候的生活，那时我们多苦啊，却多自在，多亲热。我们是一起苦过来的，虽然走的路不一样，但目的是一样的。"

"你还记得小时候的生活？"秦枫颇具讽刺意味地说。

刘烈宏却没管他的语气。"当然。我记得我们在一起的点点滴滴，我下定决心要回报你的。虽然我能力有限，但我会以最大的努力回报你。"

"谢谢啦，做好你自己是对我最好的回报。"

"怎么这么说呢？你是说你娭毑吧，我对她很好的，可她不领情，给钱也不要。"刘烈宏似乎很委屈，"家里房间有的是，她要待在养老院，我有什么办法呢？我真是为此伤透了脑筋，为此请人做过工作，可她就是不听。或者，明天你去帮我劝劝？"

这时，刘烈宏觉得秦枫望着他的时间长了一点，尽管从背光的轮廓上看不清他的表情。

"我去试试吧，看她愿不愿意进城过年。唉，天下的母亲哪有不爱自己儿子的？"

刘烈宏摇了摇头，不想在这个话题上说下去。"好吧，我改。"他显得痛心疾首地说，"不过，今天我来，还有件事跟你说。"

秦枫警惕地看着他，把脚下的盒子踢远了些。

"你看你这人也太不心急了吧,免职这么久,也不活动活动。"

秦枫心里"咯噔"一下。"怎么活动?难道活动就能复职了。"

"谁说活动不能复职?"刘烈宏带着信誓旦旦的语气,似乎胜券在握。"你这人啊,只晓得埋头拉车,弘部长这现成的靠山也不会用。"

"他又不是组织部长。"秦枫有意装傻。

"人家是老常委呢,市委书记面前的红人。"刘烈宏说,"听说,他跟你们新来的局长黎政关系很不错,让你们局里呈报应该没问题。"

"太急了吧,难道上面会把任职免职当儿戏。"从厨房里端菜出来的冷珊忍不住插话说。秦枫望了她一眼,心里不悦,却怕伤着她。

"吃饭吧,现在我不想谈这些。"秦枫主动帮着冷珊摆餐具。"宏宝,有空多回家看看娭毑,我的事你不用多操心。"

"那怎么行呢?能援手,我绝对不会袖手旁观的。这事交给我吧。"

秦枫不想再争论,拿起饭吃起来。饭后,送刘烈宏下楼,秦枫把东西提在手里,刘烈宏坚决不肯,两人僵持了很久。冷珊怕伤了情面,嗫嚅道:"留些奶粉和碗燕吧。"

秦枫却不肯放手。他是真的不能收这些东西。他心里明白原因,却不能说出来。他相信冷珊以后会明白的。他也要让刘烈宏明白以后不能再往他家里送钱送物。

但是,他嘴里说得亲热:"宏宝,我们是什么关系,亲兄弟啊,搞这一套就俗了。"

刘烈宏仍然不肯出门。他是老江湖,这次试探被拒,以后更难在秦枫身上投入了。凭他行走江湖的经验,投入就是把柄,拿不住把柄,怎么获取回报呢?

秦枫见他执意不肯收回去,话又不能说得太明,只好收下。刘烈宏欢天喜地地告辞离去。

关上门，冷珊说："怎么开始那么坚决，后来又决定收下来呢？"

秦枫说："没关系，家门口装了监控。明天我将监控剪辑一下，连同这些东西一并提到办公室去。"

冷珊转身收拾餐桌。秦枫心里一阵茫然，疑问还是没有解开。想一想，他拨通徐俊的电话："在哪儿呢？"

"在办公室。"

他微微愣了下，问："怎么还不回家？"

"扫赌的事。治安那边抓到了一个小头目，嘴硬得很，让我协助审讯。"

"有什么突破吗？"

"还没有。"徐俊翻得案卷哗哗着响，"这个头目涉及几起赌博案件，手下马仔被抓过，我正在整理可能与他有关的案卷，希望找到突破口。"

"这个思路是对的。另外，派人查他的社会关系，查他的经济往来，如果有可能查他的车辆行踪，或许能挖出他的上线。"

"我不知道治安能否抽出这么多人。"

秦枫看了看冷珊的背影，迟疑了一下，说："我来配合你。"

"不用，秦支。嫂子更需要你。"

"我一直觉得扫赌跟扫黑有着紧密联系，搞了这么久，看似战果突出，大部分人已落网，但彼此关系不大，想起来有点怪异。"

徐俊有些犹豫。"那……我告诉汪队？"

"好，你让指挥中心通知一大队全体刑警待命。"

挂了电话，秦枫惊觉冷珊就站在背后，转身挽着她的腰。没来得及解释，冷珊说："去吧，我喜欢你这样，这才是本色的你。"

俯下身，秦枫深深地亲吻妻子。

317

第十五章

将计就计

赌博小头目叫朱三毛，前一天晚上抓获的，已经关押了二十小时，看起来贼眉鼠眼、胆战心惊，却很硬气。要么避重就轻，说些偷鸡摸狗的烂事，要么耍刁放赖，干脆死猪不怕开水烫，一声不吭。

秦枫和汪涛走进审讯室，朱三毛正坐在审讯椅上假寐。汪涛吼了一句，他立即坐端正了，点头哈腰地说："不知警官到来，轻慢了，对不起。不过，该说的我都已经说了，不知你们还需要知道什么，尽管问，我一定如实回答。"

秦枫看也不看他，打开文件袋，缓缓地掏出一叠纸，手指夹着中间，两头下垂，露出"逮捕决定书"五个大黑字，有意让朱三毛看见。

他轻蔑地睨了朱三毛一眼，然后严肃地跟汪涛嘀咕了几句，接着转脸向书记员点点头。书记员掏出讯问笔录，做好记录准备。

朱三毛见这次气氛与前几次截然不同，坐在中间的那位神情庄严，透着神秘，心里犯起了嘀咕，尤其铺在桌上的一叠纸，露出"逮捕决定书"五个字，心里更加发毛。心想，这次可能栽了！但自己只字未吐，难道被同伙撂了？

秦枫看了他一眼，以沉静的声音说："说吧，如果现在不说，履行完手续，到了号子里，以后可就没机会了。"

朱三毛眼睛眨巴了眨巴，迅忽地看着三位警官，说："三……三位领导，我没做什么出格的事情啊……我都是受人指使，弄点钱赡养八十岁的老母亲，以后我真的不干了。"

秦枫板着脸，一副胸有成竹的样子，并不急着追问。

"真……真的,都是他们做的。我只是帮着打打杂,收收钱……"

"好,不论打杂还是帮凶,我们都愿听听,但你说清楚点,免得别人把什么事都推到你身上。"缓了缓,秦枫说,"说吧,谁指使你的。这是给你最后一次机会,何去何从,你自己想明白了,免得后悔。"

朱三毛见秦枫说得郑重,心思转得更溜,警察审讯无非一敲二诈三吓唬,而这人上来什么手段都不使,根本不想讯问,这是什么套路。莫非真被人栽了?如果这人决定以别人的口供交差,自己不就惨了?

"我想坦白从宽,检举主犯,争取立功……"

"别说没用的。"汪涛打断他的话说,"平日里你充人精,生死关头,却拎不清。你硬挺着帮人顶包,犯傻吃亏的是你自己。"

朱三毛垂着头想一会,终于抬起头来,目光跟秦枫碰在一起,道:"这位领导,我看你像个做主的人,我会坦白交代,请您一定帮我,不要偏听偏信。"

"好。"秦枫紧绷的脸放松下来,语气平和了许多,问:"先说谁指使你的?"

"宏……洪二爷。领导,请您相信我,我真没见过他,也不知道他的真实姓名。但我知道他才是真正的老板,他组织的场子才真正赌大的,动辄几千万,甚至上亿。我这样的小场子,他根本没看在眼里,但他需要我给他打掩护,所以保护我,让我开下去。开始我给他交些保护费,后来,他指使我给他打掩护,凡是打掩护的场子被抓被缴的钱,都由他出,他给我垫了不少的本,所以,我认他做老大。"

"怎么打掩护,怎么垫本?"秦枫疑惑地问。

"这……我也不清楚。我只是听他电话指令,他要我某时赶到某地开一个赌博场子,我便纠一些人过去。他说撤了,我便撤。输了他不管,但被抓了他会垫,抓进去的人他会捞。他神通广大,捞得比我快,还不用我出钱。如果有同行砸场子，只要一个电话，对方驯驯服服地撤走，还会对我道歉。"

"谁帮你捞的人，知道吗？"

"不知道。我问过被抓的兄弟，他们往往被骂着离开派出所，哪里敢打听谁是恩人。"

"他用什么手机号码给你发指令？"秦枫思路清晰，步步为营。

朱三毛很快地回答："这也是我疑惑的事。每次给我电话，用的都是不同的号，我无法回拨过去，也查不到登记的姓名。"

秦枫略作沉吟，接着问："转钱给你的账号呢？"

"好像都是柜台现金现存。"朱三毛说，"这些也是我想知道的，我查过。"

"你知道他还跟其他人联系吗？"

这次朱三毛想了想，好一会儿才答道："想不起具体的人，但这个人活动能量挺足的，下手也狠。有一次，别人砸我场子，我告诉了他。没三分钟，来了一伙人把对方赶了出去。我一伙计拉住为首的问东问西，被他一掌劈在后脖上，打晕在地。"

如此说来，这个洪二爷像幽灵一样神秘，像如来一样神通。秦枫想，他真是苏洪宝吗？苏洪宝有些能量，但他有如此大的能量吗？

结束了对朱三毛的审讯，已是深夜。秦枫跟汪涛、徐俊商量，觉得这个洪二爷如此神秘，一定另有原因。这个原因也许就在于他们自己。他们抓捕审讯的对象、调查的对象，都过于底层。早就有人透露过，这个洪二爷经常跟富商、高官混在一起。但是，在没有任何证据的前提下，侦查的触角如何向这些人群延伸呢？

又是一个不眠之夜。天亮后，汪涛去安排一大队刑警分组调查朱三毛的社会关系和经济往来，秦枫想起昨晚对刘烈宏的承诺，前往石湖看望欧娱驰。

秦枫做事向来依赖直觉和所受的训练。出公安局大门没多远，他便发现了被人跟踪的迹象。尽管在几处转角快速地转弯，走出一段距离后，仍然有被跟踪的疑虑。

他在距石湖养老院一千米的地方转了弯，驶上爬山的小路，把车停在半山腰上。他不想给跟踪者机会——这种山道上任何可疑人都逃不过他猎人般的眼睛。

冬日的清晨，太阳起得比较晚，树林里雾气迷蒙。秦枫走上陡峭的山路，虽然坎坷湿滑，走起来有些吃力，他还是很高兴能够重温记忆中的温情。一刻钟后，养老院的琉璃瓦顶出现在眼前。他在坡地的一棵树桩上坐下休息，冷风刺骨，令他禁不住打了个寒战，也让他更加清醒。

秦枫从背包里拿出双筒望远镜，把十倍焦距的镜头对在眼前，开始扫视整个区域，并用网格调整搜索范围。天色渐渐亮了，第一缕阳光爬上山来。他看到几个健康的老人在养老院的前坪里打太极拳。前门外，朝东边的道路是从城里延伸而来，偶尔有车辆通过。最早的一班公交车正安静地停在候车棚前。

秦枫移动镜头，看到西南方的一片房屋，一个少妇正在喂鸡，一个男子一边看着少妇一边抽烟。他将镜头转向西，看到橘树和梨树的果园里有几处空地，紧临养老院的南墙。

天色越来越亮，他慢慢地移动镜头，一一甄别树林里的阴影，寻找小路边的轮廓。他几乎快要停止搜寻了，突然发现有东西在移动。也许是个动物，一头牛的尾部或羊头，但秦枫认定那是一个人弓起的背。

秦枫再次调整镜头，调节到20倍焦距，对准树林里人影闪动的地方。五分钟，除了树叶偶尔飘动的声音外，一切都静寂无声。这时，太阳从地平线升起来，从城市直到山脚都被灿烂的光芒照耀着。

那个人显然不安分。秦枫扭动着头，手里握着望远镜，四处搜索找寻。

你就是那个一路从城里跟踪过来的人吗。秦枫想，你想干什么呢？

秦枫再次微微调整焦距，镜头里的图像渐渐清晰起来。两人大约相距六七百米，他看到那人转过头来，露出一张陌生的面孔。

"这是谁呢？"他咕哝道。

他收起望远镜放进背包，弯腰往那人藏身的地方快速跑去，转到山的另一边，越过一座橘园，然后匆忙下山，冒着被发现的危险穿过一片草地，进入另一片梨树果园——这就是那人的藏身之地。

可是，正当秦枫蹑手蹑脚向前摸过去时，他听到汽车发动的声音，汽车从下方某处开走了。果园里到处都是鞋印。秦枫转了一圈，发现脚印朝向一条刚才有汽车发动的土路。他是谁，他所欲何为呢？

秦枫还没来得及思考这意外的发现，突然感觉背后有人。迅速拨枪、上膛，闪身往树后躲避。那人的身手不错，手里的猎枪枪口竟然始终对着他。

"小枫，怎么是你？"那人率先喊出声来。

"你？"秦枫看着对方熟悉的面孔，一时喊不出名字。

"我是亚泰啊，不认识我啦？"那人说，"我是守林员，也负责保护养老院，你怎么在这？"

秦枫没有回答，反问道："你刚才没有看到其他陌生人？"

亚泰疑惑地摇了摇头，戏谑地说："我只看到你在这里鬼鬼祟祟。"

秦枫收起枪，整了整背包，往养老院走去。他觉得奇怪，亚泰发现了他，却没有发现那个跟踪他的人，这是怎么回事？

正是养老院的早餐时间。老人们都进了食堂，欧娱驰刚打好一份粥，惊奇地看到秦枫走进了食堂门，背着沉重的背包。

他穿过前门走向她时，脸上轻快的表情让欧娭馳的思绪又回到了三十年前。她看到自己穿着厚厚的棉衣，在冬日里带着秦枫走上爬山之路，寒风吹在脸上，如刀割一般。秦枫同样背着沉重的背包，包里是些石块。

那年秦枫才九岁，她在学校旁的垃圾堆里找到了他。他左腿撕裂了肌腱，右腿被石头砸破了皮。治疗持续了一个多月时间，但在欧娭馳的记忆里，那段时光浓缩成一瞬间。她看到自己在那间破败的老屋病床边，在他能够站起来时，指着他砸伤的疤痕。

"这就是你好了后打算做的事吗？"欧娭馳问，"继续跟人拼命？"

秦枫被激怒了："我别无选择，他们嘲笑我，骂我父母，我不能不这样，娭馳。"他妈妈坐在病床边哭泣。

"是你先嘲弄别人的。"她说。

秦枫什么也没说，扭过脸。确实是他跟刘烈宏捉弄女同学，那女同学的哥哥带了一帮人围住他和刘烈宏，刘烈宏跑得快，才没受伤。

"宏宝呢？他是不是也参与了？"她问。

秦枫转向她，耸耸肩。"他没有，是我一个人干的。"

"你一定以为我是个傻瓜吧？"

他眨眨眼，又摇摇头。"没有，娭馳，你是个哲学家。"

说这话时，秦枫拼命忍住笑。村里人都叫欧娭馳哲学家，原因是她开口闭口都是大道理。但她命比黄连还苦，村里的风气很不好，刘烈宏的父亲是个骗子小偷，她不仅无法教化自己的男人，男人还想将刘烈宏带上他的老路。

"是啊，连你都这么说。我怀疑自己该不该给你治伤。"

这句话似乎打动了秦枫。"为什么？在我眼里，你一直是好人，不同于宏宝的爸爸。"

"那你就不该撒谎。"欧娥驰说,"谎言只会一个接一个的。如果你像他们一样看待我,等待你的只有谎言,小枫。早晚谎言会在真相的力量下破碎,它们一定会破碎。你就会像宏宝爹一样,时不时地进监狱里去。"

欧娥驰沉默了好长时间:"或者你可以结束说假话、欺骗和打架,变成一个好人,一个让人觉得有价值的人。"

她从床边站起来走了出去,秦枫目瞪口呆。

再回到他病床边时,她问:"想好了吗?小枫。我看好你,你跟村里其他小孩不一样。"

"我不知道。"

她想了想:"你见过秤呢?"

"你说的是称肉的那种吗?"

欧娥驰皱了一下眉,接着说:"对,现在我想让你把你的一辈子看作一杆秤,你所做的一切事情都放在上面,重量会把秤砣压得翘起老高。"

他抬头茫然地看了一会,然后低下头,眼睛里满是泪水。

"你明白了吗?"她问。

秦枫并不完全明白,但点了点头,眼泪在脸颊上流淌。

"很好,"她说,"现在我希望你把自己想象成另外一个人,做不同的事情,有不同的想法,是一个有生活目标的好学生,献身于理想的事情。我还希望你相信,一点点,一次次,秤上的重量会改变,变得更平衡,更好。"

妈妈紧紧握着欧娥驰的手。秦枫见到妈妈眼里的感动,也十分感动。"我不知道该怎么做,才能做得更好。"

欧娥驰说:"你现在还小,做什么不重要,你想走什么样的路才重要。"

从这一天起,秦枫继续上学。每天从学校回来,欧娥驰都会问同一个问题:"今天,你做了什么好事?"

秦枫会告诉她一天里的所作所为,然后他们一起去爬山。她根据秦枫的话往背包里装石头,或轻或重。当他们到达山顶,她从秦枫放下的背包里取出石头,垒在一起。

他说:"我力气越来越大,这些石头对我来说不算什么了。"

"石头不是要你背在背上,而是要背在心里。你要背非常非常重的背包,做许多许多好事,这样才不枉你好好活一辈子。"

"娭馃?"秦枫大声叫她,"您还好吗?"这时,正在喝粥的老人全都抬起头来,嘴角挂着粥水,齐刷刷地看着他。

欧娭馃微笑着说:"小枫,刚才我还想起以前的日子,你怎么这么早就来了,最近怎么样,珊珊手术后恢复得如何?"

"一切都好。"

欧娭馃凝视着他:"有什么事吗?"

"接你去城里过年。"

"不。珊珊快生小孩时,我才去。"

"娭馃……"

"我在这里一切都好,他们需要我。"欧娭馃说,"你知道的,我是个'哲学家',我喜欢时时给别人指明人生方向。"

"真的吗?"秦枫顽皮地眨眨眼,"你在教他们如何应对人生?"

她忍住没笑,点点头说:"好了,好了,回去吧,你很忙的,有事让珊珊给我打电话。"

"过年的事?"

"我知道你是为别人当说客来了。免开尊口吧,那是绝无可能的事。"

秦枫欲言又止,知道有些内情她不会说。"如果你想让我背石头了,打电话给我,我会很乐意的。"

"你早就是成年人了,你们改变世界的故事我不想知道,但好就是好，坏就是坏，你如何面对世界，世界会如何对待你。"

"太好了。"他停顿片刻，"我一直记着你的话，我想每天都听你这么说。"

"算了吧。"她说，"你回吧！"

"别急着赶我走。"他抱了抱她的肩，说，"我很喜欢跟你和老人们一起吃早餐。"

欧娭毑看着他，就像一个慈祥的母亲看着长大的儿子，然后挽着他的手说："我想老人们会喜欢的。"

秦枫把背包放在餐桌上敞开，里面都是老人们喜欢吃的零食。

把老人们全都逗开心后，秦枫出了门，他按原路上山，默默观察，寒风里有几株梅花摇曳，偶尔有小鸟掠过，留下几声脆音，别无动静。他取了车，转回大路，脑海里一直想着梨树园里看到的那个人。

一辆皮卡车扬着灰尘迎面而来，隔得老远，副驾里伸出一只胳膊跟他招呼，竟是柳燕。停下车，柳燕一脸灿烂地跳下来，灰尘弥漫中走了两步，又返身回去跟皮卡车的司机交代一番，然后钻进秦枫的汽车。

"你这是要干吗？"秦枫皱眉看着她问，"怎么皮卡车不坐了，要我送吗？"

柳燕说："不去了，反正娭毑也不喜欢我，只要东西到了就行，我在那里还让人厌烦，不如跟你待一会儿。"

秦枫表情有些复杂。快四十岁的人了，柳燕还是一副娇纵的模样，小学同学时是这样，初中时是这样，十年前，从上海回到汉洲，也是这样，总是不顾别人的感受。

柳燕好像看出他有些不对劲，问道："是不是又在想什么鬼点子？我可不怕，搭你顺风车回城总可以吧？"

秦枫发动汽车，故作轻松地说："反正琢磨不透你的八窍玲珑心，我不瞎猜。"

柳燕的双颊突地泛起红潮。八窍，这是秦枫十年前拒绝她的理由，意思是她比别人更多心思。具体指什么，秦枫没说，柳燕也没问，只是自此两人疏远了不少。几年后，秦枫恋爱结婚，柳燕绯闻不断，却一直单着。

十年，时间倏忽，当时的情形似乎就在眼前。

秦枫、刘烈宏、柳燕三个同学，只有柳燕成绩最好。刘烈宏父亲早早去世了，欧娭毑管教不住，几乎与他断绝母子关系，他初中便辍学走上社会；秦枫高中毕业上了本地的警官学院；柳燕却考上上海一所大学，又在上海读研，接着在上海当律师。十年前，不知什么原因，柳燕突然回到汉洲执业，时不时地到雁麓找秦枫。她找他也不是为了案子，仅仅是散步聊天，有时为了赶到派出所跟他一起吃食堂，坐一个多小时的公交车。

那是一个周末，柳燕早早来到派出所，要拉秦枫出门。"我想去办一件大事，对你我来说都非常非常重要的大事。"她既郑重又神秘地说。

秦枫不觉有些紧张，想拒绝却又说不出好的理由来。

柳燕让秦枫驾车。秦枫不知往哪里走，她指了指南面的回雁峰，说："我想让你陪我去麓原寺还愿，那是我考上大学时许诺过的。"

秦枫怔住了："这……你还是自己去吧，所里还有事。"

柳燕不由分说，拉着他的胳膊就往外拽，大声说："别废话，我看了值班表，今天没你的事。再说，今天就是有再大的事，也得让路，这关系到我们的幸福呢。"

秦枫自然明白她话中的含义，心中一紧，一时不知该怎么说才好。但她拽得紧，无奈之下，只好神思恍惚地随着往外面走。

回雁峰很快便到了，柳燕兴冲冲地往上登。秦枫垂着头，被动地跟在后面，打飘儿的双腿使得脚步踉跄。柳燕不时回头催促他，见他这副样子，以为他牵挂工作。

上了麓原寺，柳燕十分虔诚地烧香、跪拜，秦枫自顾自地站在外面，呆呆地看纷纷飘落的枫叶，心里却如万马奔腾般地翻转，搜肠刮肚地想如何阻止柳燕接下来要做的事情。

柳燕挽着他的胳膊，连推带拉地来到老和尚慧明端坐的长条案桌前，躬身向慧明师傅施礼，慧明双手合十。

"施主郎才女貌，是要还愿，还是抽签？"慧明这种情形见得多，随口问道。

柳燕当即涌出由衷的崇敬之色，恭敬地说："师傅，您老真是慧眼，让人钦佩。十年前，我考上大学时曾在这里许诺。"她拉了拉秦枫，靠得更拢一些，"要带着我爱的人一起……"她突然变得羞羞答答的，没好意思说下去。

慧明立刻明白了她的意思，双手合十道："恭喜恭喜，有情人终成眷属。"

柳燕脸上飞霞，欣喜万分，从包里抓出几张百元钞，塞进慧明手里。慧明干枯的手指不觉微微颤抖，"阿弥陀佛"都忘了说，连声说的都是世俗的祝福话。

秦枫手足无措。他对感情没有经验，也不懂得该如何拒绝。他对柳燕没有男女之情，却又觉得直接拒绝一个女孩，将会对她造成无法弥补的伤害。同时，他又意识到了问题的严重性，如果再拖下去，以后更加无法解释，伤害只会更重。

"秦枫，来，我们跪下来，一起向菩萨磕头，接受菩萨的祝福吧！"

不行，必须明确告诉她，现在就跟她说明，他对她没有男女之间的情爱。秦枫牵动嘴角，可话到嘴边又咽了下去，他实在难以启齿。

"来啊，秦枫，你怎么老是不动啊？"柳燕急了。

"不行！"秦枫嘴里终于迸出两个字。

"什么？"柳燕不由瞪大了眼睛，不解地瞪着他。

"我跟你只是同学，没有那种爱！"秦枫几乎用尽了所有的力气。

柳燕定定地看着他，突然眼里流着泪，脸上绽放出夸张的笑容，捶打着他的胸口说："你看你，脸不像脸，鼻子不像鼻子的，开玩笑都不像。别玩了，快跪下来吧！"

"我没有跟你开玩笑。"秦枫一字一顿地说，"从小我们就只是兄妹、同学，你误会了。"

柳燕两眼盯着高高在上的菩萨，突然"哇"地哭着冲出了宝殿。

不久，刘烈宏到派出所质问他，柳燕从麓原寺回去后躺在家里不吃不喝，天天关门昏睡，到底是怎么回事。

秦枫担心地问："是不是病了？去医院看了吗？"

刘烈宏摇摇头，说："我跟她的闺蜜问她是因为什么，她不讲，开导劝说她，她不听，只是发呆，连眼泪也不流。你说吓不吓人？"刘烈宏盯紧秦枫的眼睛，"大家都没辙了，是不是你做了什么对不起她的事情？但你这么忠厚老实，又怎么可能？"

秦枫没法，将那天的情形如实告诉了他，并说："像她那样八窍玲珑心的女孩，怎么看不出我们之间的来往并不是爱情呢？"

刘烈宏道："书上只说七窍，你却发明八窍了。"

"相处这么多年，我了解柳燕，她是比普通人多一窍。"秦枫耸耸肩，直率地说。

"你啊……"刘烈宏似乎很理解秦枫，没有再说什么，寒暄几句，便离开了派出所。接下来很长一段时间，柳燕再没跟他联系，只是偶尔听说她仍在汉洲。

十年过去，柳燕早就消除了芥蒂，每次见面仍旧嘻嘻哈哈，娇纵放肆，无所顾忌。"八窍就八窍，反正我不会像你一样，免职了还老实巴交地做事，也不出来走走，寻找复职的机会。"

秦枫被她噎得直翻白眼，本想回击几句，可"八窍"相当于是他骂她的话，再说什么怕她心里不快活，也就忍住没跟她计较，无精打采地说："你让我怎么出去走？"

柳燕认真地观察着秦枫，他没有想象中的憔悴、萎靡，还是平日差不多的精神状态。除了脸上稍稍有些忧郁，一切正常。可当她直视着他时，秦枫的目光比原来更锐利深邃，似乎正在窥视着她。这不能不让她心惊肉跳……

秦枫见柳燕双眼一眨不眨地瞪着，久久无语，笑着说："我脸上写着外星文吗，认不出来了？"

柳燕欠了欠身子说："看来，你的精神状态挺不错嘛。"

"你认为我是什么状况，碰到一个人就摇尾乞怜，还是痛哭流涕？"秦枫哈哈笑道。

"你能这样想，那是最好。这样才能更有斗志地对待接下来的事情。"柳燕说，"你有什么打算？朋友们都在关心着你。"

秦枫耸耸肩，无所谓地摊摊手，说："我能有什么打算？有份工资养着就算不错了，没关系没门路，待着呗。"

"你就没想过另起炉灶，或者东山再起？"柳燕说，"现在随便做个什么事，一年不赚个千百把万的，何必守着这份死工资。"

"啊！"秦枫很夸张地鼻子眼睛一齐动，嘴巴张得老大，"真的？看来我真跟不上时代了。"

柳燕清清嗓子，认真地说："想不想出来当律师，或者到宏宝公司做事？"

秦枫想了想道："不打算，没那份能耐。"

"那就想法东山再起。"柳燕斩钉截铁地说。

秦枫淡淡一笑，说："说得容易。我是叶天佑提起来的，他升官走了，我倒了霉。俗话说，一朝天子一朝臣，局里恨不得踩死我的人一大片，哪里还有再起的机会。"

"眼睛不能只盯着局里，他们能决定什么？"柳燕看着秦枫，微微一笑，"你基本跟他们平级，他们不踩你踩谁。市里和省里领导才是决定因素。"

就要切入正题了。秦枫一本正经地看着柳燕，渴望之情表露无遗。柳燕无疑经营着一些省市高层的关系，秦枫刚进城时，她就向他透露过消息，并要帮他。当时太顺利，也就没有请她使力。他想知道，她的关系，跟刘烈宏的关系是不是同一批。

"你有这个能力？"

柳燕不假思索地说："只要你有这个想法，我去求求人，应该可以。"

"需要我做什么吗？"

"跟我一起陪他们喝喝茶，打打球就行。"

秦枫转头看了一眼柳燕，说："可我是个上不了台面的人，陪喝茶会让大领导觉得枯燥无聊，别没留下好印象，反而把人给得罪了。"

柳燕见秦枫没拒绝，"咯咯"笑起来："领导没你说得可怕，多亲近亲近，你会觉得他们也很平和，跟普通人没什么两样。"

"不知要陪哪些领导喝茶？"秦枫直接问。

"这个你就别管了。"柳燕说完，又怕秦枫不相信，补充道，"找关系关键要找对，找对人，只那么一两个便解决问题。"

秦枫一副不屑的样子，说："理论谁不知道，关键是找谁？"

"有一个人你可能对他有些误会,其实他很关心你。"柳燕故作神秘地说。

"谁?"

"青哥,省纪委副书记楚青桐。"柳燕说,"你觉得这人出面,好不好使呢?"

"要处分人,他一定没问题。"

柳燕冷笑道:"你说得对,正因如此,市里领导难道不肯听他的?如果找到此人,你还不放心,还有一个人——吉竹江,公安厅常务副厅长。"

对上号了。这跟徐俊在宾馆里听到的事几乎一样,只是那里说的是将他调到公安厅去。现在,柳燕建议他去活动官复原职的事,到底是柳燕对楚青桐的谋划不知情,还是他们改变了主意,或者调离遇到了阻力?秦枫不能直接问。他决定静观其变。

回到市区,秦枫将柳燕送回了律师事务所,答应柳燕随叫随到。

冬日的阳光慵懒安逸,专案组里寂静得让人昏昏欲睡。秦枫在里面转了一圈,发现没人,便坐进一把破藤椅上边看报纸,边拨打汪涛的电话。

汪涛的手机占线,徐俊的电话却打了进来:"秦支,你在哪里?"

"我能在哪里,守铺子呢。"秦枫没好气地说。他被免职后,扫黑专案组名存实亡,办公室空着是常事,他每次看到都生气。

"我马上到。"徐俊说着,秦枫便听到走廊里响起脚步声。他大约就在隔壁。

"忙什么呢,这么火急火燎的?"秦枫端着没动。

徐俊笑嘻嘻的。"有好事,想听听你的意见。这事如果成了,得捡大便宜。"

秦枫瞄了徐俊一眼，没有说话。

徐俊从身后拉出一个中年人，跟秦枫差不多年纪，身材不高，肩宽体壮，模样儿平实，两眼却炯炯有神，剃个板寸。秦枫愣了一下，大笑着站起来，说："哈哈，这不是棍大队吗？好久不见，咋成小媳妇了呢？"

棍大队大名唐栋梁，年轻时随领导出去捕人，摔了一跤，把到手的犯人跑了。领导觉得丢了颜面，骂他是"一根竖不起的棍子"，就此落下"大棍子"的外号。见到秦枫，唐栋梁忙不迭地掏出一支黄芙蓉王递过去。

"不错啊，还抽这个？"秦枫接过芙蓉王，放在鼻子底下闻着。

"嗨，几十年都习惯了，劲道。"唐栋梁笑着说。

"怎么样？看你变了不少啊。"秦枫问。

徐俊向秦枫使眼色，秦枫更加莫名其妙，盯着唐栋梁。"有什么大不了，"唐栋梁说，"这次可不赖我，底下两个人守一个，让人给逃了。"

事情发生在秦枫免职之后，所以没人跟他说。脱逃的是一个跟朱三毛一样的小头目，黎政一怒之下，将唐栋梁的大队长免了，安排到徐俊领导的摸排组。

"秦支，我这职免得不冤，确实有我的失误。你不同，底下所有人都为您抱屈呢。在我们心里，你一直是这个。"唐栋梁说着竖起了大拇指。

秦枫摇摇头，掏出一包和天下递给他。"我们不说这个。棍大队，徐俊叫你来，是不是有硬货？"

唐栋梁点点头。"是这样，我近一段时间跟着徐队在搞摸排，有人竟然给我下套儿，拉拢我。我跟徐队汇报，他要我跟你说说。"

秦枫点点头。

唐栋梁开始回忆。

城南桥头那个花店，你知道吧，开十来年了，店主叫媚儿，年轻时是个大美人，可惜红颜命薄，早早就离了婚，单着。城南那地儿的混混垂涎媚儿的美色，动不动就过来骚扰。但她有自己的办法，能让这帮家伙既往店里花钱，又占不到便宜。流氓聚了，警察也就上门。十年前，我就为获取线索，经常出入她的花店，几个照面下来逐渐熟络起来。媚儿人如其名，媚到了骨子里，不仅身子柔若无骨，那眼睛勾人，只要是正常男人，瞄她一眼就会过目不忘。说实话，我犯过抓人的错，但作风上心理素质过硬，却也不敢跟她多接触，怕陷入这个女人的微笑，一发而不可收拾。

昨天晚上，媚儿打我电话，说有个情况让我过去。我也没多想，就跑了去。花店门虚掩着，我敲了几下，媚儿鬼祟地探出头来，机警地往外张望一眼，便把我拉进去，随即将门反锁。我刚想问什么情况，不想媚儿已把自己脱得精光。"唐哥，要我吧。"媚儿缠在我身上，直勾勾地看着我。

我慌了，以为她被人喂了春药，或者呷了麻古摇头丸，板着脸吼道："你想干吗？"

"唐哥，我喜欢你，我就想让你弄我。"媚儿的话越说越下流，但神志不像恍惚的样子，很清醒很理智。我压抑着紧张，努力不去吞咽口水，以免显得愚蠢，让媚儿以为我动情。"你有什么情况就说吧，否则，我就走了。"说着，我大力地推开媚儿。

"唐哥，我不是开玩笑，也不是有意勾引你，我是真心的。"媚儿又凑上来，两手抓住我的衣领，解我的扣子。"好多年前我就喜欢上了你，一直压抑着自己。"

我顿了一下。回想起来，我自己也不明白为什么顿了一下。但也就几秒钟的工夫，我再次推开她，奋力拉开门，走了出去。走出几十米，我意识到这事有猫腻，返身再进花店。将店门大开、灯光大亮着，我仔仔细细地搜索。果然不出所料，店里竟有三台开启录像功能的手机，从各个角度拍摄着店里发生的一切。媚儿无话可说，供出了主使人——勾勾毛。勾勾毛原是一名洗头工，今年却突然大发，当上了酒吧老板，俨然城南地头蛇。他显然没想到我这么快就找上门，忙把我带进办公室。

"你过来，我跟你说。"我冲他招招手。勾勾毛疑惑，走到我面前。

"你跟媚儿是什么关系？"

"媚儿？"勾勾毛佯装无辜，"我跟她有什么关系？"

"让你装。"我说着就挥出一拳。勾勾毛没料到我会突然袭击，躲闪不及，一下被击中腹部。他疼得弯腰，我又顺势抬起一脚，将他踹翻在地。勾勾毛也不弱，突然一把抱住我的腿，将我扳倒。我是横了心过去惩罚他的，岂能示弱。一边用脚踢他脑袋，眼瞅着旁边有只花瓶，抄起便往他头上砸去。这一下够狠的，土陶的花瓶在勾勾毛身上砸得粉碎。要不是他抱着头，估计脸都花了。勾勾毛比我年轻，狠劲上来，翻身压向我，并掐住我脖子。我比他高大，也是使出了狠劲。两个人在办公室里缠斗起来。

"唐……唐……你到底什么意思？"勾勾毛头皮蹭破了，鲜血直流。我也被他抓破了嘴角，气喘吁吁地瞪着他。"你告诉我，你跟媚儿到底是什么关系？为什么要合伙害我？"

勾勾毛见事已败露，狡辩没用，松开手，站起来退在一边。"你真想知道？"他问。

"废话！说，到底……怎么回事？"我吼道。

勾勾毛不了解具体情况，没有正面回答："这个女人大家都想

337

要,只有我得手了。"

"你得手了,还往外面送?"我问。

"送?我送什么?"他问。

"还装傻,我是不是对你太客气了。"我火了,又冲他挥拳头。

"你甭跟我这儿气势汹汹的,我不吃你这一套。你一个挨处分的警察,送个美女给你是奖赏你,别不识好歹。姓唐的,你别他妈天真了,这世道只有美女金钱才真实惠,工作是个屁。你这么多年卖命,还不是要钱没钱,要官没官,妻子也跟人跑了,一点儿小错就处分不断。"他直接把事情挑明。

"我问你,为什么下套子害我?"我气得发抖。

"我犯不着害你,我只是找机会拉你一把。"

我怒视着他,说:"鬼信你。说出谁指使你的,我就不再找你麻烦。"

"现在不行,该告诉你时,你会知道的。老板做事考虑很周密。我这只是一小步,还有好多好戏等着你呢,急也没用。你工作一年能赚多少钱啊,这边一个月都不止付你那么多,到时你做梦都会笑着醒来。"勾勾毛冷笑着说。

我冷静了不少,问:"这么说,你承认这一切都是别人指使的?"

"哈哈,是我做的。"勾勾毛理直气壮。

"你们想干什么?想让我干什么?"我问。

勾勾毛见我语气缓和,更加得寸进尺地说:"自然有事请你做,现在只是第一步。唐哥,听我劝一句,趁着现在事情还在我这个层面,赶紧往好处走啊,要是换了别人施手段,我不知道下一步会怎么样?"

我皱眉问他:"是在威胁我吗?"

勾勾毛说："我没必要威胁你。你是什么人我知道。但人家有权有势，手下的狠劲儿不是旁人能理解的，我们只能服从。"

我说："你别跟我这吹牛皮，一个小混混有俩钱也上不了台面。我行得正不怕你们使拌儿。但你得小心点，到了哪我都会盯死你，办了你。"

勾勾毛叹了口气，说："人不跟天斗，民不跟官斗，想想这么多年的遭遇，你还有什么可求的，无非是小孩平安健康。"这时，他眼里丝毫没有我的存在，冷冰冰的，"……我也是身不由己啊，以后各由天命吧。"

唐栋梁讲到这里，神情颓唐，茫然无措，好像走了魂。秦枫听得义愤填膺，倒抽一口冷气，问："棍大队，你觉得这个勾勾毛背后是什么人？"

"不知道。"唐栋梁摇头。

秦枫本想问他是外面的人还是自己人，又觉得不妥，就没再往下说，沉默着。

"估计这次悬了……"唐栋梁叹息道，"请你们相信我，我会跟他们对抗到底的，我只是怕胳膊扭不过大腿。"

秦枫拍拍唐栋梁的肩，算是表示安慰。他明白徐俊带唐来见他的目的，他也一直在寻找实施计划的人，唐栋梁遇到这种事能主动跟徐俊报告，又不厌其烦地说给他听，职业忠诚是无可挑剔的。只是，看他叹息的样子，秦枫似乎心有不忍。

接下来，他没有劝说唐栋梁，也没有给他适当的建议。唐栋梁离开时，心有不甘，仿佛徐俊捉弄了自己。

秦枫一个人待在办公室，考虑到底该怎样才能用好唐栋梁这着棋。自己已经免职，没有直接培植特勤的权利，更不能安排自己人做卧底。

报告钟雁宁？一来钟雁宁敢不敢用，他只分管刑侦，安排治安民警也得请示报告其他领导；二来，就算他敢用，那根线就只能牵在他手里，秦枫的想法不能直接传达到唐栋梁，能真正起到作用吗？以前，钟雁宁信誓旦旦保他，可上面一有人吹风免他，市局党委竟然全票通过，说明钟雁宁也不过是墙头草。

更重要的是，扫黑中使用卧底，是大事，钟雁宁是否可信？

为了这事，秦枫将自己关在办公室想了整整一个下午。晚上，冷珊问他在哪里，他谎称加班，独自又想了一个晚上。

次日一早，他六点钟便从床上起来，驱车赶到省公安厅家属小区刚好六点半。黎政有晨练的习惯，他准备在此"偶遇"黎政。秦枫到市局刑侦支队几年，在省厅结识了不少熟人，特别是刑侦同行，大都习惯锻炼，一起晨练聊天正好拉近感情。此前，他为了争取省厅刑侦总队的支持，多次到小区晨练，借机汇报工作。这次不同，他的目标是黎政，便有意避开同行。

天气晴朗，晨练的人很多。市局警令部主任钱奋几年前就与黎政熟悉，现在跟得更紧，几乎成了黎政的陪练，每天雷打不动，有人想跟黎政说说悄悄话，都得钱奋发话，不然他会寸步不离。秦枫是免职干部，钱奋没看在眼里，想凑上去他都不得允许。没料到，秦枫一在操场上出现，黎政隔老远便喊道："秦枫，过来。"

秦枫欢天喜地跑过去，原以来能够捞到说话的机会，不料黎政显得异常沉默，路上除了交流几句有关晨练的心得，再没有一个多余的字，更没有主动向秦枫问一句话。大家都以为，和一把手走在一起，是一种无上荣耀，其实更多的时候是一种煎熬。

秦枫不管这么多，反正他一定要找机会，就算闲话满天，也一定要达到目的。

每天早晨,他早早就去了小区,陪着黎政晨练,偶尔陪着他吃早餐。临近上班时间,他只好自己去上班。下午下班,他是无权也无法得知黎政的安排,只能等待。

直到第五天,秦枫终于抓住了一个机会。

这天晨练,黎政支开了钱奋,主动问他:"秦枫,最近怎么往省厅跑得这么勤?"

秦枫立即说:"不瞒局长,每天来省厅小区,我有两个考虑,一是想感受这种氛围,二是有件事憋在心里,想跟您说说,不知怎么开口。"

黎政愣了一下,问道:"怎么不到办公室找我呢?"

秦枫说:"一件超出我职权范围的事,也是一件也许不用您亲自过问的事。"

这话让黎政有些意外,不能不让他误解为钟雁宁的问题。他放慢脚步,扭过头,看了他一眼,说:"怎么回事?"

秦枫说:"说来话长,但我觉得不能不向您汇报。我在扫黑中跌倒,想在扫黑中站起来,必须有您的支持才行。"

黎政说:"这个当然。"

秦枫将唐栋梁的遭遇详详细细地说了一遍,末了说出自己的想法。

黎政显然有点吃惊,问:"你的意思是把他培植成卧底,由你跟他单线联系?"

这事,电视里经常出现,但在现实生活中十分罕见,也是需要精挑细选,精心培养,甚至艰苦训练的。一个普通的治安警,而且因为办案失误多次受到处分,其素质可想而知,能不能担当重任,非常值得怀疑。秦枫表示,"这个同志的缺点是客观存在的,但优点也很明显,那就是忠诚、有担当。作为警察,能力固然重要,职业操守才是真正的命门。下一步做什么,怎么做,都由我来安排,出现问题由我负全责。"

黎政默默往前面跑着，没有出声。秦枫感到自己的心率无法自控，明明跑得不快，但心脏像正在做剧烈运动般发出急促的咚咚声。他知道，这是自己离黎政太近了，黎局的每声呼吸都拨动着他的神经。

钱奋在不远的草地上紧张地观望着秦枫这边，好像害怕秦枫对黎政不利似的。他以前对秦枫火箭式上升表示过妒忌，后来听说组织部对秦枫做出免职处理，嘴里没说什么，鼻孔里却重重地喷出一股气。

"为什么直接找我？"黎政问。

这话既是鼓励，又是批评，秦枫完全可以找钟雁宁，或者其他副支队长也行。他跳过了几级台阶来找一把手，里面当然有苦心，有戒心，或者别有用心。

秦枫不假思索地说："我相信，您的支持对办好这件事最有利。"

黎政轻轻地"哦"了一声，没有说话。

秦枫感觉不能再往下说了，却又不甘心，哪怕让黎政不满，也一定要表达清楚。

他说："这事我仔细考量过，胜算应该在百分之八十以上。而且，他不是单兵作战，还有我，也会搅进去。当然，结合外地工作经验，这种事不能排除意外因素。"

黎政望了他一眼，继续沉默着。

秦枫决定豁出去，说："已经有几拨人来试探我，以改变我目前的状况为诱饵，让我靠拢他们。我想借此摸底，查清这个组织的背后势力。"

黎政停下脚步，直视着他的眼睛，好一会才张开口，说："秦枫呀，你能来跟我说这些，我很欣慰。说实话，看到你跟在我后面跑步，我很反感，听你提扫黑，以为你是找话题摆功劳，为向我求情埋伏笔。我一直认为做警察是需要担当的，这种担当，不仅是在正常职责范围内对责任的担当，更多的时候，是在灾难和打击下对责任的担当。一般人认为，警察的力量，就是对责任的担当能力。我不这样认为，我觉得，那只是力量的一个方面。如果一个警察，能够承受巨大的打击，在打击面前仍然勇于担当，那才是真正的力量。"

秦枫说："我力争做一个有担当的警察。"

黎政点点头，说："孔子说过'不入陷阱，不入罗网，必是含仁怀义之兽'，警察何尝不是某些人的狩猎对象呢。所以，为警不易，坎坷痛苦在所难免，但时间是最好的试金石，不论发生什么，历史总会有一个中肯的结论。"

秦枫说："谢谢首长，我明白。我一直记着首长跟我说的熬鹰的故事。熬，就是磨去锐气和戾气；熬，就是形成无形而又强大的气场惯力，形成一种意志力。"

黎政说："看来，你把许多事都想透了，这样就好。"

秦枫不是太明白他所说的'这样就好'，是指许多事想透了好，还是对自己产生的熬鹰理念表示赞赏。不管是哪一种，总算是博得了黎政的同意，接下来只管甩开膀子干了。

第十六章

追杀升级

据柳燕说，吉竹江之所以当上省公安厅常务副厅长，完全是刘烈宏和他的朋友们运作的。

公安厅常务副厅长是实权派，即使一般省委常委，要刻意安排这一位置也很不容易，偏偏刘烈宏想做就做成了。柳燕这么说，是要显示刘烈宏的实力，显示刘烈宏跟吉竹江的关系，让秦枫对自己的复职充满信心。

秦枫的想法却不一样。他觉得柳燕如此说，一方面是提醒他服膺刘烈宏，最好是把自己跟刘烈宏绕成一根绳；另一方面，吉竹江原是戎城市常务副市长、市委常委，刘烈宏本来可以往更有发展前景的位置运作，偏偏盯准公安厅常务副厅长，事情就有了特殊性。任谁都看得出来，如此安排实在是别有用心。

这一安排，对秦枫的下一步行动构成了极大的威胁。

正是因为预感到威胁，秦枫接到柳燕的电话，便急切地赶了过去。

还是那家私密会所，柳燕在手机里报了包厢名，秦枫直接敲门进去。里面坐着四个人，分别是柳燕、刘烈宏、弘沐寿和一个跟弘沐寿差不多年纪的中年人，大约就是吉竹江了。

柳、刘赶紧站起来迎接，弘沐寿大大咧咧地拍拍身边的位置，朝秦枫指了指，招呼他过去。秦枫恭恭敬敬地走近，喊了声"弘部长好"。

弘沐寿哈哈笑着，对着中年人指了指秦枫说："这就是我刚才跟您说起的小秦，秦枫，市局最拔尖的刑侦人才。"

接着，他又对秦枫说："小秦啊，快来见过吉厅长。他可是全省公安的实权派。"

秦枫一直垂手站在一边,弘部长话音一落,他便笑着对吉竹江微微躬身,以崇敬的语气喊道:"吉厅长好!"然后伸出双手。

吉副厅长倒也谦和,站起身,对秦枫躬身还了一礼,应景式地伸手与他握了握。

五人分尊卑落座,吉、弘占了主位,秦枫坐在吉副厅长身边。席上,主要是刘烈宏在吆喝,秦枫几乎没怎么开口。吉竹江倒也开朗,虽然不是会议,不需要旁征博引,但他有一副好嗓子,字正腔圆,竟然比电视台的播音员还出色。没有一句废话,也没有一个多余的语气词,偶尔爆一句吉式幽默,引得大家会心发笑。

饭局前,秦枫对吉竹江做过了解。大学毕业便分配在省委政研室,从科员干起,一路顺风顺水,十来年便做到处长,三十五岁安排到戎城市下属的新戎县任县长,然后从县长到书记、副市长、常务副市长,一步一个脚印地干上来。据说,吉竹江是很有能力和才华的官员,执政能力以及处理问题的手段,远在同级官员之上。但吉竹江有一个最大的弱点,喜欢赌博,什么赌博手段都会,什么都好(hào),却又不精。

对于他的好赌,有好几种说法,较为普遍的说法是,他是在新戎县爱上赌博的,因为他对赌博的偏好,影响了政治前途;也有人说,恰恰是因为政治前途不佳,让他看透了仕途,从而爱上了赌博。

知情人透露,省委对吉竹江的任用确实颇有争议,最后还是考察组的一次微服私访,让他起死回生。

那是考察组在戎城的最后一天。带队的干部二处处长林良早早地叫醒干审处副处长覃大为,说:"走,今天不吃市里的安排,逛街去。"

逛街?比起汉洲来,戎城有什么街可逛?覃大为知道,林良恐怕是要不按常理出牌了,但到底用意如何,他不便问,跟着就是。

两人坐上电梯后，并没有在一楼酒店大堂停留，直接下到地下停车场，然后沿汽车出口离开了宾馆。

走上大街，林良拦了一辆出租车。司机问去哪里，林良似乎早有考虑，说："去广场。"上了车，林良主动跟司机闲聊，问收入如何，城区堵不堵，戎城在雁南的排名怎样等。

司机倒也热情，说："戎城确实基础不太好，'人多路窄车加塞'，以前堵得厉害，但也不是不可治理。吉副市长分管交通、城管和交警后，禁摩限电，城市大变样。"

林良说："我怎么听说这位吉副市长作风武断，还爱打牌，反映很不好。"

"这要看你听的是谁的反映。"司机辞风还挺犀利，"如果是那些不准进城的摩托车主，或者乱停乱摆的摊主说的，就算不得数。"司机认真看了一眼林良，接着说："两位是上级来的领导吧？吉副市长打不打牌，我不知道，我们老百姓只是想做好自己的事，过好自己的日子。马路畅通了，出租车好开了，日子好过了，我就觉得这位领导好。至于喜不喜欢打牌，我们普通老百姓哪里知道，有些反映恐怕是以讹传讹。"

正是上班早高峰，路上汽车流量很大，但没有摩托车乱蹿乱插，两边也没有马路市场，很少拥堵，车速不错。

出租车到了广场，司机问："这就是人民广场，你们到哪里？"

林良说："听说广场地下修了人防工程，金汇入驻成了商城。这个商城对城市建设、对交通有没有影响？"

"有啊。"司机答得很快，"好影响呢。以前上街买东西车都停路边，影响通行，修人防工程时加修了大量泊位，现在逛商场的人把车全停到了地下，你看看，这路面宽敞多了。"

两人下了车，从一个标着"金汇"字样的通道进去。他们出来得早，市民大多才起床，街上人不多。但金汇大不一样，东头卷闸门重锁，商场都还没开门，西头却已经人山人海，主要是卖菜买菜的。这里有正式的摊点，也有跳蚤市场。两人在里面转了一圈，不时和摊主或者购物的市民聊上几句。

林良问摊主："工程修成前，你在哪里摆摊呢？"

摊主说："马路上。那时没有规范的菜市场，不摆在马路上摆哪里？"

林良又问："这是地下，进进出出要走一段路，买菜的人多吗？"

"多啊。你看这不人来人往的。这地方冬暖夏凉，通风设施搞得好，比露天的好得多。"

旁边有菜农说："搭帮政府的决策呢，即顺应了城市需要，又解决了停车难和卖菜难两个大问题，还解决了好多人的就业。这个工程设计好，质量好，想得很周全，我们摆摊很舒服。"

覃大为看了看林良，见他表情严肃，似有所思。人防工程是吉竹江当副市长后，自始至终主抓的工程，建与不建在市委政府领导层面颇有争议。吉竹江上任之初力排众议，提出一个鲜明的观点：只要站在群众的立场，有利于人民生活的工程都是必建的。事实证明，这一决策，解决了困扰戎城多年的城区无菜场、无市场的矛盾，执政成本降到了最低，充分体现了执政者的理念、能力和智慧。

覃大为问："你觉得，这一切都是吉竹江的功劳？"

林良说："这是谁的功劳，我不敢说。不过，吉副市长在戎城的政声民声真的很不错。我们要把他主抓的这几项工作带回去，请领导去评判。"

综合见面的观感和了解的情况，秦枫对这个新任的常务副厅长印象挺不错。只是，他竟然跟刘烈宏这种商人混在一起，看样子还挺亲密，让他有些想不通。

349

以秦枫对官场的了解，但凡官场中人，特别是厅级以上干部，对见什么人、跟什么人在一起都是异常小心和审慎的。他们的阶层固化意识，不是金领、白领和蓝领标签，也不限于金钱的多少，而是权力的均衡，以及权力带来的精神价值高度。

还有，党的十八大以来，"会所"已经成为一个敏感词，对领导干部进会所的监管，风声越来越紧。吉竹江和弘沐寿这么若无其事地坐在包厢里，也令秦枫匪夷所思。

不过，饭桌上罕见地没有摆酒，只是每人倒了一杯酸奶，想喝就浅酌一口，不想喝就放在一边。五个人一边吃饭，一边风花雪月地谈天说地，没一会儿就放了碗筷。

饭后点心和水果摆在另一张餐桌上，依然是刚才的就座次序。不过，吉竹江侧了身子，直接面对着秦枫，开启了一对一的亲切交谈。吉竹江显得十分平易，先问了问他的家庭状况，听说他妻子正在休养，关心地询问是什么病，嘱咐他一定要照顾好家庭，有儿女才是家嘛。这段时间一定要多陪陪妻子，拼命三郎也要劳逸结合，也要生活。

他说："小秦啊，主抓全市的刑侦工作，要学会适当超脱。全市总人口近千万，你不学会忙里偷闲，累死也不行；可你全超脱了，成了甩手掌柜也不行。我给你一个工作原则，既不让大案频发，又要兼顾家庭，不要累坏了身体。"

吉副厅长听似批评的话，使秦枫心里暖洋洋的，这是明确表示要将他复职了。领导就是领导，说话的技巧火候就是不一样。接着，吉副厅长叹息一声，说："汉洲这个地儿大，不像我在地方上工作单纯，这里社会上的各种角儿，咚咚锵锵的，会在你的生活里你方唱罢我登场。社会就是大舞台，你不让谁唱还不行，想拒绝也没门。"

秦枫觉得吉竹江说出了内心话，恐怕也包括跟刘烈宏混在一起的无奈。

"你呢,恐怕也有跟我一般的感受。"吉竹江继续说,"如果一直睁着眼睛看,还不困死?我们怎么办呢,就得学会使用两只眼睛,一只眼看,一只眼休息,俗话说睁一只眼闭一只眼,就是这么回事。"

奇怪的是,秦枫免职后,汉洲陷入了短暂的寂静。市局编发的刑侦简报简单得不能再简单,在《新案快讯》栏目里,连续几天出现"无"字。偌大的汉洲市,竟然没有一点儿风吹草动。一座沸腾的城市,陡然变得风平浪静,如一潭死水。

黎政是最关注情报研判的领导,这样的状况让他心里发毛。他将钟雁宁、钱奋和卫琢德叫到办公室,问他们是失职了,还是想粉饰太平。这几位同志委屈地说:"黎局,真没案件啊,我们不能胡编乱造。"

黎政仍旧不放心,逐个地往区分局打电话,得到的答复如出一辙。跟他熟悉起来的局长们开玩笑说:"还是您煞气重,您一来,这里的黎明就静悄悄,平安无事了。"

黎政将玩笑听成了明晃晃的阿谀,心里更加不快,亲自跑下去落实,四下里还真就静悄悄,案影不见。

一天上午,办公室来了两位记者,说是持了省厅的函要采访黎政和秦枫。黎政一看,是一男一女,打头的女记者长得花容月貌,却眉头紧锁,表情肃然;男记者精瘦,在门口晃了一下,却没进门,贼头贼脑地在走廊里四处张望。

钱奋将他带进来后,黎政一眼便认了出来,原来是省报的新闻大拿,政法部副主任黄轩。黎政在省厅做过多年联系宣传的工作,有些活动点黄轩的将,黄轩还不乐意。没想到,这次他不请自来。

两位记者坐进沙发,一点儿不按照采访计划,谷子蔬菜地乱侃。末了，却问不断看表的黎政，秦枫怎么还没有来？

黎政亲自联系秦枫。他却蹲在看守所，说是落网的涉黑成员有串供现象。他们仗着有些关系网，出言不逊，态度猖獗。即使判了实刑，一个个的嘴都成了煮熟的鸭子。接到黎政的电话，秦枫很高兴，正愁手里没人手，黎局亲自来过问了。谁知黎政要他接受采访，介绍苏洪宝涉黑案件的侦破过程。秦枫死活不肯。

两名记者却不管那么多，要求赶到看守所去。他们要的就是现场感，看他们笔下的主人公是怎么办案的。

将近十一点钟，所外马路上警笛尖利大作。黎政细听，不是火警，也不是救护车叫，顿时涌起一股紧张感。正想着，手机响了，钟雁宁报告："发案了！梅阳区帝豪大酒店发生一起四名歹徒追杀客人的伤害案件。歹徒逃遁无踪，被砍杀者叫张步常，原新猎鹰投资有限公司董事长，可能造成重伤。"

开始关注张步常，是在秦枫提任支队长之后。张一直在法律的边缘走钢丝，是很多信访案件的控诉对象；而他本人也是信访大户，到处上访申诉。在上海保护丁玥时，他儿子张森提供过一袋有关苏洪宝的犯罪证据，但秦枫找张森了解情况时，他却吞吞吐吐。

这已经是张步常第三次遭到陌生人砍杀。第一次是二〇一四年九月，地点是新世纪星源酒店停车场，他从汽车下来时，突然冲来四五个人，手持刀棒直往他身上招呼，幸亏有司机和停车场保安相救，只造成轻微脑震荡；第二次是二〇一五年六月，在汉洲英伦大酒店门口，一个凶徒挥舞着尖刀突然冲上来，他赶紧用公文包阻挡，这一刀将他的公文包捅穿，本人没有受伤。

秦枫怀疑，张步常是因欠高利贷和非法融资而遭人报复，但因为他欠债对象太多，到底是遭谁报复，一直没有查清。

秦枫上了黎政的车，呼啸着往帝豪大酒店冲去。

汪涛早一步赶到了现场。他介绍说，张步常在帝豪喝完早茶，下楼走出电梯，便冲来四个年轻人，用杀猪刀朝着他乱砍。初步鉴定，张步常身中十余刀，其中头部刀伤最深，当时就血流如注，送上救护车后，因流血过多，昏死过去，现正在医院抢救。

现场就在帝豪大酒店豪华气派的大堂里，到处鲜血淋漓，此时已经封锁，法医和痕迹技术人员正在里面忙碌。保安给黎政和秦枫介绍说，张步常是八点多钟跟两位朋友过来喝早茶的，但张下楼时，他的朋友没有跟他一起。砍人者蒙着面，不知什么时候躲进了酒店，肯定不是从大门进来的，监控里也没有他们的身影。

"后门有监控吗？"秦枫问。

他们一起来到监控室，酒店保安部部长指着视频说："后面有两个摄像头，但主要监控物资出入。上午酒店布草运进运出，量大，拖车进出频繁，是不是有人混在拖车里，难以判断。我已经电话通知所有拖车工人集合，看他们是否看到可疑人员进入。"

秦枫的心里马上打了个问号。怎么又是蒙面人？怎么又躲过了监控视频？跟之前发生的几起伤害案件如此雷同，难道是巧合吗？

现场勘查刑警过来报告，凶手持刀具突然袭击，完全可以杀死张步常。但是，凶手显然只想让他流血，而不是让他丢命，弄得现场鲜血飞溅，看起来很惨，说明又是一次警告。

"逼债？"黎政问。

法医说："应该是。凶手好像极有砍人经验，刀锋飘忽，专向手、腿、屁股等部位招呼，致人流血、疼痛，却不致命。然而，这次有些特殊，凶手砍了伤者脑袋一刀，剜去一块头皮，伤及动脉。但还是手下留情的，否则张步常就没命了。"

凶手作案手法一致，伤害升级。张步常在汉洲算个头面人物，曾表示知道伤害他的人是谁，只是惧怕对方背后的保护伞，不敢揭发。对方变本加厉，所为无非还是债务，如果他宁死不还，或者还不上呢？凶手是无人性可言的，那么必将伤及他的亲人。

汪涛和徐俊在不远处勘查现场，秦枫招手让他们过来，说："必须立即找到张步常的家属，将他们与张一起保护起来。"

"张步常那边已经派了一个组，询问兼保护。"汪涛说，"我这就联系他的家属。"

"秦枫，你有什么想法？"黎政问。

秦枫用心想了想，说："说不好。"

黎政拍了一下秦枫的肩，说："讨论一下。"

秦枫说："我是瞎猜。我们打掉了苏洪宝团伙，咋又冒出一伙跟苏氏团伙作案手法一致的人呢？这伙人是漏网之鱼吗？或者，这正是汉洲另一个更黑的团伙干的。"

黎政说："我们现在可以大胆地猜想，但不可以给出答案。我们需要的是证据。汪涛，这个现场对我们很重要，勘查一定要仔细，不能放过任何蛛丝马迹。"

汪涛知道黎政话里有话，含义深远地冲秦枫点点头。

黎政离开现场的时候，秦枫没有跟着走。他总觉得这伙凶手不会善罢甘休，干脆留下来协助汪涛。

这时，医院询问组打来电话，说张步常醒过来了。

秦枫和汪涛对视了一眼，脸上绷着的表情放松了。汪涛让他们加紧询问，重点在前段时间债主逼债情况。但那边很快传来消息，张步常依然不肯开口，就像他本人才是犯罪嫌疑人似的。

秦枫预感到要出大事，考虑到汪涛人手不够，决定亲自去找张步常的家属。

午后,芙蓉广场春天百货楼下停满了高级轿车。玛丽时装秀巨幅广告装点着大楼风景。秦枫将自己的汽车插进一众高级轿车间,仿佛丑小鸭挤进一群凤凰里,然后随着裙裾飘忽、浓香袅袅的人流往秀场走去。

宽敞的一楼大厅活像云南蝴蝶谷,比肩叠迹,都是五彩的衣袂和翩跹的美女,时装秀正是在这里举行。"哎,您好,小妹,请问看到罗丽霞总策划吗?"

"罗总?"美女皱眉。

"对,四十来岁,这次时装秀的总策划人。"秦枫补充道。

"嗨,你说的是霞姐吧?"另一个美女插嘴,"她还在办公室呢。"她往楼上指了指。

秦枫打听过了,楼上有罗丽霞的一片卖场,卖场旁就有她一间办公室。他从消防间来到卖场,缓步走向办公室,从外面听,无法判断里面是否有人。

他敲门,无人应答。门没有锁,办公桌上几乎空无一物,没有电脑,没有账本,但是桌后有一个书架,下层放满了时装杂志、时尚杂志和设计审美方面的书籍。上层则是各种小摆设,另有一个裸体模特占据着显眼的位置,两边是两张镶框的参加时装秀照片,一张背景是伦敦,一张背景是上海。

在模特下方是办公室主人的照片,三十多岁的模样,穿着素色礼服,和一个肤色更深的帅气年长男人及一个漂亮的中年女人站在一起。在秦枫看来,罗丽霞似乎没有完全吸取父母的优点。

另一张褪色的照片上,罗丽霞还很年轻,手里抱着个小男孩,男孩灿烂地笑着,脸型跟她似乎是从同一模具里车出来的。他估计男孩应该就是张森了。

第三张照片是在泰山上拍摄的风景：朝霞刚起，一片空阔的天域，在柔和的玫红色光线下，云霞似锦。秦枫仔细看了一会儿，希望能发现什么线索。于是，他看向云霞背景里若隐若现的两个背影。

在秦枫看来，那两个背影太虚，跟泰山顶的石头、飞檐、树枝融汇在一起，成了灿烂朝霞的映衬。不过，细看之下，秦枫认出了露出整个后背的女人——罗丽霞。罗丽霞的胳膊搭在一个年轻女人的肩膀上。那个女人长发垂肩，露出三分之一的肩背。她们站在一块尖石边，着装迥异。罗丽霞穿着粉绿双色绸衫，栗色宽松裤，头上飘着根白色丝带。那个女人则一袭白色长裙，头顶一个红色发夹。

无法看到两人的表情，但秦枫对发夹和长裙似曾相识。他低头默念了一下，所有的问题似乎有了答案，确认了某些事情。

门外传来脚步声，还有咯咯的笑声。秦枫轻轻地在房间转了一圈，走向另一扇门，以为那是另一个出口。没想到这是一个步入式衣橱，衣架上挂满了女人的衣物。一面靠墙的木柜上全是女性用品。秦枫关上门，蜷缩在罗丽霞的衣服后面。

声音越来越近，然后办公室的门开了，说话声清晰可闻，是两个男人和一个女人。

"香丽姿撤资了。"一个年轻男人用带着上海口音的普通话说，"真是可笑，他们怀疑我们的宣传效果和品牌效应。"

另一个年轻男子用低沉的声音说："他们质疑我们的诚信，确切地说，是你的诚信，霞姐。"

"很快我们就会让他们自食恶果。"罗丽霞说，"媒体都到齐了吗？央视和香港媒体能否及时赶到？香丽姿的事，让律师介入。"

"媒体没问题。"上海口音说，"网络影响着人们的生活，每一次成功的炒作都是由网络掀起的，有几个论坛推手大鳄想跟我们联手，你看如何？"

"小高，脑子放在正事上。"罗丽霞突然有些愤怒地说。

"小高说的并非没有道理。"低沉男子说，"网媒复杂，但看你怎么用，怎么引导，就是几个钱的事。"

"打住，你们两个。"罗丽霞厌烦地说，"我没时间听这些，秀场马上就要开始了，我要赶过去。"

"我们帮你挑一挑吧。"上海口音说。

罗丽霞说："老实说，我突然对你们两个的眼光很怀疑。所以，抱歉，请回避一下，让我一个人进去换衣服。"

"你打算穿什么？"低沉男子问。

"好了，道哥。"罗丽霞说，"这是我的主场，我不外乎穿那些最性感的裙子。"

见鬼，秦枫心道。他听见小高和道哥离开了办公室，罗丽霞走进了衣橱。

上下排挂着的衣服能完全遮挡住他吗？如果那件性感的裙子正好就在他前面怎么办？

秦枫思量着干脆走出去，跟罗丽霞说明事实。但他像个小偷似的冒失地闯进她办公室，怎么能博得她的信任？

秦枫从衣服后面钻出来，爬上衣橱顶，紧贴着橱门上方的墙壁。她走向衣橱时，秦枫斜过身体，双手撑住两边的墙，双脚蹬墙向上挪动，直到后背紧贴天花板。这个动作让他立刻感觉到膝关节韧带开始一阵阵疼痛。

衣橱的门开了，罗丽霞伸手打开灯，走了进来，就在秦枫身下几尺的地方。她脱下一件绒线针织衫，露出里面的肉色胸罩和深深的乳沟。

她打量着挂在对面墙上的衣服，扒开刚才秦枫藏身之处的短裙和长裙，挑出一件配有银色饰片和金貂尾毛的紫色连衣裙。

秦枫祈祷罗丽霞挑好裙子后去衣橱外面换衣服。但她却把双手伸向后背，解开搭扣，取下胸罩。秦枫慌了神，几乎要撑不住身体掉下去。

他闭上了眼睛，感觉她像个影子一样在下方晃动，似乎在试穿内衣和长筒袜。感觉韧带要拉伤了，秦枫的脖子和前额冒出豆大的汗珠。

这时，罗丽霞穿上了连衣裙，拿着两双高跟鞋退出衣橱，关上了灯。

秦枫忍着疼，慢慢地从橱顶退下，侧卧在衣橱里。他保持着这个姿势，缓缓地吐气，韧带松弛下来，疼痛终于消失了。

高跟鞋在木地板上磕了两下。接着，衣橱门缝下透进来的灯光消失了，办公室的门打开又关上了。

"哦，真糟糕。"秦枫咕哝了一句，扭身从衣橱里爬出来。他没有再停留，悄悄地溜出办公室。大约售货员都看时装秀去了，竟然没有人注意到他。

一楼大厅人流摩肩接踵，但组织并不成功。秦枫看到罗丽霞时，她正在冲一群人发脾气。她穿着刚才那件衣服，加上健美的身材，玉雕似的皮肤，流苏般的头发，几乎是现场最美丽的女人。秦枫盯着她看时，发现周围所有的男人都在偷窥着她。

接着，她走向左侧一个老年男人。男人腰挺得笔直，秃顶，穿着亚麻灰西装，对她的美貌很感兴趣，但当她跟他款款细语一番后，他若有所思地发了会儿呆，眼睛死死地瞪着她的脸，然后摇了摇头。罗丽霞后撤几步，跟另外一个中年男子说话，但结果仍然如此。她又试了一次，然后耸耸肩，握了一下那人的手就走开了。

在接下来的半小时里，罗丽霞连续碰了好几次钉子，秦枫则始终在远处观察着她。

罗丽霞终于离开秀台，一脸失败的表情。她抱着双臂弓着身子在后面坐了一会，然后悄悄地从大楼后门离开，走上街头。她是有车的，竟然准备打出租车，但拦了几次，出租车里都有人。她穿过广场，走进狭窄的黄兴街。

她要去哪里？秦枫想。

突然，一辆灰色别克商务车急驰而来，"嘎"地一个急刹，停在罗丽霞身边。

车门敞开，三个蒙面男人从车里跳出，呈"品"字形围拢过来。罗丽霞见状，撒腿就跑。走在最前面的蒙面男子健步一跃，抓住她的头发，将她拽停。另外两人迅速拧住她的胳膊，一起拖着尖叫的她走向商务车。

拽头发的蒙面男感觉有人拍了一下他的肩膀，刚回头就被秦枫一个直冲拳打在鼻梁骨上。他还没反应过来，便应声倒地。

左侧的高个大约觉得自己能够对付秦枫，放下罗丽霞，矮身蓄势一个擒拿手，想制住秦枫。这是大成拳的一个经典招式，秦枫稍稍侧身，化拳为掌，架住对方的双手，一招屈膝顶腹，正好击中那人的右肋，并顺势伸腿，将那人踢出老远。

第三个人见状，伸手往腰里摸。秦枫不给他动刀的机会，左手去抓罗丽霞的胳膊，右手当胸挥出一拳。

"快跑！"秦枫冲罗丽霞大喊道。

第三个人中了一拳，仍掏出一把匕首，往上虚晃一招，却反手刺向秦枫的大腿。秦枫抬腿跳了一下，躲过刀刃，紧接着伸出左手，抓住那家伙的右手腕。他又向后跳开，拖着那人转了一圈，猛地一拉，让其失去平衡，然后反手回旋，将他的手扭到背后，往下一压，只听"咔嚓"一声，对方手腕断了。

歹徒倒在地上痛苦地号叫，匕首"当啷"一声落下。

这时，秦枫听到罗丽霞尖厉的呼救声，只见商务车正在疯狂地追赶她。他抓起匕首，飞身奔了过去。这时，司机正打开车门，要将罗丽霞拖进车里。见秦枫追来，司机改变主意，倒车撞向秦枫。

秦枫侧身一跳，躲开，拉起罗丽霞闪到路边。

"你还好吗？"秦枫问。

罗丽霞看上去吓坏了，惊恐地点点头。

他回头看看街道，三个蒙面人跌跌撞撞地走向正在倒驶的商务车。

秦枫伸出手，说："我帮你离开这里。"

罗丽霞退缩一步，犹豫着问："你是谁？"

"一个路不见不平的人。"秦枫回答道，"走吧。"

罗丽霞看上去有些茫然，但还是走上前，全身发抖并哭出声来。"我不知道这是为什么？"她说，"他们为什么这样对我？"

"以后会知道的。"秦枫说道，"来，握着我的手，我拉你走。"

罗丽霞疑惑地看他一眼，慢慢伸出手搭在他的手腕上，又回头看看，问："他们会追过来吗？"

"如果没有其他警察过来，"秦枫说，"他们会追来的。"

她有些怀疑，加快了脚步，问："你是干什么的？"

"警察。"不知为什么，秦枫决定以实相告，他停顿了一下，接着说，"我叫秦枫。"

"你就是秦枫？"她说，"这个名字我听说过，那我真是幸运。"

"是幸运。"秦枫附和道。这时他看到一辆出租车开过来，挥手招停了车。

他打开车后门，让她进去，一闪身也上了车。"你知道为什么有人要绑架你吗？"他问了个罗丽霞自己也想知道的问题。

"我真不知道，"罗丽霞垂下眼帘，"一场时装秀又不会得罪这种人。"

"会不会得罪了什么人？"

"不可能。"她说，"我没有仇人。"

"你现在去哪里？"

"……"她看了看秦枫，犹豫着说，"回家吧。"

秦枫也略显犹豫的样子，问："你觉得自己安全吗？"

罗丽霞皱着眉头，吞吞吐吐地说："要不……"

秦枫说："如果不算打扰你的话，我先送你回去吧。"

"秦警官，你是偶尔经过吗？"罗丽霞一边让司机开车，一边问秦枫。

"是的。"他先是回答得很快，很坚决。接着，他故意让她看出他似乎有些矛盾。如果要博得她的信任，他必须让她相信偶然里有必然。"不过，经过路口时，我看到你失魂落魄地往偏僻街道走，便有些担心，跟了过去。"

"非常感谢您。"

出租车进了一个非常漂亮的小区，在一栋别墅前停下来。秦枫付了车费。罗丽霞走上两级台阶，在别墅前门侧面的键盘前停下来，输入一组数字。

"真奇怪。"

看到罗丽霞自言自语，秦枫跨上一步，问："怎么回事？"

"有警示信息。"她说。

"会不会进了贼。"秦枫脸色凝重地看着键盘，"跟里面的监控相连吗？"

罗丽霞点点头，说："你懂得真多。"门锁并没有破坏，她顺利地打开了门。

客厅里井然有序。

但是，没多久，上楼换衣服的罗丽霞发出了歇斯底里的哭喊声。

秦枫冲上楼。罗丽霞瘫坐在地板上，房间里一片狼藉。

不过，看到自己的住所被翻了个底朝天，她很快从惊慌失措变成怒火中烧。她站起来，两手握拳，紧咬牙关，眼里溢出泪水。

"秦警官，这……会不会是同一伙人干的？"她用颤抖的声音说。

"有可能。"秦枫说，"一个人安排的。报警吧！"

"不……我觉得那样做没什么用。"她说，"我不是有意冒犯您。但警察对这样的案子恐怕也束手无策。"

秦枫摇摇头，说："这里看起来像专业人士干的。必须让警察来勘查，一方面看你丢没丢失东西，另一方面看他们有没有留下痕迹。相信我，我们会保护你。"

罗丽霞似要反对，但最终只是说了一句："谢谢您。"

秦枫报了警，带罗丽霞下楼查看监控，摄像头果然被人为破坏，没有留下任何视频。

"罗丽霞，你认为他们在找什么？"

她欲言又止。

"跟张步常有关吗？"

罗丽霞叹了一口气，说："可能，早几年我们就已经离婚……我跟他没有任何关系，但这些人还是阴魂不散。"

"他们找张步常是为了什么事呢？"他问。

"我不知道。"

"你跟他离婚是什么时候的事？"

罗丽霞咬着嘴唇说："二〇一四年年底。"

"是他第一次遭到追杀之后？"

罗丽霞颓丧地坐在沙发上，无助地看着他。她明白一切都瞒不过秦枫，甚至怀疑他适时地英雄救美，根本不是偶然。好一会儿，她问："是不是老张出什么事了？"

秦枫眼看着别外，转移到另一个话题："你的时装秀出了什么问题？"

罗丽霞仿佛突然想起了什么，疑惑地看了看秦枫，站起来，徘徊了几步，走到饮水机边倒了一杯茶递给他，又徘徊了几步，坐下来。

秦枫喝着浓茶，罗丽霞终于鼓足勇气说："原来谈好为秀场提供赞助的服装厂，以及前来捧场的中央新闻媒体都没有来参加活动，有的联系不上，有的干脆拒绝。你是说……他们……也可能是老张的对手干的？"

泪水从她的脸颊上流淌下来，秦枫听着，没有插话。最后，她说："真歹毒。"

"把时装秀场筹办的所有矛盾纠纷综合考虑进去，你觉得会不会是他们干的？"

她抹去眼泪，对他摇摇手说："秀场也不是没有任何矛盾。"

秦枫的脸沉下来，说："我要告诉你一个消息，就在今天上午，张步常从酒店电梯里走出来时，被几个年轻人追着砍杀，现在重伤住进了医院。"

罗丽霞吓傻了似的望着秦枫，好一会儿，"哇"地哭出声。

"快，快……森森，森森，他在上海工作，会不会……"她慌乱地从包里翻找手机。

这时，接到报警的徐俊带着技侦民警赶了过来。秦枫感到心中矛盾重重。他已经向罗丽霞挑明了事态的严重性，但她会不会倾其所知，配合刑警的侦查呢？他心里仍然没底。

第十七章

再议扫黑

听了秦枫对张步常伤害案和罗丽霞绑架案的分析汇报，黎政觉得不可小觑。几起案件揉到了一起想想，真有些毛骨悚然。因为侦查工作艰苦而繁杂，许多伤害案件往往简单地往纠纷、报复方面定性，大都由分局甚至派出所按个案处理，没有并案思维，便看不到案件的内在链条和复杂而真实的原因。

黎政决定跳出张步常的个案，亲自找各分局刑侦队长了解情况，然后专门就市区伤害案件召开一次案情研讨会，了解同类案件的来龙去脉，进行兼并案尝试。

黎政是个工作起来不要命的人。省厅警令部的手下背后都叫他"永不停歇的陀螺"，只会工作，不会享受生活。这比喻挺适合他，干了三十多年警察，如果光想着享受生活，黎政就到不了今天的位置。如果把今天当作果，那三十多年的陀螺般艰辛付出就是因。

昼夜不停地滚打旋转，使黎政高大的身体有点驼，脸也比实际年龄苍老些。他一生崇尚斗争，但他好斗的性格里更多些敏锐和绵柔，懂得知进退，玩技巧。但是，黎政也知道无论怎么知进退，紧招呼慢招呼，斗得自己遍体鳞伤，总是难免。

按说，当警察当到黎政的成绩，该知足了。可他觉得自己不到五十岁，远不到马放南山、刀枪入库的年龄。他烦别人恭维他老成持重，告诫他求稳。他要求自己在位一天，就积极作为一天，他将自己的前途跟群众的口碑连在一起。

黎政总能保持没完没了的工作状态，还得益于通情达理的老婆。她在省直机关工作，与世无争，但对父母，对儿子照顾得无微不至。她明白，男人的地位到了一定程度，就不再属于老婆儿子，他是社会的道具，必须让他在社会上叱风唤雨。

黎政原本是个顾家的人，他也想多回去看看父母，看看老婆儿子，但秦枫剖析案情的话扯住了他的心。看似普通的伤害案件，竟然几起、十几起地并上了，并让整个案情性质发生了重大变化，伤害不再是罪犯的终极目的。

案情研讨会开得很热烈。黎政仍让秦枫担任主持。秦枫在投影上依次展示了"张步常追杀案""大皮脚筋被割案""丁良萍儿子伤害案""雁厨伤害案"等字样，接着，他又在这些字样下面分别注明"被害人不报警""被害人称自残""被害人不配合"等内容。

大伙看着秦枫展示的内容，窃窃私语。黎政抽着烟，眼前堆着远不止秦枫展示的几起案件的详细资料。梅阳分局副局长段巍和梅平分局刑侦大队赵队长在黎政一左一右坐着。段巍拧眉不语，赵队长不时地在黎政看着的材料上指点。其他分局的刑侦领导手里都拿着一卷卷伤害案件材料，准备汇报。

操作完投影的秦枫，两眼扫视着众人，说："我知道，屏幕上展示的案件只是冰山一角，大家手里还有不少案卷，性质、动机、结果都差不多，会后单独并案讨论。下面先请梅阳分局的同志介绍一下张步常的情况。"

段巍站起来，掐灭烟头。"张步常送医后，伤情稳定，但顾虑重重，不肯配合询问。他前妻罗丽霞，先是口口声声要控诉，见过张步常后，却忽然改口，民警找她避而不见。四名凶手来有掩护，去有接应，藏身有所，我们全力侦查，没有发现他们的踪迹，没有发现接送的车辆。"说完，他坐下又点了支烟。

秦枫点徐俊的将。徐俊说:"在查处朱三毛组织赌博案时,发现两起没有处理结果的伤害案件。当事人当初没有报案,公安机关没有固定证据,朱三毛被关后,他们又冒了出来,四处告状,针对朱三毛吵得很凶,但说不出具体行凶人。目前,一个叫柳燕的律师接手了案件,正在跟法院协调。"

梅平分局的赵队长接着站起来说:"朱三毛自称有幕后人指挥,并提供了通讯记录和威逼利诱的证据,但幕后人在通讯联络和经济往来方面没有留下痕迹。幕后人存不存在?意欲何为?是不是真像朱三毛说的那样?正在调查之中。"

秦枫摆摆手,说:"我们总结这些案件的鲜明特征有三:第一,受害人忍气吞声,不敢报警;第二,打手神出鬼没,查不到踪影;第三,幕后人隐藏得深,让我们的侦查无从措手。从侦查学来看,这些特征不是并案条件,但我们不妨大胆做一个设想,隐藏很深的幕后人,豢养了一批改头换面的打手,处理纠纷、收账等问题。受害人知道幕后人和打手的厉害,受到威胁,害怕公安机关打蛇不死反被咬,所以不敢报案,不敢说出真相。"

秦枫停顿了一下,想看其他人是否提出异议,但所有人都全神贯注地听着他说话。

他接着说:"大家知道,这些所谓的鲜明特征,不是我现在才想到的。我们在研究苏洪宝团伙时,做过类似分析,如果不是我们当时的工作做得细致,如果不是刘智华提供了详细的情况,面对连续发生的伤害案件,我们也有类似判断。"

"虽然苏洪宝没有落网,但他的团伙肯定已经覆灭。那为什么发生的案件特征更加鲜明,更加令我们头痛呢?这让我悟到了几个看不懂之处。是谁让刘智华找到大皮,让他拿着苏洪宝的情况提供给公安部门?是谁走漏风声，让苏洪宝、刘浩逃走？是谁设计迷局，让苏洪宝脱身，却烧死了举报人丁铁军？这样看来，案犯不仅手段残忍，而且思路清晰，策划缜密，既让苏洪宝团伙当替死鬼，掩盖他的存在，又害怕苏洪宝落网，狗急跳墙，供出他的幕后指使人。"秦枫说。

黎政呼的一声站起来，率先鼓掌，说："这个幕后人掌握的团伙才是真正为祸汉洲的黑恶势力。不然苏氏团伙覆灭，汉洲的祸害怎么会依然猖獗？为祸者上有保护伞罩着，身边有精心的组织者，下有得力的杀手执行，组织严密，用心良苦啊。"

"对，"秦枫接着黎政的话说，"我们面对的是一个高智商的犯罪组织。很明显，这个组织不仅为祸普通民众，还毒害腐蚀了一批干部，这批干部有的是组织成员，有的为他们鞍前马后奔走。如果不及时打击，就会产生巨大的负面影响。"

会场上响起嘀嘀咕咕的议论声。黎政侧耳细听，听出大家议论的中心是该团伙的幕后到底是什么人，如此精明，如此能量巨大，背靠的大树恐怕不是一两棵，而是一大片。一旦触及，震撼很大，可能出现不可控的局面，秦枫恐怕就是前车之鉴。

黎政打断大家的议论，说："处境艰难，这是事实。但大家要坚信党和人民，既不能先入为主，凭空担心，也不能莽撞行事，掉以轻心。我们不怕明枪，但要提防暗箭，不论是什么样的大树，什么样的靠山，都不敢明着来，力量总是有限的。只要我们用好手里的权力，用好法律，不惧怕任何黑恶势力。"

会后，黎政把秦枫喊到办公室喝茶。两人坐在沙发上，各泡了一杯顶尖铁观音。黎政笑着说："秦枫，我知道你言犹未尽，我想再听听你的深度分析。"

"分析的话我在会上都说了。"秦枫答道，"这个团伙头目最大的特征是隐形，我考虑它有三点优势：一是靠山足够给力；二是组织者相当聪明；三是执行人有隐身的本事。但是，他们做出的案件总是无法掩饰的。我一上任便盯住了这些案件的共性，逼得他们不得不抛出了'李鬼'——苏洪宝。"

"现在苏洪宝已经不能掩护他们。"

"所以，我们的侦查重点就是隐形：隐形的保护伞，隐形的联络人，隐形的凶手。我相信，他们无论怎么隐形，都是有老巢的。可惜……"

"你放心，有我呢。"黎政说，"我相信老叶的眼光，更相信我自己的眼睛。你是只猛虎，暂时的蛰伏，只是蓄势，岂会怕了那些下三烂们。也请你相信我，我在汉洲土生土长，最爱这座美丽的城市，我不会容许暴徒横行，不会容许它藏污纳垢。"

黎政表明了态度，秦枫也就立场坚定地说："有局长这句话，我肝脑涂地在所不辞。别说只是免职，就是把我清除出公安队伍，我也要把这个案子一直查下去。"

黎政的眉头不知不觉就锁了起来，问："你上次跟我说卧底的事进行得怎样？"

"已经安插进去，可能还没获得对方信任，没拿到有用的信息。"

"这种事不能急。不过，你要告诫唐栋梁和插进去的人保护好自己。"

秦枫主动给黎政添了茶。"谢谢市长关心。"说着，他迟疑了一下，"有句话一直梗在我心里，不知该问不该问。"

黎政深深地看了他一眼，说："就我们俩人，说吧。"

"你在厅里就对汉洲很关心，现在到汉洲又有几个月了，你觉得汉洲的班子怎么样？"

黎政一时没想明白秦枫到底想问什么，有什么针对性。轻轻地嗯了一声，恍觉秦枫当然不会做组织考察，也不会是普通八卦。

秦枫继续说:"换了两三届局长,班子成员都还是老人,你是否熟悉他们的背景?"

黎政的眼睛死死地盯着秦枫,久久没有回应。秦枫的话犯了官场大忌,黎政完全可以从多个角度理解。但他明白秦枫的心思,忽然有些恐惧,叹了口气。

"大都是值得信任的,特别是钟雁宁。"

秦枫未置可否,似乎下了很大决心,说出了在档案室发现的积案,以及对积案的分析。

黎政的目光始终落在秦枫的脸上。秦枫的神色急切、坚毅,还有一种令人放心的坦荡。这种坦荡让他暗生敬畏,收敛起了在其他下属面前露出的深邃。沉思地品着茶,细细地询问了一些案件细节、首问责任人和签发人后,他才答道:"你对这些案件的分析,我很认同。但对内部人员的指向性,还需综合其他情况,不能就事论事地下结论。"

顿了一下,黎政接着说:"你能直率地跟我说这些,我很高兴。刚才我俩的聊天,算是统一了意见,这样的交流最是称心。以后,你也不要考虑免职的事,你就是支队长,把心思放在办案上。至于职务,你不要担心。"

"好。职务无所谓,只要让我办案就是,有什么情况我随时向您汇报。"

秦枫知道,黎政需要硬碰硬的证据,而不是捕风捉影的猜想。他心里一定有了对班子成员的看法,只是没有依据,不好说,便截断了秦枫的话题,让他暂时不要说。但给了他支队长的权力,让他有权坐镇指挥,有权去调查证据。

想到这点,秦枫恢复了自信,再次抬头看向黎政。黎政的脸上隐约浮现着忧郁,正以略带伤感的目光注视着他。不过,这神色一现即隐。秦枫打了个激灵,突然意识到黎政一定也担着极大的心。扫黑,就是捅马蜂窝,一旦触动,不知暗中有多少人盯着,稍有不慎,非但会给自己带来灾祸,还将累及亲人。

正在这时,兜里的手机震动起来。秦枫掏出一看,已到下班时间,妻子也许是想问他回不回家。他看了一眼黎政,黎政示意他接听。

摁下接听键,当着黎政的面,一时竟不知如何开口。默然了几秒钟后,冷珊先说话了,声音一如既往的明净:"晚上还要开会?"

"嗯。"秦枫轻轻地应道,"身体怎么样?"

冷珊掩饰不住欣喜,说:"医生说我恢复能力特好,以现在的情形,春节前就可以怀孕,嘻嘻……"

"嗯。"

"你注意安全。"

"放心,这样的加班是常事。你注意休息,不用等我,早点睡。"

结束通话后,秦枫心里抑制不住地欣喜,终于可以有孩子了。吁了口气,心想,妻子这么善解人意,这么体贴,我一定要好好爱她,永远对她好。

出了局长办公室,他深吸一口气,把精神提到巅峰状态,准备全力以赴破解困局。他觉得,如果不把这个黑恶势力犯罪团伙摧毁,别的不说,单单是辜负了冷珊这番体谅,便是罪过。

晚上,他逐个地跟分局刑侦队分析案情。梅阳分局的段巍有事离开了,留下刑警大队副大队长曾旭。曾旭悄悄跟秦枫说:"我得到一个消息,我们分局因为涉及的案子多,又大都是积案,局长很着急,怕没法跟黎副市长交代。有人向他建议,进行一次有针对性的清理。"

秦枫警觉地问:"清理?怎么清理?"

"我听电话里说,大约是要少报,捡容易破的案子报。"曾旭说,"好像是市局某个领导暗地打的招呼,说是让黎副市长对基层工作放心。"

少报，报易破的案子，这不等于说不要报涉黑的案子吗？涉黑案子哪有一起易破的！秦枫想起来有些气恼，问："段局长回去就为这事？"

"八九不离十。"

这事显然触动了秦枫，他猛地站起来，走到窗前，望着漆黑的夜空，然后回过头，看着曾旭，说："其他分局的同志有什么动向吗？"

曾旭说："吃饭的时候，有的同志接到电话，好像说到清理积案的事。虽然不清楚他们是不是跟段局长接到的指示一样，估计差不多。"

秦枫在房间里踱步。看来自己对此事的警惕性还是不够，对方的行动速度远远超出了自己的预料，属于最新动向。

办案最关键的，就是牢牢掌握主动，希望凡事都将所有可能考虑进去。然而，这毕竟只是良好愿望，尤其影响大、牵涉面广的大案，所能考虑充分的，仅仅是怎么做，却不能考虑到别人会怎么应付。如果有内奸，专向嫌疑人跑风漏气，那会更令人束手无策。

对手，秦枫不知道应不应该将打出这张牌的人称为对手，但打出的这张牌确实太凌厉了。面对这张牌，黎政有对策吗？

但是，秦枫已没有退路。既然对方已经出牌，自己这边，最起码的对策，应该是主动出击，以快制快，靠着坚韧不拔的疲劳战术赢过对方。

秦枫转了几圈之后，停了下来，对曾旭说："你马上给汪涛和徐俊打电话，叫他们立即到专案组来。"

他回到自己的办公室，用座机拨打黎政的电话，将情况做了汇报。

黎政听完，略想了想，说："他们想怎么做随他们去，你就按自己的思路走便是。"

秦枫喜欢黎政这种行事风格，同时暗自惊了一下：是黎政有了好的对策，派了另一支力量在介入，还是他要任其自然，促其疯狂？同时，秦枫心中还震动了一下，自己慌慌张张，怕这怕那，黎政却一副风轻云

373

淡的语调，这份沉稳是他装都装不出来的。

回到专案组，汪涛和徐俊已经过来。他让汪徐两人将分局登记上网的案卷编号全部整理分类，打印出来。然后，他逐一跟分局刑侦队负责人打电话，口气是和缓的，态度是明朗的。这些负责人有的已接到领导指示，有的想偷懒耍滑，有的严谨认真。不管是什么态度，因为黎政在会上明确秦枫还是履行支队长职责，如此放下身段，逐条逐案地跟他们沟通，他们都惊讶且感慨。有些案子，已经踢了出去；有些案子，本来就不想上报；有些案子，已经刑事和解。但秦枫的电话一到，他们又乖乖地整理好，交到了刑侦支队。

上午十点，秦枫不断接到电话，问他市里是不是又要进行一次大的扫黑行动。秦枫暗吃了一惊，本能地觉得，一定是昨天下午参加研讨会的人泄露了出去的。昨晚不就有分局做出应对方案了吗？那些人也许不仅从伤害案角度考虑，而是敏感地觉察到涉及的背景。

为了更多地了解情况，秦枫有意和打电话的人闲扯，东一句西一句套他们的话。原来，市局党委会刚散，黎政在会上谈到了扫黑的话题。他像每一个初来乍到者一样，提出几个问题：一是汉洲有没有黑恶势力；二是正在追捕的苏洪宝算不算黑恶势力头目；三是对于黑恶势力，我们应该怎么办？

问题提出来，他又申明只是了解情况，不做决定，并要求与会人员保密。

官场无秘密。特别是黑恶势力这种敏感的话题，会没散便传得沸沸扬扬，大家都在猜测，新来的局长为什么突然提出这个话题，到底是什么意思？

随后，秦枫有意了解了一下党委会的发言情况，外面的传言比参加会议者知道得更详细。

首先接过话题的是常务副局长肖含章。他说:"雁南这么多市,只有几个市风气比较正,汉洲是一个。尤其汉洲的治安,全省能够排第一。去年的全市大扫黑,抓了一百多人,将黑恶势力团伙连根拔起。所以,黎市长啊,你今天提的三个问题,都在这里。"

黎政摇摇头,说:"含章同志,你说的事我都知道。我问的是现在,你最多算回答了我的第二个问题。"

胡小跃说:"黎市长,我明白您的意思。不过,我可以告诉您,汉洲的治安确实很好,汉洲人有一种说法,您也是知道的,说汉洲是港澳的经济,新加坡的治安。我很惭愧,没去过新加坡,不知道他们的治安是什么样子,但网上说它是全球最安全的经商地,这就跟我们汉洲有些类似。我们现在已经不提优化经济发展环境,但我们的经济环境确实很好。"

"治安堪比新加坡有些言过其实,他们的严刑峻法和执法效率,是我们无法企及的。"

肖含章说:"黎市长说得很有道理。不谈新加坡,就说汉洲的工作。我有一个体会,每个人把该抓的工作抓好,就是提高执法效率。作为一把手,谁的工作没抓好,就问谁的责。"

严明看话题引到他的碗里,也接着说:"在其位谋其政,在我们这个班子已形成优良风气……"

黎政立即制止了严明,说:"这话留到民主生活会上说,今天只谈治安。"

会场顿时一片寂静。

缓了好一会,会场左侧响起一个爽朗的声音:"我想就事论事说几句。分管经侦几年,我的手里有两类名单:一类表面上是大投资商,受到政府全力保护,某些领导不仅打招呼递条子,还时常出动警力了难。事实上呢，他们却不是什么正经商人，组织卖淫、赌博、欺行霸市，无恶不作，罄竹难书；另一类是老实的经营者，却屡屡遭到前一类人的排挤打压，正常经营维持不下去，只得破产、出走……"

肖含章抢白道："按你这么说，黑了天啦？"

黎政看向左侧，说话的是分管经侦的副局长乔纪正。这人平素不太说话，但说出的话正直无私，做事让人放心，只是好像不太结交朋友，在班子里属于少数派。

黎政摆摆手，罢了两人的争论，转过头，看着钟雁宁说："雁宁同志，你说呢？"

钟雁宁说："我觉得在座的各位说得都对。跟其他地方相比，我市的社会治安确实不错，却还没到路不拾遗，夜不闭户的程度，集团犯罪在汉洲不是没有，而且还有一定的规模，苏洪宝案就是明证。但是，如果将破案工作上升到扫黑，那必须先搞清楚扫什么？就是扫那一百多个喽啰吗？主犯没落网，保护伞没触及，这是我的失职。我曾经要求做检讨，但没人听，还说是保护我……"

钟雁宁的话似乎引起了共鸣，会场再次安静下来。

黎政缓缓地点着头，似乎悟出了其中的艰难，说："今天我把问题提出来，请大家思索，也请大家在工作中注意收集情况。这事暂时不对外说，等大家都想好了，情况明朗了，我们再商议采不采取行动，如何采取行动。"

黎政明确不准对外说的事，字字句句都传了出来。秦枫意识到，这是黎政的一次试探。某些领导不是总喜欢跑风漏气，瞎打听吗？那就给他们一个机会，让他们尽情地现身。

接下来几天，除了梳理积压起来的案卷，他还做了一件事，很小心地跟打听情况的人接触，掌握一些证据，以便为己所用。

黎政却显得十分轻松，眼前一片风平浪静。

两天后，省厅召开年底安保工作部署会议，会后有个自助餐。吉竹江端着盘子来到黎政身边，同桌的局长们知趣，匆匆吃完告辞。

吉竹江十分客气，站起身跟他们一一握手，然后对黎政说："你们在公安一线工作，对全省的治安情况，最为了解。在这样的会议上跟大家接触，远胜过我下基层调研呢。"

"吉厅长谦逊。您在基层担任领导多年，情况熟悉，业务精湛，是我们学习的榜样。"

吉竹江摆摆手，虚心地说："哪里话。哎，我听说你在对汉洲的黑恶势力进行摸底，情况怎么样？"

"情况还没上来呢，吉厅长有什么指示吗？"

"我也只是想了解了解情况。"吉竹江说，"黑恶势力是一个敏感的话题。电视电影里讲到上海滩旧时的青帮、洪帮，森严的帮规和组织结构，给我们留下了深刻的记忆。新中国成立之初，将所有的黑社会组织全部清除，整个国家显得十分干净。二十世纪末，黑社会组织有所冒头，应该说，并不是以前的黑社会帮派死灰复燃，而是后来新生的带有帮会性质的违法犯罪团伙。我在戎城工作时，就打掉了一个这样的团伙，公安机关赢得了官声民心。"

黎政说："吉厅长说得对，汉洲不可能存在像青帮、洪帮那样庞大而组织严密的团伙。"

"青帮、洪帮是特定历史条件下生发出来的，没有那种历史条件就没有它存在的土壤。"

吉竹江的话说得很节制，点出了青帮、洪帮的存在土壤，却没有接着说下去。其实很简单，虽然历史条件不同，但黑恶势力存在的土壤本质上是一样的，那就是权力利益链。黑恶势力，只不过是权力利益链的一个环节，受权力保护才能生存。或者说，正因为权力从中起作用，黑恶势力才会迎风见长。

新时期各级政府的职权设置，其初衷不存在利益链，也不存在旧时上海滩的历史条件，但为什么有些权力要进入黑恶势力的利益链呢？黎政希望将话题往这方面引。

吉竹江接着说："目前，社会处于转型时期，有些省市，特别是沿海等经济发达地区，黑恶势力有所冒头，甚至显得非常突出，这是客观存在，但不等于在全国普遍存在。就雁南来说，我一直觉得社会稳定，治安形势较好，但戎城打掉一个，去年汉洲又打掉一个，这些团伙都有些黑恶势力的雏形，这就不能不引起我们的警觉。"

"是啊，"黎政迎着吉竹江的话说，"不过，就苏洪宝团伙来说，因为苏洪宝没有落网，保护伞没有深挖，谈不上已经铲除。黑恶势力不是单独存在的，它一定依附于保护伞。只要保护伞还在，黑恶势力的根基还在，它就会'野火烧不尽，春风吹又生'。我在党委会上提出让大家思考扫黑问题，目的就在这里，不深挖保护伞，仅抓获一百多个喽啰，意义不大。"

吉竹江笑起来，故作亲密地附在黎政耳朵边说："你这是否认叶厅长的功劳啊！"

黎政说开了，也没有顾忌。他说："这是事实，我跟叶厅长汇报时也是这么说的。"

"那你下一步决定怎么办呢？"

"我想先摸底。"黎政说，"不知吉厅长有什么指示？"

"戎城扫黑时，我记得市公安局领导向我汇报，说那里的黑恶势力其实是面上的，只是仗着背后有硬后台，有强靠山，有的甚至遮羞布都不要，明火执仗，劣行恶迹在当地无人不知无人不晓，调查难度并不大。你到汉洲几个月,现在才提出摸底,难道汉洲的黑恶势力有什么不同吗?"

黎政看着吉竹江,说道:"有共性,当然也有不同。我就讲讲共性吧。一件案子,只要涉及黑恶势力,肯定办不下去,就会成为悬案,有个别案子,我们的民警非常正直,冒着各种危险,一定要查个水落石出,结果水可能落了,石却不一定出来。明知道某些犯罪嫌疑人就在那里,就在眼皮子底下,却没办法执行。这就是你说的那种情况吧?"

"个性呢?"

"我猜想,汉洲打掉的这个团伙组织更严密,行事更隐秘,靠山更强大,拉拢腐蚀的面更广,已经形成了利益集团。我们内部腐烂的干部恐怕也不是一两个。"

"戎城有一起这样的案子,基本事实早已经查清楚,涉及什么人,警方也明白,如果完全按照法律程序办案,早就破了,可就是无法执行。汉洲有吗?"

黎政迟疑了一下,说:"这类案子报到我这里来的几乎没有。我想,如果有,下面的人也不敢报。这就是我要摸底的原因。现在命案必破,但积案和悬案仍居高不下,除了我们办案部门自身素质外,还有一个极其关键的因素——保护伞之下的普通伤害案件无法执行。"

吉竹江不住地点头,说:"你分析得很好,我很赞成。下一步的工作我想亲自介入,我毕竟是半路出家,想通过全程参与这类案件,提高自己的业务水平,好不好?"

"感谢领导的支持,能在您的亲自指导下开展工作,是我们的荣幸。"

吉竹江要亲自参与,这是黎政没有想到的,但既然吉亲自说了出来,他也无法拒绝,只能走一步看一步。

下午,黎政去了专案组。积案和悬案收集整理已经完成,分局刑警领了任务各自回去办理,只有秦枫坐在电脑前录入证据。黎政将吉竹江跟他聊天的话复述了一遍，传达领导对汉洲扫黑的关心。

秦枫沉吟了一下，说："吉厅长对我也很关心。"

黎政正在掏烟，听到这话，手停在兜里。见他没有说下去，便问："关于你复职的事？"

秦枫点点头，把那天吃饭的情形说给黎政听，并详细复述了"睁一只眼闭一只眼"的告诫。这不亚于一颗重磅炸弹，炸得黎政心里"咯噔"一声。刘烈宏？吉竹江怎么会跟他在一起？听秦枫的语气，他们还不是一般的关系。还有那句告诫，看似玩笑，却隐藏着极深的禅机。既是告诫，也是启发。

黎政很重视这个信息，掏出烟点上，重重地吸了一口，烟雾几乎喷到秦枫的脸上。

"你说说，对吉厅长的印象？"

秦枫说："他是领导，我没什么具体印象。"

话只能说到这里，他不能代替领导做出结论。即使那个跟楚青桐密谈的人也提到吉竹江，仍不足以证明吉竹江就跟那人一伙。徐俊说过那事后，秦枫查过他们的履历，吉竹江跟楚青桐是一个县的老乡，还是一个学校同年级的同学，参加工作后一起留在省城，两人的关系不一般那是必然的。

黎政知道这个信息就够了，他需要从各个角度了解情况，给自己分析判断时，提供特别的观察点。更多的时候，他会选择性倾听，周围人所说的话，恰好是他希望听到的或者希望了解的，他不仅会听进去，而且会十分认真对待；别人所说的话，是他不想听到的或者根本不愿听到的，他便会选择性忽略。

秦枫跟黎政接触时间不多，但他知道这个领导的务实精神。他需要情况，也需要结论，但必须是客观真实的。无论出于何种目的，如果你希望告诉他一些信息,影响他对某件事的看法,他会异常警惕,稍不留意,就会产生反感。

秦枫深知言多必失的道理,他仅仅说出见面的事实,不再往下说了,即使黎政主动问起,他也不能主观臆断,把疑惑当结论。

过了几天,秦枫跟黎政散步。黎政主动说起弘沐寿给他打电话的事,口气很气恼。秦枫觉得,黎政可能是听了他说那天吃饭弘沐寿也在场的原因。可是很奇怪,黎政对弘沐寿的态度很鄙夷,似乎在他的看法里对这人早就有了倾向性。

那天,《汉洲晚报》发表了一篇关于扫黑除恶的文章,其中提到苏洪宝案件,直指主恶未除、保护伞未显的问题。其实,晚报刊出这篇文章也许只是应景,因为公安部正在部署扫黑除恶,《人民日报》刊发了中央领导关于开展这项工作的讲话,地方党报党刊响应中央中心工作是应有之义。

即使没有应景前提,弘沐寿作为宣传部长,如果觉得这种言论不该发表,理应致电报社领导,批评他们工作不当。他却拨打了黎政的手机,口气略显不逊。

黎政却没跟他一般见识,语气十分悠然,半调停,半教训地跟他说:"中央做出扫黑除恶的决定,地方党报,作为地方党委政府的喉舌,发表一篇文章,是表明地方党委政府的态度,表示坚定地和中央站在同一条路线,这是想您所想,为您分忧。如果您不赞成他们这么做,那就是不积极支持中央的工作,不和中央站在同一立场,本身就是错误。即使外地有不同的声音,抵触或者想置身事外,只要您喊得够响亮,做得够好,那您就脱颖而出了,成了典型,前途不可限量啊!"

"这一点我也想过。但市委主要领导没有做出具体指示,我之所以首先打电话给您,就是想听听您的看法,想知道是您指示报社做的,还是您接到主要领导的指示，让报社做的。"

黎政有意发出爽朗的笑声："您的意思，这篇文章是出自我的授意喽？"

弘沐寿说："我只是问问。扫黑是您的工作，跟我倒没什么关系。不过，汉洲的情况您也知道，去年扫黑，可谓大动干戈，除了主犯漏网，其他人都抓了，形势一片大好。现在又喊扫黑，频率是不是太高了些，且不说是否真的还有黑恶势力，单从政治上评估，风险确实太大了。您不认为，每次扫黑都是经济的一次倒退吗？"

"哈哈，您也说了扫黑跟您没有关系，不论政治风险，还是经济风险，最终承担的，肯定是市委，既然您不需要承担，又何必替古人担忧呢？何况只是一篇文章。"

弘沐寿说："可是……"后面的话，他打住了。

黎政不管他想说什么，果断地说："您放心，报社的事跟我没有半毛钱关系。谢谢您的好心，不必因我而有所顾忌。"

"那就好。我是从政法委书记过来的，最理解公安的工作，只要你们有什么需要，宣传部门一定全力支持，只是大家多沟通，是最好的。"

接下来，秦枫跟黎政之间的交流越来越多。就扫黑来说，他们承受的压力各有不同，交流让他们更多地掌握信息，分析错综复杂的关系。

晚上，市政府党组举办道德讲堂，请来的讲课专家竟然是省纪委副书记楚青桐。黎政跟楚不熟，但久闻大名，传说雁南省正处级以上官员听到楚青桐的名字会吓得发抖。民间有一种说法，"宁见阎罗王，不见楚罗王"。在雁南省，楚青桐被认为是纪律和道德的化身。

讲堂散时，不到十点。黎政拔腿往办公室走，背后传来喊他名字的声音。他感觉有些陌生，蓦回头，却见满面笑容的楚青桐在市长的陪同下，正走在他身后。喊他的正是楚青桐。

黎政心中疑惑，却迅速调整笑容，迎上去，与楚青桐亲热地握手，问好。

　　楚青桐握着他的手说："黎市长，你不急着回去吧？如果不急着回去，我就去你办公室欣赏欣赏墨宝，久闻你的书法造诣很深厚呢。"

　　楚青桐爱好书法，黎政听说过。他还听说，楚青桐严格自律，省内干部一字难求。他在省纪委有一间休息室，练完字就挂在室内的绳子上，工作人员曾想将其中的几幅拿去装裱，然后挂在办公室里。楚青桐不同意，他严格规定，墨迹未干的时候挂几天，除非他自己认为非常满意的，他自己收起来编号保存，其余的一律销毁，不准有一片纸流出去。

　　时间不早了，黎政回到政府安排的办公室，也没叫工作人员帮忙，就自己拿出文房四宝，在桌子上铺好宣纸，倒好一得阁墨汁。

　　"楚书记，还是请您先写，我给您倒茶。"黎政真诚地说。

　　楚青桐说："哦，茶可以倒，但字还是你写，我可说好的，欣赏你的墨宝。"

　　黎政不好坚持，只得转身泡茶。等泡好茶端进来，楚青桐打开了他的书柜，正拿出他叠在下层的一卷宣纸。那是他前几天写的一张条幅，用力劲道，墨浓如泼。

　　生当作人杰，死亦为鬼雄。
　　至今思项羽，不肯过江东。

　　"见笑了。"黎政手捧热茶说，"书记，先喝茶吧。"

　　楚青桐接过茶杯，一边捧在嘴边呵气，一边拿眼看着他道："何来如此悲愤之气？"

　　黎政陪着笑了笑，停顿了一下，说："随意抒写，没什么针对性。"

"哈哈,是不是'此中有真意,欲辩已忘言'?"楚青桐调笑,"来来,现场写一幅看看。"

"楚罗王"开口求字,而且是连说两次,黎政欲推无门。他不明白楚青桐的用意,但也知道他主动问自己要字,未必是真喜欢,多半是表示一种姿态。这姿态是什么意思呢?一定不能拧着来,拧也拧不过。

"好,既然书记要考校我,那我就献丑了,正好请教请教。"

黎政提起笔,写了首辛弃疾的词《西江月·夜行黄沙道中》:

明月别枝惊鹊,清风半夜鸣蝉。稻花香里说丰年,听取蛙声一片。

七八个星天外,两三点雨山前。旧时茅店社林边,路转溪桥忽见。

这次用的是横幅,淡墨轻挑,却龙蛇竞走,体势端正。写完,黎政俯下身去吹墨,楚青桐竟也俯下身来,与黎政并排一起。但他并没有吹气,而是说话。

"钟雁宁的事,你知道吗?"

黎政说:"钟雁宁的什么事?"

楚青桐说:"刚接到电话,监察五室找他谈话了。"

黎政暗吃了一惊,问:"找他谈话?因为什么事?"

对于黎政来说,这话也许不该问,但既然楚青桐提起,他问了,也理所当然。

楚青桐并没有直接回答,而是说:"不知五室怎么把手插到市里来了。"

黎政更加意外,有一会儿没有说话。楚青桐展展宣纸,大约感觉纸面已经干了，拿起来，细细地品赏着，眼睛眯成一线。

黎政心里评估着这件事。楚青桐不知道谈话原因，也不知道五室怎么插手，却跑来向自己通报这事，这话他并不能全信。毕竟是第一次见面，他也不好追问。可既然没有私交，他又为什么跑来说事呢？

那就只有两种可能：一是拿说出的事情来挟他，可钟雁宁只是他的下属，下属的事虽然可能影响到直接领导，但影响有限；二是拉拢他，想成为盟友。如果是后者，那就说明事情可大可小，虽然五室找钟雁宁谈话不是他委派的，但他可以左右。

黎政又重新铺上一张宣纸，但他没再拿起笔，而是接着倒墨。同时客气地说："书记来一张，怎么样？"

楚青桐轻轻地将手里的横幅放在书桌上，细细地铺平，非常珍视地盯着说："我就要这一幅了，你来落款吧。我先打个电话。"

黎政并没有突出的表情，淡淡地说："为雁宁的事吗？迟早总会知道的。"

楚青桐不明白似的看着他，表情严峻地说："你就不怕黄花菜凉了？"

"那就谢谢领导关心了。"黎政说。

他似乎证实了某种猜测。现在，他并不真想从楚青桐这里知道什么，或者说，楚青桐的一举一动已经表明了一切。

楚青桐思考片刻，拿出手机，显然是想拨某个电话，但仅仅只是拨了几个数字，又改变了主意，将手机放下了。

他当着市长的面叫住黎政，看起来熟络亲热，其实内心苦涩，把自己的用意早摆明了。他既想卖黎政一个好，同时也是在试探黎政的态度。如果黎政急切地打听钟雁宁的事，求他帮忙，他就有了筹码，能硬起腰杆说话。

他几十年的纪检经验确实可圈可点，但碰到的人都是一听有事便软了腿，请他帮忙周旋。只要对方腿软，无论智谋多高，他都有办法应对。但黎政浑不在意，一副公事公办的模样，倒是大出他的意外。

黎政一边落款用印，一边心里嘀咕。钟雁宁会不会有事，他无法确定。那么，楚青桐是用这事来试探他，有意结交盟友，达到自己的目的吗？他同样无法确定。

常在河边走，哪有不湿鞋。即使钟雁宁正直无私，也可能自己一个不当心，落入陷阱，授人以柄，怎么办呢？

楚青桐位高权重，可不是稀里糊涂的平民百姓，犯得着用这点小事来拉盟友吗？或者，他是用钟雁宁来试探我的底线，手里其实还握着我的把柄。黎政想到自己倒是宽慰了些。他对自己是有把握的，就怕信任的下属惹出事情，就被动了。

想到这里，黎政已忙完书法活。他抬起头，诚恳地看着楚青桐，问："不方便问？"

"倒不是。"楚青桐说，"他们给我发来了信息。"

楚青桐说着，把自己的手机去除屏保，展示微信给黎政看。

黎政首先看到一句简短的话："楚书记，汇报的话不说了，请您先看一段视频。"

接着是一个播放图标。黎政点击了一下，出现一段视频画面：一辆银白色的奥迪自远处驶来，"嘎"地停在风景秀丽的别墅院子里，从汽车上下来一名漂亮的女人。女人体形气质可以用风姿绰约来形容，很有韵味，容貌显示四十来岁。女人走下汽车，直接进了别墅，十几分钟后，驶过来一辆出租车，停在别墅门前的便道上，从车上下来的是一个高大却有些跛脚的男人。

黎政一眼便认出了来者——钟雁宁。

钟雁宁下车，直接进了别墅。时隔不久，两人一起走了出来，各换了一件运动衣，女人背着一个羽毛球袋，双双来到小区的羽毛球馆，开始打球。

视频剪切到两人打完球，一起回到别墅。接下来，是室内的镜头。女人进入房间后，脱下衣服，光着身子走进浴室。虽然没拍到浴室里的场景，但听得出来女人在洗澡，还唱着歌。这时，钟雁宁走进了镜头，脱得只剩一条内裤。他进来时没有敲门，说明门并没有反锁，女人为他留着门。他没有立即进浴室，而是对着镜子梳头，然后对着浴室说了句话。接着，女人关了水，穿着浴袍走到他身边，拨弄着他的头发。这充分说明，他们已经非常熟悉，就像夫妻一样。

两人从浴室到了卧室，接下来自然就是做爱。只是后面的画面剪掉了。视频放完了，再没有别的内容。

黎政看了楚青桐一眼，问道："这算什么，捉奸？"

楚青桐说："你别误会。那女人是我们的监控对象，我们已关注他男人很久了，即将收网。没想到，前几天发现了这个。"

这女人是谁，她男人是哪位？黎政一点儿都不关心，但钟雁宁插了进来，这让他十分恼怒。官场之上，男女之事，可大可小。现在，纪检五室已经找钟雁宁谈话了，楚青桐把视频摆在了黎政面前。他就不得不重视。

黎政问："楚书记，您看，这件事怎么办比较好？"

楚青桐在那一瞬间，心里猛地跳了一下。他想到了自己说不出口的初衷，但正因为自己说不出口，便不能说，还得往另一个方向走，让别人越是看不出自己的意图越好，否则就太弱智了。

楚青桐说："在我这边，是一点儿事都没有，没有什么需要怎么办的。"

黎政之所以这么问，是想探一探他的口气，希望他开出价来。既然他这么说，黎政暂且认定他是在向自己示好。接受他的示好，便向盟友接近了一步。但不接受，又能怎么办呢？难道要把钟雁宁推出去？

黎政的心沉沉浮浮，最终凝在半空。他深深地吸了口气，又吐出来，无奈地说："那就谢谢您了，五室那边我们需要做什么工作吗？"

楚青桐微笑着，似乎取得了应有的成效，说："五室的工作我去做吧，有这张字就够了。"

默默品了会儿茶，两人离开办公室。

黎政先把楚青桐送上车，然后独自驾车回家。他在脑海里将视频重新回放了一遍，再回放一遍，始终没有找到破绽。他突然想，为什么不给钟雁宁打个电话？这个想法一冒出来，他便斩断了。听他的解释，还是把他臭骂一顿？都没有意义。

黎政调转车头，在路边买了几份夜宵，直接来到刑侦支队。秦枫带着汪涛、徐俊等人还待在专案组里，见黎政进门，大声嚷道："领导慰问我们来了？"

黎政将夜宵放在办公桌上，说："来来来，停下活，先吃东西。"

"真的啊！"秦枫说着，拿过食品袋，从中取出一份，其余的递给徐俊道，"你们到值班室去吃，先休息休息。"

深夜过来，秦枫知道黎政一定有话要说，先把人支开。

"钟雁宁你了解多少？"黎政开门见山地问。

"钟局？"秦枫没想到黎政为这事而来，一时心里没底，"哪个方面的事？"

"婚姻？"

秦枫说："五年前，钟局和妻子同车出了车祸。妻子不幸身故，他重伤跛了脚，切除了一个肾。之后，他没有再娶。"

黎政"哦"了一声，拿出手机，将视频播放给秦枫看。"你认识这个女人吗?"

"这不是王雅文吗?"秦枫几乎跳起来,皱着眉头看黎政,说,"他们怎么搞到了一起?"

"她就是王雅文?"黎政暗自惊了一下,突然变得异常警惕起来。王雅文,怎么会是王雅文?

王雅文是汉洲一中的办公室主任,四十五岁。黎政早就听说过这个人。他之所以听说过这个人,是因为她在官场很吃得开,经常有人提到她的名字,提到的场合,总显得有些特别。黎政隐约记得别人说,这个女人非同寻常,并不是因为她特别漂亮,是因为她皮肤特别细腻,古书中往往用"肤如凝脂"来形容女人的皮肤。你看到这个词,完全不可能明白是什么意思,只有看到像王雅文这样的女人,才会突然明白,这个词真是太准确了。她的皮肤绝对让二十岁左右的女孩嫉妒。盛名之下,总会引起好野食者的觊觎。据说,跟她上过床的男人,可能上千人,而且,每个男人对她都是赞不绝口。

王雅文的名声,钟雁宁不可能不知道。他们搞到一起,还那么熟络随便,让黎政不能不怀疑他的人品。

秦枫说:"不过,您不用过于担心。这个王雅文多年前便扬言独身,这也是她能够在外面胡混的原因。一个丧妻的男人跟一个独身女人有男女关系并不算问题。"

"不是吧。楚青桐说,他们正在调查她的丈夫。这就说明她不仅有丈夫,她丈夫还是省里的某个正处以上的高官呢。"黎政说。

"调查她的丈夫?楚书记真是这么说的?"

黎政沉思了一下,摇头说:"不,他的原话是'关注她男人很久了',难道他这是跟我打马虎眼?这个女人根本没有丈夫。所谓她男人,只是跟她接触密切的男人?"

"对。据我所知，王雅文早已离婚，她名声这么大已很难找到结婚的男人。楚青桐那么说，只有一种可能，套您，让您心虚。"

黎政皱了皱眉头，说："他真正的目的是什么？"

秦枫的脑子在高速运转。当了这么多年警察，捕风捉影的话，他不会乱说，即使有证据证明，如果证据摆不上台面，结论的话也不会明说。

"黎市长，我提个建议，由您定夺。先不推测他的目的是什么，而是借机接近他，让他自己说出目的是什么，您看怎么样？"

黎政点点头，秦枫的建议和他最初的设想一致。

第十八章

骨牌效应

刚睡着，手机就响了。秦枫翻身坐起，拿起一看，才两点十分。

"汪涛，什么事？"

"秦支，打扰你了。不过，这里有个现场，我想还是要请您亲自过来看一下。"汪涛什么时候变得啰唆起来，似乎还在发抖。

"现场……"秦枫缓缓地下床，渐渐清醒过来，意识到这不是在开玩笑。深夜两点看现场，一定是死人了。谁叫他每次研究案子时都说幸亏命案发得少呢。

"在哪里？"

"凌云阁地下防空洞，很恐怖，很残忍……我在洞口等你。"

半夜三更出勤对他来说是家常便饭。在派出所，大事小事都需要他到场，到了刑侦支队，需要他出现场的大要案件更多，对此他并不厌烦。相反，他很珍视这种挑战，作为负责人的压力也给他带来的活力和生机。

然而，免职后，各办案单位从未深夜打电话请他出现场，除非他们需要专家意见。

但汪涛打了他的电话，声音还在哆嗦，这不能不让他疑窦顿生。

秦枫轻轻吻了一下熟睡的妻子，提着外套迅速离开卧室。冷珊几个月前便康复了，前两天告诉他，这个月没有来月经。这意味着什么？成熟男人都知道。所以，每天晚上无论加班到多晚，他都要回家睡。在他心里，妻子比什么都珍贵。

他住在城西，东塔在城东。他选择走二环线，向南转梅城大道，然后驶到天心路。深夜两点半，恐怕是二环线一天里唯一不是车水马龙水泄不通的时候。越往东，房屋越发老旧和破烂不堪。过去几年，汉洲很多地区都是一派新气象。整个城区都在重新进行布局和规划，以便在战略和美观上更加迎合千万城市的奇想。大部分街区改造了，但凌云阁一带出于古迹保护的需要，迟迟没有动手。

驶过一道红灯，秦枫将汽车左转，环绕白云烈士公园缓缓而行。他将头伸出车窗，好大一片树木葱郁的绿地上，高高耸立的凌云阁映入眼帘。

防空洞位于凌云阁山脚，年久失修，早就失去了原有的功能，洞口埋在树林深处，有两栋砖砌的破旧房子，破碎的窗户玻璃一闪一闪地仰视着繁茂的树木。巨大的樟树和银杏张牙舞爪地伸向夜晚的天空，光秃秃的枝丫在黑暗中形成了形同巨大手掌般的粗糙侧影。

秦枫在马路边泊好车，走路进去。深冬，气温很低，薄雾弥漫，探照灯巨大的光束穿过笔挺的银杏，在没有月光的漆黑的夜里显得尤为耀眼。一群警察在往光束发出的地方跑，沿路都有人跟秦枫打招呼，他礼貌地点着头，加快了步伐。

他不知道自己踩踏过多少残枝败叶，穿过几道荆棘，终于结束密林穿行，看到了黑漆漆的大门，那就是废墟般的洞口。

汪涛果然在洞口等。二话没说，拔腿便往洞里走。遥远的光亮在被黑暗笼罩的弯道深处闪耀。秦枫可以听见发电机的轰鸣，那是专门为现场供电的。没有人往洞里走，但手电筒的光束照亮了先他进去的踩踏痕迹。

噪声越来越大，发电机的嗡嗡声已经变成了巨大的轰鸣。他揉了揉耳朵。调到刑侦支队后，经常深夜参与现场，已经熟悉了这种噪声和这种气味。

这是一个洞内十字交叉口。到处都是人，大多穿着便服，大约十五六个，各自做着自己的工作。秦枫在往左延伸的洞内，看到一个摄影师，围着三名犯罪现场技术人员，最后是一名便衣刑警，那是徐俊。

空间太小，人实在太多，在聚光灯下忙忙碌碌，里面空气混浊，但温度不低，却时不时听见跺脚的声音。现场看来就在三名技术人员围着的地方，但从秦枫的角度看，他还看不出有任何尸体的痕迹或者犯罪现场的迹象，即使徐俊脚下铺开了洁白的陈尸布。

他看到一个可容一人进入的洞，一个简易脚手架，闻到一阵阵冒上来的浊气。

这使他背后阵阵发凉。

一阵沙沙声从背后传来，秦枫转过身，看见两个人从另一条巷洞走出。走在前面的是梅阳分局刑警大队副大队长曾旭。

"嗨，秦支。"

更多的动静，段巍神奇地出现在十字洞线里。秦枫的目光从他苍白的面庞转移到他手里提着的勘查箱，又转移到他身后墨汁般的黑暗。

"嗨，秦支，辛苦领导亲自过来。技术员正在进行第一轮面上勘查，"段巍径直朝他走来，"照相和勘查完了，你就可以下去察看。"

"下去？"

"真正的现场在涵洞下面。别担心，安装有脚手架，铁制的，所以上下很方便。"

秦枫顿了一下，问："有多宽？"

"相当于一个大沼气池。三米多高，四米多长，比洞面还宽。一次可以进去三五个人。"

"怎么发现的？"

"昨天下午，八一路发生一起抢夺案。曾旭带人查找犯罪嫌疑人，晚上在前门酒吧发现了抢夺者。追捕时，嫌疑人一直往这边跑，然后钻进树林不见了。曾旭没有放弃,在树林里展开搜索,然后循踪进了防空洞。嫌疑人果然藏匿在洞里。但他仍想逃,一直往里面跑,一不小心失足卡在这个涵洞口里。"

"他还在里面吗?"

"不,当时捞了上来。救护车来后,给他打了镇静剂,然后送往医院急救。这样倒好,他对我们没什么用。"

"到底是什么情况?"

段巍摊了摊手。背后传来汪涛的喊声:"秦支,过来。"

徐俊跟三个技术员移到一边。汪涛对摄像的小伙说:"你跟我们下去拍照,细致点,不要漏过任何蛛丝马迹。其他人先休息一下,还有很多工作要做。"

徐俊对着秦枫点点头,向另一边巷道走去。发电机在那里大肆轰响着。

"来,秦支,该我们了。"

汪涛拉了拉秦枫,走在前面。

洞口确实有点深,铁制的扶梯湿漉漉的,锈迹斑斑。在强光照射下,洞内右侧堆着一米多高的东西,看起来像是衣物、麻袋和枯枝败叶。汪涛递过一个口罩,秦枫摆摆手,没接。

"我先下,"汪涛说,"到了下面,听到我喊'妥了',你再下来。"

他朝后面打了个手势,强光灯偏离了些,让他更适合于掌握扶梯。

突然间,秦枫明白了:他明白了为什么汪涛深夜给他打电话,知道等他走下洞穴时将会看到什么。

过了一会儿,秦枫听到洞下传来汪涛的声音:"妥了。"

秦枫沿着扶梯向下。里面并不黑,除了上面的强光照射,角落里还放置了聚光灯。现场技术人员需要明亮的光来进行他们繁重的勘查工作。

涵洞很深，距顶约有一层半楼高，宽度足够五个人肩并肩站齐。现在已站了三个人，前面还有将近两个身长。这是防空洞原有的设计，不是后来挖出来的。

　　温度舒适，就像待在恒温器里。因为刚爬了扶梯，兼内心紧张，身体微微冒出汗来。

　　气味并不像他担心的那样难闻，泥土味里夹杂着些许腐烂的味道。无论这里曾发生过什么，现在都已经结束了，所以上层洞里还有两位法医候命。

　　他用戴着手套的手摸了摸涵洞的墙，不是土石结构，而是水泥筑的，夯得很结实，有些小的隆起，还算平滑。他推测，这个大涵洞应该是作为储物室建的。

　　他攀着扶梯向上摸了摸顶棚支撑梁。那梁已年久失修，有些破裂，四纵两横，构成了拱悬于整个涵洞之上的粗糙撑顶的一部分。

　　他用手指尖戳了戳顶棚，是木板，包了一层塑料胶布。那时还没有胶合板。

　　汪涛看到他的动作，说："顶是全木结构，仅留一个没有遮蔽的出入口，我们刚到时，这里看起来就像一个过去几年的建筑垃圾堆，难怪嫌疑人一脚踩空。你怎么也想不到……想不到……"他叹了口气，眼睛低垂下来，好像尽量不去想它。

　　秦枫漫不经心地点点头。这里还算干净，除了那堆几乎一人高的杂物，没有其他东西。

　　"这里是什么？"秦枫向前走了一步。

　　汪涛有些急，说："先别看。"

　　秦枫皱了皱眉头，借以掩饰自己的吃惊，转脸看着他。他以前不是这样的。

"没有留下任何证据。"汪涛说。

秦枫目不转睛地看着他,但他没有做进一步解释。

"他们应该一直在使用这里,竟然没有引起任何注意。"

秦枫的目光一直盯着被蒙着的杂物堆。他注意到汪涛仍在回避。他在深夜两点被叫到这里,不是来看这个地下涵洞的,支队和梅阳分局几乎所有侦技人员都到了,不是为了发现这个几乎空无一物的坑。

"汪涛?"他轻声问。

汪涛终于点点头,对摄像师说:"小谭,开机!"

秦枫戴上塑胶手套,小心地翻开编织袋和霉烂的衣物,下面是大幅塑料布,掀开有些费力。他闻到更浓烈的臭味。尸臭。他的双手禁不住地颤抖起来,努力使自己的心跳平缓。

刑警要义:既要沉浸其中,又要超然于外。镇静,聚精会神。

掀开一层塑料布,再掀开一层……

他目瞪口呆。

袋子,明显是一百千克装的肥料包装袋。五个,靠墙而立,并排重叠放着,顶端缝口用塑料绳绑着,扎得很紧。

不需要言语。他能感觉到自己张大着嘴巴,但是什么都没有说,什么也说不出来。他只是看着,因为这样的事不可能存在,这种事现实中绝对没有。他眼睛看到了,脑子里排斥着。影像与脑海的观念进行着激烈的斗争,这不可能……

他的背靠到了墙壁。他侧了一下身,紧紧抓着湿冷的扶梯,以便让锈糙的触感可以带给手掌刺激。他全身体会着这种感觉,这种痛楚终于让他冷静下来,没有发出尖叫。

汪涛指着上面的顶棚,靠扶梯的木梁上钉着两个铁钩。

"那不是我们钉的,也不是修涵洞的设计,而是后来加的。"汪涛静静地说,"它们可以用来吊物,像滑轮一样……"

"是的。"秦枫声音嘶哑地说,嘴代替了鼻子的呼吸。

"在刑侦工作十几年,秦支。"汪涛突兀地说,"我从来没有看到过这样的场景,从来想不到会看到这样的场景。"他垂着头。有一刹那,秦枫以为他会崩溃,但是他控制住了。然而,他转身离开了那些包装袋。即使是名老刑警,有些事也还是难以承受的。

秦枫想扶他一把。

"我们上去吧,"汪涛说,"这里应该交给法医和痕检进一步取证。"

"好的。"但是秦枫没有转向梯子。相反,他走到掀开的包装袋边,去面对这副他的大脑难以接受,但却无法回避的景象。

袋子里的尸体显然是不同时期放进来的,有的已完全化成了水,只剩一副骨架;有的已腐烂,骨肉分离;有的正在腐烂,积了半袋尸水;最外面的一个皮肤紧致,五官仍然清晰。凹陷的脸颊上双眼紧闭,嘴巴缩拢,头发紧贴在头骨上。

尽管地下的腐烂期比地上要长,但这个人死难的时间应该还是不长。

他现在明白为什么上面的技侦民警一句话都不说了。

他伸出戴着塑胶手套的手,轻轻地触了一下最外面的那个袋子。不知为什么,他什么也说不出来,什么也做不了。

突然,他的手指触到一根细针,几乎刺穿手套。他避开它,细细地轻按袋子的外层编织,别在胸前或者领口的小饰物露了出来。

饰物呈心形,自带别针,面上红底黄字:鑫。

"会不会是哪个公司的徽章?"秦枫痛恨般地喊道。

"也许是什么标签。"汪涛站在他的背后,戴着手套的手继续探摸着编织袋的外壳。

"走吧,让痕检验员认真仔细点。"秦枫碰了碰汪涛的腰。他这时才意识到自己的牙关咬得有多紧。"我们必须让出空间来。"

"好。"

秦枫再次回头看了一眼包装袋，感受着压力，想将这个景象都印入脑海里。似乎在告诉他们不会被人遗忘，警察会给他们带来最后一丝安慰；似乎在告诉他们不是孤独地身处黑暗，他的到来对他们十分重要。

他爬向扶梯，喉咙火辣辣地烧，一句话都说不上来。

爬出出口，秦枫做了三次深呼吸，依然无法平息猛烈跳动的心。他没有在防空洞里久留，回到了冰冷朦胧的夜晚，回到强光灯的亮光里。

黎政和钟雁宁接到电话赶了过来。他们在涵洞口粗略地看了一圈，便回到树林里。那里扎起了帐篷，成立了临时指挥部，各项工作在黎政的指挥下有条不紊地进行。

太阳隐约从地平线露出来时，法医和痕检的工作全部完成，尸体运了出来，装在尸袋里，准备运往尸体解剖室。随后的工作将由法医控制操作，其他人插不上手了。

一洞五尸案严密封锁着消息，媒体没有发表片语只言。但社会上依然有人窃窃议论，说有人将防空洞当成了公墓，杀了人往里面一丢，神不知鬼不觉。黎政和秦枫的领导和朋友争先恐后给他们打电话询问，社会上的议论是不是真的？他们只能想办法回避。

整个上午，一直在现场思索的秦枫，手机一刻也没停。相同的问话，相同的回答，让他心里很烦，手机铃声常常打断他的思路。他心里一恼，关了手机。

一心想冷静的秦枫却怎么也冷静不下来，他有些迷惘地盯着死寂的现场，眼里好像什么都看见了，也什么都没看见。一夜未睡的秦枫脑海里像打仗。他的眼前，常幻化出几个歹徒冲着他狰狞地冷笑。

这简直是往警察身上泼屎尿。秦枫心里想着，拿了一瓶冰冷的矿泉水，走到树林边扭开，先是往手上倒，接着索性低下头，一瓶水全浇到脸上。

一股沁心的寒流迅速在他体内洇漫。秦枫觉得受了冷浸的脸皮像被人用刀齐着太阳穴刮下来似的，前边脸皮麻木，后面的头皮却撕裂般地疼痛。大脑一阵钝麻，一阵清醒，似乎在冰火两重天里走了一回。

突然，他抬起头，甩了甩脸，仰头嘶吼了一声："老天爷，你给我送了个凶残无道的对手，我决不会辜负你。"

几名留在现场勘查的刑警，看着一反常态的秦枫，互相对视了一眼，暗想一向干练、连免职处分都不皱一下眉头的秦支队长，今天这是怎么啦？

临近中午，汪涛提着盒饭过来，眼里挂满血丝的他昨晚没合过眼。见了秦枫，脸色难看得就像败走麦城的关公。他掏出手机，哭丧着脸说："秦支，作案是罪犯的事，破案是警察的事，您看微信里这些好事者，吃饱了撑的，又不掌握现场情况，却专门编排警察的不是，又骂我们是酒囊饭袋了。"

徐俊送来毛巾让秦枫擦擦头和脸上的水。

秦枫说："是该骂啊，先后埋了这么多人，我们竟然没一点察觉。汪涛啊，你也是，发生这么大的案子，不去想案子的事，却关注微信干什么呢？"

汪涛说："我不喜欢他们瞎猜测。"

秦枫严肃地说："舆论方面的事，宜疏不宜堵，你想让他们闭嘴，他们就闭嘴了？我保证你会受到更多的攻击。只有尽快破案，还原真相，群众才会捧鲜花给你。"

汪涛说："秦支，我知道你比我更急。"

秦枫说:"知道我急,还在这里胡咧咧。"

"找领导诉诉苦嘛,不然我怎么听得到您的高见呢?"汪涛顽皮地回答。

秦枫两眼一瞪,顿时上火:"汪涛,你才是重案大队长,破不了案是你的责任。啰哩啰唆的狗屁样,我看你活该受罪。"

汪涛没想到秦枫突然这么大的火气,讪讪地耸耸肩,立即垂了头。秦枫也不是真要冲他发脾气,见他沮丧,撞了撞他的肩膀,说:"先吃饭吧。"

徐俊每人递了一份,兜里的手机在震动。他掏出来一看,是短信:"'鑫'字饰物是鑫投资责任有限公司的领花。该公司已于一年前破产,半年前公司老板朱大可去了云南,然后失踪。知情人透露,他为了躲债,偷渡去了越南。但至今音讯全无。"

徐俊将短信给秦枫看,秦枫问:"调查结果?"

徐俊点点头,说:"梅阳分局发来的。他们已在查询朱大可的血样和指纹,相信能够找到,到时可以跟洞里的尸体比对。"

秦枫咬住嘴唇,思考着什么。这时,黎政来了。

黎政将地上的枯枝败叶踩得"咯吱"响,他向秦枫和汪涛招了招手。两人迅速跑过去。黎政迟疑了一下,狠狠心,用命令的口吻说:"你们两个,吃完饭便回去,就是天塌下来,有我顶着,你们先回去睡觉。"

秦枫没说话,汪涛嗫嚅着说:"黎市长,您这不是为难我们吗?我们哪里睡得着。"

黎政说:"睡不着也得睡。睡好了,头脑清醒了,再来研究案子。你们这样浑浑噩噩地在这里磨洋工,能给我破案吗?添乱还差不多!"黎政话里夹棍带棒,又是爱护又是讽刺,弄得秦枫和汪涛心里怪难受的。

秦枫还想说什么,黎政挥挥手,不听。"列宁说,会休息的人才会工

401

作。你们这样打疲劳战，把身体搞垮了，谁来帮我破案？回去吧，我的身体可以垮，你们不行。听导师的。"说着，黎政似乎陷入了沉思之中。秦枫不想再打扰黎政，拉着汪涛离开了。

回到刑侦支队，秦枫看见冷珊和她的一个同事坐在办公室等着，以为出了什么事，急忙问："珊珊，你怎么在这里？"

冷珊说："我是为公事来的。我们主编听说防空洞出了案子，知道别人采访没用，让我来采访，烦死人了。"

秦枫内心里想让冷珊高兴。她怀孕了，必须心情愉快，不能挨骂，不能受气……可上面有命令，不能透露任何消息，以免造成群众的恐慌情绪。

"防空洞出了案子？我怎么不知道。"秦枫佯装笑意地说。

冷珊撒娇道："哎呀，枫子，能不能说点实在的。防空洞发案是肯定的，外面传得纷纷扬扬呢。只是外面都是瞎说，没人知道实情。你给说说？"

"你还知道外面都是瞎说呀。那你就听我的，回去安静养着，别听你们主编瞎说。"

"我知道你一定有难言之隐。"冷珊依然娇笑着说，"不过，也请你理解我的职业，尊重读者是每一个报人的操守。"

秦枫说："记者同志，那我也不叫你老婆了，也请你尊重警察，警察的荣誉。不该说的不说，不该做的不做。"

冷珊静静地望着他说："我就打扰你这一次，你给我透露点独家消息吧？"

"我没有消息，你让我怎么给你透露呢？"秦枫说，"这样吧，你回去静静地待着，我一有消息保证独家透露给你。"

冷珊撇了撇嘴，看着秦枫满是血丝的眼睛，说："那你休息吧，晚上我等你。"

秦枫很想说一句，你别等了，今晚肯定不会回去。但他咽了回去，晚上的事晚上再打电话，免得冷珊一天都担着心。

冷珊走下楼梯，又回过头来望着秦枫。

秦枫摆摆手。他实在困得不行，返身关上门，便倒在沙发上，不知不觉睡着了。

等秦枫眯了一会醒来，听到手机持续不断地响着。再看看，手机里有好几个未接电话，都是叶天佑打来的。立即回拨，叶天佑让他独自赶到省委一号会议室去。

独自？叶天佑着重强调了这个词。秦枫心里一惊，但他不敢追问。

秦枫不知道省委一号会议室在哪里，但他刚在一号办公楼前停下车，便有一个年轻人走过来："请问，您是秦枫支队长吗？"

秦枫有心开句玩笑，说："我叫秦枫，是刑侦支队前支队长。"

对方嘿嘿一笑，说："请跟我来。"

一号会议室在三楼。秦枫走进去，看到好几个只在电视里见过的大人物：省委书记罗毅、省纪委书记马汉智、省委政法委书记兼公安厅长闻勇，省委常委、市委书记唐道生。两个老熟人却坐在末座，即省公安厅副厅长叶天佑和省公安厅刑侦总队总队长王祥国。

秦枫是第一次面对这么多大领导，他立即站住，挺直腰，"啪"地敬了个标准的警礼。

"哈哈哈，坐坐坐。"罗毅十分平易近人，扬了扬手让秦枫坐下。"听说你昨晚一夜没睡，刚躺下，又把你叫过来汇报，真是辛苦你。"

正说着，门口有人喊报告。罗毅回头招了招手，黎政走了进来。

"好，人都到齐了。"罗毅的脸色变得肃然，"咱们接着开会。"

罗毅接着说："这次扫黑行动，必须由省委统一指挥，这一点刚才大家都已经充分发表了意见,看法是一致的。省打黑除恶领导小组,由我来任组长,副组长由汉智、闻勇、道生担任,公安的工作由天佑同志抓总,祥国同志落实。汉洲方面,黎政一摊子事,雁宁同志身体不好,就由秦枫同志具体负责。"

顿了一下,罗毅转头望着秦枫,说:"秦枫同志,我们以前没见过面,但我几次在汇报中听说过你。既然省市公安的主要领导都推荐你,我希望你不负重任。"

秦枫站起来,有力地答道:"一定不辜负首长的信任,不辱使命。"

当天的会议开到很晚。根据各位领导的提议,中途不断地有人加入。人员、资金、宣传、监督,各个方面研究得很细。

罗毅让秦枫详细汇报了前一阶段的扫黑工作情况,对期间出现的一些蹊跷问题,感到吃惊。不过,他脸上的怒气不多,依然平和地弹着烟灰,严肃地指示他重新梳理线索,并从省公安厅和省纪委组织了两个小组,配合他一查到底。

黎政将昨晚发现的一洞五尸案汇报给了在座领导。

等黎政说完,罗毅清了清喉咙说:"这事是该认认真真查,而且要结合小秦汇报的黑恶势力一起查。对目前浮现出来的几个人,要注意方法,讲究证据,别蛇没打着,被蛇咬了。"

黎政说:"好。我们对重点怀疑对象实施过打草惊蛇之计,是想看看他的反应。"

"打草惊蛇好,用一根小小的杠杆,掀起轩然大波,那是最好的。但在扫黑中,就是要能惊起他的保护伞反应,给我们的调查指明方向。"

黎政说:"我们一定按照首长的指示办。"

罗毅温和地说:"公安的同志很辛苦,不是我们不理解不心疼,实在是形势越来越严峻。省市有人把举报信递进了中央,中央和公安部领导都有批示，要求我们限期扫除汉洲的黑恶势力。为什么有人把举报信递进中央，而不是递到市里、省里？因为他们不相信我们，怀疑我们队伍里也有人涉黑，害怕因举报而遭到报复。"

说着，罗毅的脸色微微有些歉疚，望了一眼秦枫，接着说："我们不能责备举报者有这种怀疑，因为以前确实存在着遭到打击报复的事，因为连我们参与扫黑的公安同志都不能自保。在这里，我表个态，从此以后不会让干事的同志、坚持正义的同志受委屈，也请受了委屈的同志相信组织，委屈只是暂时的，公道自在人心。"

"啪啪啪……"叶天佑率先鼓起掌来，会场上掌声一片。

罗毅摆摆手，继续说："一洞五尸案，天佑同志清早便向我做了汇报。没有黎政同志的详细情况，我也一下子联想到了黑恶势力。举报信将我省的涉黑犯罪捅上了天，而这个案子将会把天捅个窟窿。同志们啊，这起案件若不能破，就不是哪一个人受委屈的事，我们在座的省市领导都无法向中央交差。当然，我们也不是为了交差去破案，我们更多的是为了正义，为了人民群众的生命财产安全。"说到最后，省委书记动了情，字字铿锵有力。

会场出现片刻寂静。秦枫扫视了一下会场，看了看叶天佑，又看了看黎政，然后目光停留在罗毅脸上，霍地站起来，斩钉截铁地说："我是老刑警了，我知道限期破案不太合乎实际。这个团伙存在时间长，隐秘性强，为与公安对抗费尽心机。五尸案延续时间也有好几年，案犯的穷凶极恶、狡黠多智，超乎我们的想象。可以说，我这两年一直是被他们牵着鼻子，在迷魂阵里兜圈子。但是，今天当着各位领导的面，我以一名刑警的名义，给你们立下军令状。此案若不能在中央要求的期限内侦破，我秦枫愿接受任何形式的处理。"

黎政听出秦枫话里的情绪，猛地抬起头，直视着他，说："秦枫啊，话别说得太满了,要负责该我们全市公安民警一起负才是。"

叶天佑也接着说:"面对省委,这个军令状是全省公安民警的军令状。"

秦枫的喉咙有些干涩,说:"请两位领导放心。军中无戏言。我要在这次较量中输给对手,我就不配当刑警,更不配领导汉洲全市刑警破案。"

叶天佑、黎政看着罗毅。罗毅亲切地看了秦枫一眼,语重心长地说:"秦枫的话让我感到沉重啊。也许,是我刚才的话把你逼上了悬崖。但是,没办法,不知在座的各位心情怎样?我是时刻有一种站在悬崖边的感觉呀!大家想一想,我们有退路吗?作为领导,我相信秦枫同志的决心、勇气和能力。同时,作为党内同志,我要跟他站在一起,我要将我的名字一起署在这个军令状上!"

闻勇立即接着说:"作为公安厅长,我责无旁贷,我的名字就署在您后面。"

有罗毅的话在前面,在座的领导纷纷表态。军令状不再是秦枫一个人的军令状,而是在座所有人的军令状,省委的军令状。

罗毅说:"好,立下军令状,说夸大一点,我们就与对手拴上了,谁生谁死,命悬一线。孙子云,投之亡地然后存,陷之死地然后生。在孙子眼里,无法退却的危难,更能激发人们奋勇向前的勇气。这种关头,雁南七千万人民群众冷峻的目光全盯着我们,我相信全省五万多名人民警察,一万多名纪检干部都不是吃白饭的。我相信,你们经得起飓风烈火的考验。"

会场里再次响起热烈的掌声。秦枫一时忘情,没有鼓掌,他已热泪盈眶。领导的理解让他感动,领导的信任和支持让他激情满怀。

现场指挥部向黎政报告,未腐烂的尸体身份已确认为朱大可,其他四具尸体已找到相关特征。同时,在编织袋上找到了重要证据。

罗毅当即指示黎政和秦枫迅速赶过去。

调查组找到了朱大可留在合同书上的指纹和留在医院的血样，模拟画像与他留存的照片进行了人像比对。其他四具尸体已取不到指纹，但根据面部骨模，做出了模拟画像。刚从尸体解剖室出来的汪涛介绍说："五份DNA鉴定已做出结论，朱大可的血样比对和指纹比对完全吻合。在包裹朱大可的编织袋上，发现了另一个人的DNA。"

秦枫拿着鉴定结论边看边问："朱大可的亲属通知辨认了吗？"

汪涛说："应该马上会到。"

秦枫拿着另一份DNA结论，出神地思索了好长时间，心里突然冒出一个想法。

在前期的排查中，凡是纳入嫌疑对象的人员，他要求专案组尽可能地收集了指纹和血样，有DNA结果的都录在比对系统里。秦枫要来DNA电子结果，跑步来到技术室。

"快，将这些样本输入比对系统。"

结果瞬息间弹跳了出来。秦枫紧张地盯着屏幕，结果印证了他对杀人者的推断。虽然四具无名尸体的DNA结果没有找到对应的人，但包裹朱大可尸体的编织袋上的DNA样本，对应上了。真的是他——贺彪！

正在这时，朱大可的妻女几乎是跌跌撞撞地奔了进来。瘦弱的朱妻抓住模拟画像一瞧，就晕了过去。朱女吓得痛哭流涕。两名技术员掐了一会儿朱妻的人中，她才悠悠苏醒。

朱妻双手拍着地板，哭诉道："大可啊，我们娘俩跟着你受了一辈子罪，本以为你去了国外，过两年接我们去享福呢。谁知你钱被抢得干干净净，人也死了，让我娘俩怎么活啊？"

她一边哭号着，一边两腿在地上乱蹬。

秦枫听出她哭声里可能有话外音，马上指示预审民警将她带去询问。

看了比对结果的黎政打电话给关伟，指示他迅速带人赶赴贺彪住处，实施抓捕。

秦枫看着黎政下达指令，沉思了一会儿，说："我有个两条腿走路的建议：一方面，按您的指示让关伟带特警抓捕贺彪，这边我们立即召开一个参战干警大会；另一方面，专案组分明暗两线进行，明线全体干警全力以赴侦查一洞五尸案，暗线是在参战干警中选调信得过的人，强化原有的扫黑组开展工作。"

参战干警大会立即召开。

秦枫在大会上说："紧紧抓住现场的各种物证，顺藤摸瓜，以物找人。"

黎政说："一洞五尸案是在几年里发生的，是我市公安的耻辱，是案犯骑在我们头上扬威。拿下它，是为我们的名誉而战。所有参战干警都要兢兢业业，保质保量地完成指挥部下达的战斗任务。办案过程中，不许马虎，不许耍花枪，不许敷衍塞责，搞假情报，更不得跑风漏气，充当案犯的走狗。本次破案，我们搞倒查制。等案件侦破的那一天，我们回过头看，谁若从眼皮下或指缝里漏过罪犯，我们就在给有功人员行赏的那天，给予他处分，甚至扒掉他的警服。因为，你不珍惜警察的称号，你不配穿这身警服。"

黎政的话掷地有声，充满了震慑力。

这时，关伟从抓捕现场打来电话：贺彪不见了。

"把焦距调清晰点，小齐。"秦枫蹲在一号监控室里，一天一夜过去了，终于发现了一个疑似贺彪的身影。

为了找到贺彪，黎政从治安、科信支队抽调二十一人，分成七个小组，调取全市各类安保监控视频。如果他们发现贺彪，或者发现跟贺彪有过接触者的行踪，只需把影像交给秦枫。下一步，再按秦枫的指示行动。

监控室位于科信支队的机房内，各种机器的嗡嗡声吵得不得安宁，更重要的是机器散发的热气与空调热气混在一起，令人焦躁难安。

录像带继续播放着。

"等一等，倒回去30秒。"秦枫说，"看看这一段。"

进口音像店录像带的监视范围在大门口到收银台之间。

录像带没有声音的模糊图像里有个人走了进来，戴着鸭舌帽，穿着破旧的夹克衫，一脸络腮胡，架着墨镜。那人对镜头背过身子，小心地关上了身后的门。

那名顾客费了一会儿工夫向售货员说明了自己的需要，便随着售货员消失在货架间。

快进几秒，视频大约过了三分钟，两人终于回到摄像范围内。售货员擦掉碟片架上的灰尘，展开给顾客看了一会，然后包上衬料，放进一个袋子里。顾客只取下了他右手的手套，付了现金。售货员的嘴唇动了动，似乎对着离开的背影说了声："谢谢。"

过了几秒钟，售货员对镜头外的什么人大叫了一声，一个健壮的人进入镜头，又急忙赶出门去。

"那个人是店老板，告诉我们看到嫌疑人车辆的人就是他。"小齐说。

"小齐，把带子再放一次，把顾客的脸放大一些。"

"好。不过，这是音像店自己的监控，再放大，恐怕会更加模糊。"

"放放看。"

"你是不是觉得他的腿有点瘸？"小齐说，"我也看出来了。"

"他的左手手套没有脱过，"秦枫说，"据报告，他的左手也有伤，伤在左掌下沿跟手腕处，你能看清他的手套缺口处吗？"

小齐皱着眉头，说："看不清，售货员没说这个特征。"

秦枫拨打汪涛的电话："关于贺彪的伤情，他的邻居有没有可能说谎。

据我所知，贺彪腿没有残疾，没有络腮胡，左手腕的伤情看不到。我们不能仅凭一辆车，就认定是贺彪。"

"邻居说，贺彪受伤是前几天的事，车辆也确实登记在贺彪名下。"汪涛说，"我们正在查找后续的视频。可是，他的车从音像店离开后，仿佛人间蒸发了似的。"

顿一下，汪涛继续在手机里说："我给你发了一段视频，你让小齐播放一下，是当天晚上在超市门口拍到的。"

"他家附近的超市门口？"

"是的。"汪涛说。

秦枫指示小齐从邮箱里调出来。

"似乎是他。"秦枫说。他看到那个人进入了视频，没走几步，又说："化妆胡子没变，走路的姿势一模一样。没戴手套？"

"是的。可是视频里看不清他的手，他似乎有意在掩饰自己的左手。"

"手背若隐若现，手腕从未对着镜头。"

"汪涛，我看我们要换个角度。"秦枫说，"你、徐俊、李学兵分成三组，李学兵那边薄弱了些，你再搭配一个得力的民警。我要你们日夜不停地监视贺彪的家人，并注意柳燕的行踪。她回家睡觉就撤掉。我怀疑她会跟贺彪见面。"

"为什么是柳燕？"

"你去做就行。"

"要监视柳燕很不方便，因为她住在一条死胡同里，我们没地方潜伏。但是她喜欢锻炼，在外面的时间多。"汪涛在手机里说，"昨天我在一段视频里见过她了。她把车停在一家健身房外面。你看，我们可不可以在她的车下面安装一个信号发射器？"

"不能偷懒。我们是要通过她发现其他人的行踪。"秦枫说。

门外传来敲门声，小齐起身开门。

"我不跟你啰唆了，有人过来，大约又有得忙。"秦枫挂断电话。梅阳分局刑侦大队副大队长曾旭拿着资料进来。

曾旭这个小伙子，秦枫很喜欢。他像只鹰一般敢打敢拼，还有一双锐利的鹰眼，秦枫觉得曾旭这一点跟他很像。跟嫌疑人说话，鹰眼盯着，能一眼看出对方是否撒谎。

将梅阳的资料整理分类归档后，秦枫便请曾旭到楼下吃饭。楼下有家新开张的酒店，秦枫跟老板很熟，服务员很机灵，一见面，便把饭菜安排得妥妥帖帖。吃饭时，曾旭不怎么说话，秦枫问："遇到什么不开心的事了？"

曾旭说："秦支，我们底下的人都很佩服您。您被免职，却跟没免职一样，仍然领导我们查案。领导让您晾着，您也毫无怨言。我如果处于您这样的境地，真不知道怎么办才好。"

"怎么突然这么说呢？"

曾旭说："您是因为焚烧案而被免职的，对吗？您是得罪了某个领导，但背后还有更大的领导在支持您？"

秦枫深深地皱起眉头，问："你听到了什么风言风语了？"

"底下有人这么说。"曾旭讨好地看着秦枫，"秦支，如果我被莫名其妙免职，您会怎么看我呢？您还会一如既往地用我吗？"

"说什么傻话，无缘无故谁会免你的职，你不是干得好好的吗？"

"我是问您如果？"

秦枫笑起来，说："如果……那我就想办法把你调到支队来。"

他顿了一下，又说："是不是有人给你小鞋穿？"

"算了，有您这句话我就放心了。"曾旭说，"防空洞这个案子关心的人挺多，方方面面打听的人不少，保密不容易。我建议公开案情。"又

411

说,"坏人总是为自己打算,总是以为自己能得逞,所以还会干坏事。我就不相信他每次都能顺利,总有败露的一天。"

秦枫说:"你这话对。他们做得这么隐秘,被你追一个抢劫犯撞破了。这就是败露的开端,我们必须循着这个突破口查下去,一举拿下,不能再等下一次。"

"要不你把我抽调过来吧。"曾旭说,"既然案子由市局统筹,那就把专案组设在支队,分局设分组这种搞法不利于保密。特别是分局领导,案子是市局的,分局出钱出力出人,他们心里会不会不舒服?"

在分局设侦查分组,有缺陷,但为了让市局的扫黑专案组更保密,秦枫跟黎政商议后,不得已而为。不过,曾旭这么说,恐怕不仅是发牢骚,而是因为内部的干扰已经影响到办案,甚至威胁到他的个人前途。如果仅仅对办案有所掣肘,是正常的,如果威胁到他的前途,则一定有更深层的原因。

秦枫瞪了一眼曾旭,说:"谁不舒服了?告诉我。"

曾旭嘿嘿嘿地笑,"我也只是估计,您不要放在心上。有您那句话,我会放开手脚做。别人怎么看,怎么想,随他们去。"

秦枫帮曾旭夹了一筷菜,说:"好,谢谢你的信任,有事找我,我会尽力。"

"在这么复杂的环境里,您仍是黎市长眼里的红人,我相信您。"

秦枫缓口气说:"环境复不复杂,我恐怕比你感受更深。说老实话,我只想办好案子,如果你相信我,希望你也这样。黎市长说过,公道自在人心。"

"敬您。"曾旭举起茶杯说,"有您和黎市长在,这个案子必破。"

秦枫举起茶杯跟曾旭碰了一下,说:"这个案子不简单,案犯的反侦查能力非比寻常,在圈子里可能是大师级的。"

"我知道您怀疑的人是谁。"曾旭说着,露出老练狡黠的眼神,"我给您出个馊主意。"

秦枫警惕地望着他,问:"什么主意?"

"贺彪跟什么人联系密切?最近到过谁家里?搞一次突然搜查!如果从那人家里搜出作案工具、犯罪账本、组织活动记录、组织人员名单,那不就什么问题都解决了?"

"这些东西岂会轻易放在家里?"秦枫担心地说。

"所以是馊主意嘛。但是,万一搜到了呢?为非作歹这么多年,他不留下一些东西作纪念吗?如果不能明搜,来个暗搜怎么样?或者两条线并行?"

秦枫想了想,把碗里的饭全塞进嘴里,边咀嚼边说:"希望你的馊主意能够发酵,变成能酿出一缸好酒的酵粉。"

两人迅速回到监控室。曾旭掏出手机连接播放器,音箱里传来两人的对话。

"燕姐,我有事找刘总。"

"他不在,什么事?"

"我要来别墅拿点东西。"

"怎么回事?"

秦枫心里一跳,后一句声音太熟悉了——柳燕。但跟她对话的人,秦枫一时想不起是谁。

录音"嗞嗞"地空转了一会儿,接着又是柳燕跟那人的对话。只是男人那边的干扰音很大,"嗞嗞嘎嘎"的,可能来自一台破旧的电话机。

"我有一件工具留在别墅里,还有路费。"

"什么东西,上次怎么不拿走?"

"那时急着出去办事……何况,当时确实带在身上不便。上午,刘总

413

打了我电话，让我一定要带出去。"

录音又"嗞嗞"地空转了一会儿。

"那你下午来吧……你知道该怎么做，否则，刘总会要了你的命。"

"嗯。"

对话到这里就结束了。曾旭切断连接，望着秦枫："我想您知道是怎么回事了？"

秦枫的脑子里闪过一个念头：一段对话暴露出三个人，而且在命案之后，有戏。但他却摆出一副吃惊的样子："这能说明什么呢？"

曾旭说："打电话的正是贺彪，接电话的是柳燕，他在找刘烈宏。"

秦枫故意装傻："这就是你的馊主意？这段对话不会是你捏造的吧？"

"怎么会？"曾旭说，"这是监控录音。而且根据这段监控，我们定位找到了贺彪的行踪，现在已安排人循踪搜寻贺彪的藏身之地。也许不一定抓得到人，但这是一个最好的进入别墅的理由。"

"你？"秦枫久久地瞪着曾旭，"你是怎么怀疑上那栋别墅的？"

"那是刘烈宏的别墅，我一参加工作便认识了这个人。我是一线刑警，他一直游走在黑白两道，跟我的很多同事甚至领导打得火热。几年前，我便因好几起伤害案件怀疑上他，但苦于无法找到证据，一直放在心里。后来，我发现有人监视刘家别墅，并获知是你安排的，才明白我不是唯一怀疑他的人。"

秦枫释然地吐出一口气。孰黑孰白，基层刑警最为清楚，因为他们每天都在跟案件打交道，每天都在为那些看似扑朔迷离的案件寻找合理的解释，一来二往基本上会看清对手，会明白对手的危险性，只是有些对手黑白通吃，心狠手辣，束缚了他们的手脚。

罪案博览会上，秦枫怀疑上了刘烈宏，但他并不笃定。查明乔德福的嫌疑纯属子虚乌有之后，他心里的怀疑坐实了。丁铁军被焚，苏洪宝逃遁，秦枫脑子里冒出的第一个嫌疑人就是刘烈宏，只有刘烈宏能够安排这么一场血腥毒辣而又周密的大戏。

刘烈宏是个骨子里黑透了的人，为了掠取财富不顾一切，为了保住得之不易的地位和财富，同样也会不顾一切。所以，他一直防着这位同乡、同学、兄弟。

这时，他终于可以欣然地向曾旭交底，说："既然我们的怀疑一致，那我采纳你的馊主意。但你派出去的人可靠吗？证据能坐实吗？"

"可靠。"曾旭说，"知道我为什么留在这里吃饭吗？不是我要蹭饭，而是想等到他们的信息过来，以便直接汇报给您听。"

"你监听了别墅的座机和刘烈宏、柳燕的手机？"

曾旭点点头。"刘烈宏一定还有其他手机号码，我们掌握的手机号从未跟有关嫌疑对象联系过，那个号跟联系人的对话都是中规中矩的。"

"仅凭你的力量恐怕太薄弱了，应该从市局抽调精干力量实施抓捕。"秦枫拿起手机，就要联系汪涛，"立即联系你的人，问情况如何？"

"贺彪不在市内。我没有及时报告，是因为想把他引进来，再请您调动警力。"曾旭看秦枫有些着急，赶忙解释道，"沿途卡口我都控制了，通往别墅的监控都有我的人。一旦发现情况，我就会收到信息。"

"你凭什么监控？凭他的车，还是人？难道他只能原妆出镜，只驾驶自己的车？"秦枫连珠炮地质问，"你太自作主张了！人溜了怎么办？"

"不会，我采取了多项预备措施，只要他敢进城，就插翅难飞。"

"哼哼……"秦枫冷笑一声，没有再批评曾旭。

曾旭急急忙忙联系各个卡点监控的手下。秦枫拨通黎政的电话，详细汇报了曾旭所做的工作。接着，他根据黎政的指示，联系了汪涛和关伟，请他们迅速集合力量，做好大范围搜捕和武装抓捕的准备。

曾旭放下电话，说："贺彪已通过环城高速三号收费站，动不动手？"

"不！"秦枫迅速思考起来，"消息确凿吗？他是不是向别墅赶去？"

"已确认是他。我已通知其他卡点向贺彪可能经过的路口收缩。"

这时，黎政打来电话，说他已赶到指挥中心，让秦枫立即过去。

曾旭迟疑了一下，好像下了大决心似的说："指挥中心虽然保密，但是有很多人关注。你就不怕有人通风报信，就像第一次大搜捕，以及追捕苏洪宝引起焚烧案那次一样。"

"啊……"秦枫惊疑地看着曾旭，自己怎么忽略了这一点。

"你就全部交给我办吧！"

秦枫没再多话，让曾旭下楼到车上等，他则赶往指挥中心。

黎政神色凝重地听完秦枫的汇报，掏出公务手机递给钱奋。

"你继续盯在指挥中心。"黎政指示钱奋道，"若有人打我的电话，就说我有重要指挥任务，不能接听，晚些时候再跟他们联系。"

说完，他跟着秦枫离开了指挥中心。路上，他掏出备用的私人手机，将情况向叶天佑做了汇报。在他挂断电话时，电梯已到达地下停车场，听见了图传指挥车的马达声。他一步没停就钻进了指挥车里。

车里琳琅满目的高科技设备令他觉得很刺激，全市天眼监控显示和指令传输丝毫不逊指挥中心，无论行驶到哪里，精准的指挥覆盖全市每一个角落。

但是，事情并没有朝着预设的情形发展。贺彪的汽车行驶到距梅溪湖小区两千米的高阳路时，两伙人为争抢工地水泥生意，将横在路中的货车轮胎戳了。

货车司机叫人卸下一包包水泥，用千斤顶将车厢顶起，拆下那只破轮胎，可他刚将备用胎换上去，另一只胎在他眼皮子底下又被戳穿了。高阳路本就不宽，这么一搞，路堵死了。飞奔而来的贺彪正欲调头，无奈车流量太大，几分钟里，后面的车跟得层层叠叠，连曾旭的人都堵在里面了。

就在这时，接到报警的110民警、交警同时赶到。两辆警车十位民警，从两个方向，好像包抄似的。他们接到报警电话，说这里发生了械斗。

贺彪一看不妙，以为前面的货车本来就是堵他的，警察又是前后赶来，目的明显。三十六计，走为上，他悄悄下车，想借助堵得水泄不通的汽车掩护，从路中间溜走。

跟踪而来的刑警一看，明白了，也悄悄下车，佯装无意地靠拢过去，待贺彪走过时，迅速伸出右腿，将贺彪跘了个狗吃屎。

贺彪被猛扑上来的刑警按住双臂，他大声喊道："你们干什么？堵车，我下来透口气不行吗？"

抓住他头发的刑警扭过他的脸，打量一番，说："起来，到看守所透气去。"另一名刑警扭住他的双手，反剪到背后。一副锃亮的手铐锁在他的手腕上。

贺彪一看四周围着六七个便衣，清楚事态的严重性，叹了一口气，不再作任何反抗，浑身瘫软，直往地上坠。刑警以为他耍赖，狠踢了两脚。

秦枫听说贺彪落网，打乱了原有的计划，就向黎政建议，以别墅座机电话跟贺彪通话为由，公开派人对别墅进行搜查。

黎政有些犹豫。仅凭一次简短的通话，就对别墅进行搜查，理由有些牵强。如果对方早有应对，又会把公安机关推向被动。

但是，好不容易找到这么一次机会，明暗两线的搜查人员都已准备到位，连对小区实施电力拉闸的工作都已做好，就这样收工，太可惜。

曾旭更是坚持原有的计划。他觉得自己人微言轻，所以力荐秦枫采取行动。黎政看他们力主搜查，一方面不想打击他们的积极性，另一方面寄希望于搜出成果，一棍子打死刘烈宏。即便出现最坏的结果，也不失为打草惊蛇之计，看刘烈宏能搬动哪些人来为他助力。

不知什么时候下起了雪，东一片西一片，棉絮似的飘落在地面上。夜色渐浓，雪地的反光若隐若现。汪涛带人赶到梅溪湖小区，敲响刘烈宏别墅的大门。保姆打开了门，柳燕却站在门口，不让进。

柳燕跟汪涛是老熟人了。汪涛虎着脸，对笑靥如花的柳燕说："这是搜查令，请你配合。"

柳燕的笑脸看起来不像是装的："对不起，主人不在家。我不明白主人犯了什么法，不好让你们进来。"

汪涛冷笑一声，"到时候你就明白了。"他对柳燕说，"主人在不在家没关系，你也不用难堪，配合就是。"

"我是律师，我有权知道你们为什么搜查民居。"柳燕掏出时刻放在包里的数码相机，"请拿搜查令给我看一下，我拍照保存，不然主人回来，我没法交代。"

汪涛将搜查令递给她。她对着搜查令拍了照，又对着汪涛拍。汪涛说："收起你的相机。"

柳燕说："法律哪条规定不准对警察拍照了？这又不是涉密区，又不是首次办案，拍照是每一个公民的正当权利。"说着，又拍了一张。汪涛盯着她。

柳燕重复问道："请问我的客户犯了什么法？他触犯了哪一条，值得你们搜查？"

汪涛注意到，柳燕把主人说成了客户。这大约是正式当起了代理人角色。

"告诉你，不要妨碍公务，否则我们连你一块抓起来。"汪涛这么说，却没有真的动手，还是站在门口，没有强制进入的意思。不过，保姆被两个刑警控制住了。

正在这时，小区突然停电，别墅内外陷入一片黑暗之中。

"看看，就是你干扰搜查，让我们白来一趟。"汪涛说。

黑暗里传来柳燕的娇笑："咯咯，这你可怪不得我，谁叫你们来得这么不巧呢？"

此时，在别墅的背后，两个黑影翻过护栏，在一纵一跃之间，矫健地腾空而起，跳上别墅二楼阳台。两人相对点点头。虽然蒙着面，但凭着熟悉的面部轮廓，认出两人正是徐俊和曾旭。他们将在汪涛出示搜查证后，对别墅实施暗搜。

室内很暗，只能凭轮廓辨识家具。卧室非常简洁，铺得十分齐整的床面，全幅式立柜，然后就没有其他东西了，这种地方一般不会藏匿血腥的东西。徐俊穿梭而过，正要往楼上去，却见楼梯方向亮着手机屏幕的微光。

有人！而且还在悄声说话。

徐俊听出来了，他的身份大概是一个保镖，正在跟刘烈宏通电话。警方一直密切关注着刘烈宏的行踪，他上午去了广州，晚上在广州参加一个商务活动。现在一定还在酒宴上吧。

保镖得到指令，挂了电话，轻轻地溜下楼梯。曾旭隐身于门口，等保镖经过，挥起一掌，砍在他脖子上。看起来粗壮威猛的一个人，瞬即两腿软了。徐俊抱住他的胸口，若要拿身材比例相比，保镖跟徐俊几乎分别来自大小人国。曾旭赶紧配合徐俊一起将保镖拖进了卫生间，拉下他的裤子，让他坐在马桶上。

保镖就在那儿坐着，脑袋搭在膝盖上。徐俊扶起他来，看了看瞳孔，然后搜身。身上没有武器，从裤袋里掏出手机、袖珍手电、钱包。从钱

419

包里抽出身份证拍了照，看看没什么有价值的东西，又把钱包放进他的口袋。

根据别墅设计图纸，一楼有迎客厅、杂物室、保姆房、保安室，二楼为主卧、次卧、儿童房，三楼为客房，四楼为活动室。刘烈宏的情况比较特殊，他本人喜欢跟保镖在一起，便在三楼设有保镖房和书房。平时，他都是在三楼休息。

徐俊和曾旭直扑三楼。楼梯口是保镖房，门没关，里面竟然有鼾声。中间是书房，靠右是客房。两人一前一后分别进入房里。书房宽大气派，微型手电光下一色的红木家具，整扇墙书架右下角在手电光飘过时，忽地闪过一道反光。

保险柜！

但徐俊没有首先动保险柜，而是仔仔细细搜索了一遍书桌、书架和靠墙的大床。非常干净。他侧身进入卫生间，实际上冲进了记忆之宫，每一次搜查发现证物的区域在脑海里闪亮起来。搜索的蓝图像人体穴位表似的铺展开——床夹缝、抽水马桶在图表上最为闪亮。床夹缝，包括床头都已搜查过。此刻，他拆散了抽水马桶盖板，制动架呈现在眼前。不对，制动架下应该是水箱，却有一个塑料盒子附着在桶壁，占据了一部分水箱面积。一定是水箱做了改装。他戴上防水手套，抓住盒子。用力取不下来，也许盒子跟箱壁连在一起，一定的，他不能动蛮力。

曾旭从隔壁过来，摇了摇头。徐俊示意了一下抽水马桶，曾旭蹲下来，想象着水箱的内部结构，把手伸入马桶背后，左右各有一个活动螺帽触手。

徐俊有备而来，迅速拿出一把弯管梅花启。内壁方盒应手而落。

方盒系全金属打造，内置密码扣，一时无法打开。不过，既然藏匿得如此隐秘，对刘烈宏来说，应当非常重要。

走廊传来脚步声。徐俊和曾旭迅速闪身到书房门口。一个矮胖的男人慢慢地走过来，警惕地四下张望。到了门口，他迟疑一下，捏拳耸了耸肩，猫步进入书房。

漆黑中，他准备往卫生间去。可是刚走到书桌旁，耳边忽地响起风声，一击肉掌"噗"地敲在他脖子上。矮胖男身子往地板上一蜷，放出一个臭屁。

徐俊口袋里手机震动起来，他明白这是汪涛在催促。

他迅速跑到保险柜前，以闪电般的速度读着密码盘，耳朵贴在柜面，右手转着旋钮。默想一会，掏出一把钥匙。不到四十秒钟，徐俊站起来，拉开保险柜门。

曾旭用手电粗略地打量一番，将现金、金条和首饰拨在一边，其余东西全部装进一只整理箱里。接着，曾旭将矮胖保镖背至隔壁的值班床上，徐俊给汪涛发出一条信息："妥了。"

别墅门口，汪涛跟柳燕的交涉还在进行。

电来了，别墅里顿时灯火通明。汪涛下令道："搜！"

柳燕冷冷地说："你们这是把自己的所作所为凌驾于法律之上，是违法的。"

"违不违法，我负责。你是律师，只请你做好见证。"汪涛话声一落，搜查民警不顾保姆和柳燕的阻拦，一起冲进别墅，仔细搜查了每一处可能藏匿证物的地方。当他们把徐俊、曾旭两人搜出来的东西提到柳燕面前，请她在扣押单上签字时，她脸都绿了。

汪涛回到专案组，黎政和秦枫焦急地等着。

扣押品一一验证。保险柜里的东西是商务合同、借款凭据和几本抵押房产证、汽车合格证——所有凭据都经过公证处公证，全都合理合法，没有秦枫想要找到的东西。

从抽水马桶搜出的方盒里装着两只金虎，挺沉，每只有几百克重。徐俊感到很疑惑，保险柜里的金条是这两只金虎价值的十几倍，为什么金虎不放在保险柜里，而是藏得如此隐秘呢？

除却金虎的疑点，这次搜查可谓一无所获。

黎政的眉头皱了起来。如此一来，刘烈宏绝对不会善罢甘休，侦查工作的被动局面是注定了。叶天佑闻讯，立即将情况向闻勇汇报。闻勇指示，按"打草惊蛇计"施行。

第二天早上，连夜赶回来的刘烈宏坐到了省委常委、市委书记唐道生的办公室门口。他请求秘书给书记打电话，说自己没办法接受公安民警入室盗窃、无理搜查这样的伤害。

他说，如果书记不解决，他就要在政协会上提出来，不能因为怀疑什么人就对什么人进行搜查，不能拉闸断电，入室盗窃贵重物品，这是公然无视公民的正当权益，是知法犯法。

他说，如果书记不能还他公道，他要到省高院、省高检、省纪委告市公安局利用职权迫害合法商人。秘书请来市委秘书长。秘书长拼命安慰他，并说会向书记汇报，会向市公安局了解情况，会给他一个公正合法的处理结果。

这会儿，柳燕摆出职业的微笑，坐在另一家律师事务所所长办公室里，递上昨晚起草的诉状。她说："因为我跟刘总的姐弟关系，不好出面，请所长代为起诉市公安局，起诉徐俊、曾旭入室盗窃，起诉汪涛滥用职权，侵犯公民的合法权利。"

所长拍案而起，说："好，你放心。法制社会，天理昭昭，公安机关竟然干出这种无视法律的事情，将法律尊严置于何地？让合法商人如何生存？你把材料全部给我，我一定要追究到底！"

刘烈宏回到家,汉洲许多有头有脸的人都来了,还有很多人给他打电话,几乎把他电话都打爆了。他们都是来声援刘烈宏的。刘烈宏神情激昂地说:"唐书记已经接见我了,承诺要给我一个公道。同时,我已聘请汉洲最有名的律师,准备起诉市公安局及某些违法乱纪的刑警。"他表示,市公安局某个别领导和民警,应该送到监狱里改造,换一批新人。

他在小区对面的大酒店里定了几桌,宴请声援的人。

恰巧,三天后是市政协例会。他正在市委政法委哭诉自己的冤情,手机响了,一个跟他要好的委员胡总打他的电话:"开会了,你怎么还没来?"

"胡总,我冤呢!"刘烈宏说。

"你快来,我们为你撑腰。"

他去了,把徐俊、曾旭潜入他家盗窃,汪涛带人闯入他家搜查的事说给所有政协委员听。"我已经向市委、市委政法委提出控告,同时向法院起诉徐俊、曾旭、汪涛。"刘烈宏说,"告徐、曾入室盗窃;告汪滥用职权,恶意侵害商人的正当权益,我要求市公安局退还盗窃、扣押的物品,并赔偿精神损失费两百万元。"

"告得好!"被胡总拉来的一位政协副秘书长说,"这些人就是公安队伍里的败类,以搜查为名,借机入室盗窃。这不就是抢劫吗?让这些合法商人还怎么活下去?"

该副秘书长立即要求例会临时增加一个议题。"这事非同小可,请大家畅所欲言,深入讨论讨论。"他充当起会议的临时主持人,"我们应该把这件事放大到社会中来看,因为今天可以搜查刘总的别墅,明天就可能搜查胡总的家,以后就轮到李总家了。李总你说说看?"

李总站起来说:"就是,谁不犯点小错呢?"

副秘书长说:"我想,除了我们在这里讨论外,应该正式形成一个提案，怎么样？"

胡总是某小报编辑出身，最为好事，一听副秘书长鼓动，立即举双手赞成，并在委员中愤懑地说："真是太不像话了，这跟强盗抢掠有什么区别？写提案，一定要写，要让全体委员签名。"

提案在群情激愤中写成了。胡总自诩有点文采，亲自执笔，上纲上线，说搜查要有证据，借搜查之名入室盗窃，那就是抢劫，是强盗行径，是践踏人权，践踏法律。他强烈要求公安局向汉洲市人民道歉，强烈要求逮捕徐俊、曾旭、汪涛三人，交由汉洲人民审判。

提案写完后，胡总亲自守在打字室打印，然后一个一个地拉着委员们签名。

当过记者的胡总，很有政治套路，他把签了很多人名的提案拿去复印了几十份，见领导就递上去。提案上写得明白，如果汉洲市的领导不重视，他们这些签名的委员就退出政协，集体到省委上访。这份提案当然引起市委、市政府的高度重视，唐道生指示市委秘书长跟副市长、公安局长黎政亲自参加会议，听取提案情况。

胡总对这事很有看法，发挥记者的特长，口若悬河地来了一番理论联系实际，说得市委秘书长和黎政频频点头。接着，副秘书长来了番对事不对人的高谈阔论，引经据典，从华盛顿讲到拿破仑，直到有委员提出抗议才打住。"总之一句话，"他侧身对着两位跟他坐在同一张桌子上的领导说，"我们需要给委员们一个公道的结果。"

黎政表态道："政协的提案我们向来非常重视，此事涉及公安局，我们一定深入调查。不论是谁，如果违反了法律，必定依法依规，处理到位。"

秘书长说："此事，唐书记十分重视，指示我跟黎副市长参加会议，黎副市长的表态大家都听到了。他的态度就是市委市政府的态度，请大家放心。"

　　副秘书长高兴地说："我们的工作卓有成效，大家就等结果吧！"

　　刘烈宏说："今天我当着两位领导的面老实说，我已经聘请律师向法院起诉，要求逮捕三位滋事的刑警，要求公安局赔偿我两百万元精神损失费。"

　　黎政瞪大了眼睛，说："刘总，我们是老朋友了，怎么把我都牵扯进去了啊？"

　　"黎市长，我也不想啊，可他们是公安局的人，甚至还是领导。"这话，柳燕已教过他，刘烈宏在心里反复练习了好多遍，"他们违法犯罪，公安局当然也有责任，至少滥用权力，滥开搜查证。"

　　黎政哈哈笑着，和蔼地说："刘总，这事我们会后单独聊。"

　　刘烈宏觉得已经博取了秘书长和黎副市长的重视，就进一步说："谢谢两位领导的关心，我是一个生意人，也是一个公民，最需要的是安全感。今天这个来查，明天那个来搜，还潜入室内伤人、偷东西，生命和财产安全没有保障，大家将心比心想一想，我还怎么在汉洲待下去，还怎么投资经商？作为公安机关，如此肆意破坏投资环境，谁还敢来汉洲投资，谁还敢在汉洲生活？胡总刚才也说了，他想慢慢将资产转移到浙江或江苏去，他经营的可是重工业，几千人的企业。如果大家都不愿在汉洲投资，汉洲还怎么发展，汉洲人民还怎么就业？"

　　秘书长说："胡总，你可不能走。你走了，我追到天涯海角也要把你追回来。"

　　胡总咧着嘴笑："不走的，您放心。"

　　刘烈宏说："两位领导，汪涛拿着搜查证搜出的那些东西应该都验证过了吧？没什么问题应该退给我。我相信自己没问题，因为我没做什么啊，我只老老实实赚钱，老老实实存钱，好不容易藏了块金子，你们一

425

下子搜了去，我多心痛啊！还有那些合同票据，放在你们手里没用，对我可有大作用。"

胡总立即帮腔："黎市长，东西应该马上返还。"

黎政说："这个放心，我今天就答复你，合法合理的东西一定会退还给你。"

副秘书长听说公安机关竟然扣押了刘烈宏的金块，生气地说："赔不赔偿可以依法走程序，东西要马上退，特别是金块。"

黎政看着副秘书长，说："东西当然会退。"

市委秘书长看一眼黎政，又看一眼副秘书长，笑了笑，说："你们的提案写得真好啊，不仅问题说得透，还很有文采。我办公室那些小伙子们要自叹弗如，膜拜学习才是啊。"

刘烈宏观察着台上的三位领导，感觉今天应该见好就收，别把政协的作用看得太高了，搞不好当面得罪秘书长和黎政，于是说："有黎市长这句话，我就放心了。"

事实上，他一点儿都不放心，会议一散，他便急不可耐地找更厉害的后台去了。

这一切当然都落在秦枫安排的"盯子"眼里。

那天之后，秦枫的主要精力便放在盯梢上。徐俊、曾旭及其他信得过的兄弟都从单位消失了似的，全安排进了"盯子"岗位。

不过，警方安排盯人，秦枫自己也被盯。发现警告字条时，他的车停放在市公安局地下停车场，字条就压在挡风玻璃右边的雨刷下。

从黎政办公室拖着脚步走进电梯，里面挤满了热情的同事。他们叽叽喳喳地跟秦枫打招呼，像一群秋后的麻雀。可秦枫和汪涛谁都不想说话，苦着脸，脑子里全是黎政的批评。外面天很冷，飘着雪，成天待在机关的同事哪里知道一线刑警的心情。

秦枫在走向汽车的第一步就看见了字条：粗黑的楷体字在白纸上格

外醒目。

汪涛立刻上前,挡住了秦枫的视线。不过,字条才两行字,打印体,才瞟一眼,便烙进了他的脑海里:

"收手

否则小心你的狗命"

后面再没有字,两句恐吓的话,不需要更多的内容。

"该死。"汪涛说,"竟敢放到我们车上,他是怎么做到的……"

秦枫迅速环顾了一下四周空旷的混凝土空间,寻找摄像头。可是,他很快发现不够走运,自己的汽车几乎停在两孔摄像头之间的死角里。

汪涛已经靠在汽车引擎盖上,仔细察看着那张字条,小心地不去破坏现场。

"得把这作为犯罪现场。"他说,简洁而坚定。

"哦,保安过来了。"秦枫闭眼想了一下,"虽然我们才离开一个多小时,但一定查不到实质的东西。"

监控室就在一楼,查到秦枫的汽车进场,却看不到他停在哪里。停车场车来车往,出入繁忙,怎么调查是谁放的纸条呢?

秦枫冲汪涛摇了摇头,说:"别纠缠了,虚张声势而已。让派出所去查,我们办正事要紧。"

政协散会后几天,汪涛被停职了,徐俊和曾旭被直接免职,继续接受调查处理。刘烈宏要求检察院把徐曾两人逮捕。省委常委、政法委书记闻勇发了话:"缺乏入室盗窃的直接证据,不能因政协提议,而干扰执法。"

427

第十九章

图穷匕见

年关将至，汉洲的街道上张灯结彩，喜庆的气氛越来越浓。辛苦了一年，该进年关的驿站歇歇，走走亲，访访友，嘘寒问暖，把亲情友情调浓。商家的生意出奇地火爆，大小老板们喜笑颜开。他们一边数着钱，一边游说着客户将各色礼品大包小包往家搬。

腊月里天短，一晃就是一天。案子没破，秦枫心里愈发捏着一把汗，别人谈笑风生，他不敢，事情一天比一天多。他做梦好像都看见防空洞里的尸体，担心又出现杀人案件。每天都是分分秒秒地受着煎熬。

秦枫对黎政说："过年的关头，除了破陈案，一定要把警力摆在街面上。感觉告诉我，黑恶势力不会甘心自己的失败，怕会搞大动作。"

黎政点头认可，说："案犯闷着劲搞了一连串的准备动作，苦心孤诣，费尽心机，他不是报复社会，就是别有目的。总之，案犯不搞个石破天惊不会善罢甘休。我们一手抓打击，伺机摧毁团伙；一手抓防范，以免出现新案，防范的力量越在此时越要加强。"

秦枫点头称是。他说："有时我自己都责问自己，干吗非要认定还有一个更大的黑恶势力团伙？为什么汉洲不能就只苏洪宝一个团伙作案？为什么查了这么长的时间，除了苏洪宝，没查出其他团伙头目的踪影？一洞五尸案件是苏洪宝做的，还是更大的团伙做的？团伙头目究竟藏在哪里？真是剪不断理还乱，说句不好听的，我都快成惊弓之鸟了。"

黎政说："别自己先打败自己，我们是猎人，越是碰到狡猾强悍的猎物，就越要有耐性。狩猎需要耐性，需要静静地埋伏，需要埋伏时擦亮机警的眼睛。哪个警察想当猎手？被逼无奈呀，野兽多了，我们不得安宁。"

年底了，罗毅要去北京参加重要会议。他专程喊来闻勇和马汉智，详细听取案情汇报，要求两人主持一次专案会议，就如何突破，选择什么时机统一行动，进行分析研究。他特别强调，同志们辛苦点，除了打击黑恶势力，还要千方百计保证群众过个祥和年。

在雁南，罗毅的话就是航灯，闻勇和马汉智只能按航灯的指引开船。

专案会议就在没有罗毅参加的情况下召开。闻勇为主持，首先传达了罗毅书记的指示，并征询马汉智有没有补充意见后，点名秦枫汇报前一阶段的侦查情况。

秦枫前一天便接到了会议通知，他将情况都汇总在手提电脑里，一二三四五，利索地通报一番。他眼睛离开电脑，正要说几句题外话，眼角的余光看见叶天佑弯下身子，双手抱着头。他以这种姿势待了大约两秒钟，然后抬起扭曲的脸，冷静地说："继续。"

秦枫说："我简直不能相信一洞五尸案背后的操纵者会牺牲贺彪这样的干将，让他在一次莫名的事故里落入我手。我坚持认为，他们一定乱了阵脚，开始犯错了。"

虽然他说出这番话，但心里仍没有把握确定事实就是如此。把无关的人、暴露的人抛出来，丢卒保车是犯罪团伙的一贯伎俩。

"痕迹鉴定和法医鉴定到底做得怎么样了？"叶天佑兀自问道。

秦枫不安地看着黎政，说："事实上，我正是从技术室过来的，他们正在做法证清单，省厅的专家也在。"

"好的……你们倒是不紧不慢的。"说这话的人秦枫不认识，好像是省纪委书记马汉智带来的，是某个监察室主任。

黎政没好气地说："每个人都在做火烧眉毛的事。"

"你但凡在这些事务上有点实际经验，就会明白。"黎政本想加上这么一句，但又咽了回去。除了鑫投资责任有限公司的领花"鑫"字饰物和贺彪的 DNA 样本，藏尸洞里的证物都没有查出具体的指向。现在，贺彪已承认杀害包括朱大可在内的五人，但对其他四人的身份含糊其词。

"坦率地说，"马汉智开口道，"我知道，调查洞里的证物对案情进展肯定是有利的，但看不出纠缠这事到底有什么用。依我看，我们似乎已经收集到了我们需要的所有情况。知道谁是我们的逮捕对象，也清楚他住在哪里，他的关系网是哪些。我们有了侦察策略，也安排了人去执行。我们现在要做的只是等待。为什么不研究一下其他工作呢？"

秦枫四下里看看。周围的面孔都很友善，但是，每张面孔上的表情都是相同的。所有人都觉得这是最后关头，到了将策略付诸行动的时候。而且，他感觉到了另外一种气氛。一种压抑却明确的期待。纪委的领导尤其像鲨鱼一样，肾上腺素让他们跃跃欲试，血流加快。他们盼着那些充当保护伞的人在抓捕案犯时暴露出来。

一条短信提醒他，唐栋梁需要跟他通话。秦枫跟黎政告假，然后走出会议室。

"说吧。"

"你小时候吃过糯米猪尿泡吗？就是猪小肚里塞糯米蒸熟，吃起来很糯很软的那种。"

秦枫似乎明白了什么，怔怔地看着前方。"继续说。"他没有说出自己的怀疑。

"两只金虎，秦支队长，里面可能是空的。"唐栋梁说，"有人说，刘烈宏把一座毛泽东金像熔掉了，一座三百克的金像，铸成的金虎明显比金像大，而且重量几乎达到了三百五十克。"

"你是说掺杂了五十多克东西进去？"他用平板的声调问道。

"不是掺杂，是内空。里面塞了其他东西。"

秦枫眼望着远处，大惑不解地问："怎么内空法？既然内空，又怎么塞东西进去？"

唐栋梁解释道："内置一个隔热小盒，盒里塞进机密的东西。然后放进熔铸金虎的模具里，一起铸造出来。这是不是一种最好的保密手法？"

"那会是什么呢？"秦枫问。

"我还没有打听到。"唐栋梁说，"而且，我身边的人似乎没有人知道。"

"可是，刘烈宏逼得很紧，如果没有确凿的证据，我们不能动他的东西。"秦枫摇了摇头，"纪委的人也盯着，他们把我们当作鲁莽没有头脑的人。"他耸耸肩。"也许是你想得太复杂了，金虎或许只是一对具有纪念意义的藏品。他的秘密……"秦枫转过头，看向会议室，里面传来室主任放肆的笑声。

"我交给了你更重要的任务，"秦枫说，"可你一件都没完成。"

唐栋梁似乎急了。"不，不是这样的。我想尽了办法。先说金虎吧，虽然没有打听到什么，但我估计里面可能藏匿着芯片，储存音视频和文档的那种芯片。"他说，"我说这话不是没有依据的，苏洪宝虽然狡猾，但他没有要挟什么人，反而被人所制。这些芯片极有可能是要挟的武器。"

秦枫默默地听着，心里忽地一亮，原本对自己满怀的怒气，好像有所化解。他想立即离开省委，赶到证物室去砸烂金虎，看看里面到底有些什么。他有太多的事情要做。

但是，他知道会议研究很重要，为了协同作战。他是所有的信息来源，每一条线索都要他去追查或派人追查，虚无缥缈却逻辑分明。如果黑恶势力的头目真是刘烈宏，他的指挥体系在哪里？庞大的打手集团，如何从刘烈宏嘴里传达出去？这就得有个隐形的存在。

打死的管陶义，活捉的贺彪，虽然潜藏很深，却只能算是显性的。

苏洪宝极可能按照自己的意愿虚张声势，可事实是，他的一举一动受制于人，制约他的人跟他有一个中间关联。而且，考虑到他在深圳、上海及汉洲焚烧案的表现，管、贺很可能只是关联中的一个链接。

谁是终极链接，谁能最终找到钥匙，打开门锁呢？

"但是，芯片只是联系着保护伞，柳爷和顾文文，才是对下面的指挥棒。"唐栋梁说。

秦枫真想当面把唐栋梁抓在手里。

"说这话的依据是什么？"秦枫的语气有些凶恶。唐栋梁的话直击他的心思，他不耐烦起来，"谁见过这两个人吗？"

"我们以为摧毁了'讨账缉查局'，其实这个团伙还在，他们都知道这根指挥棒，除了没有见过真人外。"唐栋梁闪烁其词，"他们被告知只能心领神会，不得外传。连戎城'地下处警队'的人都知道，一文一武，文的很有谋略，武的手段残忍。不过——"他顿了一下，"我通过很多渠道打听，他们的存在似乎只是传说。"

"可落网的人没有一个人提到他们呀。"

"保证消息可靠。"唐栋梁说，他意识到自己的情报充分引起了秦枫的兴趣，"据说，他们住在一栋别墅里，昼伏夜出，从来不与外人接触。"

进巷入户工作他们一直在做。汉洲老城区人口密度大，新城区扩展速度快，商住开发别墅和私宅别墅分布广，基层派出所组织了大量人力摸排，却搞得一头雾水，一直没有重要的消息传来。

"或许他们搜索的方法和位置不对。有没有一种可能，"唐栋梁大着胆子说，"他们只盯着商住区别墅，对城中区，特别是棚户区里的小四合院却忽略了。"

这个问题值得深思，别墅与小四合院，理解上的误区是存在的。秦枫挂了唐栋梁的电话，跟梅阳派出所负责社区工作的副所长小乔聊了整整十分钟。"我辖区内的所有别墅绝对都登记在册，排查到位。至于小四合院，没有单门独户，算不上别墅，也就没有登记。还有一种可能，就是棚户区的待拆建筑，大部分人都搬走了，只有某个钉子户住在里面。"

不论怎么说，排查工作还需更细致些。

整个冬天，淫雨霏霏。秦枫站在窗前，灰蒙蒙的雨雾笼罩着天空，敲打着车窗，模糊了待命的警车。他感觉到空气中飘散着一股危险的火药味，小乔说这种天气里摸排工作进展缓慢。

"求细，不求快。"秦枫说，"以前我们总说雨是警察的朋友，可它总会捣乱一回。"

小乔还要说下去，秦枫的手机响了，有短信进来。他挂断电话。

"牛权未联系上，但是找到了王军，他的一个铁哥们。王军声称牛权在干一件大事，并将一些东西放在他手里。王军说，牛权提过，如果他两天不出现，便让王军联系你。牛权是昨天下午出的门，好像去了梅岭附近。是不是请梅平的警察打听一下？"这是他从看守所里保释出来的罗叡发来的短信。

秦枫盯着屏幕片刻，然后将短信转发给梅平分局的赵队长，嘱托他一定请辖区派出所关注，安排民警寻找，牛权是他重要的线索来源。牛权曾跟他说过，他要抓住刘烈宏的软肋，找到突破全案的希望。不管有多渺茫，他都要冒险一试。牛权对打破僵局十分关键。

"尽全力帮忙查找，"末了，秦枫又加了一句，"利用一切手段，找到他。"

他向外看看，滂沱大雨无情地落下来，天色阴郁得厉害。

秦枫准备进会议室去。"打草惊蛇计"实施后，他将几年来收集的有关保护伞的资料都交给了黎政，黎政又跟闻勇和马汉智进行了对接，马汉智的工作开展得紧锣密鼓，今天的会议就是研究省纪委工作组的情况。

工作组觉得他们的工作比侦察组做得更有起色，岂不知前期的线索都是侦察组提供的。

现在，纪委工作组跃跃欲试地想要抓人，侦察组却一直没有突破，坚持压着统一行动。

唐栋梁的电话又进来了。"刚才翻看工作日志，感觉有条信息有必要向你汇报。"

"说吧。"秦枫冷静地说。

"控制苏洪宝的人，一直是管陶义。管被打死后，是贺彪跟他联系。有人说焚烧案便是贺彪在其中作祟。苏洪宝本欲通过焚烧案隐名埋姓，退出江湖，让公安失去侦查目标。不过，他并没有离开汉洲，可能潜藏在雁麓区的某家公司里。"

秦枫倒吸了一口冷气，随即涌起一股沮丧感。犯罪组织的策略不可谓不缜密，他的直觉也算敏锐，可他的侦查弯路太多，仿佛一直在真相周围游离。

秦枫阴沉着脸，伸手去拿香烟。

"据说，组织里的每一个人都安排了退路，包括他们的家庭，特别是组织里的高层。所以，他们既做好了死的准备，落网后嘴巴也闭得很紧。但，眼下他们已经人心涣散，不像过去那样有信心，里面一定出了问题。我们应该重点防范狗急跳墙的报复。"

"你自己小心点，重点打听柳爷、顾文文和苏洪宝的行踪。"末了，秦枫又补充了一句，"你说的这些，我会向黎市长汇报的。"

秦枫走进会议室，所有人转头望着他。

闻勇问他："你还有什么需要汇报的吗？"

秦枫将电话和短信里的情况简要说了一遍，都是侦查中的细节，不影响决策。

"我们按照既定方针执行。"闻勇说着,环视四周。"接下来,政法口和纪检委所有人进入特别防护状态,确定一个内环,半径五千米,梅阳区公安、武警全区秘密戒严,所有装备都上,还有指挥车……不要轻易放过任何人。"

叶天佑补充道:"以一洞五尸案的发生地凌云阁为核心。如果梅阳区的警力不够,我再抽调省厅治安和特警前去支援。"

"除此之外,"闻勇继续说,"再画一个圈,半径二十千米,涵盖全市,包括周边县市,以秦枫同志提到的几个区位为重点,每个搜索组都要动用警犬、热成像仪。"他四下里看看,等待其他人的赞同。"做好自身防护,以防狗急跳墙。"

一阵沉默。

"秦枫同志已接到威胁信。"黎政说,"所有参战的同志都不能掉以轻心。"

闻勇点头同意。"不错。"他说,"大家要互相帮助,互相提醒,不要给案犯可乘之机。现在通讯发达,不仅是威胁信,可能还有威胁短信、微信……"

秦枫突然一惊,意识到自己好久没读微信。于是马上打开手机——为避免干扰会议,他的微信设置了开手机才提醒——"嘀嘀……"连串提醒音传来,随后划开微信页面。

柳燕竟然给他发来微信:"枫子,你要注意自己的安全,特别是珊珊嫂子……"

柳燕从未这样关心过他,自小以来,她一直觉得应该由他来保护她,她的任性在他面前从来没有改变。

坐在右侧的黎政看到他的信息,表情凝重,让他立即联系冷珊,跟她待在一起。秦枫也直觉柳燕不会空穴来风,最后的关键时刻,事情往往会以某种无法界定的方式失去控制。更重要的是，对方已经发出警告，不过到目前为止，他们还没有针对他下手的迹象。

散会了，秦枫先给柳燕打了个电话，询问怎么回事。她吞吞吐吐，说不出具体内容。但她怀疑案犯或许对秦枫无可奈何，却可能利用一个无辜者来达到威胁的目的，反复叮嘱他不仅自己要小心谨慎，还要保护好冷珊，不然后悔莫及。

下了楼，秦枫思虑再三，决定给冷珊打个电话。

"喂？"

"嗨，枫子。"冷珊在电话里说，"怎么想起我了，回来吃饭吗？"

秦枫迟疑一瞬，说："是有这个打算。不过，我刚散会，还要去局里一趟，可能晚一点。"

"好的，我等你。"她说，"你听起来不太高兴，是不是碰到什么问题了？"

"我正在开车门，一切都很顺利。家里的水果吃完了吗？"

"我买菜时带点就行，你不用操心。"

"门口开了家进口水果店，我去看看，有没有你喜欢的。"

"你事多，别去了。我想吃自己买就行。"

"你待在家里别出去，关好门窗。"秦枫听到电话里有汽车喇叭声。"怎么啦，你不在家里？大冷的天，还下着大雨，别出门。"

"我去门口超市买点蔬菜，马上回。"

"不要去！我带回……"

"怎么啦？"冷珊疑惑地问，"我听你的声音似乎有点不高兴。"

"没事，我只是担心你。"

"放心吧，我会注意的。"冷珊挂了电话。

秦枫挂断手机，迅速启动汽车，回到支队。虽然挂牵着妻子，他还是将工作布置得有条不紊,直至汪涛提醒他回家。

他跑到水果店,布福娜、红毛丹、人参果各买了一斤。他知道妻子喜欢新鲜水果,他要给她一个惊喜。他将车停进车库,坐电梯到达自家楼层。敲门没应,冷珊可能在厨房里,他自己开锁进去,客厅一如既往地洁净,茶几上摆着苹果、梨、脐橙,电视遥控器压着一本翻开的《新闻周刊》。电视开着,正是冷珊喜爱的育儿频道,播放着一首英文儿歌。

他轻轻地走向厨房,爱意升腾,自己对妻子的爱一直有增无减。一想到她怀孕,幸福感更加强烈。

他来到厨房门前,把手罩在玻璃推门上,向里面看去,里面热气蒸腾,什么都看不清楚。他拉开门,听到煤气灶上水汽的咻咻声,一股呛鼻的煤气味刺激得他眼泪直流,肺部疼痛。他弯下腰,用手捂着嘴咳嗽,晕乎乎的,什么也看不见。

"珊珊?"没有反应。他又咳嗽了一声。她不在,还好她不在。他冲进厨房,关掉煤气开关后,退回客厅,朝着卫生间大喊:"珊珊,你在哪里?"

没有回音。

他的心猛地跳动着,有种不祥的预感。"珊珊,你在哪里?"他又咳嗽着,退回到推拉门把它打开,又从卫生间拿起一块毛巾浸湿,蒙在脸上,准备进入厨房开窗通风。他背后沉重的门"砰"的一声关上了。他皱眉转身看了看,告诉自己那是气压装置。又转回身时,发现靠窗有两扇橱柜门大开着,他俯身去关橱柜。冷珊蜷曲着,伏在橱柜里。他走近她,看到她两眼暴睁,盯着防滑地板,然后看到了她脖子上的刀痕,血流进橱柜里,在她的身下积成一摊。

"哦,珊珊……"

他扔掉毛巾,用手指探了探她的鼻息,没有呼吸。他又把手放到她的脖子上，没有跳动，放在胸口，还是没有跳动。他的大脑分成了两半：一半被煤气熏晕了，另一半大喊道："珊珊！"

他抱起冷珊，又颤抖着放下。他掏出手机，拨打110，话还没说完，又挂掉拨打汪涛，说了句："出事了，快到我家里来。"他又挂掉了，胡乱中拨通了黎政的手机。

他想挂掉，他不知道要跟领导说什么。他是刑侦支队长啊，刑事案件都归他管的，怎么能逢事就找一把手呢？但他忍不住想说："冷珊死了，冷珊死了……"他绝望地不知能向谁求救。

他不知道该找谁，不知道谁能帮助他。他坐在厨房的地板上，守着冷珊，不知道要期待什么。窗外飘着淅沥的雨，雾蒙蒙的，冰冷的风吹进来，他感觉不到。

他拉起冷珊的手，捂在脸上，抱头痛哭。泪水把她苍白的手打湿了。

她死了？冷珊不会死，她还怀着我的孩子呢！

奇异而杂乱的念头纷纷涌入他的脑海。他哭泣着，想到他们中午本应在一起吃饭，她蒸了排骨；想到他们在公园里抱着同事的儿子照相，她永远也不可能抱着自己的儿子跟他照相了；她希望他正破的案子以后一定要由她的独家报道……他现在怎么会想这些？原因很简单，他的头脑在绝望地逃避现实！

他为他们的孩子哭泣。他此时此刻才想起还有那么多的事情，他们再也不可能一起做了。这些琐碎的、不合时宜的想法，就像是一些从感情的江河里抓到的稻草。冷珊，你不可能死的，我还没爱够你呢，你怎么可能就死了呢？你只是暂时离开一下而已。

他的眼睛又肿又涩，他从来没有这么脆弱过。他轻轻地为她阖上圆睁的眼睛，轻轻地抚摸着她的脸颊。轻轻地，他不忍接触那个已经结着血痂的伤口。

他听到身后有脚步声，听到警械互相碰撞的咔嚓声。一个人抱住了他的肩膀，先是轻轻地，然后加大力气，把他抱了起来。他感觉自己就像秋后的枯叶一样。他朦胧地回头看了一眼，汪涛，徐俊，还有许多熟悉的战友，有的空手，有的提着勘验箱。他的神志瞬间溃散了，幸亏有汪涛抱着，不然不知会坠落到哪里去。

　　他拒绝接受冷珊已经死亡的事实，但它又总是往他的脑海里钻。一次又一次，每次都让他震惊。现实同梦幻混在一起了。他就明白一点，天空里划过一道晴天霹雳。

　　接下来，秦枫的悲伤如同越来越浓的鲜血，黑黑的，黏稠的，带着锈蚀的味道。最糟糕的是，他有一种失落感和空虚感。还有一个固执的念头：冷珊的死是他的过错，如果他不是扫黑刑警，如果不是他遭免职，连带下属都遭殃，还站在扫黑第一线，如果他直接从会场赶回家……如果！如果！

　　凶手呢？他痛恨他，迫切地想抓住他，杀了他！一想到凶手，他就满腔怒火。开始是悲伤干扰了他，此时此刻，对凶手的仇恨才是他的唯一。

　　他悲痛欲绝，但并没有垮掉。他是一名刑警，不许自己垮掉。他要破案，要抓人，要给受害者复仇，要给岳父岳母一个交代。他不能让冷珊死不瞑目。

　　越是怕，猫来吓。秦枫一直跟黎政唠叨，只怕还有命案要发，没想到这命案就发在秦枫身上。黎政想。省委会议散后，他紧急召开市局党委会议，传达罗毅、闻勇的指示，研究部署年关值班备勤。

　　电话响了，胡小跃正在说特警上街巡逻的事，不过是因循往年的安排，却啰唆地说了半天。黎政一看来电人是秦枫，立即接听，秦枫语无伦次的几句话，却把他惊得站了起来。

他一句话没说就往外面跑，忘了宣布散会，其他班子成员全都傻傻地等在那里，胡小跃气得满脸通红。走到电梯口，黎政才想起打电话给司机，让他开车在门口等着。这时，他已经冷静了几分，接着跟叶天佑通话。

叶天佑同样在参加厅党委会，闻勇听到消息，在主持席上呆住了。

赶往秦枫家的路上，黎政脸上一点儿表情都没有，他坐在座位里，两眼发直。看到秦枫手机微信的瞬间，他心里"咯噔"了一下，但怎么也没想到案犯如此嚣张，还是将他打了个措手不及。真是狗胆包天，他们竟然对刑侦支队长的家属下手。这是公然和警察叫板，跟整个社会动粗，简直是疯狂亡命了。

案犯虽然是和汉洲的一万多名警察叫板，却也是把黎政推上了绝壁。面对如此局面的黎政，要么杀出一条血路，将案犯们绳之以法；要么真的虎落平阳，遭受犬欺。

黎政木然地坐着，心里排山倒海。他无法发泄对案犯的愤恨，把一口牙齿咬得嘣嘣作响。

过年了，案犯不仅给秦枫"放血"，也给黎政和全市警察重重一击。

赶到道阳湖小区，环梅雁河的所有路口都已经被警方戒严，数百名警察有序地在案发现场尽职尽责，围观的群众众多，停在梅雁东路的警车，无声地闪烁着森严的警灯。

秦枫已完全清醒并十分冷静，正陪着几位法医和痕检技术员察看杀人现场。技术员比他还震惊，他们认真地勘查着，默默不语，脸上结了一层冰霜。

几名邻居被喊在电梯间接受警察的问讯，身子哆嗦，两眼露着惊恐而茫然的目光。他们本来不相信在家里也会被杀的情况，受到惊吓的表情像听到枪声的兔子一样。

客厅、餐厅、三间卧室都整整齐齐，防盗门窗没有丝毫破损。厨房玻璃推门内，被杀害的冷珊仍蜷曲在防滑瓷砖地上，污黑的血迹从橱柜里流出来，浸红了瓷砖。她是被割破颈动脉，放血而亡，没什么挣扎，可能事先晕厥，后脑勺受过重击。

徐俊站在尸体旁，他低声对黎政说："该处理的全处理了，但秦支不同意举行葬礼，想等您过来看过后，再拉到殡仪馆去冰冻保存。"

黎政跟秦枫交流了一个眼神，没有抬头。他用心看了看冷珊尸体的情况，滴了几颗眼泪，然后摆了摆手，让人把冷珊抬了出去。徐俊上前一步，刚要给黎政介绍案情，黎政抬手打断了他，问："听说有名物业保安发现了案犯，那名保安呢？"

徐俊说："汪大队长陪着送去医院了。"

黎政说："找个人给我带路。"

秦枫坚持陪着黎政一起过去。路上，黎政的一位朋友给他打电话。朋友说："听说秦支队长家属被杀，是不是真的？"

黎政没有说话的心情，冷冷地答道："你从哪听说的？"

朋友不知是不识趣，还是幸灾乐祸，又说："这下你有得忙了。晚上请你吃饭怎么样？咱去吃海货，为你解乏消气？"

黎政心里莫名涌上一股反感，"啪"地挂断电话，秦枫反倒安慰他冷静。黎政确实想冷静冷静，控制自己气炸了的情绪，他让司机在一家鲜花店前停了车。两人一起下了车，秦枫面对鲜花绿叶，触景伤情，黎政紧紧抓住他的双手，凝咽相对。

提着一只花篮走进受伤保安的房间，里面挤了一群人。保安是个部队复员的老兵，五十出头，满脸沧桑，他颈脖被案犯砍了一掌，当场晕厥，这时已经恢复清醒。人们见了黎政和秦枫，自觉退了出去。黎政关切地问保安："怎么样？还疼吗？"

保安看看跟自己年纪相仿，却满脸慈祥的黎政，脸上掠过一丝自责。他一手抓住黎政，一手握住秦枫伸过去的手，呜呜哭了。

秦枫不想责备他，说："别哭，我们现在需要了解情况。"

保安哭着说："秦支队长，我对不住您，我没能抓住他，没能给冷珊报仇雪恨。"

秦枫说："你是失手了，可你也尽了责任，你只是个保安，并不是他的对手。"

保安止住哭，竭力回忆着说："上午十一点钟，我看到一个壮实的男人戴着长绒帽，把脸捂得严严实实，只露出一双眼睛，感觉十分可疑。十一点二十分，珊珊提着菜从外面回来。三十分，我心里越想越不对劲，便跟守门的同伴交代了一声，进小区巡逻。大约走了十多分钟，到了秦支楼下，我又看到那个男人，立即追过去询问，谁知我话还没出口，他挥起一掌，砍向我的脖子，如果是年轻时……"

秦枫没让他说下去，追着问："看清打你的人了吗？"

"他的长绒帽是连头带脸一起捂着的，看不清。"保安说。

黎政不甘心，在病房里踅了几步，又问："还能补充点什么吗？"

保安说："一定是这个人杀的人，虽然我没有看到他从电梯口出来，但从我看到他的角度看，他应该就是从秦支家的电梯门走过去的。黎市长，你们可一定要抓住他啊！这个人尾随作案，凶残快速，给我们小区带来极大的恐慌。"

秦枫问："你对这人就没有一点印象？"

保安说："嗯……眼睛贼亮贼亮的，没一丝善意。哦，他打我时，我抓了他一把，不知是脸，还是左手背，刚才汪大队长从我指甲里取了东西去。"

秦枫问:"抓伤了他?"

保安说:"或许吧。这个人十分凶悍,我本意是跟他对打的。"

秦枫思索着点点头,接着问:"还有别的吗?"

保安想了想说:"没了。"

秦枫和黎政离开医院,返回居住的小区。

天已经完全黑了,小区楼下,几条追踪后撤回的警犬伏在地上,吐着长长的舌头。楼上的家里灯火通明,刑警们依旧在细致地忙碌。黎政详细地询问现场勘查情况,秦枫独自一人蹲在厨房里。他大口大口地吸着烟,目不转睛地盯着冷珊留下的血迹。

黎政悄声靠过去,想和这位老弟和战友说几句话,见秦枫脸色憋得像青色的柿子,欲言又止。黎政知道,此时无声胜有声。

晚上十点,闻勇和叶天佑赶了过来。他们和黎政、秦枫及负责法医、痕检、外围追查的负责人一道在物业公司的会议室里,召开了第一次案情分析会。

闻勇披着棉大衣,忘记了彻骨的寒冷。他说:"同志们,请你们一定打起精神。汉洲出现这样的事,是我们大家都不愿看到的,可事情还是出了,并且出在年前,出在我们公安机关领导的身上,这是汉洲警察的耻辱,是汉洲人民的耻辱。这是公然向我们汉洲市八百多万人民挑战,犯罪分子太狂妄了,他们蔑视正义,蔑视法律,猖獗地挑衅正常的社会秩序。汉洲,经过我们几代人艰苦的努力,正变得日益美丽。我们用钢枪和盾牌守卫的这片土地,岂能容忍这样的暴徒撒野?岂能眼睁睁看着野蛮行径一幕幕地在我们汉洲重演?同志们,我作为这个省的政法委书记、公安厅长,同时也是这个城市的普通一员,我好像恨都没法恨了,我的心在滴血,在滴血啊!"

闻勇动情了。闻勇讲话时的语气充满了义愤填膺的情绪,他当着众人的面,流下了热泪。这种情况下,落泪是金。

在座的人全被触动了。是呀,在汉洲的土地上,竟然有人对汉洲市公安局刑侦支队支队长的亲人施行这种暴行,而且这暴行是几年来犯罪活动的继续,还要我们一万多名警察干什么?我们警察的脸,好意思让别人看吗?

闻勇调整了一下愤怒的情绪,接着说:"此时此刻,我不知大家在想些什么,我最想的是,能亲手揪住这个嚣张的案犯,让他在法律的铜墙铁壁上碰得头破血流。我们汉洲的警察,该昂起头了,我们要战斗,我们不需要流泪。血,总比泪浓!"

黎政霍地站起来,大声说道:"同志们,把我们的头抬起来,把我们愤怒的拳头举起来。闻勇书记在看着我们,八百多万汉洲人民在看着我们!这起惊天大案是我们汉洲的耻辱,但是,我们要用它激发我们汉洲警察的力量,我们要用对案犯的审判来捍卫我们汉洲警察的荣誉。啥时候我们都不能忘记,我们有着警察的称号!我们不能让这个神圣的称号蒙尘,要挺直我们的脊梁,扛起这个令人骄傲的称号。"

秦枫带头鼓起了掌,发自大家内心的掌声,响彻阴暗湿冷的冬夜。

那晚,所有专案组的民警都没有休息,各种信息很快反馈到了指挥部,从小区的监控设备里,提取了案犯出入小区的录像带。在案发大楼,提取了案犯留下的指纹。同时,参战民警还提取了疑似案犯留下的头发、保安手指甲缝里的皮屑。很多思路也被指挥部梳理出来,可以说,案犯这次在现场留下了充足的破案线索。

现场模拟出来,印证了秦枫的推断,冷珊被杀案,案犯果然先潜伏在楼层消防通道里,等冷珊开门,他尾随进去,打昏冷珊,再抱入厨房杀害。

秦枫看着案犯在小区活动的录像带,眼红了。案犯在打晕保安后,仍然从从容容，不慌不忙，像小区居民一样出门。他压根没把保安放在眼里，好像不知道什么是胆怯心虚。

天亮时分，专案组转移到市公安局。黎政走进了物证室，拉亮灯，看见秦枫一个人在物证室里阴沉地坐着。

秦枫坐了很久了，模样憔悴，他吸了很多烟，浓重的烟雾在他头顶、眼前缭绕徘徊着，使他看上去如一个仙道坐在云阁。秦枫的嘴唇被烟熏得乌青，他的头发直立着，在烟雾中像随时出鞘的剑。

黎政看着秦枫舌干唇焦的样子，有点心疼，问："一夜没合眼？"

秦枫想笑一下，脸上的肌肉仿佛僵硬了。他笑不出来，只好长长地出了一口气，说："你不也一样吗？"

黎政走到秦枫身边，轻声说："老弟，节哀，保重！"

秦枫说："没啥，八年夫妻，我早就把她刻在了心里，现在只当她真正地进驻了我的灵魂里。公安工作二十年了，风吹雨打，我都已经成了一块顽石，打不烂，拖不垮。一个杀人犯，应该也是那个黑恶势力团伙的成员，能奈我何！"

黎政说："老弟，我想了很多。我到汉洲，你便被免职，但我很感激汉洲有你，是你支撑了汉洲的刑侦工作。以往我很低调，今天我想吼几句高的，我现在站在这里，才真正悟透了'警察'二字的含义。一名刑警，绝不仅仅是忍辱负重，甘洒热血，他应该用铮铮铁骨，严惩邪恶。"

"黎副市长老兄，谢谢您。我真挚地给你说句带血的话，接下去，也许要难为你了，你能明白我的意思吗？"秦枫仍旧坐着，深情地说。

黎政看看秦枫，说："我懂，我知道你比我的压力更重，中年如桥，必须扛住了！"

秦枫说："男人嘛，没有压力的男人何来风采？老兄放心，这一次，我不是单纯地为冷珊复仇，不是为我自己，我是为了警察的荣誉，为了一座美丽的城市而战。我，你，以及全市警察对犯罪分子的这一战役，是背水一战，只能赢，不许输。"

黎政说："好，老弟，我相信你。唉，你能告诉我你在物证室干什么吗？"

秦枫说："看着这些物证，我能看到罪犯们的末日，我能看到他们在劫难逃。这个黎明，我和十恶不赦的罪犯们用灵魂对了话，我让他们等着，等着正义和法律为他们预备的绞架。"

黎政用干涩的眼注视着秦枫，双手捏成拳头朝秦枫扬了扬，笑了。

冷珊被杀的第三天，秦枫接到用柳燕的手机打来的电话，说话人是欧娱驰。

"枫子，我要你放下手头的一切工作，立即赶到殡仪馆来。我知道是谁杀害了咱家珊珊。"

秦枫不敢怠慢。他不知道是谁把欧娱驰给惊动了。欧娱驰对冷珊的关心超过任何人，前不久才为冷珊的怀孕喜不自胜，这下看到冷珊被害不知该多伤心。他都没敢告诉她。

欧娱驰看到秦枫时的惊讶，比秦枫对她的担心更甚。秦枫受到的伤害，那种经历她连想都不敢想，然而秦枫竟然这么快就冷静、平复了。秦枫小时候就稳重、镇定，跟人冲突，从不先动手，有理讲理。若对方不讲道理要打架，他即使被打了也从不哭泣，更不会回家诉说。

眼下，他遭到迫害被免职，妻子被人杀害，他很快就恢复了工作，就好像无辜被人打了一顿一样若无其事。他屡遭报复，本应吸取教训，或者罢手，但他似乎并没有当一回事，依然拼命地投入工作。欧娱驰对此真不知道应该感到自豪，还是感到担忧。

秦枫现在似乎更多的是担心汉洲的黑恶势力能不能被摧毁，而不是他自己的悲痛和安全。柳燕告诉欧媟驰冷珊出事后，欧媟驰的第一句话便问到秦枫的情绪。柳燕解释说，有些老警察把自己受到的创伤似乎当成一种应尽的义务，看来秦枫就属于这一类人。但她又说，她不敢见他，怕他对她做出过激的反应。

不过，现在欧媟驰知道，他属于完全能把握自己的那一种人。

坐在冷珊的冰冻棺前，秦枫和欧媟驰十分平静，只有柳燕低垂着头，两肩抖抖索索，泪水流个不停。

欧媟驰说："现在，枫子来了，我希望你和他好好谈一谈。把你刚才对我说的都告诉他，我担保他不会发疯的。你是一个受害者，燕子，这一点他会理解。"

柳燕怯怯地抬起头，瞟了秦枫一眼，点头同意。

秦枫看了一眼柳燕，感觉她像变了个人似的。强悍、刁钻、娇嗔都不见了，小媳妇似的坐在一边，手足无措。

"明天我要到姑妈那儿去。枫子，去了就要待一段日子，也许不回来了。"

秦枫知道，她这是要渐渐地进入话题，因此就坐在那儿听，等她慢慢往下说。

她脱下厚重的长风衣，上面只穿了一件羊绒衫，下穿黑色裤子。"枫子，我想让你知道，我觉得一定要告诉你。"她把围巾放在膝盖上，折起了一半，又拉开，然后又折起来。"我想要离开汉洲，这里的钩心斗角不适合我。你觉得呢？"

"在我眼里，你像只花蝴蝶似的，八面玲珑，过得挺好啊。"

"那只是表象。汉洲这地方，在我心里，有时候就像一座漂亮的监狱。"她说，"嫂子的事太可怕了，你知道吗，我心里非常难过。这一切随时可能发生在我身上。"

449

"是吗，珊珊是因我而死的，跟你有什么关系？"

柳燕惊了一下，陷于一种仿佛过度疲惫的恍惚状态。她感觉到，如同她一连数天感觉到的那样，一个铁面无私的人影在身后穷追不舍，这个人像影子一样拖着她，亦步亦趋地跟着，在她耳边低声诉说着地狱和混乱。或许，她想，那是过去的自己，试图索回她的灵魂。

相比之下，秦枫似乎无动于衷，他给她的印象是，他的身体状态过了某个临界点，就不为他的意志所动了，于是痛苦，恐惧或疲劳都无法影响他的心情。这里只有那项使命，以及完成使命所需的策略。

她望着他，在她此时尚能做出反应的范围之内，他那滴水不漏的自控力让她叹服，也让她产生了深深的恐惧感。有些时候，她确信，信仰和决心以同样的方式给予她力量，此刻，她什么都不确定了。

"我有事要告诉你，我早就想同你说，但是我害怕，我真傻，我做的是糊涂事。"她停下来，目光越过秦枫，遥望着窗外，下唇在颤抖。她想开口说什么，可是又停了下来，接着脱口而出："我知道是谁对冷珊下的手。"她开始哽咽，用围巾捂着脸。

欧嫉驰向前欠身，拉着她的手。柳燕抽泣得更厉害了，双手也在瑟瑟抖动。欧嫉驰移动凳子跟柳燕靠在一起，一手环过她的腰搂着她。见她仍不停地哭，控制不住自己，欧嫉驰手臂用了用劲，把她抱在怀里。"要不要喝点水。"

"不——不——不。"她的双肩停止了抖动，双手扶在膝上。她的脸哭红了。到了这时，秦枫才注意到她没有化妆。"我真是很难过，真不知道怎么向你说才好。"

"说出你知道的就行。"

她又哭了两声，然后停下来，深深地吸了一口气，说："这件事真是太难以启齿了。"

"燕子，你慢慢说。"欧娭毑安慰道。

柳燕望着秦枫，说："我没有结婚，可经常跟宏宝在一起。这事你知道，你为了顾全我的面子，从没跟我提起。三天前的晚上，我没跟他联系，便主动去了梅溪湖别墅。别墅里漆黑一团，进门后，却听到三楼有声音。我好奇地蹑手蹑脚爬上去。宏宝在书房里召集什么人在开会，我只听了几句，大意是要报复你。如果不能伤害你，就对付你的亲人。我第一时间想到珊珊，珊珊刚怀孕，可不能受什么伤害。但我不敢肯定，又怕他对我动手，便轻轻地下了楼，待在一楼的客厅里。"

她用围巾拭了拭眼泪，对欧娭毑说："娭毑，麻烦您递给我矿泉水好吗？"

欧娭毑点点头，从背后给她拿了一瓶水。柳燕喝了一小口后，似乎心情稳定了一些。

"开完会，宏宝看到我在客厅里，忙把一起在书房里开会的人拦回房里，然后把我拉进卧室。那些人是悄悄走的，是些什么人我根本不知道。我本想问问他，要对你怎么做，然后阻止他做下去，这是我本来的计划。"

"我问他在书房里干什么，他矢口否认。我说出听到的话，把自己的想法告诉他，他勃然大怒，像疯了一样。他开始威胁我，说如果他有什么事，就要跟我和你同归于尽。他说，你正在毁灭他，他也要毁灭你。我气得不得了，却又不敢太过分。只对他说，这一切都是他自找的。于是他开始大喊大叫，说要杀了我，杀了珊珊，让你一辈子痛不欲生。"

柳燕两眼饱含着泪水，欧娭毑递给她一些纸巾。柳燕擦了擦鼻子，眼睛里布满血丝。她看看秦枫，一副乞求的表情。

"我真糊涂。"她说，"其实，我早就知道他不干好事，让我帮着联络一些不该联络的人，让我昧着良心，打法律的擦边球，帮着救一些不该救的罪犯，还让我做假账、洗钱。我以为所有的商人都是这样做的，是这个社会使然。我以为你查他，打击他，是你太讲原则，太死板，不能融入这个社会。我还在背后抵制过你，嘲笑过你。"

秦枫打断她的话："燕子，昨天我是真伤心，真难过。但一切都得过去，活着就得相信这个社会。你现在无论对我说什么，都不会让我受不了。我知道，人难免犯错误，这么多年来，我也常常犯这样或那样的错误。"

欧娭馳拉着柳燕的手，她接着说："实在太可怕了。昨天，他问我，我想不想受到和珊珊同样的惩罚。听了这话，我简直不敢相信我的耳朵。他说，你就是一条恶狗，说过就哈哈大笑。他说，'柳爷一招将她打晕，就像杀母狗一样一刀让她毙命'。"

秦枫的牙齿咬得咯咯直响。

柳燕说："我真瞎了眼，他不是人，以前怎么没看出来呢？我心里的话没处说，只得找到娭馳。娭馳让我把事情向你说说。"

"还有吗，燕子？"

"他说如果你再不收手，他就要对警察进行反扑，要让警察付出更惨重的代价。"

她抬头看着秦枫，泪水直淌。"枫子，我和他待了这么久，我是自作自受，眼睁睁地走了邪道，对于我的轻率行为，我要付出代价，这就是我的下场。可是我没有及早提醒你，让你蒙受了太多的苦。特别是珊珊，还有可怜的孩子……"她又开始哭泣。

秦枫让她哭。过了好一会儿，他接着发问："你刚才说，你要到你姑妈那里去，她住哪儿？"

"新加坡。"

"你可能还要回来，燕子，我们需要你。"

"可我已经办好签证,十年前我就跟姑妈办好了继承权手续,我有新加坡绿卡。能不能回来,我说不准。"

"燕子,我们是法治国家,在这个国家发生的任何犯罪行为都得交给法庭审理。你是律师,你知道的,如果你不回来,就可能缺少重要证人这一环。或者,法庭可能向你签发传票,要你为黑恶势力团伙案作证。这个原因你不得不回来。"

"枫子,我很怕他,你也应该怕他!他会毁掉我们!"

"你还想让他毁了别人吗?"

"不——"

"你会受到保护的,我亲自负责。"

"他这个人很凶狠。你根本不知道他有多么恶毒。"

"燕子,事情已经结束了,他在毁灭自己。我现在要做的是揭露他,让他的罪行大白于天下,给所有受害者一个交代。"

"枫子,她该怎么做?"欧娭毑问。自始至终,她没有为自己的儿子辩护一句。

"她要接受警察的询问,将她知道的情况形成口供;要向公安机关递交一份声明,在案件侦查、审讯和审判期间,可以随传随到。"

"燕子,你能做到。"欧娭毑鼓励她。

柳燕说:"我试试看吧。"顿了一下,她接着说:"我希望你能原谅我,枫子,对于珊珊,我心里感到难以表达的悲痛。"

秦枫没有说话。欧娭毑显得十分通情达理,她说:"燕子,发生的事并不是你的过错。我和枫子都对你的经历表示理解。你的人生还很漫长,等你到了我这个年龄,你会以为这个世界总该变得和平一些吧?可是,等到某天早上一觉醒来,才发现岁月丝毫也没有磨钝这块刀锋。世界还是那么大,那么糟。可是我们还得在这里生活。我们所有的人都得做一个坚强的人。"

柳燕喝完了整瓶矿泉水,放下瓶子。"谢谢你不怪我。我本来做好了被你暴打一顿的准备,即使你将我关进监狱,我也不会责怪你。"

"关不关进监狱,不是我说了算,希望你跟宏宝在一起的这段时间里,没有触犯法律。"秦枫说,"目前,我们的首要任务是收集证据,揭露犯罪,至今这个工作还做得不够好。"他站起来握了握柳燕的手。"我要去办事了。汪涛马上过来,他会跟你一起将娱驰送回去,然后带你去问话。他会一直保护你,直至送你登上前往新加坡的飞机。"

"谢谢你,枫子。"

第二十章

独木桥断

日子流逝着，春节过了。

这段时间，整个汉洲市公安局面临着巨大的压力，几乎笼罩在一片愁云惨雾之中。黎政在动员会上将冷珊之死及所有黑恶势力犯罪都嫁接到苏洪宝身上，要求所有的班子成员都上阵，每个人都担任侦破小组长，即使大海捞针，也要把苏洪宝给抓回来。

大海捞针，气势很大，决心很强。但船只离港的距离越来越远，前方的风浪越来越大，背后的雾水也越来越迷蒙。每个人都知道针掉进了大海，但要如何捞上来，却无计可施。捞上来了，会让等着张望的人扼腕走眼；捞不上来，一定会成为笑柄。

汇集到专案组的线索多如牛毛，每个班子成员带队对每一根牛毛进行辨识，却发现牛毛太轻太细，经不起扯拉。

时间拖得长了，不论是参战的民警，还是带队的班子成员都有了些厌战情绪。胡小跃向肖含章建议，死者为大，入土为安，还是先把冷珊葬了。肖含章说："这个事情，恐怕要跟黎市长汇报一下，黎市长出面协调比较妥当。"

"他已经协调过了。如果再跟他讲，只怕会不高兴。"胡小跃说，"不过，安葬仪式说不定会成为鼓舞士气的活动。不论对于局里民警，还是对秦枫本人，都是好事，我们不妨把这层意思讲透。"

肖含章说："也是。冷珊放在殡仪馆里，总是压在所有民警的心上。我来跟他讲。"

黎政接到肖含章电话时，秦枫就在身边，他明白肖含章代表着一部分同事的意思，却坚决反对这么做。肩上的压力，确实一日比一日重，但他这是背水一战，只能胜，不能输。要么带着艳丽的鲜花和笑容，给冷珊风光大葬，要么他就要跟冷珊殉葬。

黎政已全然跟秦枫站在一起。冷珊出事后，他被震惊、愤怒、悲痛、郁闷乃至恐惧所围困，此刻却是纯然的感伤和压力在心里流淌，与身外的寒气相交融，让他倍觉清醒。

黎政不能没有这份清醒。他冷冷地回复道："安不安葬冷珊是秦枫的私事，我们各自做好自己手头的工作吧！"

挂断电话，两人相视一眼。这份厌战正是他们预期的效果。

其实，柳燕去新加坡前，做了一个详细的供述，案情的基本脉络已经清楚。黎政终于下定决心，敲破了从刘烈宏别墅里搜出的金虎，里面果然如唐栋梁所说，藏匿着五张芯片。他跟秦枫用解码器播放了一个通宵，终于掌握了里面的全部内容。

清晨，黎政拨打省委书记秘书的电话，要求面见罗毅。罗毅推掉一个客商会见活动，接见了两人。"什么事，说吧。"他说。

黎政把手里的几张打印纸递过去："这是从金虎里取出的五张音视频芯片的内容摘要。"

罗毅看了看，说："芯片带来了吗？"

秦枫从背包里拿出解码器和平板电脑，竖立在罗毅面前。一边推送播放，一边解说，同时有选择性地快进。芯片里有视频，也有音频，内容有色情贿赂、金钱贿赂和赌博，每帧视频上都有时间和地点显示得清清楚楚。

罗毅越看越心惊，他亲自拿过鼠标，对照内容摘要，记下涉及的人物和时间，将贿赂过程和淫秽不堪的镜头一闪而过。

其中两张芯片记录了用针孔摄像机做局，引诱国家公职人员、公司老板聚赌。当罗毅看到参赌者纷纷懊恼自己手气差,刘烈宏那刺猬一般的脸上露出不易察觉的笑容时,心里又好气,又好笑:"哪是你们手气差,脑子有问题才是真的。"

罗毅拿起自己记下名字的白纸:楚青桐、吉竹江、弘沐寿、肖含章、胡小跃……又气愤地扔在桌上,轻吼一声:"岂有此理!"

黎政说:"这些音视频印证了我们调查中发现的疑点,也解释了我们的侦查屡屡泄密的原因。就是他们使得黑恶势力得以发展、坐大,也是他们使得我们三年来侦查活动推进艰难。"

秦枫一边收拾平板电脑,一边说:"这些人为什么上蹿下跳要置办案民警于死地……"

他又掏出另一份材料,递给罗毅,"这是年前打草惊蛇之计实施后,跳出来的人和他们所做事情的调查情况。这些人都出现在芯片里。"

罗毅接过材料,粗翻了一下,点头道:"这都足以证明这些人就是刘烈宏的保护伞,我交给纪委详细调查。"

秦枫气愤地说:"嗯,凭这些证据,就能把他们抓起来。"

罗毅理解地看着秦枫,说:"芯片暂时放在我这里,你们不用管。什么时候抓人,怎么抓,我想听听你们的意见。"

黎政也看着秦枫,没有说话。

"抓人……还是再等一等吧。"秦枫说,"从目前掌握的证据看,刘烈宏无疑涉嫌组织赌博罪和贿赂罪。但组织黑社会组织罪、杀人罪等,我们却只能怀疑,还没有找到具体证据。我想,有两个人必须首先到位:一是漏网的苏洪宝,二是执行刘烈宏指令的隐形人。这两个人手里一定有刘烈宏犯罪的直接证据。"

"这两个人是重中之重。"罗毅肯定地说。

"但是,如果他们一直到不了位,冷珊就一直不能入土为安,刘烈宏就始终不能逮捕，我们的案子就办不下去吗？"

"给我点时间，我一定会将他们抓获归案。"

黎政想起年前立下的军令状，补充道："书记放心，这事我们有信心。今天我们之所以直接向您汇报，一方面是出于保密，另一方面想赢得您的支持。"

"好，需要省里支持，尽管提出来，要人给人，要装备给装备，涉及公安部的工作，我出面协调。但有一点，两个外逃的必须尽快抓回来，刘烈宏一定要给我控制住。"

出了省委，秦枫对黎政苦笑一声，说："拖累您了，黎市长。"

"说哪里话，我们是一根绳上的蚂蚱，就得蹦跶在一起。"黎政说，"对这两个人，你有什么想法？"

"这两个人一明一暗，一显一隐。我们的侦察工作也要顺应这种情形，对苏洪宝大张旗鼓地抓，对隐形人内紧外松，秘密追踪，我不相信他不露痕迹。一虚一实，既有利于蒙蔽保护伞，稳住刘烈宏，又有利于我们安排警力，全力以赴抓捕两人。"

方针定了下来，压力陡然聚集到秦枫和核心专案组身上。

重压之下有勇夫。

远征云南的关伟终于在一起边境赌博案中发现了苏洪宝的踪迹。聚众赌博团伙已被当地警方摧毁，但苏洪宝却被一名驾驶灰色日产牌租赁汽车的神秘女人接走了。

秦枫绝望地盯着笔记本电脑上传送的图像。这是从云南某汽车租赁处的监控视频里截取下来的图像，租赁汽车的那名女子，头发、眼睛和体态，一切都是遮遮掩掩，无法辨认。甚至连手腕和脚踝这些可能会提供体形线索的部位也被衣服挡住了。仅有的线索就在面孔下部，线条紧绷，一点儿也没有大块头人的臃肿。

她在人群里毫不起眼，秦枫估计。但必要的情况下，她会身手矫健。她看上去中等身材，或许稍稍高一点，可除此以外，没有什么特别之处。图像模糊不清，没有提供有关衣着的有用信息，除了那件蓝色风衣中间纽扣缺失，胸口有一只褪色的小长方形印记。

上午九点前，关伟小组走访了云南服装市场的一个批发商，得知这个印记几乎可以肯定是拆掉一个品牌标识所留下的痕迹。

他们还被告知，该风衣是杭州市生产的，这种款式全中国的批发市场和街面商店里都有卖。他们对那双步行靴就没那么肯定了，于是又去找了一家高腰靴生产厂家的设计员。

"这种靴是汉洲生产的，"设计员肯定地说，"我在去年秋季博览会上见过，应该还在试产阶段，没有批量投入生产。"

步行靴厂家在汉洲，这是个重大发现。秦枫立即部署调查，如果女子从汉洲去的云南，范围就大大缩小了。找到该女子，无异于找到了目标苏洪宝。

他看了看手表，差十分十一点，"啪"地合上笔记本电脑。

大楼外面很冷，夹杂着雨点的风，整个上午都在格愣愣地摇晃着两棵大桂树丰茂的树叶，但是他需要出去走走了。

一时半会儿，秦枫没有什么能够做的。那辆租赁汽车的特征描述和车牌号上午已经发送到云南，请周边省市所有的公安部门协查。关伟的调查小组正在搜查赌博地周围五十千米以内的所有车库。有人记得那辆车吗？高速公路收费站有它的通行记录吗？

秦枫亲自给调查人员打了几次电话，询问汉洲鞋厂有关步行靴的核查情况。谨慎起见，他安排了汪涛临时担任步行靴的调查小组组长，带领三十多人开展工作。

"这要花些时间。"汪涛对他说,"那种步行靴试产了两百多双,一百多双赠送了出去。"

秦枫仔细考虑了一下这个情况。"其中有多少赠予了汉洲人?"他问道。

"大约四分之一吧,厂家说。"

"好吧。先抓住这四分之一深入查。"

正在这时,关伟打电话过来。那辆租赁汽车在一个路口接受了交警检查,但当时天色已黑,车内背光,交警只记下了驾驶证号码,对驾驶员的印象很模糊。不过,他们找到了那个驾照的主人王诗敏。她两天前被偷了包,驾照是随包一起被偷的。

"你再联系一下王诗敏,叫她发几张近照来,她很有可能与我们的女目标长得像。"

"你认为偷那本驾照有针对性?"

"我想是的。"

照片在一小时之后发过来了,秦枫转给汪涛一套。它们进一步证实了驾照的证据成立,上面显示了一个外表有吸引力,却不容易被人记住的年轻女子。圆脸,眼睛和齐肩发都是棕色的,身高一米六四,穿三十九码鞋。

秦枫让汪涛抓住三十八至四十九码靴的去向调查。

"这样一来,调查对象就减少了,我看一下……三十一个,工作起来就更易于掌握了。"

小组紧锣密鼓地行动着。

三十一双需要核查的步行靴中十八双有明确去向,在汉洲鞋厂内部,有的穿在脚上,有的没穿在脚上,但确信放在家里。为了协助警方排除靴子外流,他们都回家进行查验,甚至拍摄照片发送到调查人员手机里。

云南警方对汽车调查的紧迫性做出积极响应，召集各市州警察进行电话访问，并组成小组上路堵截。然而，进展仍旧十分缓慢。

尽管等待在任何调查中都是不可避免的，可秦枫还是觉得这一切令人感到灰心。他在冰冷的寒风中踱来踱去，等待着消息。他的每根神经都绷得紧紧的，代谢加速到了剑拔弩张的程度。

与此同时，黎政在专案指挥部与钟雁宁待在一起，打电话给云南、贵州、四川等所有苏洪宝可能逃窜去的所在地公安部门领导，请求协调调查、堵截，并建议他们将周边地带的巡逻加倍，对电子卡口的监控视频进行自动目标筛查。另外，公安部发出通报，要求所有涉案地公安部门启动一级应急处置预案。

中午，汪涛发信息来，约定两点钟电话联系。秦枫看着时间没到，下意识地抽出根烟点燃。他深吸一口，让柔和的烟雾从喉咙里进入身体，抚慰自己的心肺，数秒后才用力吐出。弥漫的烟雾在半空中聚散出各种捉摸不定的形态，在某个瞬间，竟隐隐幻化成冷珊的面容。

心自绞痛了一下，两行热泪涌出。秦枫定了定神，用纸巾抹了抹脸，那烟雾早已散去。

他拨通了汪涛的电话。

调查清单上的三十一双步行靴当中，有十八双已被找到主人，并且提供了不在场证明而被排除了嫌疑；三双被带往了海外，正在联系主人；五双回收，在厂房里充当展品。

还剩下五双靴子没有找到，其中两双在展览会上被汉洲去的人当场购买，有三双赠送给领导带队来厂参观的人，赠送的对象没有登记，几位有头有脸的领导都申明没有接受赠送的礼品。随行的七名工作人员，包括四名司机，三名秘书。

"重点查工作人员。"秦枫说，"给他们看王诗敏的照片，观察他们的反应。"

"好的。有两个正在出差，晚上回，我们再分头找找。"

挂断电话，秦枫就进了专案指挥部。因为黎政亲自坐镇，那里是一派紧张却井然有序的气氛。又添了一些桌椅，六台电脑的荧光屏把苍白的光晕投在几名侦察员专注的脸上，一片压低嗓门对着电话讲话的密集的嗡嗡声。

黎政脱了外套，坐在一台电脑面前，招呼他过去。

"你将云南发过来的视频向秦支解说一下。"黎政对并排而坐的侦察员说。

秦枫立即被电脑屏幕显示的图像吸引住了。侦察员说："这是一座小型加油站的远景监控视频，在云南以北一个叫新代镇的郊外。"

"继续说。"

"云南警方摧毁赌博团伙两小时后，即当晚刚过九点的时候，一名中年女子用两张五十元的钞票给灰色日产牌汽车加了92号汽油。"

"就是她，一定是她，有近距离监控视频吗？"

"没有，这大概也是她选择那个地方的原因吧。不过，加油员清楚地记得她的长相。三十出头，两只眼睛分得很开，棕色的披肩头发用橡黑色花夹扎着。人显得有一定魅力。而且加油员说，她说的普通话带着明显的雁南口音。"

"那家加油站还保留着那两张五十元钞票吗？"

"没有。第二天清晨存入银行了。不过，关伟找了一个身份辨认模拟肖像画家。他和加油站的人眼下正在一块儿画肖像呢！"

"我们什么时候能够看到呢？"

侦察员说："关伟说，大约一小时后可以发到我的电脑上。"

"苏洪宝这是想抄小路逃跑呢。黎市长，我几乎可以闻到他的气味了，我想赶过去跟关伟一道追捕这个家伙。"

"是，我也想。不过，我们都去了，这里谁指挥呢？云南警方早在我们拿到这个视频之前，就部署大批警力沿路追捕了，不管苏洪宝到底有什么打算，他逃不出云南警方的掌心。汪涛那边有什么发现吗？"

"他们把嫌疑人范围缩小到了五个。那双靴子就是从这五个人里出去的，我想。"

黎政摇摇头。"你不能对此抱太大希望。那个女人的特征已经发往市内各个侦察小组；租赁汽车的行驶证照片，在云南每辆警车的仪表盘上都张贴上了，可是……"他说，"一般来说，不论是找人还是找车，都要靠运气了。特别是找车，我们通常只有在它被弃的情况下才能找到。"

秦枫沉吟不语，黎政也不再说。侦察员建议道："等画像发过来，我们再给全市的侦察人员发一遍信息，行吗？好让所有男女警察都把寻找辨认这个女人作为优先任务。"

黎政说："当然可以。"

恰在这时，叶天佑过来了。这段时间，他时不时地悄悄往市公安局跑，也不带什么人，就是想了解案件的侦察进度，却又不想给市局压力。见秦枫在场，首先伸出双手跟秦枫紧紧地握在一起。

秦枫说："叶厅长，谢谢您了。我刚进汉洲时，一门心思想给您拉好套，没想到败走麦城，辜负您了啊。"

叶天佑说："说哪里话？谁赢谁败还不一定呢！要说辜负，是我辜负了你。我害了你，害了珊珊啊。不过，这只说明罪犯的穷凶极恶，惨无人道。但是，你不能沮丧啊，沮丧可不像我考察了解的秦枫！"

秦枫想振作一下，却不知怎么调动自己的情绪，他想大吼几声，又不好意思。他想起了叶天佑说过的话：警察就是人类安全的清洁工，有刀山，警察必须先上，有悬崖，警察必须先跳。现在，既然有这样一道凶险的悬崖出现自己面前，自己必须跳下去。而且要跳得精彩，跳得光荣。秦枫将头扭向窗外。

夜幕降临，亮起万家灯火。

人们或许已经在其乐融融地吃着晚餐，可是有谁能想起，城市的安宁祥和，需要多少人付出辛劳、付出血泪？需要多少人苦苦坚持、苦苦守望？

秦枫心头涌起了澎湃的激情，他忽然觉察出，他是么爱这个城市。这份爱，还包含着冷珊的。

转眼一个月就要过去，尽管叶天佑抽调了省厅的精干警力，专门进行广泛的搜索行动，隐形人柳爷还是没有踪影；关伟在云南贵州的调查，信息掌握不少，却总是跟在苏洪宝后面，屡屡扑空；贺彪仍然拒绝开口，也不肯以任何形式给警方提供帮助。结合种种迹象，秦枫怀疑这是那些内鬼干的好事，如果将他们收网，刘烈宏也必须收监，那么隐形人势必外逃，追捕起来更不容易。

黎政私下里将专案组分成了两个层级：原来的大专案组交由肖含章管理，秦枫、汪涛、徐俊等原专案组核心成员组成秘密侦查队。

秦枫仍旧每天到专案办公室去。他环顾四周，治安和刑侦支队抽调来的人聚成一堆，梅阳分局一堆，梅平分局一堆，雁麓分局一堆，雁洲分局一堆。他发现，肖含章与治安和刑侦支队的人坐在一起，此时正因某人刚刚说的话放声大笑。

秦枫在梅平分局赵队长身边找了个座位坐下，赵队长大部分时间都在对着电话发号施令。在桌子的另一端，隔着一段距离，坐着两名客气得令人难以忍受的年轻刑警。

"把我留在这里真是活受罪。"赵队长悄声对秦枫说，"不过，我打乱了大队编制，分成了四小组，其中一个小组交给了省厅。"

"省厅从你队里抽人？"秦枫问。

"我也安排了两个人过去。"背后响起一个熟悉的声音。

秦枫回头一看。是曾旭，很明显，他跟秦枫一样免职未免责，仍在原来的岗位。他的状态比赵队长更差，大约度过了无数个不眠之夜，两眼充血，眼袋呈紫灰色，与之相应的，他的胡子几天没刮，整个下巴看上去乌黑。

"秦支，你要节哀……"突然，赵队长奇怪地说。

秦枫有些生气，却见赵队长看着他的身后，曾旭忽然闪开了。他看到肖含章虎着脸走过来，不得不敷衍地点点头。

"小秦，案子办成这样，我也感到悲哀。"肖含章拍拍他的肩膀，话题转得很快，"冷珊总是停在殡仪馆也不是事，你要注意自己的身体。"

"我的身体很好，谢谢。"秦枫也跳跃着说，"这一切都是我的责任，只是拖累领导您。"

肖含章在旁边坐下来，似乎瘫在了椅子里，在窗户透进的光线下，他的皮肤呈死尸般的颜色。"这样拖着也不是事啊。"他说。

"我一切听领导的。"秦枫用平稳的语调答道，手里捏着正在发出震动的手机，"对不起，我接个电话。"

他的目光与肖含章碰了一下，借机走出门。

电话是汪涛打来的。他告诉秦枫，柳燕回来了。秦枫心里忽地冒出怒气。这不捣乱吗？他曾经交代过她，没接到他的电话，不要回来。柳燕跟警方配合是保密的，如果刘烈宏知道，必然会对她不利。他的意思是，抓住苏洪宝和隐形人后，再请她回来作证。

汪涛和柳燕正在从机场回城的路上，秦枫一时没想好该把柳燕安置在哪里，便找了家熟悉的宾馆——明城大酒店。

可能路途上受到惊吓，或是过度紧张，柳燕进门便发起了高烧。秦枫忙请来医生，给她吊上药水。治疗兼睡了一个下午，才稍稍恢复清醒，她自己主动要跟秦枫说话。

这时，柳燕仍旧面色蜡黄，虚汗不断，嘴唇烧满了燎泡，坐在床上有些微微地颤抖。

秦枫给她垫高枕头，泡了杯糖水，关切地问："怎么样，不会有问题吧？别勉强啊。"

柳燕喝了口糖水，闭闭眼，露出坚毅的表情，说："没事，枫子，我想，你们一定有很多事情要问我吧？"

秦枫最想知道的自然是关于刘烈宏跟隐形人的接触情况。隐形人抓不住，主要是对他的情况了解太少，信息不对称。对刘烈宏监控几个月，竟然没有发现他如何跟隐形人联系，更没有打探到隐形人的住处，长什么样，叫什么名字。

柳燕如实陈述了她几次发现刘烈宏跟人神秘会面的经过，但每次刘烈宏知道她出现后，都是把她引开，再让会面人自行离去。

不过，柳燕有两次看到了会面人的背影。男的一米八左右，身材强壮不臃肿，年龄应该三十岁左右；女的大约一米六五，身材窈窕；两人走路都轻捷有力，像受过专门训练，并排而行，却没有身体接触。

这个描述并没有超出秦枫的预想。他现在需要弄清的是另外一个重大疑问：刘烈宏是如何指挥隐形人的，也就是如何让他们呼之即来挥之即去的，他们的联系方式是怎样的？

"你碰见他们会面时，在别墅楼下发现其他的交通工具了吗？单车，摩托车，或者不是刘烈宏使用的其他汽车？"

"这事我留意过，最近一次我还主动跟他提出开车送他的朋友，但被他粗暴地拒绝了。有一次，我甚全借口上厕所，从窗户对外观察，但没有看到那两个人。刘烈宏也许从那以后怀疑上了我，再没有把那两人召到别墅来。"

"你发现刘烈宏与外界联系时，换用其他的手机吗？"警方解读了刘烈宏的手机内码，只要是从这台手机打出去的电话，不论他换用什么卡，都逃不过警方的监控。

"应该有其他的手机，但没有当我的面换过。这人城府很深，不会轻易相信任何人。"

秦枫默默地注视着她，掏出云南发回来的女人画像摆在她面前。柳燕惊了一下，随即又摇了摇头，摇摆不定地盯着："我只能说第一感觉有些像，但我没有见过她的正面。看到这个女人的脸，反而干扰了我的直觉。"

"可你的直觉就是她，是顾文文？"难怪从步行靴上查不到线索，原来它穿在一个隐藏得如此深的女人脚上。

"我还没有更好的理解。"柳燕说，"不过，看着她，让我有些混乱。"

"贺彪会认识他们吗？"

"贺彪？应该不认识。我以前都不知道贺彪竟然是刘烈宏的马仔，直至管陶义在上海被打死，他来别墅向刘烈宏汇报。这些人都潜藏得很深。"

"你见过管陶义吗？"

"没见过，他死前我都不知道刘烈宏身边有这么个人。还有苏洪宝，我只知道这个人在社会上很嚣张，却不知道他竟然是跟着刘烈宏的。哎，对了，有一次苏洪宝的手下惹出事，摆不平，刘烈宏让我找人，我提出过质疑。唉，这么多年，我一直在为黑社会了难，却还自以为是地觉得自己作为律师当得很成功。"

"你是把他看成没有头脑的人了。"秦枫耸耸肩说，"还有一件事，你为刘烈宏转到新加坡的钱，这次做了适当安排吗？"

柳燕一惊，脱口而出道："你们掌握那笔钱了？我动不了那笔钱啊！

我这次回来，还想找刘烈宏问问这事呢？"

秦枫不好告诉她自己只是套她的话，又问道："你想问刘烈宏？你是律师都不知道那笔钱为什么动不了吗？"

柳燕很认真地想了想，摇摇头道："法律上没有任何问题，除非刘烈宏在新加坡另有代理人……"

这时，汪涛的手机响了，他看了看来电显示，悄声对秦枫说道："是梅平的赵队长。"秦枫让他快接，汪涛摁下通话键，举到耳边，不停地"嗯"着，脸色渐渐凝重起来。最后，他说了声"明白"，挂断电话，声音着急地对秦枫说道："有情况。"

秦枫对柳燕说："今天就到这儿吧，你先好好休息，我会派人在隔壁保护你，有事就找他们，或让他们通知我。"

李学兵进来跟柳燕做了自我介绍，便为她带上了门。

下了楼，秦枫忙不迭地问汪涛："出了什么事？"

汪涛答道："赵队长说了两件事：一是黎市长让我们回去开会；二是他队里的李强在玫瑰园小区监视到一个人，可能是隐形人柳爷。"

秦枫着急地问："详细说说李强的事。"

"李强本人就住在玫瑰园小区，七年了，他早出晚归，没跟小区里任何人打过交道，但他知道自己住的大楼前面的别墅里住着一对养花夫妇。半个月前，也就是他被抽到省厅参与调查隐形人后，感觉别墅里的住客值得怀疑。正常出入的还是那对夫妇，但夫妇出门后，里面还有灯光和响声。两天前，他发现别墅里还住着一个男人。今天下午，有人打出租车去了别墅，据他描述，样子很像刘烈宏。"

"人还在别墅里吗？"

"那人几乎没有下车，只留下一包东西。"

秦枫想了想，这条线索虽然虚无缥缈却逻辑分明，一定要追查下去。

"立即加派人手，最好是徐俊，不妨上点手段。"

汪涛点点头。两人一阵风似的回到黎政指定的会议地，秘密侦查队的成员都已到齐。黎政也没有特别要安排的，主要是鼓劲打气。他说："我现在每次见到领导，都觉得汗颜，觉得如芒在背。今天，我把话撂在这，不摧毁这个黑恶势力，揪出内鬼，打掉保护伞，为我们汉洲警察正名，我决不收兵。在座的都是我抽调的精英，恶战在即，战纪如钢，谁要是当了内鬼，我一定严惩不贷！同志们啊，我是真的不愿有朝一日，在将黑恶势力罪犯绳之以法的同时，也把我们自己人的警服脱下，甚至送进监狱。"

黎政在会议终了时的一声重重叹息震慑了会场。

会议结束时，黎政接到一个电话，就喊上秦枫，开车往省委去。夜深了，但罗毅及相关省委领导要听取案情汇报。

下午的时候，天放晴了。雪后的夜空幽蓝幽蓝的，分外明净，一轮弯镰似的月亮孤零零地悬着，偶尔飘过丝丝缕缕的淡云。冰融雪化，屋角树梢不时飞溅着水花，淅淅沥沥，落到马路上，汇成小股水溪，潺潺的水溪粗细如蛇，或纵或横，交流成网。

车上，感情不易外露的黎政紧紧握着秦枫的手，说："老弟，案件侦破不了，最难的是你，也有我啊。你放心，如果这起大案需要有人负责，那就是我。"

秦枫当然明白当前的处境，他不是一个推卸责任的人，说："想当年，曹操败走华容道，羞于见人，割须弃袍。我们呢，汉洲不是华容道，领导又怎么会是关公啊。这次都怪我无能，我想好的，要追究责任，我必须一马当先。随便怎么发落，我无怨无悔。"

黎政越来越了解秦枫，也越来越喜欢他了。他从秦枫平静如水的目光中看到了一种不肯退缩的决心，一种全神贯注、勇猛追猎的渴望。

他断然地说:"好啦,我们别再说这个话题了。你把我当成了什么人了?岁寒知松柏。官场那些手腕和花招在我这里没用,我就喜欢匹夫之勇。"

秦枫只好换了话题,说:"我们的侦查思路和方向都没问题,怎么就总是没成效呢?"

黎政的眼睛眯了一下,说:"不是不报,时候未到啊!话虽有点老,但也适用于今天,我们的侦查会有一个象征性的事件出现。"

黎政和秦枫的汽车刚驶到省委门口。关伟给秦枫打来了电话。关伟在电话里的口气,抑制不住地欣喜。他说:"围住了!围住了!"

关伟的话像一针兴奋针,扎得秦枫和黎政浑身起劲。黎政临时决定,由他一人去省委汇报,秦枫迅速赶回去,随时调度云南的追捕行动。

关伟在云南的煎熬丝毫不亚于秦枫。一个月,他感觉像是被人扒了一层皮,仿佛他生活中的整个层面,所有赋予他色彩和激情的一切,都被无情地剥夺了。他全身心地投入了侦查,可是那种折磨人的缓慢进度和多重挫败感只是让他感觉更糟糕。他一直追在苏洪宝的后面。发现线索,分析情报,追踪抓捕。一旦他们做出决定,目标却逃了。

最后,他发现苏洪宝其实是在几个固定的地点之间不停地转换,发现了他密不透风的计划里的微小缝隙,给抓捕带来了突破。

那天,关伟去住处附近的修理厂修车,救下一名横穿马路的小孩。该小孩是修理厂油漆工老李的儿子。接触中,关伟得知老李也是雁南人。他向关伟提供了一个十分重要的信息:一名雁南老乡在修理厂两次为同一辆车改漆。

关伟悄悄地将情况向当地警方通报,并立即决定控制正在改漆的汽车和修理厂的老板。

老板是个黝黑干瘦的中年人,蹲在一台待修货车的尾部,头发像鸡窝里的茅草一样脏乱。他穿着工作服,又破又脏,好像几十年没有清洗似的，机油污渍星星点点，跟修理厂的地板没什么两样。老板还戴了副厚度如酒瓶底的眼镜，见关伟亮出警官证，知道事大了。

老板说："警……警官，为这辆车改漆完全是车主的要求，我不给他改不行，他很凶恶，会砸了我的修理厂。"

关伟不想听他狡辩，逼视着他问："来改漆的人你认识吗？"

"不认识。"

"真不认识？"

"真不认识。"

"不认识，你怎么知道他很凶，会砸你的厂？快说，他们长什么样？"

"一个雁南的中年人，一个长得很美的女人。"

"只有两个人？"

"只有两个人。"

关伟见问不出更多，考虑了一下，便说："你一直在协助犯罪分子犯罪，现在我给你一个立功的机会。你打电话给车主，告诉他车已经修好，请他过来拿车。"

关伟有一种直觉，两个修车人就是他正在追捕的对象。他心里涌起丝丝惊喜。不管怎么说，追捕总算有了小眉目。他和苏洪宝，第一次感觉离得这样近。

关伟亢奋了一阵。当地警方派人过来了，他将自己带来的三名特警事先埋伏在修理厂里，外围（停车坪及厂围墙外面）请当地警方设置了两道包围圈。

听着关伟的介绍，秦枫心里略略有些失望。这就算围住了？是不是太心急了些？不过，他没有批评关伟。两人把围捕计划推敲得更加缜密，便挂了电话。

汪涛这边也有了收获。送疑似刘烈宏的男人到玫瑰园小区的出租车司机找到了。

"再说说租车的人吧。"当秦枫坐进询问室时,汪涛开口了,"你认识他吗?他经常租用你的车出行吗?"

"我对他并不熟悉,他也不是经常租我的车。不过,他留了我的电话。多年以来,他偶尔打我电话,让我接送他。"

"从哪里接他?"

"没有定数的。基本上都是在马路旁边,我从没看到他从哪栋楼走出来过。"司机说。

"今年,你接过他几次?"

"就这一次。去年大概也只接送过一两次,看他那样子不像没车的人。"

"你看清他手里提着什么东西吗?"

司机想了想,说:"没太注意,好像是个包。他规规矩矩地坐在后排,手都没动过,我逗他说话,他也不搭腔,也没打过手机。"

"你还记得他在别墅门口做了什么吗?"

"当时,我的车靠大门靠得很近,他几乎没下车便把手里的包扔了进去。"

"你就不怕是炸弹吗?"

"是啊,我吓了一跳。还以为他扔了个炸弹进去呢,谁知里面没发出任何响声。"

汪涛接着问:"说说这栋别墅里的人。"

"我到别墅接过几次人。那人每次都背一个很沉的包,宽度不大,但有一米多长。上车便紧紧地抱在手里,似乎时刻不能离身。"

"他长什么样?身高、面相?"

"门口没路灯,但也不是很黑。不过,他每次都穿得很严实,戴墨镜,衣领竖起,不能完全看清脸……皮肤应该有点黑,五官很有棱角,没有胡子。身高嘛,接近一米八,不算大块头,不过很有力气,像当兵的。"

"那你再见到他能认出来吗?"

"我想可以,对。虽然天很黑,他有意不让我看到,但那种气质是让人过目难忘的……只是我不能说得那么肯定,假如你给我看一张照片的话,我能……我大概能说出来是不是他,这样说也许更准确。"

汪涛拿出凭柳燕的印象画出的素描像。司机竟然拼命地点头,说:"是他,就是他!"

秦枫感到肾上腺素分泌渐渐地加快了。他有种失重的感觉,瞟了一眼汪涛和徐俊,他能看得出来他们也同样欣喜若狂,同样全神贯注。

"那你觉得前面谈到的那个租车人会不会就是送东西给他的人呢?"汪涛问。

"我估计是他。别墅里另外的一对夫妇我也见过,老实巴交,不像需要偷偷交易的。"顿了一下,司机接着说:"这两个人都很大方,每次都给我双倍的钱。不过,前面那个人让我不要对外乱说,否则……"他做了割脖子的动作。

秦枫看了一眼手机,皱着眉头匆匆走出了门。关伟那边已经收网了,天网恢恢,苏洪宝没能逃出包围圈。同时落网的,还有那个隐身的顾文文。

汪涛看了关伟发给秦枫的短信,虽然欣喜,更多的是感觉自己落后了。他紧跟在秦枫身后。"怎么样?司机说的这一套可信吗?"他问,"我们是不是可以收网?"

"逻辑性很强,当然也和我们所掌握的事实相符。"秦枫说,"我要向黎市长请示一下。"

汪涛关切地看着自己的上司,为他的所作所为感到敬畏。他真心想劝他悠着点,但他说不出口。秦枫把整个案子都扛在自己的肩上,他却没有尽可能地帮着多分担一点,压垮了上司,他也会自责。

走出执法办案区域,长长的地平线上,天空一片明净。秦枫正在拨打黎政的电话,汪涛的手机响起一声尖叫。他对着秦枫咧嘴一笑,说:"赵队长打来的,我先接一下。"他对着手机"嗯""哼"几声,收起了笑容。

秦枫忙不迭地问汪涛道："出了什么事？"

汪涛说："赵队长说，玫瑰园别墅里的那个人离开了小区。"

秦枫把手机匆匆塞进兜里，急切地问："他现在的位置在哪儿？"

汪涛答道："赵队长说，他派了两个人跟着，目标的目的地似乎是明城大酒店。"

"明城？"秦枫顿时紧张起来，对汪涛大声喊道："不好，快走！"

此时，李强跟踪的那人戴着墨镜，一袭靛蓝风衣从出租车走下来，走进了明城大酒店。他没有从大堂走，而是让出租车进了地下停车场；他乘坐的电梯没有在柳燕住的楼层停下，而是直达楼顶。

午夜已过，月色依稀，酒店客房的灯都熄灭了。那人身手矫健，功夫了得，在楼顶系好安全绳索，几个翻腾便跃进了柳燕所住客房的阳台。

他就着窗外的光线观察着室内的情景，只见柳燕侧卧在客床上，正发出微微的鼾声。他轻轻地拧动门把手，一个闪身进了房内。

惊醒的柳燕突然见一个身穿黑色风衣的人闯到自己的床前，吓得翻身坐了起来，裹着被就要往床下面滚。

"别动！"那人用枪指着柳燕，"给我老老实实待着！"

柳燕的双腿在床沿边僵住，声音不觉有些发抖地问："你……你是谁？想干什么？"

"我是谁？哼哼……你到了阴曹地府去问阎王爷吧！"那人环顾四周，冷笑两声，"没想到柳大律师也有今天，好好的新加坡不呆，一定要跑回来送命，你说你值不值呀？"

柳燕马上意识到来人肯定是熟悉的人，但仅凭声音她一时猜不出究竟是谁。不过，那体形……她似乎意识到此人就是刘烈宏的马仔，立刻便镇定下来，沉声道："既然刘烈宏派你来杀我，就不用废话了，动手吧！"

"好一个死到临头还要充汉子的柳大律师。"那人说着掏出纸和笔，抬抬枪口道，"可是，刘老板顾念旧情，并不想杀你。只要你写下新加坡的账户账号和密码，他还想跟你去国外双宿双飞呢。我要回去交差，快点。否则惊动了别人，老板就真留不得你了！"

柳燕哆嗦地接过纸笔，迟疑着要不要将账号写下来。那人又抬起枪口催促了。她不知道刘烈宏是不是真的想跟她双宿双飞，她怀疑刘烈宏能留她性命。但如果不写，她活着的一线希望肯定不会有。

她淡淡一笑，平静地说："好，我写。不过，请你转告刘烈宏，即使他拿到了账号和密码，没有我在场，他在新加坡也取不出钱来。"

那人爽快地说："没关系。刘总肯定会带你一起出国的。但你必须保证写真的，否则你逃得了今天，逃不过明天！"

也许是他对赤手空拳的柳燕没有什么顾忌，也许是胳膊累了，握枪的手垂了下来。

说时迟那时快，正在卫生间里等待机会的秦枫"哗啦"一声推开了门，举枪对准了那人的后背，大喝一声："把枪放下！"

那人浑身一哆嗦，钉在那儿。

"快点，放下枪，举起手来。"秦枫又是一声大吼。

那人慢慢弯腰，做出放下枪的样子，枪口就要接近地面时，突然拧转身来，准备对着秦枫开火。秦枫手里的枪响了，那人握枪的手掌爆出一个血洞，手枪飞了出去。那人仍不甘心，试图扑过去用左手抓枪。刚刚从大门冲进来的汪涛扣动了扳机，那人的左臂中枪，再也无力抓枪了。

柳燕感激地看着秦枫，嘴唇哆嗦着说不出话来。

汪涛走上前，一脚踩在那人的身上，掏出警绳将他的双手跟身躯捆在一起。他揪住那人的衣领说："柳爷，我知道你的本意是不成功则成仁，但我们不会让你这么轻易死去。"

柳爷抬起头来，扫了一眼室内，紧接着与秦枫的目光绞缠在一起，仿佛他乡遇故知一般，疼痛扭曲的脸上双唇翕动着。他的模样比他的所作所为要显得驯良。秦枫心想，他若混在人群里，任谁都想象不出他的凶残和无情。

他们之间的关联只维系了片刻，然后，秦枫愤恨地扭过头去。黎政一直在等着他的回话。

此时，黎政坐在省委常委会议室里，坐在罗毅的身边，听到秦枫如释重负的"活捉了"三个字，来不及换一口气，便对罗毅重复道："活捉了！"

罗毅抬腕看了看时间，二〇一七年三月十八日深夜两点十分，正是收网的大好时机。

为了这一刻，秦枫和汉洲市公安局已经准备了四年，叶天佑调到省公安厅后，省公安厅准备了一年，而作为雁南最高领导的罗毅，也为此准备了半年。

经过长达四年的经营侦察，汉洲的黑恶势力，早已摸清底细，列出了详细的名单；公安和纪委早已经查清了对黑恶势力进行保护的利益团体，只不过出于保密需要，这个团体涉及的人员名单只掌握在罗毅一个人手里。

罗毅向闻勇和马汉智下达命令，再由闻勇和马汉智分别将这一命令下达给公安和纪委相关专案小组。如何收网的会议已研究过多次，各个方面都研究得很细。命令发出，几十个行动小组迅速出动，各就各位。

楚青桐、吉竹江最先被捕，直接在省委常委会议上被带走。得知苏洪宝被围和隐形人露头后，罗毅让闻勇和马汉智带着两人一起到省委开会，罗毅的话音一落，马汉智当即宣布对两人涉嫌违纪违法的问题立案审查。嗣后，楚青桐被判处有期徒刑十二年，吉竹江被判处有期徒刑十年……

肖含章、胡小跃是在专案组的值班室里被带走的。他们主持的侦察工作虽然毫无成效，但最近一段时间，两人宵衣旰食，工作非常卖力，常常夜以继日地待在专案组里。纪检组长和几名省厅特警将他们从值班床上叫起来，宣布审查决定时，他们还愕然不知所措："你们搞错了吧？我们也是在办案呢？""没错，请将手放在我们看得见的地方，接受特警

477

的搜查。"纪检组长严肃地正告他们。

随后，根据胡小跃的供述，抓获了多次为刘烈宏一伙提供警方消息的胡安。那次大搜捕行动中，胡安所谓送鸡蛋的电话，其实是一个逃亡暗号。

后来，肖含章、胡小跃被判处有期徒刑八年，胡安被判处有期徒刑四年……

带队抓捕弘沐寿的纪检专案组差点跟他失之交臂。朦胧夜色里，专案警车驶入小区时，地下停车场正好驶出一台RV4城市越野车。负责监控的民警对这辆车太熟悉了，当即断定弘沐寿准备逃跑！遂命令司机迎面拦截。越野车不甘束手就擒，急打方向欲从侧面逃走，但转弯太急，"轰"的一声冲进绿化带里。之后，弘沐寿被判处有期徒刑十三年……

只有一件事出了点意外，秦枫没来得及赶上抓捕刘烈宏。

一个月前，梅溪湖别墅已移交省公安厅特警监控。接到指令，八名特警端着微型冲锋枪，在徐俊的引领下，分四组沿着别墅两侧朝前后方向移动。就在这时，前门慢慢地打开了，一个壮实的身影走上了路灯照亮的台阶，对着蔚蓝的夜空眯起了眼睛。他穿着运动棉裤和加厚的冲锋衣，足下是阿迪达斯跑鞋，一副便捷打扮。

徐俊紧盯着刘烈宏，像着了迷似的。他看着迷蒙的灯光落在刘烈宏漫涨着红潮的脸上，徐俊突然一下子明白了，他知道接下来会发生什么，以及为什么会这样。

只一瞬间的死寂。然后，一名特警大喊一声："卧倒！"

两颗手榴弹模样的东西，滋滋冒着烟雾从前门口分向两边扔来。四名特警倾身凑近他们的武器，从不到十米的矮树丛，每人将一串子弹射向别墅前门。徐俊依言卧倒，然后滚向屋角。他看到两个保镖拥簇着刘烈宏跑向前坪，但他们的胸前很快冒出血花，身体战栗着，撕裂般地飞离刘烈宏，扭曲着倒在灌木丛里。

一阵短暂的寂静，两颗"手榴弹"落地无声。接着，两名特警飞步上前，将故作镇静的刘烈宏扭翻在地，带着例行公事的轻松神情搜了他的身。倒在地上的刘烈宏连连喊冤："我一个做正当生意的商人，又没犯过法，抓我干什么？你们肯定抓错人了。"

徐俊瞪着前坪的场景，汗水从他脸上流下来。他感觉特警从后面拉了拉他的手臂，就势站起来，冲到刘烈宏面前，猛踢了一脚。

刘烈宏认出了徐俊。他愤怒地战栗着，嘴巴嗫嚅着，却再也没有喊出声音。

秦枫赶到时，刘烈宏已被押上囚车。他让与刘烈宏相对而坐的特警让出位置。

"你来了。"刘烈宏对秦枫说，"这就是你想看到的结果吧？"

"这是你必然的结果。"秦枫冷静地说。

"我们说说心里话，说真话，好吗？"

"好啊，相识四十年，我从来没有说过一句假话。"

"以前，我对你那么好，想尽一切办法调你进城，保你升官；你却千方百计调查坑害我，要置我于死地，你不觉得愧对我吗？"

"愧对你？任何一个刑警都不会放过你！"

"可我们是兄弟，我对你有恩啊。只要你不找我麻烦，没有人能找到我的把柄。我送了那么多次立功的机会给你，既让你立功，又把我的事情掩盖了过去，你怎么就不肯放过我呢？你还有良心吗？"

"你配跟我讲良心？"秦枫嘲讽地模仿刘烈宏的语气道，"你聚众赌博，以出老千的方式诱骗张步常、朱大可等人欠下巨额高利贷，破产的破产，逃亡的逃亡，还反复追杀，毁尸灭迹，讲过良心吗？你指使马仔敲诈勒索、追债逼债，犯下一洞五尸命案，以及几百起伤害致残、致死案件，讲过良心吗？你利用卑鄙手段，拉拢逼迫一群公务人员跟着你一起跳火坑,讲过良心吗?还有……"秦枫说着,说着,眼里滴出血来,"你指使柳三同杀害冷珊,讲过良心吗?"他说。

刘烈宏盯着对面的秦枫,汗水从他脸上流下。他感觉背脊冷飕飕的,血液已经凝固了。"若不是你挖洞找蛇打,不听我的劝告,不知退让,我怎么会轻易动冷珊?你——你是因为冷珊——才下定决心,公报私仇?你这也叫良心?"

"你杀害冷珊,是为了报复我,才对。"为保持冷静,秦枫牙齿咬得咯咯响,"你清楚自己走的是条不归路。你在不归路上走,跌下悬崖是早晚的事。任何拉拢、栽赃、陷害、威胁都不能改变覆亡的结局。"

"是吗?我不这样认为。我只是在追求生命的尊严,追求吃饱,活得幸福快乐。我们小时候一起打架,我从家里偷出包子给你吃,不就是为了尊严,为了吃饱吗?"

"追求尊严和幸福,这没错,但你错就错在行动上。就说小时候吧,我帮你打架,是因为你被人欺负;偷吃的,娭毑惩罚我们,让我们背石头,我背上了山,而你却因此打了娭毑,还逃学出走,这就是你的尊严,你的幸福吗?"

"我打娭毑是我错了,但我正是因为认识到错了,为了不再受穷,为了报答娭毑,为了尊重我自己的生命,不得不去拼命挣钱,我有错吗?"

秦枫冷笑着说:"哼哼……你没错吗?说小点,娭毑原谅你了吗?说大点,那么多能够赢得尊严和幸福的阳光道不走,你一定要走践踏法律、杀人造孽的独木桥?"

"娭毑是个死脑筋。"刘烈宏不服气地道,"从独木桥上走过去的人还少吗?"

"有没有人走过去,我不知道。但你一定走不过去,粉身碎骨是你的必然归宿。"

"我在哪里露出破绽了,能告诉我吗?"

"是啊，你自以为设计得天衣无缝。官场上，你的保护伞够强悍，省纪委有副书记楚青桐，省公安厅有常务副厅长吉竹江，市里有市委常委弘沐寿，市公安局还有副局长肖含章、胡小跃等。出了事，他们可以帮你了难；谁查你，他们就查谁。团伙内部，你有几重掩护，苏洪宝这个洪二爷在当你宏二爷的替身，隐身的柳爷和顾文文在充当你的执行人，还养了一干神秘的打手，不用你出面，他们秘密地帮着你打理。可是，神秘三窟的狡兔躲不过猎人一枪，无论你多么聪明，也不过枉费心机。法网恢恢，疏而不漏，你与法律作对，法律迟早会严惩你。"

"我知道我走的不是正道，可我没有正道可走啊！为了走好这条道，我对神佛十分虔诚，可他们还是没有保佑我。"

"你求神拜佛没用。"

"为什么？"

"神和佛都是保佑人的，你不是人。从打了娱驰一耳光之后，你已经变成了畜生。"

"别骂我，我是诚心想和你交流的。"

"我骂你了吗？我不过复述二十年前跟你说的话。你自己反思一下自己，你还是人吗？"

"我后来是有些疯狂，我承认。"

"有句话你听过吗？上帝欲使人灭亡，必先使其疯狂。"

"你没有走上这条路，你不会明白。你要是在这条路上走，就没有理由不疯狂。我不是坏人，我是个殉道者。"

"你太高看自己了。你不是殉道者，你只是一个神经病，是个疯子罢了。道法自然，是规矩，你如此杀人害人，哪还有自然天理可言？"

"你说的自然天理就是法律吗？"

"你可以这样理解。任何人，都有权利追求幸福和快乐，可你的幸福和快乐不能建立在别人的灾难和痛苦之上，更不能以扰乱社会和坑害国家为代价。"

"我懂了，我还是读书太少啊。可惜世上没有后悔药，我以前总认为自己聪明，总认为你和柳燕多读了些书有什么用，还不是没我有钱，没我风光？我一辈子争强好胜，想赢，有啥用？根子错了，底子太差，这世上美好的东西还是不能属于我。"

"你说你根子错了，算是说对了。正是因为你心根歪了，你不会知道美好的东西都是靠劳动创造的。正是因为你心根扭曲了，你便只见黑暗，不见光明；只见暴戾，不见人性；只见憎恨，不见美好；只知索取享乐，不懂得奉献和汗水。你底子不差，关键是你的心黑了，行动是心灵的映像。"

"你书读得多，口才了得，我说不过你。"

"不是我书读得多，是你理屈词穷，你虽然花言巧语，却不能混淆黑白。其实，你心里比谁都清楚自己犯下的滔天罪孽。"

"可我不想死啊。我从小就怕死，我就是怕挨饿，怕受欺侮，怕受伤害，才走上这条路的，怎么能这么年纪轻轻就死呢？"

"你不尊重别人的生命，也就是不尊重自己的生命，一条连自己都不尊重的生命，还让它存在干什么呢？你的死罪有应得，是自作自受，怨不得任何人。"

"嗯，第一次收高利贷，逼得别人自杀时，我就看轻这条命了；第一次指使杀人时，我就知道自己的脑袋拴在裤腰带上了。唉，我本来可以跟你和柳燕一样读书考大学，有尊严地活着，却怎么落到了这种田地？"

"自己回头看吧，答案印在你一路走来的脚印里。"

二〇一七年三月十八日，刘烈宏涉黑犯罪团伙所有成员及楚青桐、吉竹江、弘沐寿、肖含章、胡小跃等一干保护伞几乎同一时间被绳之以法。

是夜，汉洲沸腾了。

汉洲人民在押往看守所的警车上看到了为祸汉洲近二十年的黑恶势力团伙头目刘烈宏，贯穿东西的梅雁大道成了欢乐的海洋。